车上前向开

姜凯阳 著

山西出版传媒集团 北岳文艺出版社
BEIYUE LITERATURE & ART PUBLISHING HOUSE
·太原·

图书在版编目（CIP）数据

火车向前开 / 姜凯阳著 . —太原： 北岳文艺出版
社， 2021.3

ISBN 978-7-5378-6259-2

Ⅰ. ①火… Ⅱ. ①姜… Ⅲ. ①长篇小说—中国—当代
Ⅳ. ① I247.5

中国版本图书馆 CIP 数据核字（2020）第 230486 号

火车向前开

姜凯阳 / 著

//

出品人
赵瑞

选题监制
陈赋
李向丽

特约编辑
张世景

责任编辑
李向丽

书籍设计
琥珀视觉

印装监制
郭勇

出版发行：山西出版传媒集团·北岳文艺出版社
地址：山西省太原市并州南路 57 号　邮编：030012
电话：0351-5628696（发行部）　　0351-5628688（总编室）
传真：0351-5628680
经销商：新华书店
印刷装订：山西人民印刷有限责任公司

开本：787mm×1092mm　　1/16
字数：343 千字
印张：25.75
版次：2021 年 3 月第 1 版
印次：2021 年 3 月山西第 1 次印刷
书号：ISBN 978-7-5378-6259-2
定价：59.80 元

目录
CONTENTS

第一章　滴血的世纪之约

万凤万万没有想到，他有一天会将枪口对准自己从小玩到大的哥们儿。他更没有想到的是，居然会亲口下令调来全局射击成绩最优异的狙击手"胡一枪"来执行这个命令，这个命令的结果就是，马文平今晚非死不可。而且，死相会非常难看，因为"胡一枪"一旦扣动扳机，马文平就会被一枪爆头。

万凤的手艰难地举了起来，他透过枪上的瞄准镜可以清晰地看到马文平脸颊上的那道刀疤在下意识抖动。

万凤的脑海飞快地转着，边想该如何解决面前这场危机，边在心里骂着。本来他都已经戴着手铐和申请信站到监狱政委门前了，凭借自己多年的工作成绩和良好的个人信誉，是有可能用手铐把他和小平铐到一起去参加这个世纪之约的，然后再把小平带回监房，这样，就可以实现儿时的诺言了，也许还能把小平从绝望中挽救回来，给他个重新做人的机会。

但没想到马文平却因为自己的冲动，亲手葬送了自己活下来的唯一希望。

事情发生在1999年12月31日这个世纪之交的特殊的日子，正值冬天，但人们似乎无视了这种寒冷，将所有的热情都投入到了迎接世纪更换的种种激动与不安中。那一天，无论是报纸、收音机还是电视台，几乎众口一致，都在谈论着世纪末千年虫的消息。

"请问您知道今天是什么日子吗？""知道，世纪末。""那您知道今晚 12 点之后电梯要停用，所有的电脑网络程序都要归零，然后更换成 2000 年的字样吗？""知道。""那你打算用什么样的方式度过这样一个千载难逢的特殊时刻？"电视屏幕中，那名弱智的电视台女记者脸蛋冻得通红，在寒风中拦住每一位路人采访，问着近乎千篇一律的问题。她的提问引来郊区模范监狱内 107 监舍一位犯人的感慨。"操，要是能把我们都归零就好了，我就不在这里待着了。""把你归零你爸能愿意吗？不得憋死啊！"另外一位犯人的回答引来几乎所有人的哄堂大笑，但唯有坐在后排的马文平没有任何反应，他眼睛盯着电视屏幕，心里则想着如何从这里走出去。虽然他出去赴约的想法随着世界末的临近越来越迫切，但他深知这个想法对他目前处境而言，完全是痴心妄想，一个被判死缓的人，在短时间之内是无论如何也无法从监狱内的高墙走出去，去实现那个所谓的世纪之约的。就在他准备熄灭心中的那团火焰时，他突然在电视屏幕上看到了曹大伟。

曹大伟是前往展览现场的路上被记者拦下的。他本来是应该开车去的，但在临打开车门前，他改变了主意，决定在这一刻把节奏放慢下来，把激动的心情调整好，于是，就散步朝火车站附近的聚会地点走去。就在这时，记者手中的话筒对到了他面前。

"请问可以采访下你吗？"曹大伟停住脚步，"可以。""你知道今天是什么日子吗？""世纪末。"曹大伟淡然答道。"请问你今天准备怎样来度过这个千载难逢的时刻呢？"曹大伟犹豫了下，"跟我的几位发小一起度过。"记者兴奋起来，她终于从千篇一律的问答中捕捉到了一些不同的信息。"可不可以告诉观众为什么要跟发小一起过呢？""因为我们曾经在二十二年前许下了一个誓言，当这一天到来时，不管我们在哪里，都要赶到同一个地方相聚在一起。"曹大伟面对话筒，声音低沉而坚定地说着。这个画面像炸弹落在本已经平复的马文平内心世界，他盯着屏幕上的曹大伟，眼神一动不动，就像一个移动轨道拍摄的特写镜头，把曹大伟从电视机内瞬间拉到自己的面前。"我要出去，我一定要出去，不管用什么方式，我一定要见到他！"这种狂热的想法迅速灌满马文平的脑海，他冷静地扫视着周围，寻找着出去的机会。最后，他把视线定格到那个绰号叫"扁铲"的同监舍犯人的头上。

顾名思义，一般人的头是圆的，而扁铲的头则有些横向发展，又是因为在跟人打架时，持扁铲把人给捅成了残疾，被判了无期，所以就落得了这么一个"雅号"，进来之后一直占据牢头位置，平时飞扬跋扈，比谁都牛。马文平决定就拿他开刀。

扁铲此刻显得比谁都活跃，正在肆无忌惮地对那名主持人品头论足，极尽黄色之能事。马文平先是凑到扁铲耳边，低声说了一句，"你知道你脑袋是怎么挤扁的吗？""你说什么？"扁铲话题被打断，愣了一下，可能因为马文平被判死缓的原因，扁铲平时还是很给马文平面子的，有什么事儿一般不会冲马文平来。"是因为你妈那儿太紧，你出来的时候被挤扁的。"

马文平再次提高了声音，引来了其他犯人的哄然大笑。扁铲脸马上就挂不住了，愤怒自然涌上头顶，抄起椅子就朝马文平砸来。马文平为了刺激扁铲更凶狠地朝自己下手，还了一拳，打在扁铲眼眶上。扁铲果然被彻底点燃，嘴里喊着骂着，以摧枯拉朽之势朝瘦小的马文平疯狂袭来。

马文平不再还手，眼见着血从头顶流了下来，漫过他的眼睛流在他的嘴角。

马文平被送到劳改医院抢救的时候，曹大伟已经接受完了采访，走上了聚会场馆的台阶，他边走还边回想着那个女主持人的样子，那主持人在采访完说感谢时笑了一下，露了一个酒窝，这让他在那一刻想到了很久未见的曲艳红。曲艳红笑的时候也有个酒窝，而且通常都会脸红，一副羞涩的表情，有时还会低下头，刘海儿垂下来耷拉在额头上，她会下意识用手撩一下。

曲艳红这个样子曾很长时间占据在少年曹大伟的心里，让他茶饭不思，昼夜沉浸其中。但没想到事隔三十年，他还会瞬间想到这一切。

他有些尴尬，马上就要见到曲艳红了，如果她知道自己此刻正在下意识想起她，会是一种什么样的心情呢？想到这儿，曹大伟露出了自嘲的笑容，摇摇头，走进俱乐部的展览大厅。他此刻最牵挂的不是曲艳红，而是马文平能不能顺利被万风从监狱接出来，虽然万风口口声声说会尽全力，但从其他方面来说，曹大伟认为马文平能从监狱出来的可能性几乎于零。

万风此刻正站在模范监狱的孙政委办公室内，将一副手铐一端套在自己的手腕上，举着另一端在跟孙政委争辩着："孙政委，我以连续六年的先进工作者荣誉以及警察使命跟您担保，我怎么把他带走的就怎么给他带回来。"

"还好意思说先进工作者，咱们监狱什么规矩别人不知道，你还不知道啊？你脑子进水了还是怎么着，赶紧回去该干什么干什么去！"

万风就像没听到孙政委的话一样还在争取着："要不就一个小时？半小时也行。孙叔，算我求你了行吗？二十二年的誓言，你就让我们几个见一面行吗？孙叔。"孙政委失去了耐心站了起来，就在他刚要张口骂万风时，桌上内部电话响了起来，孙政委接起电话，脸顿时就绿了。

万风感觉到什么："怎么了，孙叔？"

"马文平被打了，现在正在送往劳改医院抢救。"孙政委脸白了起来。

当孙政委和万风以最快的速度赶到医院时，马文平已经被推进了急救室。"怎么回事，怎么发生的？"

"他在监舍内骂了2304，2304就把他打了，而且是往死里打，脑袋都打开瓢了。我们还不清楚是什么原因，先给他送来了。"

　　站在他旁边的万风焦急地盯着那扇紧闭的急救室门，他的目光一直洞穿进去，想象着医生与护士紧张地处置着，他满怀希望马文平过一会儿就能被推出来。如果有可能，他还会用车拉着他去参加摄影展。

　　"你看，你早答应我，是不是就没这事了。"

　　万风低声埋怨着孙政委，毕竟是下级，又不敢说太多，孙政委已经是一脸紧张。去年监狱就出现了一起打死人的事故，结果监狱长背了黑锅，被劳改局领导骂了个狗血喷头。这要是再出点事儿，别说监狱长了，就连他政委的乌纱帽估计也保不住了。孙政委没有像以往一样骂万风，而是转过头，询问着当班的看守，了解事情的原委。就在这时，抢救室内传来了惊呼声和东西掉在地上的丁零咣啷的声音。

　　一直处在昏迷中的马文平不知道什么时候突然醒了过来，抓起一把手术刀顶在了准备给他做手术的医生喉咙上，旁边的护士一紧张，把急救器械托盘碰倒在地，慌张地尖叫着跑了出来。

　　突如其来的变故让每个人都愣了，万风看到血葫芦似的马文平持刀的表情时，心瞬间收紧。"小平，你不要命了，你把刀给我放下，我是万风。"马文平眼睛转向万风，盯着他看了足足有一支烟的工夫："你不是要参加聚会吗？""我就是为了要带你出去参加聚会，给你争取机会，怎么回事儿，你先把刀放下，别冲动小平。""我要见大伟，你把大伟给我带来，我就放了他。"马文平看着万风，手中的刀朝医生喉咙又近了些，就快切到喉管了，医生的脸一片煞白，连喘气都停止了。孙政委抽出手枪，指向马文平，"你别冲动，把刀放下，别把事儿做绝了，没有退路。有什么话慢慢说。""我要见曹大伟，你们把曹大伟带来我就放了他。"马文平顽固地坚持着，但手中的刀离开了喉咙，医生见危险暂时解除，终于深喘了口气，脸色涨得通红。

第二章　被狙击的马文平

万凤电话打给曹大伟时，曹大伟正逐一检查着开幕前所有环节的落实情况，大庆去机场接曲艳红和马超了，夏天忙着接待媒体和重要嘉宾，石头去检查展览之后去吃饭的餐厅的准备情况。

见是万凤的电话，曹大伟还以为马文平出来有戏了，立即接了起来。电话中传来的消息立即让曹大伟怔在那里，说了声，"好，我现在过去。"挂断电话，来不及多想，立即朝门外冲去。他出门时，正好大庆的那辆红旗轿车停在门前，车门打开，看见坐在后驾驶位置上的曲艳红，曲艳红看到曹大伟赶紧示意坐在副驾驶位置上的马超，"快，跟叔叔打招呼。"马超正在玩着掌上游戏，头也不抬地敷衍地喊了声，"曹叔叔好。"曹大伟应了声，将曲艳红扶下车，人随即坐了进去，对刚要下车的大庆说，"别熄火，快，有急事，跟我走一趟。"曲艳红有些意外，这场面显然跟她想象中的重逢不太一样，她愣在那里，呆呆地看着她生命中曾经最重要的人跟她没有表情地擦肩而过，这让她很不舒服。

飞机要降落前，她靠在悬窗前曾长久俯视着脚下的这块熟悉的土地，浮想联翩，想到了许多，她很奇怪出现在她记忆中频率最高的不是马文平而是曹大伟，但眼下这个男人见到她却如同视而不见，这让她很不舒服。

就在车要启动前，曹大伟似乎感觉到了什么，重新打开车门对曲艳红打了个招呼，"我有急事儿要出去一趟，夏天和石头在，你们先聊着，我很快回。"车窜了出去，曲艳红心里多少感觉到了一丝安慰，目送着车远去。身高已经有一米八的马超，疑惑地看着曲艳红。"我爸呢，你不是说能看到我爸吗？""别着急，大庆叔叔不是说了吗，万风叔叔去接你爸了。"曹大伟赶到医院时，现场被陆续赶到的特警围得密不透风，走廊里以及对面的窗口内埋伏了十几名狙击手，红外线瞄准线从四面八方指向了马文平，因为不断有血流出，马文平的脸此刻已经成血葫芦，马文平也不在乎，只是用搂着医生脖子的手伸出来胡乱抹了一把，但手中的手术刀仍纹丝不动顶在医生喉咙上，虽然是在寒冷的冬天，医生已经从里到外都被汗水湿透。

万风已经等得像热锅上的蚂蚁，见到曹大伟立即把情况简单给他介绍一下，曹大伟透过门上的玻璃看到了马文平，心头一紧。

虽然马文平脸上被血水挡住，但曹大伟还是能准确地透过这些看到马文平的表情，从小到大，他们俩在一起打过的每一次架几乎都是见血的，这一切他已经见怪不怪了，但此刻，他看到的不是残酷，而是绝望，这绝望是马文平的，也是他自己的，他不知道他和马文平面临的结果是什么。也许，上帝早就预示到了他们的人生结果，于是故意设计好了在世纪末这一天让他们用这样的方式重逢，好把他们以往的一切做个了结，画上一个句号。

孙政委跟曹大伟交代了一下，曹大伟点了下头就要往里走，准备用自己换下医生做人质，进门前万风拉住他提醒道，"小平现在是不正常的状态，你这么做有危险。""没有比我更了解他的人了，该来的迟早会来的。"曹大伟说完，轻推开门走进抢救室，孙政委见状，招手把"胡一枪"叫到自己身边，吩咐他利用曹大伟进去换人质时，抓住机会，解决危机。万风看着这一切，心迅速提起来，他一方面担心曹大伟被马文平所伤，一方面担心"胡一枪"扣动扳机射杀了马文平，无论哪种结果都不是万风希望看到的。

曹大伟站在马文平面前，他清楚地看马文平的头上被开了至少三个口子，其中一个应该被砍断了头部的静脉，血不停地顺着脸流下来，流到了医生的衣服上。医生直勾勾地看着曹大伟，绝望中似乎透出一丝希望之光。

"小平，你把他放了，我来了。"马文平同样目光复杂地看着曹大伟，那一刻他仿佛进入某种定格的时空。孙政委手举起来，示意"胡一枪"做好准备，就在"胡一枪"准备扣动扳机时，曹大伟身体又向前了一步，挡住了"胡一枪"的射击视线，"胡一枪"立即把手指松开，万风的心却提到了嗓子眼，这一瞬间，他意识到今天的事儿已经彻底失去了控制。谁也没有料到马文平能在这个时候会以迅雷不及掩耳之势松开被劫持的医生，并一把抓过曹大伟，那把手术刀顶在曹大伟脖子上。

其实就在马文平伸手抓他的瞬间，曹大伟想到了反抗，以他对马文平的了解，他挣脱他的束缚应该没有任何问题，何况现在的马文平已经伤痕累累，气力基本耗尽，但曹大伟在反抗前放弃了这个决定，为什么这样他也不清楚。也许，他从一开始就不想用这样的方式跟马文平解决之前所有的恩怨，他准备把自己完全交付出来，爱怎么样就怎么样吧。

"我没看错你，大伟，我就知道你会来的。"曹大伟笑了一下，"当然，这么多年，就等这一天呢。不过，我没有想过我们会用这样的方式见面，大家都在车站俱乐部等你呢，都想见你。""你们都太天真了，你觉得我还会正常出现在你们面前吗？"马文平同样笑了一下，吐出了流在嘴里的一口血水，"你知道我让你来，是为什么吗？"

"今天我既然来了就把自己交给你了，你随便吧。小平，不管你怎么做，我都不会躲的。""你真不怕我一刀下去，切断你的喉咙吗？""怕。""那你为什么还会来？你完全可以不来。""死在你手里，我认了。"曹大伟的回答让马文平突然不知道如何接话了。是的，在此之前，他曾经无数次说出这样的狠话，"有他没我，有我没他。"但此刻真让他下手，他却没了力气。

在此之前，他只知道要不惜一切代价见到曹大伟，跟他做个了结，但真到了这一时刻，他突然发现这些东西都云淡风轻离他远去，他手上软绵绵的，没有杀曹大伟的任何动力。他能想到的都是那些小时候在铁道边一起玩耍的美好的往事，他们一起爬火车，一起偷香瓜，睡在一个被窝，一起看手抄本，一起手动解决，甚至在一起比谁射得远。

当他想到这里时，他突然想到有件事必须要告诉给曹大伟。他冥冥之中有一种感觉，他今天要再不说的话，恐怕就再没有机会说了。他不想马超没有父亲，这一刻，他才知道，爱比恨重要得多。

想到这儿，他把脸从曹大伟头后转过来，凑到曹大伟耳边，轻声说着什么。曹大伟愣住，"你说什么？"曹大伟扭过脸来看马文平，"你刚才说什么？"马文平再次笑了起来，曹大伟这反应完全在他意料之中。"我说，马超不是我儿子……"马文平放大了声音，但刚说到这儿，他身体突然向后跌倒，一股鲜血溅了曹大伟一脸。这是"胡一枪"耗时最长的一次射杀。他忍了那么久，手心都捏出了汗，但竟然一直找不到机会，这让他很是烦恼。

他终于在马文平凑近人质耳朵时找到了绝佳的机会，于是，他看了孙政委一眼，孙政委点了点头，他就立即扣动了扳机，他不知道他们在聊什么，他关心的只是如何击毙这个劫持人质的犯罪嫌疑人，他本来是准备跟战友好好聚一下的，没想到这个紧急情况打乱了他所有的安排，他是带着情绪执行的这个任务。现在好了，他现在赶过去的话，也许还能赶上下半场，危险解除，他收起了枪。

在经过万风时，他发现万风看他的神情有些不对，是那种充满愤怒的怨恨神情。他看了眼万风，不明白他为什么要这么看自己，当他想再次探寻某种答案时，万风已经转过身走到了曹大伟面前。

　　曹大伟此时已经蹲在地上，抱着血肉模糊的马文平，子弹从马文平的前胸射入，马文平嘴里流着血，人还没有完全死去。曹大伟眼泪涌了出来，"小平，小平！"曹大伟不停地呼喊着，万风也凑到了跟前，招手让医护人员过来施救。马文平试图努力睁开眼睛但却失败，喉咙内艰难地蠕动了几下，发出吓人的声音，身体再不动了。曹大伟同样身体愣住，仿佛也死去了一样。"大伟，他说了什么？"万风有些不解，看着直愣愣的曹大伟。特警上来，准备运送尸体。曹大伟的手却不肯撒开。终于有人急了，用力拉他，曹大伟喉咙内发出了一声嘶吼，"你再动我下试试。"拉他的人愣了片刻，也恼怒起来，"你骂谁呢，你再骂我一下。"万风拉开那人，同时拉起曹大伟，那人看了一眼万风，发现他眼角同样挂着泪，似乎意识到了什么，没再说话，指挥几名特警用裹尸袋把马文平套了进去。万风拉着曹大伟朝外走，曹大伟则扭着身体直勾勾地看着那个裹尸袋。此刻，他脑海中没有悲伤，只有疑惑，他不明白，那个活生生的马文平，真的就这样从他生活中彻底消失了吗？

第三章　爬火车

　　曹大伟清楚记得他第一次认识马文平是在1978年的冬天，那天风很大，天上刮着飘雪，火车经过五十多个小时的长途奔袭，终于缓缓停在平安火车站的站台上。

　　车刚刚停稳，早已经等在车门口的曹大伟就一个箭步跳了下来，他完全没有料到这里的冬天比他想象的还要寒冷，一口气吸到肺里，被呛得咳嗽起来，胸前挂着海鸥相机的曹关生试图让曹大伟回到车上，曹大伟根本无视他爸的话，早已经兴奋地冲进旁边堆砌的雪堆不管不顾地玩了起来。

　　作为上海铁路局第三小学三年级的学生，他还是第一次看到雪。在这之前，雪一直是课本和小人书里才出现的事物。现在终于见到了实物，他再也控制不住激动的心情。他在雪地上来回跑着，听着雪地带来的咯吱声。他捧起一把雪，雪在他的手里不断地融化。像融入了他的身体。他扬起了手里的雪，雪纷纷扬扬地落下，钻进他的袖口，他的领口、一种沁凉带给他从未有过的欢乐。

　　他欢快地叫着跟随而来的曹关生，穿着呢子大衣的父亲显然也被儿子的快乐所感染，不再阻止他，而是不停地按下快门，父子俩人完全融入一种寒冷和冰雪世界中，全然忘记了在他们身后的孙耀华，同样没有来过东北的上海女人孙耀华发愁地看着脚下的一堆行李，大声地呼叫父子俩回来，但是，他们谁也没有听到她的叫声。

这一切，落到了来接他们的火车站代理站长马新生眼中，马新生适时地走上前伸出手跟孙耀华介绍自己，"你们是来平安火车站报到的曹关生一家吧，我是代理站长马新生，是来接你们的。"

孙耀华赶紧伸出手，尴尬地说："我是曹关生的爱人，"说完，她大声喊着曹关生。"老曹，老曹！"

曹关生终于听到孙耀华的喊声，走过来跟马新生握手。

马新生大手使劲握住曹关生："可把你盼来了，局里一跟我说从上海调来了一位大才子，我就早也盼晚也盼，盼着你赶紧过来报到，带我们赶紧快马扬鞭建设社会主义呢，我代表车站的全体职工对你的到来表示欢迎。"马新生拍起了巴掌，曹关生赶紧伸出手阻止："谢谢。咱就不讲那些虚的了，我想先转转，熟悉下车站情况。"

曹关生的话让马新生心里多了一层不舒服的东西，但一闪即逝，继续热情吩咐跟随自己来的两名车站职工帮助孙耀华把行李送到住处，自己则边介绍着情况，边带着曹关生向车站深处走去。

曹大伟当时犹豫了一下，想跟曹关生一起去，但又担心自己的小人书丢了，犹豫中，见曹关生已经走远，只好跟随孙耀华在两名职工引领下向新家走去。曹大伟就是在车站家属区的空地上见到的马文平和大庆、万风、石头等人。

当时，几名少年正捂得严严实实摞一起玩带兵打架的游戏，曹大伟当时还不认识他们，只看到一名瘦弱的少年骑在一名胖墩身上正在对对手发起攻击，而对方战斗力非常强大，两对选手互不相让，战在一起。突然，那对身形匹配相差不大的骑手步伐突然开始凌乱，瘦弱少年抓住机会继续攻击，对手被逼到墙角，那名托底做马的少年体力不支扑倒在地，把上面做攻击手的摔倒地上，瘦弱少年双手高举喊着："乌拉！"

结果引来摔倒在地的少年不满："你玩赖，你挠我痒痒，不算。"

瘦弱少年眼睛立了起来："谁玩赖了，这是战术。你输了，把帽子给我！"瘦弱少年说着，从胖墩少年肩上跳下，伸手把战败少年的帽子抢了过来，没小心，帽子里面围了一圈的报纸掉了出来，瘦弱少年赶紧摘下帽子，小心翼翼地重新把报纸垫好，弄成国民党军官的造型。

正从旁边走过的曹大伟看着，突然笑出了声，这引起了少年们的注意，回头看着，脸上露出受到侮辱的表情。瘦弱少年首先发问："外面是什么部队，我命令你迅速把他们歼灭！"

几名少年受命起身就朝曹大伟追去，当时曹大伟只是能判断出来瘦弱少年应该是他们的头，后来曹大伟才知道自己判断得没错，瘦弱少年就是马文平，胖墩是大庆，对手骑士是石头，另一位攻击手就是万风。

当他们这小股"部队"追到地方时，孙耀华正在那两名车站职工的帮助下，往里拎着行李，曹大伟则蹲在地上，从一个纸箱子里面抱出一摞摞小人书，往房间里倒腾。搬的过程中，曹大伟怀中的"三国"系列的某一本掉在地上，他回头看了一眼，顾不上捡，径直走进房间。

他刚走进房间，马文平的身影就从旁边窜了出来，迅速捡起那本掉在地上的小人书跑掉。这时，曹大伟刚好走出来，看到这一切，喊着："你还我的小人书……"但马文平他们几个已经跑远，曹大伟来不及思索直追去，孙耀华试图阻拦，但几个人已经一阵风地跑远……曹大伟紧追不舍，任凭几个人在火车道和停运的列车缝隙中穿来穿去也没甩掉曹大伟，最后累得气喘吁吁只得停下，曹大伟看他们停住也停下来。"还我的小人书！"马文平歪着个头斜眼看着曹大伟："你哪儿来的？""你管我哪儿来的，你还我小人书。""我不给你，你敢把我怎么样？"曹大伟愣住："你今天不给就是不行！"说着话上来就要从马文平手中抢，马文平推了他一把，没推动，愣了一下，恼羞成怒："小崽子，挺牛啊！"

曹大伟不管，再次上前，马文平躲过，狂傲地说："这样吧，你想要书也可以，先让我验验你有没有胆量，你要有胆量我不但给你，还管你叫大哥，你要是没胆儿，别说小人书没了，以后见你一次就打你一次。"

曹大伟看着马文平："验就验，我怕你？！"这时，正好一列到站的货车开来，寒风中喷着白烟。"好，有种，跟我来！"马文平穿过铁路线迎着火车走去，曹大伟不知他是何用意，犹豫了一下，但想到说出去的话，泼出去的水，只好硬着头皮在万风、大庆等人的起哄声中跟了过去。马文平走到货车前，见曹大伟跟来，将小人书揣进怀里，看准机会，伸手抓住货车攀登把手，挂着跟着跑了两步，然后顺势一跃攀上火车，回头得意地朝曹大伟喊着："来呀？敢上来吗？"

曹大伟小心翼翼地靠近货车，货车带动的寒风刮进曹大伟的脖领子里，他觉得自己一不小心就会被风刮倒，虽然曹关生一直在铁路工作，但都是在机关里，曹大伟除了坐过几次客车外，还从没有这么近距离地在铁路边上接近火车，这一瞬间他有些后悔答应了马文平。

他的反应被万风洞悉，不屑地骂了声，"胆小鬼！"说完，同样的手法也攀上火车。旁边的大庆也不甘示弱，如法炮制地上了火车。曹大伟看着火车从眼前驶过，几次跃跃欲试但最终还是放弃了冒险，他沮丧地转过头，突然看到旁边的石头，他有些诧异，刚想开口问他怎么没有上火车，石头却抢先紧张地解释着："我没拿你的小人书。"曹大伟话题止住："我知道，我是想问你，你怎么不爬呢？"石头警惕而躲避的目光看着他："你管呢！""火车好爬吗？"石头却转身走远，远处传来马文平等尖利的口哨声，曹大伟将视线转到渐渐驶远的列车上，马文平、万风、大庆等站在车顶上向他大喊大叫着。在他看来，马文平他们很像十九世纪骑马持刀耀武扬威的骑士，让他既羡慕又嫉妒。

第四章　曲艳红的帮助

就在曹大伟在火车道受挫的时候，初来乍到，怀揣梦想，一心想在这个三等小站干出点名堂的曹关生也在视察领地时遭受到了一个不大不小的羞辱。马新生带着曹关生四处转悠，就溜达到了道班附近，马新生的本意是带着曹关生大概看看拍两张照片就行了，但没想到道班内传来吵吵闹闹的声音，马新生知道怎么回事儿，想把曹关生引开，曹关生却已经被声音吸引过去推开了道班的门。果然，没出马新生所料，道班内，老孩和另外几名年轻人正在打扑克，敲着"三家"，边打边吵吵，热闹得很。马新生眼看着曹关生脸绿了起来，二话不说举起相机就咔嚓了两张，脸上夹满夹子的老孩发现，冲着曹关生喊着："嗨，干什么呢？""现在还没下班呢，怎么就打起扑克来了？"老孩扫了眼马新生："马站长都没说话，你算干啥吃的，哪儿一脚没踩住把你给蹦出来了！"曹关生生气地问："什么素质，你叫什么？"老孩却站了起来："你说谁没素质，老子就不告诉你。"马新生赶紧上前拉着脸将扑克收了起来："都别玩了，干活去。"老孩嘴里嘟囔着："你这是干啥啊马站长，闲着也是闲着。"曹关生往前跨了一步，"谁允许你们上班时间打扑克了！"老孩愤怒起来："哎，你还来劲了，看来我今天不打你都不行了！"说着话，一把抓住曹关生围脖，拳头就要落下来，曹关生这时急了起来，嘴里喊着："我是新来的车站工会主席曹关生。"

这句话从自己嘴里说出来，让曹关生感觉到很尴尬，他还以为马新生会介绍他的身份来化解眼前的尴尬，但没想到马新生只是一本正经、一脸严肃批评老孩，但就是不告诉老孩自己是谁，无奈之下，他只能出此下策来化解这场危机。

这之后回到家中，曹关生刚来时的兴致一落千丈，吃完饭后就站在窗前，望着黑乎乎的窗外不知想着什么。孙耀华和曹大伟都感觉到了某种情绪，问了他几句，他也没有正面回答，只是说太不像话了，这火车站不改是不行了。

孙耀华就有些担心起来，在一起生活这么多年了，他太了解曹关生的性格了，倔强、耿直，做事一点不圆滑，为此得罪了不少人，也吃了不少苦头，但丝毫没有改变。包括这次来平安火车站，孙耀华认为就是他说话得罪铁路局领导所致，但曹关生不这么认为，坚持认为是领导给他机会，让他来这里就是要做出点成绩好上调回去，所以，憋着劲想要把工作干好。

孙耀华觉得有必要再跟曹关生嘱咐几句，虽然他未必听，但她做妻子的看到问题不能不说："我可提醒你啊，你刚来还不了解情况，说话做事都注意点，别上来就给人家提意见，你别忘了你是怎么调到这儿来的！以后吸取点经验，别说话那么直得罪人。"

曹关生不服地说："上班时间不工作，在那儿打扑克，我作为一个共产党员看见了能不管吗？你别管我了，你赶紧睡吧。"

"我睡得着吗，这火车一会儿轰隆一下，一会儿轰隆一下，这不都是因为你瞎给领导提意见提的。我可跟你说，我在这儿一天也待不下去，你赶紧好好表现，争取早点调回上海。我不想让孩子一辈子待在这冰天雪地的环境……"曹大伟一听到战火引到自己头上，赶紧申辩自己的立场："这里挺好玩的，还能爬火车，上海有什么好的！"曹关生终于找到了发火的出口，眼睛一立，一脸严肃地看着曹大伟说："我可警告你，千万不许爬火车，听见没有，要看见你爬火车我打死你！"

曹大伟嘴唇动了动，话到嘴边又咽了回去，他本来想想说："他们能爬，我为什么不能爬。"但在出口时觉得此时争辩没有任何意义。以他目前的状态，爬上火车只是奢求，他手里捧着大水杯咕嘟咕嘟喝着水，边喝边想着白天发生的事情。水杯是白色的搪瓷缸子，上面印着"上海铁路局宣传标兵"。曹大伟不太识字的时候曾问过父亲什么叫"标兵"，父亲跟他说，标兵就是最能干的人，所以在曹大伟的心目中，父亲是上海铁路局乃至全上海最能干的人，他以此为豪，在同学中也觉得自己有着可炫耀的资本。上了小学，因为父亲传承的自信，他在语文学课上展示了非凡的能力，很快被老师选定为语文科代表。

但是他内心里却不满足这种循规蹈矩的学习，而是期待有朝一日能走遍祖国乃至世界各地，这是他第一次接触地球模型时产生的理想，这世界太神奇了，我们居住的地方居然是个圆的，而且还有那么多的陆地、海洋。这一切都让曹大伟充满好奇和向往，尤其在他开始接触到世界历史之后，他更觉得这世界充满了无穷无尽的魅力等着他去探寻。

曹大伟的这个梦想，在他们登上开往东北的火车时，开始实现了他探寻世界的第一步，当他随父母带着全部的行李，告别生活了快十年的大上海，奔赴这个叫作平安火车站的地方的时候，他并没有意识到其实这不是一次旅行，而是他未来世界的终点站。

第二天，曹大伟到新学校报到的时候，一开始还没发现马文平，当时班级正在做眼保健操，校务处老师把他安排到一个座位上后就离开了。他是在做完眼保健操之后才看到马文平和大庆、万风的，他那时候只是觉得这是一种巧合，还不懂得把这一切都归结到命运身上。他唯一想要做的是，不惜一切代价拿回属于他的那本小人书。

"伟大领袖毛主席教导我们，我们的教育方针，应该使受教育者在德育、智育、体育等几方面得到发展。为革命保护视力，预防近视。眼保健操开始，闭眼……"在眼保健操的音乐里，马文平把自己的手指放在脸上，他的眼睛留着一条细缝，从缝中，他看着放在腿上的小人书，小人书很新，是他最喜欢的关羽《千里走单骑》，马文平从来没见过这么新的小人书。他的家里虽然也有几本，但都是被翻成毛边的，内容也都是抗日打仗的革命样板戏，如《智取威虎山》《沙家浜》等，那些故事他早就翻烂了，他虽然也在别人那儿看过《三国演义》的小人书，但都是零星的内容，什么《火烧连营》《二士争功》等，像那么一大套装在一个箱子里的小人书，他还是第一次看到。

他的手假装放在眼睛上，实际上注意力全部都在书桌抽屉里的这本《千里走单骑》上，关羽连连抵制曹操的诱惑，有情有义千里走单骑投奔刘备太让人感动了，他已经全然投入故事中，完全忘记了是在课堂上，就在他看到最精彩时，眼保健操结束了。

班主任赵冰姿老师习惯性地环视着下面的同学，将曹大伟叫了起来，领到黑板前："同学们，我向大家介绍一下，他是新来的同学，曹大伟、他是从上海转过来的，之前担任过语文科代表，同学们要向他学习！"

全班的同学瞬间都集中在了曹大伟身上，万风第一个认出了曹大伟，迅速撕下一张纸叠成子弹扔到马文平头上，马文平被吓了一跳，抬起头刚要开始骂，发现万风冲他眨巴眼睛，他顺着万风的视线望去这才发现曹大伟，曹大伟这时早已经发现了马文平、万风和石头、大庆都在这个班级中，四目相对，立即定格在那里。但当着班主任老师赵冰姿的面，大家都没有说什么，赵冰姿让曹大伟回到座位。

"曹大伟刚转来，有什么不清楚的你多告诉下他。"

赵冰姿跟曹大伟旁边的女孩说着，曹大伟才注意到同座的女孩扎着红蝴蝶结，女孩冲他露出笑容，现出两个酒窝。

"你好，我叫曲艳红，有什么事儿不明白的问我。"

曹大伟赶紧跟曲艳红点了下头，说了声谢谢，坐了下来。

他刚坐下就发现椅子腿被人踹了一脚，曹大伟回头，发现坐在身后的万风用充满仇视的目光瞪着他，曹大伟回了眼，这时他还不知道，以为是小人书的关系。

当发现曹大伟被安排到跟曲艳红一桌时，马文平的心思被从小人书中拉回到现实。马文平喜欢曲艳红，他是被曲艳红那两个酒窝给迷住的，自此便夜不能寐，后来鼓起勇气东抄西凑给曲艳红写了一封情书，但没敢署名，落款是佐罗，趁曲艳红不在塞在她的书桌里，没想到曲艳红刚看了两眼就给撕了，面红耳赤当着全班同学的面骂写信的人是流氓，这让他很是伤心，又羞又恼，但又不敢发作，但心底却多了一层隐痛。后来这件事情被万风知道了，万风决定为兄弟出面。有一天抓了只蛤蟆放到曲艳红的书包里，曲艳红当时就被吓哭了，这件事影响很坏，教务处停课调查了半天，也没有抓到真凶，最后怀疑到马文平身上，但又查无实证，此案就悬在那里，但自此马文平就和曲艳红结下了梁子，曲艳红是班主任赵冰姿的女儿，马文平不敢拿曲艳红撒气，只好把气撒到了曲艳红同桌上，渐渐地，班级男生谁都不敢跟她一桌了，现在曹大伟不知深浅地坐到这里，分明是在向马文平等人示威。

果不其然，报复随之而至。第一堂是语文课，赵冰姿正在讲解着《英雄儿女》。"曹大伟同学，请你为大家领读一下课文第三段。"曹大伟愣了一下，随即站了起来，他知道这是赵老师让他在同学面前亮个相，怀着被赏识的那份温暖清了下嗓子，但没想到刚读了两句："王成手拿雷管冲出阵地，大声地对耳机喊道：'向我开炮。'"刚念到这里，曹大伟就感觉自己的耳边飞过去一个东西，啪的一声脆响打在了黑板上。曹大伟停了下来，扫视着子弹飞来的方向，正在低头看着课文的老师发现没有了声音，抬起头："怎么不读了？"曹大伟收回视线，继续读了起来，又一发子弹射来，这回准确地打在了曹大伟的头上，曹大伟下意识地叫了一声，赵冰姿终于从地上滚落的子弹发现了问题所在，她放下课本顺手把教鞭抄了起来。本已喧闹的课堂迅速安静了下来。

"谁打的，站出来。"教室里一片沉默，同学们面露哀鸣神色，生怕责问落到自己身上。"我再问一遍，谁打的？现在站出来算是自首。"赵冰姿脸上已经开始铁青泛白。"老师，是马文平，我看见他把弹弓藏了起来。"关键时刻，马文平的同桌夏天不畏强权义愤填膺地站了起来，马文平恶狠狠地在桌下踢了她一脚："你敢告密？"夏天根本就不信这邪："我就说了你敢把我咋的？老师，就是马文平打的。""马文平，你站起来。"赵冰姿严肃地走到马文平面前，在其严厉的眼神逼视下，马文平只得慢吞吞地站了起来。

赵冰姿走过去，探手在书桌里拽出书包，从里面搜出了弹弓，随着"吧嗒"声音，马文平藏在书桌里的那本小人书也掉在了地上。曹大伟一下认出了是自己的那本《三国演义》，"你还我小人书。""哪儿写着是你的小人书了？"马文平心态有些慌乱，但嘴中却不服，下意识抵抗着。"我的小人书有号码，我都编了号的。"曹大伟走过去，拿过小人书，翻到最后封底，上面果然露出一个红戳印记。马文平顿时有些泄了气，摆出一副爱谁谁的态势。赵冰姿就明白了是怎么回事儿："你给我到办公室去，下课后给我老实交代。"

马文平甩着膀子走出教室，临走时狠狠瞪了曹大伟一眼，曹大伟也不在乎，捡起小人书，走回到座位，经过夏天身边时，他感激地看了眼夏天。夏天虽然长得不是很漂亮，但身体发育得特别好，这让他脸红了一下。

第五章　是谁打碎了玻璃

　　放学后，曹大伟一个人向家走去，东北的天黑得早，虽然只是下午四点不到，但天已经开始黑了。曹大伟回家之路必须要穿过一段铁路，因为路不是很熟悉，他想赶在天完全黑之前回到家，所以路上走得很急，并没有注意到在一列油罐车的后面，已经有一伙人在等着他。当他穿过最后一条铁轨时，一个声音传了过来。"你给我站住，小人书痛快给我，要不然今天你就别想从这儿过去。"曹大伟顺着声音望去，果然不出所料，马文平、万风和大庆等从油罐车后闪了出来，围向曹大伟。曹大伟把自己的书包抱得紧紧的："这是我的小人书，凭什么给你。"马文平看着曹大伟，昨天晚上回家，他已经从父亲马新生嘴里得知了火车站来了一个上海知识分子，而这个曹大伟就是知识分子的儿子，当时马新生说话时声音透着复杂心态，这让他很不适应。因为在他的记忆里，他爸马新生就是火车站说一不二的人，这个印象从他出生一直到现在都没变过，怎么突然之间就变了，这让他很不理解。

　　"你仗着从上海来就牛×呗？"马文平像流氓一样问曹大伟。他觉得他爸丢的面子，他有理由帮找回来。曹大伟愣了一下："你怎么知道我是从上海来的？""他爸是我们这儿的站长，无所不知。"大庆接过话来指着马文平，树立着马文平的形象。马文平顺势手一挥，大庆率先冲了过来，试图抢曹大伟的书包，被曹大伟躲过，但书包带被大庆抓住，曹大伟见状抬起一脚踹向大庆，大庆没有防备，"哎哟"一声坐到了地上。

万风也冲了过来，同样一脚踹向曹大伟，曹大伟一个趔趄，被铁轨绊倒在地，但书包还紧紧抓在手里。马文平见机冲了过去，试图去抢，没想到曹大伟一个翻滚，在马文平冲上来之前站了起来，而且手中多了一颗道钉，曹大伟举着道钉拦住马文平。

"你过来我就捅死你。"马文平愣住，旁边的万风也愣住，他们没有想到曹大伟这么难对付，这有点出乎他们意料之外。这时，正好一辆火车开来，马文平眼珠一转，决定暂不强攻，容易两败俱伤，他决定先用计取胜，继续用他的优势来碾压对手。"曹大伟，你不要以为老师向着你我就怕你，今天，你要么把小人书拿出来，要么你就当着我们面爬次火车，让我们看得起你。"说完，跟万风和大庆对视了一眼，故意露出轻视的笑容。曹大伟犹豫了一下，被他们的这种轻视激怒了，勇气油然而生，他决定要证明下自己。"好，今天我就让你们看看。"说着话，曹大伟背好书包，人走到火车前，学着马文平上火车的动作伸手去抓那个把手，就在手指尖触到把手的时候，却被一股急风吹得身体晃了晃，曹大伟吓得手又缩了回来，引来了马文平和万风更放肆的嘲笑。曹大伟脸都绿了，他铆足了劲手搭在把手上，身体开始惯性跟着火车跑了起来，就在他准备跃身扑上火车时，忽然听到身后曹关生在喊他的名字。"大伟你在干什么，你给我下来。"曹大伟下意识松开了手，但身体已经不听使唤，随着一股惯性狼狈地摔倒在地。

曹大伟是被父亲连推带打弄回家的。一进门，曹关生就喝令曹大伟跪下，瞬间把皮带从腰里抽了出来，曹大伟站着没动，瞅着父亲因为愤怒而变铁青的脸，他有些不明白，不就是爬个火车吗，至于发这么大的火吗？孙耀华见状跑了过来，"你别吓唬孩子，怎么了？"看着丈夫没有回答，而是直接把皮带扬了起来，孙耀华一把把曹大伟拽了过来。"小伟怎么了，你快说，什么事把你爸气成这样？"她一手护着曹大伟，一手挡着丈夫要抽过来的皮带。"我怎么了？不就是爬爬火车吗？"曹大伟没有成功爬上火车，他心里本来就非常懊恼。作为一个外来人，这次要是败给对方，以后在班级同学面前会抬不起头。曹关生显然被他的行为再次激怒，他高扬起皮带抽了下来。母亲的胳膊虽然挡着，也没有起到什么作用。被抽了几皮带，这更加激起了曹大伟的反抗心理。他握紧拳头，一声不吭，等待着更多的皮带的落下。"我让你嘴硬，我让你不学好，你给我记住了，以后不许爬火车。"见曹大伟不吭声也不认错，父亲的皮带抽得更是凶猛。孙耀华紧张地向后拉着曹大伟，可是倔强的曹大伟并不躲闪，而是把腰板挺得更直，接受着皮带一次次的抽打。"你行了，孩子不说话，你就别打了。"孙耀华拽不开曹大伟，实在看不下眼，就去抢夺皮带。曹关生已经打在火头上，根本不理会孙耀华的阻挡。他一把把孙耀华推开，准备继续抽打。可能是曹关生使的劲儿大了点，孙耀华一屁股坐在了地下，嘴里发出"哎哟"声。曹大伟见母亲摔倒了，一时着急，反过身来就去抢夺父亲的皮带。"别打了，曹关生，你不要把今天站里的不顺，发泄在儿子身上。"孙耀华的这句话，让曹关生高扬的手腕停在了半空中。"你别跟我提那事，那是因为老孩偷站里的东西，我作为党员又是干部，就应该管。""要不是应该管，你能挨打吗？我们能来这里吗？你怎么不想想，那个马站长为什么在你挨打时管都不管，跟你说了多少次，初来乍到，少说为好，你怎么就没个记性。"

　　曹大伟这时才注意到父亲的额头上新增了一处伤疤，他才知道，原来曹关生憋的一肚子火并不是全朝自己来的，应该是一个叫老孩的人引起的，里面还有马站长的事。马站长不就是马文平的父亲吗？他马文平与自己势不两立，马站长又欺负着自己的父亲，他们马家这真是欺人太甚。

想到这里，曹大伟一下子推开还在与母亲争论的父亲，飞快地跑出了家门。

这个时候，正是马文平和他爸马新生开饭的时间。马新生炒好一盘土豆丝，端到折叠桌上，摘下围裙，喊马文平吃饭，马文平取来筷子，把饭盛到碗里，两个人准备动筷的时候，忽然，他们听到了"喱"一声，随之又是"哗啦"一声。一块房间玻璃被从外面扔进来的石头砸碎了。反应过来的马文平，第一时间跑到了破窗户前，在夜色中，他看到一个人影飞快地跑远。

这个人跑步的姿势让他想起了那个曹大伟。"小平看清谁了吗？"马新生手里拿着筷子跟了出来，望向身影消失处，马文平恶狠狠地摇了摇头，话到嘴边时他决定自己解决这件事情。马新生发现了问题："是不是你又得罪什么人了？让人跑到家里砸窗户。""没有。"马文平斩钉截铁回答父亲。"没有？"马新生一脸质疑。"我要是撒谎，死后就看不到我妈。"马文平再次说出狠话。马新生没再说话，收起地上的碎玻璃，找出一个小棉被钉在了窗户上。"今天晚上先这样吧，得把火烧旺点，要不然后半夜咱俩要遭罪。"马新生把火捅了捅，炉火的火苗汹涌地蹿出了炉盖子。

躺在炕上的马文平并没有马上入睡，他借着微弱的月光看着墙上的照片，照片上的女人梳着一头短发、面容慈祥看着他，马文平知道这就是他妈。这在他五岁的时候才知道。"你个有娘生没娘教的孩子！"有一天他把一个孩子弄哭后，那个人的家长对他说，他就回家问马新生，"我妈呢？""你妈在生你的时候死了。"马新生轻描淡写地说。后来马文平才陆续在不同人的描述中了解到了真实情况。生他时，他妈难产，被送到医院后大夫问马新生保大人保孩子？踟蹰半天后，马新生痛苦地吐出两个字："孩子！"于是，马文平来到了这个世界，而他的妈妈则去了另一个世界。自此之后，马文平开始性格大变，拒绝再过生日，打跑了后来向他爸提亲的所有女人，甚至连他妈都不许提，如果有人往枪口上撞，马文平就会疯了一样冲向那个人，不管这个人是谁，只要抓起东西，就会不顾一切砸到对方头上。照片镶在一个黑色的木框中，在木框的两侧围着黑纱。月光下，妈妈在看着他笑，似乎在亲切叮嘱他早些睡觉，明天还要上学。马文平波澜起伏的心，突然之间平静下来了。他的困意上来了，他的眼睛渐渐睁不开，睡了过去。

不知过了多久，马文平恍惚之间感觉到妈妈就在他的身边，慈爱地看着他，马文平想跟妈妈说话，但是喘不过气，他想起身拥抱妈妈，但身体却动弹不了，他焦急地望着妈妈。妈妈仿佛明白了他的痛苦，轻轻地俯下身，用嘴唇轻轻亲吻着马文平。

妈妈的吻是那么的温柔、那么的香甜、那么的柔软。忽然之间，马文平感觉自己的胸中一道闸门被打开了，一股清新的空气涌了进来，他可以呼吸了，也可以动弹了，甚至可以睁开眼睛了。

他急切地睁开眼睛，想拥抱一下自己的妈妈，当他睁开了眼，想坐起来拥抱妈妈时，才看清，眼前俯身看着他的女人，他并不认识。"太好了，你醒了。"女人温柔的声音，让马文平警觉的心理，瞬间松懈下来。女人没再管他，而是起身走向还在沉睡的父亲。马文平这才发现天已经大亮，马文平不知道这个女人是谁，但她身上透出的那股特有的母爱，让他一直愣愣地看着这个女人。女人走到父亲身旁，看着还在沉睡中的父亲。"马站长？马站长？你醒了。"女人说完，马文平看到父亲的身体动了一下，在女人的盯视下，父亲一骨碌爬了起来。这个女人他见过，就是曹关生的爱人孙耀华。"哦，马站长，我是看到你们煤烟中毒了，喊你们没反应，就打碎了门玻璃闯了进来。"孙耀华这么一说，马新生才注意到，房间内弥漫着一股强烈的煤烟味，他迅速转过脸寻找自己的儿子，看到马文平愣怔的反应后，才松了口气。眼前的这个女人是他和儿子的救命恩人。"哎呀，谢谢，快坐，多亏了你。"马新生把一个小木凳拽了出来："你找我有什么事儿吗？"孙耀华有些不自然起来，指着桌上的一袋大白兔奶糖："过来看看你和孩子，老曹初来乍到，说话又直，很多事儿你别往心里去。"

马文平直愣愣地看着这女人，他觉得这个女人太好看了，她太像自己的妈妈，身上散发着一股清香的气息。女人个子和父亲相仿，瓜子脸，眼睛很大，说起话来带着笑意，而且话音也是软软的，让人听着心里舒服。女人鼻梁很高，显出一种独特的韵味。他回头看了看母亲的照片，两个人的脸型差不多，眼睛、鼻子也有相似之处。他在内心中觉得这个女人就是自己妈妈的替身。

听到最后，他终于明白了，这是曹大伟的妈妈。曹大伟怎么会有这么好看的妈妈！这让他感到不公平起来，涌上来一股强烈的嫉妒心，这种心情跟昨天砸玻璃的事情搅和在一起，瞬间灌满了脑袋。

第六章　曹大伟的胜利

　　曹大伟从学校的厕所里面出来，迎面正碰上领着大庆他们过来的马文平。他们气势汹汹，马文平的眼神里更像着了火。"曹大伟，昨天晚上是不是你砸了我家玻璃？""我就砸了，怎么样？"马文平再次被顶在那里，在平安火车站，他还是第一次碰到有人这样跟他说话。曹大伟的话刚说完，马文平就扑上来了，一拳打在曹大伟的前胸上，打得曹大伟一个趔趄。还没等曹大伟站稳，大庆、万风蜂拥而上，几个人很快打成一团。旁边的石头，看着几个人打了起来，他几次想伸手，又缩了回来，他焦急地看着。"打架了，老师，马文平他们又打架了！"走廊里传来了夏天的呼喊声。在教师办公室里，曹大伟和马文平他们都被赵老师要求挨着墙罚站。赵老师不断地在他的前面走动着。她伤心地看着这些孩子，她没有想到，她的学生会在学校里大打出手，而且，她最看好的曹大伟也在其中。她气得嘴唇直发抖，看见大庆在挠脑袋，她抬手就一教鞭打在大庆的手上，打得大庆直咧嘴。

　　"现在知道疼了，打架的时候怎么都那么勇敢！说呀，你们是谁先动手的？"赵老师这次不问出个究竟，这些孩子还会再惹事的，她要让带头的孩子吃些苦头，让他明白打架的后果。学生们都不说话，你看我，我看你。就在这时，曲艳红抱着一摞作业走了进来。看着曹大伟和马文平他们一样都在墙边站着，她有些替他抱不平，她走到妈妈赵冰姿身边："老师，是马文平他们一伙欺负曹大伟。""你看到了吗？你就瞎说。是曹大伟先砸了我家玻璃。"马文平对上次夏天的告状怀恨在心，现在曲艳红又替曹大伟说话，他为自己强力地争辩着。"你们今天要把事情说清楚了，不说清楚，一个也不许走。"赵老师听了女儿曲艳红的话，本想先把曹大伟放回班级，但是马文平又说出砸玻璃的事，让她打消了刚才的念头。这个曹大伟是新来的，她并不熟悉，也许这个男孩真不像她想的那么好。曹大伟在她的心目中的形象发生了改变。

放学后，曹大伟边往家走，边整理着学校打架时撕扯得开小口的皮夹克，他抓起雪，使劲搓着上面的泥土。当他进了院，想推门进屋时，却听到了透过厚厚的门板传出的父母的争吵。

"我问你，今天早上，你干什么去了？"父亲怒气冲冲的声音。"去马站长家了，怎么了？"是母亲的回答。"你和他干了什么？""我和他干什么？他和孩子煤烟中毒，都是我救的。""谁让你去他们家？""还不是为了你。""你胡闹。""我胡闹，我要不这样，你就等着被别人欺负吧。""我干四化我怕谁，我不明白你为什么那么怕那个姓马的。"曹大伟终于弄明白父母吵架的原因，又是那个姓马的。自打他们来到这个小地方，父母之间就一直争吵不断，两个人的焦点，全是那个姓马的站长。眼看着原本幸福的家，成了这样，联想到自己白天的遭遇，他再也按捺不住自己的心情，抄起了菜板上的菜刀冲了出去。

曹大伟举着菜刀一跑狂奔，当他冲进站台的时候，几名工人正在把"工业学大庆"的标语往下摘，在他们的脚下摆着"实现四个现代化"的大字。其中一个工人正把最后一个"庆"字吊下来。这时，他看到曹大伟拎着菜刀，从他们的脚下跑了过去，引得站里的工作人员都看向了他。

他正往前跑，迎面也向他跑过来几个小孩。曹大伟一眼认出了跑在最前面的是马文平，马文平的手里面握着一个铁棒子，虎视眈眈地看着他。"姓马的，你爸在哪儿？"曹大伟拿着菜刀，直直地指向马文平。"曹大伟，你找我爸干什么，你把刀放下，要不然，今天我就要让你明白，我们都不是好惹的。"曹大伟二话没说，直接挥刀向他砍来，两个人直接扭打在一起。在1979年的那个冬天，很多人都记住了这个场面，平安火车站的工会主席和代理站长的儿子打了起来，而且打红了眼，拼了命地要置对方于死地。这场面吓坏了和马文平一起来的大庆和万风等人，站在旁边愣愣地看看着，忘记了帮忙，也不敢帮忙，就那么直勾勾地看着。忽然唰拉一下，曹大伟的菜刀沿着铁棒就削了下来。马文平握着铁棒的手，一时间倒不开，只好撒了手。铁棒落地，马文平没了武器，败了下风。曹大伟的菜刀抢得更猛了，每一下都是致命部位。马文平现在只能招架，他已经被曹大伟逼到了站台边上，一辆火车正冒着白烟，从远处向站台里驶来。看着马文平已经无处可躲，曹大伟砍下最狠的一刀，那刀带着风声，向马文平的头上砍去。在那一瞬间，大庆和万风看到一股白光，两人同时一闭眼。

曹大伟的刀，却脱了手。那个刀把与刀体之间早有裂缝，是母亲用铁丝捆扎住的。现在经过曹大伟多次的抢动，两者之间早已有了松动，就在最后一刀下来的时候，刀体飞出了刀把。刀片飞了出去，落到了站台下面。

曹大伟和马文平同时愣住了。已经红了眼的曹大伟跳下了站台去捡那刀片，还没等他找到那个刀片，马文平从站台上直接把他扑倒。两个人再次在站台下面撕打起来。火车鸣着笛飞快地向站台里驶来。争斗中，曹大伟把马文平按在了铁轨上："说，你服不服？""不服！"曹大伟听到马文平说不服，接着几拳打了下来，马文平的鼻子流出了血。

这时，火车已经驶进了站。

站台的值班人员不停地向火车摇着旗，吹着哨。

大庆和万风向站台下大喊着火车来了。

这时，曹大伟才回过神来，他一抬头，看到火车还有不到一百米的距离。火车车轮与铁轨之间剧烈的摩擦声传了过来。

马文平看到火车，火车已经离他们只有约五十米远了，他的脸都变了色，他没想到曹大伟会这么不要命，他被曹大伟紧紧地压着，但是现在他不能服输，他只能死撑下去。

火车越来越近，所有的人都把心提到了嗓子眼，就在这时，曹大伟呼啦一下把马文平拉了起来，甩到了铁轨外面。就在众人都松了一口气的时候，曹大伟却迎着还有几米远的火车，站到了铁道边上。

站台上的工作人员惊呼着，眼看着带着惯性的火车向他撞去。

火车驶来的一瞬间，曹大伟避开气流，一伸手向那个把手抓去。急速的火车瞬间把曹大伟的身体带了起来。

"啊！"人群中爆发出惊呼，曹大伟在空中荡了荡，他牢牢地抓住把手，直到自己掌握了平衡，在列车带起的风中，稳稳地站到了扶梯上。

曹大伟像一个胜利者一样，用力地向铁轨外马文平挥着手。

惊魂未定的马文平，擦着脸上的血，看着曹大伟，他的脸上逐渐露出了笑容。

第七章 曹大伟的改变

小学毕业考试一结束，曹大伟和马文平他俩就像撒欢了的小马驹，在火车站附近玩翻了天。

他俩叫着大庆、万凤，还有石头，每天聚集在一起，从火车站最繁华的街——新风街，从头逛到街尾。这两年，街上做小买卖的人逐渐多起来，烤地瓜的、炒瓜子的、做洋铁活的、做服装的。两年前，在上班的时间，这条街上都看不到几个人影，现在，这里渐渐变得热闹了。

曹大伟印象很深的一句话，是父亲曹关生感慨地对他说："这是一个新时代呀，一切都变了！"父亲说这话的时候，曹大伟能够辨别出父亲话语中的忧伤与期盼。

原先，在火车站的附近，看到的都是站里工作的人，每天穿着清一色的工作服，早上骑着自行车，像几股蓝色的溪水，一齐流向火车站里。火车站的通勤大门紧闭之后，新风街上清清静静，像溪水流过后露出的干涸无物的底，一眼望到了头。新风街也是这两年改的名，原先叫反修街。

就这样，整条街慢慢地繁华了起来，这条街也使得小伙伴们的生活丰富了起来。

街头不知什么时候，开了一个小机械加工厂。那是一个做煤气罐的厂子，曹大伟记得原先是站里开的附属厂子，是给机车修理工段做后期加工的，研磨轴瓦，镗销缸体，干一些不用大机床的活。也是两年前，这里换了名字，不再是机械厂，而是煤气罐生产厂，也不再属于火车站，每天能看到解放小卡车进进出出。车上拉的是互相碰撞着叮咣作响的煤气罐。

煤气罐是个新事物，这个东西把原来的火炉都取代了。曹大伟家现在已经搬进了车站专为职工盖起来的楼房，房子建筑面积八十多平方米，供暖由站内的生产用锅炉的废气供应。房间构造为一个大屋、一个小屋、一个客厅、一个厕所。曹大伟住进这样的房子，才体会到这所房子的优越性，再也不用寒冬腊月跑到外面上厕所了。

马文平、万风、大庆也搬了进来，只有石头还住在原来的平房里，曹大伟那时才知道，石头的父亲是几年前才从河北老家搬到的这里，是农业户口。也是从那时起，曹大伟才知道，人是分阶层的。

那场架打完之后，两人不打不相识，由敌人成了最好的哥们儿。马文平说到做到，两人感情迅速升温。马文平正式把曹大伟加入自己最好的朋友行列，而且，地位排在大庆与万风之前。曹大伟和马文平混在一起，不是表面的，而是真正融入了他们中间，也彻底融入了这个小火车站的生活。

那段时间，马文平领着他在火车站里把能玩的都玩遍了。他们把耳朵贴在铁轨上，听火车到来之前的声音。在铁轨上放一分钱的硬币，等火车一过，硬币就变成五分钱的大小了。放上一根八寸长的铁钉，火车一过，铁钉变成了一个扁长的铁片，这个铁片在磨石上用力打磨，就变成有些刃的小刀。

马文平送给了曹大伟一把这样的小刀，曹大伟拿着爱不释手。最后实在没什么放的了，他们放上去几个小石头，等着火车压碎，被巡道的看到，连喊带骂地把他们撵走。

曹大伟和大庆、万风他们还去偷过东西。他们手里都没有钱，看着有的孩子嘴里嚼着泡泡糖，然后显摆地吐出一个大过嘴好几倍的泡，他们心里就都痒痒的。在大庆的提议下，他们就想到了偷，大庆负责偷，万凤负责传递，曹大伟负责装扮成买货的人。

他们到站前的供销社里，在曹大伟吸引售货员去柜台的最里侧拿东西的时候，大庆就把早已经撅好的铁丝拿出来，顺着柜台的缝伸进去，然后吊上那个长条的上海泡泡糖拽过来，迅速地递给万凤，万凤极快地将它揣进兜里。当曹大伟向售货员摇摇头，表示不想买的时候，大庆他们已经把四条泡泡糖弄到了手。然后，他们在售货员的疑惑的目光下，憋着笑走出供销社。

出了供销社，他们一路狂奔，找到没有人的房子，聚在一起，叫来马文平共同分享这样的果实。曹大伟因为感觉好玩刺激才参加，但是，他在心里还是比较不认可大庆他们的行为，所以，他更多的时候，愿意和马文平在一起。

和马文平混在一起，曹大伟学会了打架，在学校里上完课，走出学校，偶尔就会遇到外校的学生把马文平堵住。马文平在站里谁都让着他，本身就养成了一种天不怕地不怕的习惯，所以经常会和外校的学生产生矛盾。

外校的学生纠集一些人堵在校门口，准备教训他一顿。曹大伟的书包，也早早地从公文包变成了军用挎包。连身上穿的衣服也和当地的孩子一样了，不是工作服就是黄军装。因为和马文平是朋友，马文平挨打，他得往上冲。

动起手来，大庆、万凤、曹大伟一起上。曹大伟就在这样的打架中，慢慢地学会了打架的技巧，从起初的单纯勇猛，到后来的知道怎么防、怎么打、打哪儿，包括怎么跑，都是从马文平他们那里学来的。

有时被打得丢盔卸甲时，回到家，少不了父亲的一顿责骂。不过，曹大伟习惯后，就觉得这些都是家常便饭了，但是他们唯独惧怕老孩。

第八章　被误会的英雄

那天，他们五个穿过了新风街来到了站前文化宫的附近。

文化宫是俄罗斯人当年建成的礼拜堂，当新政权接手以后，就把它改造为文化宫，作为大型会议、播放电影和职工活动的地方。

文化宫是外表黄白相间的两层小楼，一楼正中是剧场入口，有一扇高将近三米的实木门，边框和门都被涂成了暗红色。拉开门直接走进文化宫的大厅，然后进入剧场。但是，进这个门得先检票。门口会有个穿着站里工作服的老太太把门。来看电影或演出的人，只有拿了票，她验过了才能进去。平时检票之前，曹大伟经常能看到她坐在那里嗑瓜子，瓜子皮扔得脚下到处都是。快开演时，她就扑落一下衣服，站起来，用那还黏着瓜子皮的手，去查验门票。如果没有票，或票不对，她会给一个很大的白眼，用粗壮的手腕直接把你推下门前的台阶。这个女人非常有名，站里的人管她叫"门神"，曹大伟最初管她叫"白眼"，但自从和马文平好了之后，这个女人在曹大伟的称呼里也成了"李阿姨"。

文化宫大厅两侧是上到二楼的大理石楼梯，楼梯的扶手是纯木质的，厚实而光滑。剧场内的布局气势恢宏，房顶直吊下七盏琉璃吊灯，全打开时，剧场内灯火通明。在吊灯下是五百人的座椅，座椅是木质折叠后背的。平时没有人坐的时候，座椅是自动弹起的。座椅前面是舞台，舞台是实木地板，进深很大。舞台两侧是白色浪花形状的浮雕，上方有些隐藏的幕布滑轨，用于大型演出时更换布景。更换布景的活，据说是曲艳红的父亲曲折做的。

文化宫里曲折是大拿，能写能画，能放电影，能换布景。在文化宫里还有个大拿，是丁宁，也就是曲艳红的舞蹈老师，能唱，能跳，能组织，能表演。丁宁岁数不大，与年近四十的曲折比起来，她要比他少半旬。她天资聪颖，在艺术方面有着很深的造诣，父母是火车站子弟学校的老师，现在也快退休了，老两口悉心培育丁宁，丁宁也继承了母亲的音乐细胞与父亲的文学细胞，在站里组织过多次的汇报演出，得到了马新生在内等领导们的认可，也多次带队到市里去表演，为这个小小的平安火车站赢得了很多荣誉。所以曲折也放心地把自己的女儿曲艳红交给她学舞蹈。这些都是曲艳红与曹大伟当同桌的时候，曹大伟听说的。

曹大伟自从和马文平做了朋友，也就不再被曲艳红所看中。那件事儿过后不久，他就不再和曲艳红同桌，而是被不无遗憾的赵老师安排与别的女生一桌。曹大伟倒觉得这是一种解脱，因为自己和曲艳红在一桌的时候，就是和马文平下课说说话，曲艳红也会噤着鼻子，嫌弃地瞥他一眼。

不和曲艳红同桌了，曹大伟觉得自己放松了很多，也可以放开了和马文平在一起玩，两个人上学、放学，可以搭着肩膀一起进教室。虽然是这样，曲艳红的酒窝还是经常在曹大伟的眼前晃动，曹大伟还会被它深深地吸引，不自觉地凝视一会儿。

曹大伟和马文平在一起，并没有影响到他的学习，他的学习成绩没有太大的变化，这让班长夏天刮目相看。虽然大庆喜欢夏天，但是夏天的心里在意的却是曹大伟。五个人快到文化宫的时候，文化宫耳房敞开的窗子里，传出了邓丽君的《何日君再来》的旋律。曹大伟猜想曲艳红应该正在里面练习舞蹈。"我觉得头很厉害，他的枪法，你看到过吗，太准了，啾，一枪一个。"刚看完《加里森敢死队》，马文平说起了自己对故事里人物的看法。"我觉得是酋长，他的飞刀最准，直接射进德国人的脖子。"曹大伟模仿着酋长的动作，把那把用火车压成的小刀从军服裤兜里闪电般地掏了出来。"你们说的都不对，是卡西诺，他能开坦克、做炸弹，那多厉害！"一旁的万风抢着说。两只手伸着攥在一起模仿着坦克的炮筒，不断地向各个方向开炮。"那我就是高涅夫，石头就是戏子，哈哈，我们正好是一个战斗组合。小平，我们就是国际军！"大庆最后总结着，得到了小伙伴们的认可，他们高喊着"向法西斯进军！"向文化宫跑了过去。旁侧几个走过的夹着饭盒刚下班的工人，听到他们的喊声，向他们张望着。正跑着，万风忽然间停了下来，其他人都站住了，疑惑地看着他。

"你们看，老孩。"他伸手向那练功房的方向指去。顺着他的手指，他们看到了一个人鬼鬼祟祟地趴在练功房的窗子下面。

一说老孩，大庆先紧张起来，因为老孩抢过他的泡泡糖，那是他好不容易吊出来的，却被他夺手抢了去，大庆抱住他要夺回来，却让老孩一个嘴巴扇到了水泡子里，当大庆满脸泥从地上爬起来的时候，老孩已经没了踪影。

曹大伟顺着万风的手指方向，看到了老孩。老孩个子高，有个壮实的身体，但是他的脸却长得就像一个小学生。老孩穿了一个大喇叭裤、一件敞怀的白衬衫。他躲在窗户下面，猫着腰，时不时地直起腰伸长脖子，向里面瞄上几眼，然后再快速地猫下腰。很显然，这个老孩在偷看着女孩子们练习舞蹈。

老孩比他们要年长十岁，因为看着还像十来岁的小孩，所以就得了一个绰号叫老孩。别看颜面少性，但是他是下手狠毒的人，有小孩被他打掉了牙，还有打坏了眼睛。所以像万风他们这么大的孩子都是躲着他走。

曹大伟非但没有害怕，反而有一种兴奋。他觉得今天要为父亲出气了。

曹大伟向马文平使了个眼色，马文平心领神会，拉着有些胆怯的万风、大庆还有石头一起向老孩包抄过去。曹大伟顺手在地上捡起了一块石头。这时，屋子里面的音乐突然停了下来，猫着腰的老孩又抬起了头、伸长了脖子向里面张望。这次他并没有马上缩回腰，而是踮起了脚，两手扒着窗沿，不停地看。"这个臭流氓，一定看着女孩子换衣服，要让他被抓现形。"想到这里，曹大伟手中的石块已经扔了出去，很准，正好打到了老孩的头上。"哎哟！"随着老孩的一声叫，屋子里也传来了女孩子们的尖叫声。"抓流氓，快出去抓住他！"一声尖利的呼喊，一些急促的跑步声从屋子里传来。手脚慌乱的老孩，捂着脑袋转身就要向文化宫后面跑去。大庆和万风把他去路拦了下来，已经完全慌了神的老孩，根本没有看清是谁，抹过头就要往相反方向逃。曹大伟和马文平又把他拦住，而且他还看到了从文化宫跑出来的那些女学生。他不得又掉头向大庆那边跑去，这次他回过神认出了大庆。

"闪开，再不闪开，我捅死你。"这边虽然还有万风、石头，但是大庆心里还是有些发怵。老孩这么一说，大庆直接向后撤了一步。万风和石头没有撤，但也不敢先和他交手。这时，舞蹈班的女学生，还有女老师都向这里跑来。曹大伟看了一眼，曲艳红真的在里面，曹大伟有些激动，在曲艳红的面前，他想成为一个真正抓坏人的英雄。想到这里，他和马文平一起向老孩扑去。"都给我让开，是活腻歪了？"老孩的手里已经多了一把刀，威胁着几人，万风和石头对视了一下，为老孩闪出了一条路，老孩向文化宫后面跑去。

丁宁带着曲艳红她们跑过的时候，没有看清老孩，只看到了曹大伟他们。"臭流氓，不要脸。"曲艳红的老师丁宁穿着练功服，跑得气喘吁吁，两腮飞起了红晕，高挺的胸脯上下起伏着，她叉着腰，义正词严地教训着这些毛孩子。马文平眼睛一直在随着丁宁的胸脯。"不，不是我们，是老孩，让我们撵走了。"没想到，遭到了诬陷，曹大伟忙不迭地抢着说，并用手指着老孩逃走的方向。"哪儿呢？在哪儿呢？你们这么点年纪就不学好。你们都叫什么名字，我要找你们家长。"丁宁不依不饶，上来先把曹大伟的胳膊抓住。"都别放他们跑了。"跟她一起学舞蹈的女孩们虽然有些胆怯，但是老师命令了，都离得很远围住他们。曹大伟求救地看了一眼曲艳红。曲艳红扭过头。"哎，这个人好像是你的同学。"旁边的女生认出了曹大伟，她问曲艳红。"小流氓，谁认识他。"曲艳红回答得非常干脆，声音大得能让所有人都听到。曹大伟听后狠狠地瞪了曲艳红一眼。"你说谁流氓，曲艳红，你说话要讲理，咱们是同学，是我们出手把流氓撵走了，怎么我们就成流氓了？"实在看不下去的马文平终于开口了，他刚才一直盯视着丁宁的胸，他们吵些什么，他一句也没有听进去。"谁做证，你说，谁看到那个流氓了？""石头，他最老实，他可以做证，而且他们都看到了。"马文平指了一遍小伙伴，曲艳红和丁宁对视了一下眼。从他们的对话中，丁宁已经判断出，自己可能冤枉了他们，所以她看了看曹大伟。此时的曹大伟脸上怒气难平。"如果是这样，那谢谢你们了。""不用谢，你们记得以后注意点就行了。"曹大伟说完，向马文平他们挥了挥手，几个小伙伴头也不回地走开了。

丁宁看他们走远，回头问曲艳红。"他们是你同学？""对，我们一个班，不过都是小流氓。"曲艳红满怀恨意地回答。丁宁又回头看了曹大伟他们半天，然后才带着舞蹈班的学生进了教室。

第九章　危急时刻

曹大伟他们几个离开文化宫后，都有些沮丧，做了好事儿居然还被冤枉，这种感觉让他们很不爽，尤其是曹大伟，居然被曲艳红骂成小流氓，这让他心里憋了无数的火。马文平倒是心很大，无所谓地说要请小伙伴们去吃糖，但谁也没有注意到，就在他们刚从供销社走出时，对面的大树旁边的一个水泡上映出了三个人影。

"小崽子，你们还想拍拍屁股就走？今天，我非教训你们一顿不可。"刚才跑掉的老孩带着两个与他年纪相仿的小青年拦住了他们的去路。两个小青年，烫着爆炸式头发，穿着大码的喇叭裤，嘴里叼着烟。其中一个戴着墨镜，镜片盖了半张脸，另一个手里拿着一把甩刀。大庆刚塞到嘴里的两粒糖还没有尝到什么味，就被吓地咽了下去。万风看到老孩又回来了，把糖赶紧揣进了兜里。石头本就胆小，见到这些社会小青年，吓得走不动道。只有马文平和曹大伟准备好与老孩较量，马文平是站长的儿子，所以在这一带，他能挺起腰板。但是，他心里也犯嘀咕，因为老孩要比他高一头，他估计自己的胜算不大。曹大伟是下定决心要和老孩拼命的，因为父亲额头上的疤和他有很大关系，对于打架他是不打怵的。听完老孩的话，他立起了眼睛，攥紧了拳头。"小崽子，敢跟老子叫板，活腻歪了是吧？"老孩看到刚才挑事的曹大伟梗着脖子一副不服的状态，径直走到曹大伟面前揪住了他的脖领子。"小崽子，说，是不是你喊的？"曹大伟暗暗地摸向了裤兜里的那把小刀。马文平要上来为曹大伟解围，被"眼镜"和"甩刀"拦住了。"别动，动就把你们都捅了。"就在这时，他们后面传来了女孩子叽叽喳喳说话的声音。这引起了老孩的注意，曹大伟扭头也看到了从文化宫下课回家的舞蹈学员，曲艳红的目光恰好望向这里，四目相对，曹大伟痛苦万分。女生面前不能栽了面子！曹大伟想到这里，一脚向老孩的小腿迎面骨踢去。这是马文平教给他的，可以瞬间让对方痛苦不已。没有防备的老孩，一时间痛得哎哟直叫，但是，他也身经百战，就在曹大伟以为占了上风时，没想到老孩飞起一脚把曹大伟踢翻在地。一时间，马文平、大庆、万风和"眼镜""甩刀"也动起了手，他们有抓胳膊的、有踢腿的、有咬手的，打作一团。马文平第一个被掀翻在地，他的头被重重地踢了一脚，随后万风的胳膊被划了一刀，大庆被扔进了水泡中。石头在旁边没敢上，大哭起来。女孩子们看到前面打架了，纷纷惊叫着跑开。

曹大伟从地上爬了起来，使出了全身的力气向老孩扑去。他的小刀还没有近老孩的身，就被老孩一掌打飞。"小崽子，你那不叫刀，连玩具都不是。"老孩叫嚣着，把自己的刀亮了出来，那刀被他磨得逞亮，在阳光下不停地反着光。"今天不给你放点血，你不知道我的厉害。"说话间，刀已经捅了过来，曹大伟下意识跳开，军裤被刀划了个洞。就在他恍惚之间，老孩再次飞起一脚，曹大伟全无防备，直接被踹倒在地。老孩跟过来，照着曹大伟的肚子就是几脚。"来，我让你长点记性。"老孩骑到曹大伟身上，举起手中的刀，揪起他的耳朵，削了下去。曹大伟眼睛一闭，心想，完了。一声惨叫，曹大伟下意识睁开眼睛去摸耳朵，耳朵还在，但身上的老孩却倒在地上的水泡里，一个冷冷的身影站在面前。

是万风的哥哥万东从这里路过，出手救了曹大伟，同时救下了万风等人。万风一看到救星，故意做出夸张的表情，捂着胳膊跟万东告状，没想到却挨了万东一巴掌。万东打完万风，转身面对老孩，"我弟弟怎么你了？你这么打他？"老孩看向万东，这才知道万风原来万东的弟弟，心里怯了三分。去年秋天，在机场内发生了一场上百人的械斗，那场战斗从黄昏开始，一直打到天色全暗，当场就死了三个人，伤了四十多人，万东也受了伤，胳膊、肚子、后背一共挨了三刀，但是一直没有退下，一条胳膊加一把军刺打完全场，一战成名。从此万东混迹在社会，成为当地一霸。老孩知道遇到了碴子，但是在自己的手下面前，他不能先矮下来。"我不知道是你弟弟，他们毁我，我教育教育他们。"老孩语气强硬着。

爬起来的两个小青年，"墨镜"认出了万东，忙不迭地跑到万东面前："东哥，误会，误会。"万东把他扒拉到一边，刚才老孩的话，让万东不舒服。他走向老孩，老孩看着他向后退着。"东哥，今天，可能是误会。""你谁呀？""我是老孩，在公园那边混的，对不起了东哥。""这事怎么了，你得有个说法吧？""东哥，我都已经道歉了，你还让我怎么做。"此时，看着这个滚刀肉一样的老孩，万东气不打一处来，他准备教训一下这个不知天高地厚的家伙。"这样吧，我给你一个面子，你给这些小孩磕一个头，我就放你走。""东哥，你这样做就过了吧，我这是给你面子。""你不用给我面子。这样吧，你今天能把我捅了你就没事，如果你捅不到我，那就照我说的做。"万东说完，从跟在身后的社会青年手里接过来一把半尺长的剔骨刀，"啪啦"扔到了地上。

刀掉到了地上，老孩彻底被激怒了，他自恃是社会上混的人，行走起来也有些名号，却没有想到这个万东这么不拿他当回事，要把他往死里逼。他飞快地抓起那把刀，直接向万东的身上捅去。

万东动作麻利，看到刀口过来，一偏身躲了过去，回身就是一脚，这一脚气力大一些，直接把老孩踹飞起来，老孩的刀也撒了手，人再次趴到了水坑里。张扬惯了的老孩哪里吃过这种亏，从水里爬起来，再次猛扑向万东，这时，万东抡起一拳，直接给他来了个封眼，再次飞起一脚，将他踢得爬不起来了。万东掸了掸脚上的土，把刀捡了起来，还给身后的青年，然后又看了看两个老孩的跟班。

那两个青年已经吓得面如土色，还没等万东说话，就双双跪了下来。"今天的事，就这样吧，你们如果不服，可以来找我，我万东随时奉陪。"他没再管那两个小青年，上去又踢了一脚动弹不了的老孩。说完这话，他向身后招了一下手，领着几个社会青年走了。走了几步，忽然回转头，向着愣愣的万风他们喊道："别瞎玩了，赶紧都回家。"

第十章　仇恨的种子

　　这件事儿让几个小伙伴兴奋了起来，反映在大庆和石头身上，是出了气找到了靠山，话里话外开始巴结万风。万风也很受用，一路上讲着他哥的轶事，而曹大伟和马文平则不约而同地感觉到了另外一种东西，那就是得牛气，只有牛气了才能扬名立万。

　　但怎么牛气呢，他们还有些迷茫。这件事儿发生后的第二天，马文平说是文化宫演《追捕》，几个小伙伴都嚷着要去看。"走，今天咱们就看这个了。"马文平说完，大手一挥像一个将军一样，领着小伙伴向文化宫进发。到了文化宫，还没等马文平说什么，在门口检票的女人就把腿从椅子上撤了下来，打扫一下身上的瓜子皮，笑容满面迎向马文平。"小平，过来看电影？""对，李阿姨。"平时，曹大伟和马文平一起看过电影，当马文平叫"白眼"为李阿姨的时候，曹大伟也就在心里，把那个"白眼"的称呼去掉了，换成了李阿姨。虽然李阿姨看曹大伟的眼神没有那么热情，但是还是大手一挥把他两个都放进去。"今天，你们都进去？"看到身后跟着三四个小朋友，李阿姨有些显得为难。"李阿姨，你让我们都进去吧，我和我爸说了，他说你能让进。"马文平指了指身后的小伙伴。"啊，进吧，进吧，你们不要乱跑，坐在外面，里面还有查票的，撵出来不好。"在她去接后面大人递过来的票的时候，马文平已经领着小伙伴们一起跑进了剧场里。进了剧场，马文平跑到剧场中间最好的位置，连忙把几个木椅子背都翻下来，他先坐了下来，然后大声地招呼着曹大伟坐在他的身边。大庆，万风，紧挨着也坐下了。石头却没敢坐下，而是不断地张望着。"石头，你找啥呢？快坐下。"万风发现石头还站着，招呼他坐下来。"我，我怕老孩来找咱们。""你放心吧，我哥把他打成那样，借他胆他也不敢来。"万风听了，笑话着石头，马文平听了，也哈哈大笑起来。"瞅你那胆小样，快坐吧，电影马上就演了。"听万风一说，石头才把屁股坐到了椅子上，他还是不放心，回头看着进来的人。"别怕，以后有了万风他哥，谁也欺负不了咱，是吧万风？"大庆信心十足地看着万风。"我哥这人啥都不怕，就怕我。""吹牛吧，你哥怕你？""那不然呢？他怕我告诉我爸，他挂马子。"大家一顿大笑，曹大伟没听懂什么意思。"啥是挂马子？"曹大伟一问，马文平笑得更大，大庆也跟着笑了起来，石头则绷着脸看着他们。"女人亲嘴，你见没？那就是。"马文平向曹大伟解释完，故意看向石头。石头看着马文平的坏笑，问他："你看我干什么？""你马上就要和万风是兄弟了。""你胡说什么？"石头有些反感地看着马文平。"你不知道呀？他哥的马子，就是你姐呀。你看过他们亲嘴吧？像这样。"马文平说着向石头噘起了嘴，还故做嗲嗲的表情。石头听到这里，再也忍不下去了，他腾地从座位上站起来，扑向马文平，两手要去掐马文平的脖子。曹大伟忙站起来，把他俩拉开。"都是自己人，别打了。"万风也站了起来，把石头拽了回来。

当大家坐定了，万风又看了看马文平。"我哥好像马上要参军去，以后，就没有人保护我们了。"他一说，如同一个炸雷，小伙伴们谁也没听到电影前的铃声。"哎呀，那怎么整？""哎，有了，要不然咱们也拜把子，像《三国演义》里的刘关张那样，名号出去了，老孩就不敢轻易欺负咱们了。""好呀。""我同意。""我也同意。""同意。"曹大伟提出的结拜的主意像一根救命稻草，把小伙伴们的心连在了一起。"石头不行，不能带他。"马文平说这话的时候，剧场里已经关了灯。"为啥不行？"传来石头的抗议。"你爬不了火车。""那就当一个传令兵。"曹大伟帮石头解围。"他能爬火车，咱们就收他。"屏幕上已经打出了《追捕》的字样。"好，马文平，这是你说的，我一定爬上火车。"黑暗中再次传来了石头的声音，小伙伴们的注意力，已经被银幕吸引，谁也没有看到石头脸上露出的坚毅的表情。电影散场，小伙伴们各回各的家，马文平意犹未尽，牵着曹大伟的手，非要跟曹大伟上他家，顺道多分享一下电影的喜悦。"多么蓝的天，唐塔不是跳下去了吗？请你也跳下去。"马文平模仿着演员的台词，曹大伟则做着电影中杜丘的动作。张开两臂，闭着眼睛向前面走。黑暗之中，对面走过来一个大人，曹大伟直接与那人撞了一个满怀。

"这么晚了，你们上哪儿去了？"听到声音，曹大伟认出了是自己的母亲。"妈，我和马文平他们去看电影了。"嬉嬉闹闹的小哥俩，一时间都没了声音。"我问你，你昨天是不是打架了？"孙耀华一把拽住了曹大伟的胳膊，曹大伟心里明白了，这事看来都传到了大人的耳朵里，隐瞒不住了。他只得承认。"妈，是我们先被欺负。""快回家，向你爸认个错，你这一天天的，不让人省心，如果再这样，你就回上海吧。""阿姨，大伟不能回去。""对，我不回上海。"马文平死死地拽住了曹大伟的袖子，他怕曹大伟跟着孙耀华回去之后，就再也见不到了。"你说不回就不回？你这样不省心，还不是自找的。"说着话，孙耀华的手拽得更有力了，曹大伟不想扭着她，跟随她迈动脚步。"阿姨，今天的事不怨大伟，是老孩先挑的事。""不管怎么说，打架就是不对，你回家不要犟嘴，要不然你爸会打得更狠。"孙耀华的话说完，曹大伟觉得马文平更加用力地向后拽着自己，也传来了马文平的哀求声。"阿姨，你别让曹叔打他，我求你了，我给你跪下了。"马文平说完，曹大伟就感觉自己身后一沉，身后一团黑影矮了几分，马文平真的跪下了。"唉，这孩子，快起来，阿姨答应你。"孙耀华忙不迭地把马文平扶了起来。"大伟，你回去吧，阿姨答应了。你如果挨揍，就往我家跑，我给你留门。"马文平说完这话，把手松开，一路小跑，没了踪影。

曹大伟和孙耀华刚一进家门，曹关生已经愤怒地举着皮带，在门口等着。"跪下！越来越不像话了，还学会了打群架！你长能耐了！"说着话，皮带就抽了下来。孙耀华求情的话还没有说，曹关生的皮带已经打到了曹大伟身上，这反而让倔强的曹大伟更加犟起来，心一横不再说话，只是承受着父亲的打骂。看着曹关生越打越凶，孙耀华劈手去夺那皮带，被曹关生推到了一边。"你别管，这孩子就是你惯的，还总让他和姓马的小子玩！他爹不是东西，他也不是什么好东西。"曹大伟越说越激动，皮带也更急。曹大伟硬挺着，但听到父亲说马文平，他不干了。他猛回过头，怒目看着曹关生。"马文平他是好人，不允许你这么说我的朋友。""好人？要不是他爸，我能被弄得这么惨？"

曹关生自从走马上任工会主席宝座之后，现实不是他想象的越来越好，而是越来越坏。原来他的建议马新生还像模像样地听一下，现在则是理都不理。不仅如此，还打着下基层实习的幌子把他发配到了道班组去工作。曹关生开始给局里写信，马新生美其名曰这是亲临一线，不亲临一线怎么管好工会宣传工作呢。局领导见这理由也对，反过来劝说曹关生要端正态度，这让他更加苦不堪言。知道马新生给自己穿小鞋，但又不好发作，只能借着打曹大伟发泄一下。所以，每次打曹大伟的时候，就会牵扯到他。久而久之，马新生这个名字在曹大伟的心里埋下了仇恨的种子。

"你这人，怎么这样教训孩子，扯那么远干什么？"孙耀华看到曹关生打得越来没有节制，再次来抢曹关生的皮带，这次她死死地攥住，曹关生拽了几次，都没有拽下来。啪，一甩手，扔了皮带，拿起旁边的工具包。"你就护着吧，早晚有一天孩子会出事。还有，以后你少去那姓马的家，也不怕风言风语！"曹关生甩下了一句话，一拽门走了出去，随手把门摔着关上。

第十一章　马文平的梦

马文平回到家，和曹大伟是同样遭遇。马新生也握着皮带，脸色铁青地等在家门口。"说，和谁打架了？"父亲劈头盖脸地问，马文平知道一定是曹大伟的妈妈先来这里了。"和老孩，他让万风他哥教训了。爸，你不是说他和王二一起偷站里的东西吗？今天他老实了。"马文平本来想通过这个理由，把打架的事绕过去，却没想到马新生扬手就是一皮带。"好啊，打架你还有理了！你怎么不好好学习，你看看曹大伟都考上重点初中了，你怎么就不学习他的好处？"父亲说着又是一轮皮带落了下来。马文平被打得直叫，他挨不住了，快速地跑到了妈妈的遗像下面。"妈，爸打我。"他这么一喊，还在气头上的父亲马上放下了手中的皮带，一屁股坐在了方凳上，喘着气。

"你别老是用这一出逃脱属于你的责任，就算你妈活着，她肯定也是希望你能好好学习，学好了，才能有好工作，才能给你妈一个好的交代。你也老大不小了，就算不冲我，也要冲你妈，认真地想一想。"

马新生的这番话，起到了皮带所起不到的作用，马文平回到了自己屋里，心情沉重了很多。本来他一直处于兴奋状态，但马新生的话却让他冷静下来，他觉得好多事儿自己确实该想想了。想到这儿，他推开门，从家里走了出来。

这个夜晚没有月光，只有不远处的车站内有光线透过来。此时一辆火车刚刚驶进火车站，隔着围墙，马文平看到了高高飘起的白烟。他向站里的方向走去，火车在站里稍微停留，就又驶出了车站，那缕烟也随之飘向黑暗的夜空。

他快走到进站口的时候，看到了一个小孩坐在道牙子上，不断地晃动着肩膀。他走了过去，一眼认出了石头。"唉，石头，你没回家？"马文平本来高兴这下有个伴说说话，却没有想到石头的脸上满是泪水。"怎么了，石头？""我哪儿都没考上，我爸打我了。"石头说着哇的一声大哭起来。马文平见他可怜，犹豫了一下，还是抱住了他的肩膀。石头哭得更厉害，眼泪鼻涕都擦到了马文平的身上。"我爸说我得考上重点初中，然后才能有机会上大学，这样整天跟你混在一起，连工作都找不到。"马文平听了这话，有些不愿意了。他把石头的头挪到一边："别哭了，看你那点出息，回头告诉你家，我帮你找工作。有我的工作，就有你的工作。"马文平其实也没有想好自己做什么，但是父亲是站长，他一定会有办法的。"真的？你说的是真的？"石头听完喜出望外，他一把擦干眼泪鼻涕，露出了笑脸。"当然，我马文平说话算数。不过，你这小胆要练大一点。唉，对了……"马文平一下子站了起来，也把石头薅了起来。"走，咱们爬火车去，让你练练胆。"石头一听兴奋地拉着他的手，两个人向站里跑去。他们跑进站，一列火车刚刚驶出站台。

"你站这儿，离铁轨不能太近，等火车来了，车速降下来的时候，你就准备抓住那个把手。你记住了吗？那个攀登的把手，千万别让火车蒸气滋到了。"石头听了马文平的承诺，心里有了底。现在，马文平又带他来练习爬火车，他就更加兴奋了。他渴望着真正被马文平和小伙伴们所认可，他渴望着自己奋力地抓住火车把手的一瞬间，渴望着听到小伙伴们赞许的呐喊。就这样，他两只脚不停地在铁轨上来回跳跃着，模拟着火车来之后的各种动作。不远处，一道白光刺破了夜空，一列火车在他们的期待中，隆隆地开过来了。"石头，准备好了，我说让你跳，你就跳。"马文平兴奋地向石头喊着。"哎呀，我的脚。"黑暗中，石头发出了一声惨痛的喊叫。

"怎么了，石头？""我的脚被道岔夹住了。"马文平赶紧查看情况，才发现是道岔因为扳动把石头的脚夹在了铁轨里，马文平慌了，帮着石头拔那只让铁轨夹住的脚。从小在火车站内长大，他太知道道岔夹住脚的后果，他必须要在火车到来之前把石头的脚拔出来。但石头的脚却越陷越深，随着火车隆隆驶来，石头的声音已经变了调。火车的灯光，已经照得他们睁不开眼睛，火车头拉着强力的汽笛，向他们飞奔过来。"石头，你挺住了，我去找人。"马文平说完，飞奔而去，边跑边喊着："快来人呀，石头被夹住了，快来人呀。"他在铁轨下的碎石块上，深一脚浅一脚地跑着，但很快被铁轨绊倒在地，但他仍是竭尽全力喊着。终于，在站台处，他看到曹关生手里拎着一个信号灯，向他跑了过来。曹关生发现问题紧急，立即扔了信号灯，打开手动扳道岔，使劲压下去，道岔终于被扳动，但火车的灯光已经完全把石头淹没了。曹关生听到灯光中传来石头一声撕心裂肺的喊声，马文平吓得一闭眼睛，坐在了地上。曹关生跑过去，发现石头躺倒在路基上，但脚腕处已经被铁轨夹碎，正抱着腿痛苦地叫着。曹关生松了口气，他背起石头，却听到火车在黑暗中撞向仓库的声音。轰的一声巨响，火车在仓库的废墟中停了下来。四周再次回到了黑暗，曹关生顿时愣住，他突然意识到自己为了救石头而闯祸了。

马文平已经被吓蒙了，看着仓库中冒起的浓烟，他撒开腿向家里跑去。马文平回家时，马新生正在台灯下吭哧吭哧写着"火车站改革建议"。对于只有小学文化的马新生来说，写这篇东西还不如要他的命，写了一晚上连三行字都没写出来，正愁眉不展时，屋子里的电话响了。马新生电话接了起来，电话里传来的消息让他愤怒起来，"损失大吗？简直是胡闹！"啪，马新生把电话摔在桌上，套上了工作服，回头看到正傻站着的马文平。"小平，你自己在家，站里出事了，我要马上赶过去。"马文平张了张嘴，想说出刚才发生的事，又咽了回去。马新生没有理会他的动作，快速地推开门走了出去。马文平做了一个梦，梦里石头满身是血，来找他爬火车。

第十二章　计划去看望石头

天刚蒙蒙亮的时候，曹大伟就醒了，曹关生昨天下手太狠了，到现在皮带抽在身上火烧火燎的感觉还没有退去。他龇牙咧嘴地从炕上爬了起来，揉着眼睛，胡乱穿上衣服，下了地。孙耀华正在扫地，看来还在生着他的气，没有搭理曹大伟，曹大伟讪讪地走过去，拽亮厕所的灯，解下裤子小便。当他出来的时候，孙耀华已经把屋子里的地扫完，从米缸里舀出了一碗小米准备熬粥。正在这个时候，他们都听到了院外传来的汽车的声音，而且好像就停在他们的院门前。正猜疑的时候，院门开了，父亲曹关生匆匆走了进来。曹关生拉开房门的时候，曹大伟看到父亲的脸色煞白，而且非常严肃。

看到曹关生回来，孙耀华马上打水，给他递过毛巾。"你怎么回来这么早，我这饭还没好呢。""不吃了，不吃了，我马上要去局里说明情况，昨天我管的那个段出事了。""啊？什么事？"父亲看了一眼曹大伟，压低了声音，在母亲的耳边说了几句话。"什么？老曹，孩子怎么样？损失大吗？你还能回来吗？"一连串的询问，曹大伟听到母亲的声音都变了。他疑惑地看着他们俩，不知道出了什么事情。"嗯，我相信组织会调查清楚的，你在家要照顾好孩子。"曹关生说完走到了曹大伟的身边，用手抚摸着曹大伟的头。"大伟，爸出个远门，回来之前你要多听你妈的话，好好学习，别乱跑。"曹关生在说这番话时，眼中似有泪水在涌动，这让曹大伟心里一紧，之前残留的对他爸的怨恨瞬间烟消云散。"爸，你啥时候回来？"曹关生看了他一眼，走到书桌前，把那个相机拿了起来，递给曹大伟。"大伟，这个相机爸就送给你了。你有天赋，别浪费了，记住我的话，以后少和那些孩子瞎玩，要把心思多用在学习上，你看，昨天……这就是教训。""爸，昨天什么？"父亲不再说话，只是实实地握了握曹大伟的手。转头又走向母亲，两人只是目光交流了一下。曹关生推开门，走了出去。"老曹，你不能走，你别扔下我们。"孙耀华突然疯了一样，奔出了门，死死地抱住了往院外走出去的曹关生。曹大伟这时才发现，门外站着万世海和两个警察。其中一个警察拿出了手铐子，"咔嚓"给父亲双手铐上。

曹大伟看得真切，这时他才看明白，是警察要来抓父亲，他想都没有想，随手抄起了菜刀冲了出去。"不许抓我爸，你们都撒手！"几个警察一回头，看到曹大伟挥着菜刀向他们扑来，他们立马掏出了枪。吓得孙耀华赶紧扑到曹大伟身前，挡住曹大伟："大伟，你把刀放下。"曹大伟手中有刀，但是不能和母亲撕扯，他一时没了办法。

"大伟你给我把刀放下，你这样是公然对抗公安，你知道吗？"关键时刻，万世海闪身上前，眼睛盯着曹大伟，那目光里半是威严半是关怀。曹大伟盯着万凤他爸，他知道万世海平时跟曹关生关系很好，一时有些不知所措。孙耀华趁这机会强行去抢曹大伟手中的刀，曹大伟试图挣脱母亲，用力过猛，孙耀华的头重重地磕在地上，流出了血，曹大伟一时惊呆了，他把刀扔在一旁，扑在了母亲的身上。"耀华，你早一点把大伟送回上海，他待在这儿，会毁了一生。"曹关生叫喊着，还是被警察们架着押上了警车。当曹大伟扶着母亲坐起来的时候，警车已经没了影子。

马文平听说曹大伟的父亲被警察抓走了，他明知道这个事是因为自己引起，但是他不能说。当曹大伟在他家擦干眼泪的时候，他劝慰着曹大伟。

"大伟，没事，也许是站里出了点小事，你爸就是去接受调查，说完了，就出来了。"他正说着的时候，父亲马新生满脸气愤地拽开门，从外面走了进来。"小平，你过来，我问你话。"马新生完全没有顾及曹大伟的存在，而是把马文平连拉带扯，直接拽进了里屋。"我问你，你昨天晚上，是不是进站了。"马新生大声的责问声，从门板后面传了过来，曹大伟一听说昨晚的事，竖起了耳朵，仔细地听着。可是马文平声音小了很多，他听得不太真切。还没等曹大伟再听清楚，已经传来了马新生抽打马文平的皮带声，随之传出了马文平的哀号。"我叫你去站里，我叫你逞能。"皮带声，一声紧似一声。曹大伟再也听不下去了，他冲开门撞了进去。马新生没有注意到曹大伟，还在狠命地抽打着儿子。曹大伟扑在了马文平的身上，马新生的几皮带狠狠地落在了曹大伟的身上。"你不要打他，他犯了什么错？"曹大伟通红的眼睛，质问着马新生。马新生看着曹大伟死命地护着马文平，一下子扔掉了皮带。"小平，我们走。"在马新生还没有反应过来的时候，他拉起了马文平，两个人快速地跑了出去。坐在铁轨旁的木堆上，小伙伴们发起了愁，曹大伟把马文平救出来，就去找大庆和万风。

当他们听完马文平的讲述，才知道昨天晚上发生的事情。"我爸说了，是你爸及时扳回了铁轨，保住了石头的性命。然后抱着石头，第一时间跑到了医院，要不然石头的整个腿都废了。不过车站的损失也不小。"

曹大伟现在对于马文平不知道是爱还是恨，如果没有石头这样的事，自己的父亲也不会被抓走。但是他看到马文平眼里的泪水时，自己心又软了，其实马文平也不是故意的，他的初衷也是让石头胆大一些。

现在小伙伴们发愁的是，怎么去见石头。万风说石头现在在铁路医院，脚已经不能治了。现在他家的人都在看护着，而且他哥也过去了。"我是不是应该看看他。"马文平的目光环视着大家，他自己没有勇气去看石头，但是又感觉一切都是自己造成的，自己应该承担。"你去？他家的人不得骂死你。"大庆说着随手摸起了一块树皮，扔向了铁轨。"其实，我觉得应该去，有我哥在呢，要真有事，我哥也护着咱们。"万风把目光投向远方，中午铁轨的反光，让他有点睁不开眼睛。"走，我们去看看，石头是我们的朋友，以后朋友之间还得见面。再说，他也许期待看到我们。"曹大伟的说法，得到了小伙伴们的一致同意。"我兜里还有几角钱，给他买点东西吧？"马文平说着话，从兜里把所有的钱掏了出来，摊在手心里。"我这也有，咱们凑一凑，给他买几瓶罐头。"曹大伟说着也掏出了自己的几分钱，万风和大庆也掏干净了自己的兜。小伙伴们在供销社买了两瓶罐头、十粒散糖，一起向医院走去。

第十三章　拜把子兄弟

　　还没有进病房，就听到石头痛苦的呻吟，接着是他妈尖厉的声音。"让你作，这回好了，不能走道了。""妈，你说个啥，弟弟多伤心。""是呀，婶，咱们得想办法把他的脚治好。"他们听出来是石头的姐姐王小丽和万东的声音。"治好？想得美，这么大的活人，没了脚，以后怎么生活？"传来了石头妈号啕大哭的声音。马文平看了看小伙伴，在他们的鼓励下，他慢慢地把门拉开了一条缝。万东听到开门的声音，回头看了一眼。马文平看到石头的爸爸蹲在犄角抽着旱烟，不说话。屋子里静了下来，王小丽正在默默地擦着眼泪。马文平仗着胆打开了门。"出去，你们都出去！"一声厉喝，刚要迈步进去的小伙伴都傻了眼。"你们都出去，我不想看到你们。"石头扭过头向他们喊着。想好的话，他们一句都没有说，马文平扔下东西和小伙伴一起灰溜溜地被撵了出来。出了门，他们一路狂奔，跑出了医院。大家都没了主意，你看我，我看你，神情沮丧地看着远方。

　　"我哥要参军走了，听说就是这个礼拜，前几天他和我爸一起去把名报完了。"万风想率先打破沉默，却没有想到这个消息让大家心更往下沉了。万东走了，意味着他们的靠山就没有了，到时候老孩再找过来，就没人帮了。石头残废了，把他们看成了敌人，最惨的是，曹大伟的爸爸还被抓了进去。这一连串的坏消息，让他们的心里蒙上了巨大的阴影，一时有些喘不过气来。马文平为了放松情绪，站了起来，捡起一块石头使劲朝远处抛去，当的一声，石头打在了站内停靠的一列火车头上，弹了出去。这时，身后传来曹大伟的声音："我们结拜吧，就像当年的刘关张。"曹大伟想着自己的处境，他感到了一种从来没有过的无助，万东走了，父亲也离开了，这两个人生中的保护伞都没有了。现在与他最亲的就只剩下母亲和坐在身边的小伙伴了，他有一种冲动，他不想再失去他们，他想永远和他们在一起。所以他脑海中强烈地涌现出了这个建议。

"好呀，上次看电影，咱们就说过。要不然就今天吧。大庆，把你家的鸡杀了。"马文平听曹大伟这么一说，眼睛一亮，他马上举起了双手。"那是我奶奶好不容易养大的，我可不敢动它。""大庆，是不是哥们儿，现在咱们要结拜，这么大的事，杀个鸡，没问题吧？"马文平一向是说一不二的，可是大庆在这件事上，却没有听他的。"还有石头呢，他还在医院，怎么结拜？"万风提出的意见，再次让小伙伴们陷入沉默。"这样吧，等他出院了，咱们再重来一次。"良久，马文平有些愧疚地说出了一句。"好吧，咱们先来。"曹大伟现在只想快一些，与他们成为捆在一起的兄弟。商量到最后，大庆还是把他家的鸡牺牲了，不过没杀，而是几个小伙伴把住鸡，大庆用刀在它的冠子上划了一个口子，流出了血，他们倒立着鸡，把血控到了碗里。万风从他爸的柜子里偷了一瓶阿什河酒，在马文平的家里，他们每人倒了一小碗，把鸡血倒进去，马文平又找出父亲平时抽的最好的大前门，点着了四根，插到一个装满了土的碗里。

看着烟火升腾，小伙伴依次跪下，马文平老大，曹大伟老二，万风老三，崔大庆老四。"我马文平。""我曹大伟。""我万风。""我崔大庆。""今天自愿结为兄弟，从今天起，有难同帮，有苦同享！"小伙伴们一起举碗，彼此看了一眼，一仰头把酒全部干掉。烈酒混着血，落入胃中，曹大伟感觉自己身体热血沸腾，百感交集的滋味袭上心头。酒里有辛辣，就像他们曾经历的战斗，让他流泪。酒里有甘甜，就像他们现在的友谊，让他激动。还有苦涩，像现在的生活，让他惆怅。还有酸涩……他情不自禁地和小伙伴们拥抱到一起，他们掷碗为信，马文平的家里，碎碴遍地。

喝完酒，发完誓，小伙们兴奋不已，在曹大伟的提议下，他们一起跑进站里，他们准备做一件有象征意义的事，那就是大庆要去"开火车"。"开火车"就是他们爬上在铁轨上停留的火车，然后装作把火车开动的样子，去体味那种跟着火车去旅行的感觉。

今天的"开火车"与以往有所不同，这次掺杂着一种隆重的仪式感。当成为今生兄弟的四个人爬上火车时，他们的命运，就真的只在这一趟列车上了。大庆的父亲是火车司机，所以他的梦想，就是有朝一日，能够像父亲一样驾驶着火车走遍全国各地。

今天的大庆，更加兴奋，因为是要载着自己的兄弟，走向人生新的旅途。"坐好了，火车要开了，呜呜——"他在嘴里模仿着火车的声音，手上不断地模仿着火车司机开火车的动作。其余的小伙伴，欣喜地从驾驶窗向外张望着，就像这列火车真的在向前开进一样。"等我长大了，我要把火车开到北京去。去看天安门，去看日月潭。"大庆边开车，边向小伙伴们说着自己的理想。"日月潭是台湾的，北京的是天坛。"曹大伟搂着马文平笑着帮大庆挑出错误。"啊，那我就开到台湾去。"大庆说着更加用力地把控着在驾驶室里支出的各种操纵杆。"去台湾得过海，开不过去。"万风再次纠正了他的错误。"不对，能开过去，连松花江都开过去了，海一样也能开过去。"从来没有见过大海的马文平，坚信火车哪儿都可以去。"江才多宽？海就不一样了，一眼都看不到边，火车过不了海。"曹大伟再次用自己的学识告诉小伙伴，火车是不可能过海的。因为这是父亲告诉过他的。"我又没说现在，我说的是以后，以后等实现四个现代化了，火车就能过海了。"马文平被曹大伟的话呛住，半天才抢白着。"实现四个现代化咱们都多大了，大庆还能开火车吗？"万凤质疑着马文平的说法，原来对马文平言听计从，但现在曹大伟的学识已经远远超过了马文平。"周总理说2000年就能实现四个现代化了，我今年是13岁，2000年？"大庆扳着手指算起来。"1980年我15岁，1981年我16岁……"看着大庆这样，除了曹大伟，万凤和马文平也扳着手指开始算着自己的年纪。大庆念着念着就忘记了自己算到哪一年了。"唉，还是这样来得快。"他跳下机车，从书包里掏出一根粉笔在乌黑的机车身上写了起来，1980、1981……其余小伙伴也都跳下机车，各自在大庆手中抢下一截粉笔写了起来。很快，机车身上已经写满了密密麻麻的年代。"我35了！"第一个算出结果的是曹大伟，他是用算式算出来的。"我36了。"第二个是万凤，他全部画完了。"我27，不对，我35。"第三个是马文平，他又重新查了一遍。"35岁。"

最后一个是大庆，他觍着大肚子，看着小伙伴们笑。

"好，看见没有？"

在这种情绪影响下，马文平顺手一指远处的站前餐厅。

那个餐厅是他们向往很久的地方，商量了好几次要去那儿喝一顿，因为钱凑不够，所以没有实现，但现在，在这种豪迈的情绪影响下，马文平开始意气风发起来。

"等到四个现代化实现的那天，不管我们到时在哪儿，都要回到这里一起聚一下，怎么样？"

"好！"

"好！"

"好！"

大家被马文平的情绪感召，异口同声地叫着好。

第十四章　救命的交情

五年的时间转瞬即逝，历史的车轮转眼就驶进了20世纪80年代中期。

这五年，曹关生一直在监狱里服刑，他因为被撞塌的仓库货物损失金额，而被判入狱六年，这就意味着还有不到一年的时间，再加上监狱的减刑，曹关生有望在几个月之内就可以出狱。

马新生如愿以偿成了平安火车站的站长，他得到了他梦寐以求的一切，包括孙耀华，虽然那层窗户纸还没有捅破，但种种迹象表明一切都向好的方向发展，他知道孙耀华对自己是不反感的，成为他们之间最大的阻碍来自曹大伟。

曹大伟即将高中毕业，每天在渴盼着父亲早日回来，孙耀华内心也盼望着自己的丈夫，但是每一次想起曹关生来，就不免会忧心忡忡，因为不管愿意不愿意，马新生已经闯进了她的生活。这五年来，无论是在生活上还是工作上，都给予了她尽可能的照顾，但她深知马新生内心想的是什么。五年的生活让她已经了解了马新生并不是一个内心跟他外表一样粗糙的男人，他是细腻的，甚至有时候比曹关生还要细腻，她不排斥他。但来自方方面面由内到外的限制，都不允许她踏出那一步。

马文平在初二那一年，就选择了弃学上班工作。那一年，当马文平提出这个要求时，马新生先是拒绝，然后是一顿棒打，但马文平仍旧很坚持，最后发展到以绝食来表达自己强烈的意志。最后马新生只能屈服，利用手上的权力，把他安排在站文化宫，学着放电影。一来让他在自己的眼皮底下，省得惹是生非；二来这活轻巧，不用按时按点，倒适合马文平的年龄和性格。

马文平与曹大伟在这五年之中感情愈加浓烈，好得恨不得穿一条裤子，那是因为，在一次征战中，曹大伟再一次地把马文平从死神面前拉了回来。

万东当兵走后不久，始终肚子里窝着火的老孩，得到了万东已经参军的消息，他就到三十八中去堵曹大伟，可巧那天全校植树，曹大伟回校晚，老孩在学校碰到了去找曹大伟玩的马文平。他认出了马文平，马文平不想在校门口就打起来，怕给刚上初中的曹大伟带来麻烦，马文平把老孩约到了车站里面，两人动起手来，马文平经常在社会上混，懂得打架的要领，而且那时身体也长壮实了，他一出手就很猛，把老孩也震住了，但是时间一长，他的力气和老孩就比不了，就这样，几拳没躲过去，就让老孩打翻在地。他再想挣扎起来，老孩已经赶过来，领着"墨镜""甩刀"对他一顿拳打脚踢。当年被打之仇，全部发泄在马文平身上。

最后，不解恨的老孩和"墨镜""甩刀"又把打得浑身是血的马文平拖到了一列装满木材的火车上，把他坐着捆在摞得冒尖的木头上，身后再别一个木方子，让他只能坐在上面，动弹不得。火车一开动，钻过离站不远的桥洞子，就会直接把马文平撞死。

火车开动了，天色也暗下来了，老孩他们高兴而归。他们并不曾注意到一个身影快速地向火车跑去。那个身影就是曹大伟，当曹大伟听说马文平出事了，攥着植树的铁锹真奔站里跑来。当马文平眼看着桥梁向他呼啸而来的时候，曹大伟熟练地跳上火车，铁锹砸得木头直冒火星，绳子割断。两个人同时从木头上滚下来，火车飞速地穿过桥洞子。那个木方子被撞得粉碎。说来也奇怪，自从那件事后，两个人谁也没有再见到老孩。老孩这几年在火车站的地界上消失了。

大庆跟马文平一样，初中没有念完，就接了父亲的班，如愿以偿当了一名火车司机的徒弟。事实上大庆他爸在曹大伟没有来到这个火车站的时候，就因工去世了，他爸崔宝成是一个火车司机，有一个徒弟是夏文学，夏文学比崔宝成要小半旬。崔宝成从刚一解放就是光荣的火车司机，曾经开着"朱德号"蒸汽机车到首都北京，给毛主席"献礼"，他还荣幸地受到了中央领导人的接见。

崔宝成从那时起，就把身心全部投入开火车的事业中，他不断地钻研开车本领，并且总结出一套用土知识积累的方法："开车十年谈"。当年引起了市里的轰动，一个火车司机能够活学活用，并且将经验总结成材料，这就是新时代的榜样。那时，大会小会地树形象，做演讲。崔宝成终于成了一个火车事业的领路人。

年近五十，为了不让他的手艺失传，崔宝成就带了一个徒弟。徒弟夏文学是小中专的学历，进站之后，一直从事着机车检修的工作，夏文学愿意钻研，并经常向崔师傅请教，他爱学习肯吃苦的精神感染了崔宝成。崔宝成看到了当年自己的影子，所以夏文学成了崔宝成真心教授的徒弟。崔宝成把自己多年所成，不无保留地传授给他。两个人顺利地完成了站里的多项艰难的运送任务，包括往返不是很平静的国境线上送物资。

当大庆五岁的时候，师徒二人出了一趟远门，去给兴安岭深处的双林农场拉土豆，农场说土豆高产，产量已经达到了往常的十倍以上，如果不及时运输，怕都烂到了地里，那将会给国家带来巨大的损失。这样，两人就得到任务，去抢运土豆。到了当地，他们的车，还没有装到一半，土豆就没了。根本不是什么高产，都是编造出来的，回来的路上，崔宝成痛心疾首地咒骂着农场。夏文学也一边听，一边向火车炉子里搓煤。他也很气愤，时不时帮师傅骂上几句，他们谁也没有注意到前方的铁轨横着一根因为腐烂而掉下来的树杈，树杈有碗口粗细，像一个十字架。

当崔宝成发现了，已经晚了，他指挥着夏文学刹车。他们听到了车轮从来没有发出的怒吼，树木，下坡，火车带着死亡的惯性，带着他们飞了起来，驾驶室内飘荡着纷飞的血液与煤灰。那个"十字架"，兀自在不停地燃烧。崔宝成被夏文学叫醒后，他混着血与灰的脸，突然睁亮了雪白的眼睛。他在弥留之际，告诉徒弟，自己最后的心愿是把土豆运回去。同时也告诉夏文学，帮助照顾好崔大庆，大庆从小没有妈。他这一走，大庆就只有一个相依为命的奶奶。

最后，夏文学看着师傅闭不上的眼睛，用手抹下他的眼皮，当他从火焰中站起来的时候，他告诫自己，要把大庆当成儿子一样看待。那一刻，他曾郑重地想过，如果自己没了，就让女儿跟着大庆。他的女儿就是夏天。

所以，大庆对于夏天有一种特殊的感情，因为夏文学特意让两个孩子经常在一起。大庆也一直认为夏天就应该和自己在一起。奶奶曾经当着大庆和夏天的面说过："你们俩这么好，以后就成一家子吧。"

大庆上班，是夏文学给办的，在站里申请了名额。也因为崔宝成这个老模范的影响力，马新生很痛快地报了上去，不久就批了。

大庆上班后的师傅就是夏文学。夏文学手把手教他开火车，他希望把大庆培养成像他父亲一样的人。也许是遗传，大庆悟性高，很快就掌握了开火车的基本本领，在忙的时候，可以开着火车完成一些短途的任务。

石头，哪儿也去不了，又成了跛脚。家人无奈之下，在站前附近的地方，给他支了一个小棚子，他延续了父亲的修理火车的手艺，做起了修理自行车的活。

万风和曹大伟一起上的三十八中，几名小伙伴中，只有万风一直陪在曹大伟的身边。不过，几个小伙伴还是经常聚在一起，除了石头。因为石头因为那件事，一直记恨在心，根本不和他们说话。

第十五章　考试落榜

当《霍元甲》在全国热播的时候，曹大伟高中考试成绩出来了，成绩很不理想，数学成绩才 54 分，这让万风惊讶地跌掉了下巴。

"大伟，你这分数不对吧，平时你考试都快满分了，这次高考咋成绩这么低？"万风惊叹地说道。

万风没有曹大伟学习好。最后临近考试前半个月，他才使出了浑身解数开始背题，可是毕竟荒废了三年的学业，一夜是补不回来的，费了九牛二虎之力，他还是没有考上高中。

但是，曹大伟就不一样了，他是他们中学唯一有希望考上高中的，以前数学成绩一直居高不下的他，怎么可能高考就考了 54 分。不过看到曹大伟落榜，万风的心理平衡一些了。

"没办法，考试发挥失常。"

"你回家怎么和你妈说呀？"

"那有啥怎么说的，就是没考上呗。"

曹大伟一副满不在乎的样子，让万风有些意外，但他没等追问曹大伟，曹大伟已经骑着车走远了，他只能快蹬几下追了上去。

"大伟，你怎么打算的，是要再重读吗？"

万风仍不死心。

前面有一块土块，曹大伟直接把车轮压了上去。

"不打算，想上班。"

万风看到那块土块被压得粉碎。

曹大伟的车速越来越快，快骑到家的时候，曹大伟一捏闸，突然停住了。后面的万风，车闸刹得突然些，车前轮差点撞到曹大伟的车。

"唉，你干什么，我差点撞上你。"

曹大伟也不答话，看着道边的自行车修理铺。

一辆自行车被撇到了道上，后轮在不停地转，前轮已经被摔瓢了，一个小青年正把旁边修车棚里的零件、工具胡乱扔出来，另一个小青年手里拿着气管子，不断地躲闪着一个架着拐的、满身脏污向他冲去的人。

架着拐的就是石头，石头现在看上去明显比曹大伟他们老了不少，他的一只裤腿在下面打了结，拖在地面上，裤腿上积满了油污与灰尘。他的身上也满是油污，脸就像没有洗过一样，他试图去夺那个气管子，但没有成功，他又想阻止扔东西的青年，但再次被另一名青年给吸引开来，两个小青年耍猴一样把石头引得团团转。

石头气得大骂着，把两名小青年骂急眼了，停住脚步，叫道："用你气管子是看得起你，我们今天把你这拆了你信不信。"

说着话，其中一个抢起气管子向自行车棚砸去。就在这时，曹大伟和万风已经出现在他们身后，曹大伟照着青年的后屁股就是一脚，小青年一头栽倒在一堆车轮胎上，与此同时，万风也抄起家伙抡了过去，将另一名小青年打倒在地，两人又分别上去劈头盖脸踹了几脚。曹大伟边打边喊着："以后再敢欺负他，我就整死你。"被打蒙的两个小青年，龇牙咧嘴地从地上爬起来，扔下一句狠话，头也不回地跑远了。石头却像没看到他们一样，理也没理曹大伟递过来的气管子，而是走回到棚内，坐到座位上接着干起了他的活。曹大伟和万风对视了一眼，也没说话，帮他把地上扔出来的东西，一件一件捡了回去。

　　曹大伟推开家门的时候，孙耀华正在把两个鸡蛋打在碗里，搅动着。见曹大伟回来，让他准备吃饭，曹大伟鼻子哼了一声，径直走进自己的房间，客厅里电视开着，正在播报着二王杀人潜逃的新闻，这引起了曹大伟注意，他重又走进客厅，摆弄着电视天线，试图让电视图像更清晰些。

　　曹大伟家的电视是两年前买的，那时，一栋楼里，已经有几家有电视了。孙耀华在医务室上班，家里也有了一些积蓄，母亲就张罗着买电视，电视是马新生托人买到的，也是马新生捧着送过来的。自从父亲曹关生进去以后，马新生到曹大伟家的次数明显增多。已经长大的曹大伟，觉得马新生总借各种理由来自己家，作为儿子，他要帮爸爸守住自己的家门。所以，虽然他是马文平的父亲，但是他还是有些讨厌总在母亲面前献殷勤的马新生。

　　当他看电视的时候，他听到孙耀华隔着厨房窗户跟对面的邻居聊着天。"大伟成绩下来了吧，怎么样？""还不知道呢，这孩子回来也没说，我想应该还可以吧。""肯定好，这孩子学习好，以后一定有出息。"他听到了厨房里没了炒菜的动静，孙耀华的脚步向屋里走来。他把电视的声音调大，孙耀华端了一盘炒鸡蛋进屋，放到了桌上，高兴地看着曹大伟。"大伟，成绩怎么样？"曹大伟把话题岔开："妈，你去看我爸了吗？"曹大伟刚才都想好了，回家就告诉没考上，可是到了家，看到母亲期待的神情，又不想伤害到她。"我去了，你爸还问你考得怎么样，你这回放假没事了，就常去，他想你呢。我问你呢，到底怎么样？"看到了母亲的笑容有些凝固，换来一种怀疑的目光。曹大伟知道不能再瞒着了。"没考上。"他说完，又开始盯着电视。电视已经报完了通缉令的全文。"什么？"孙耀华意外站了起来，"什么？没考上？""就是没考上。"曹大伟装作若无其事地看着母亲。"这些年的辛苦白费了？你，你明天去给我复读去。"曹大伟看着因失望而神情复杂的母亲，心里像被刀捅过一样。"妈，我不想念了。""你说不念就不念了？你没有文凭，以后怎么找工作？""我能找到，马文平不都上班了吗？""他有他爸，你能指望你爸？""那大庆没爸，他工作不也很好吗？"母亲彻底被激怒了，手直接朝曹大伟扇了过去。"没出息！"曹大伟一动不动，做好了挨巴掌的准备，这会让他好受一些。

那手却在半空中停了下来。"唉，你这是要把大人都气死。"母亲的手，再没扬起来，她背过了身，曹大伟看到她的后背在微微颤抖。"妈，我能找到工作。""你明天就去联系一下，复读。""我不，我能找工作。"没等孙耀华回头，曹大伟先进了里屋，只把门上那块印有"书山有路勤为径"的布帘留给了母亲。这字是孙耀华为鼓励曹大伟复习买回来特地挂上的。此时，曹大伟不用看也能体会到孙耀华看到这一切的难过、悲伤的心情，但他无能为力。他正发神的时候，孙耀华推门走了进来。"大伟，听妈的话，你明天就去打听复读的事，你爸一心希望你上大学，他马上就要回来了，你别让他失望。"母亲语重心长地看着儿子，这神情和这样的话让曹大伟感觉更加难过，他觉得房间内有一股巨大的压力四面八方向他压来，让他瞬间感到窒息。"我的事，你别管。"曹大伟站起身，抓起桌上曹关生留下的相机，转身走了出去。

第十六章　同学再聚

　　曹大伟手里拎着相机，一口气走到车站文化宫门前，他看到了穿着铁路工作服的大庆。

　　大庆正挤在一堆录像片广告画前，选择要看的录像。曹大伟拍了他一下，大庆一回头："吓我一跳，大伟你啥时过来的？""考完试了，出来找你们。""考得咋样？"曹大伟脸板了起来："你能不能不提这件事儿，正烦着呢。"俩人正说着，就听文化宫门口那对播放录像广告的喇叭声忽然停了下来，换成一个男人的警告声音："广告栏的那俩人，你们往旁边站一站，你们挡住广告了。"喇叭里传出了声音，很明显是说曹大伟他俩。"操，咱们招他惹他了，别理他。"大庆有些不满，这是文化宫外面，而且他还离广告栏有些距离，太让人来气。他俩谁都没动。"唉，说你们呢，再不动，我可叫警察了。"这一刻，他俩同时听出了喇叭里的人是谁。"操，马文平。"马文平在大庆的呼喊中，笑着拉开了文化宫二层的窗子，露出了头，向他们招了一下手。"等着，我下去。"马文平向他们扯着嗓子喊。当马文平从文化宫的正门里出来向他们走来时，曹大伟看到马文平的穿着，已经完全变了，他穿得很时尚，而且梳着一个中分的发型，有点港台的味道。"大伟，怎么样，成绩下来了吗？"曹大伟眼神再次耷拉了下来。马文平马上意识到，赶紧岔开话题："就个高中，上不上能怎么样，来……

抽烟。"马文平变戏法似的从内兜掏出两根烟,递给两个人。大庆接过看着牌子,兴奋起来:"良友。行啊!"

马文平没事儿似的:"小意思,哎,大伟,没事,考不上还有别的路。你有啥打算。""小平,你帮着大伟找个工作吧。"大庆一说,马文平一把搂住曹大伟。"没问题,伟,你说,你想干什么,只要是站里的,你随便挑。""我还没想好,到时再找吧。"曹大伟说完,不再看他们,目光已经投向了远处的一个红色的蝴蝶结。一个小女孩向文化宫里面走去。曹大伟本以为是曲艳红,仔细一看不认识。"哎,别愣着了,到我这,我请你们看录像,走,最新的枪战片。"三个人来到剧场里坐下,剧场里人不多,座位空空落落,前面有一两对看起来像是处对象的,紧紧挨着坐着。曹大伟渐渐适应里面的光线,才发现这里面进来的都是男女在一起的。

有专注地看的,也有两个人抱在一起的。他把相机从脖子上摘了下来,刚要放到膝盖上,马文平捅了他一下。"唉,你看前面。"曹大伟看向前面,隔着他们一排,一对男女,男的已经和女的亲上嘴了,女的紧紧地抱着那个男的。曹大伟扭头回来,对着马文平会意地笑。当他再看向那对男女时,他的眼睛突然间大了起来,他看到了那个男的脸。那是一个熟悉的面孔,是他一直也忘却不了的脸。是老孩,一个沉寂了多年的人,突然之间在文化宫里出现了。曹大伟的心,不禁紧张起来。他转过头来,也看到了马文平惊异的眼神。大庆也是,他们看着老孩,老孩已经进入忘我的状态,他的手伸进了女孩上衣里。曹大伟他们对视了一下。"这里不能打,大伟,咱们坏他一把,你给他照下来。"马文平小声地说。曹大伟慢慢地拿起相机,按下了相机快门。闪光灯的光引起了老孩注意,他迅速回头捕捉着光源方向,正好看到三个身影迅速消失在剧场门口。

曹大伟他们跑了出来,刚出剧场门,他一眼就看到了曲艳红从电影院的楼上走下来。虽然说曲艳红比过去高了许多，形象气质也有了变化，但曹大伟还是一眼就从一群跳舞的同学中认出了她。

自从小学毕业后，曹大伟就再没见过曲艳红。曹大伟与马文平好上之后，曲艳红就对曹大伟变得冷若冰霜，再也不愿和他同桌，主动提出跟他换了座位。从此，两个人在班级里也就没有了交流。

夏天还是一如既往地热心帮着曹大伟。夏天虽然排斥马文平他们，但很奇怪，她唯独对曹大伟另眼相看，再加上跟大庆之间的那种微妙的父辈关系，有几次曹大伟、马文平、大庆他们在班级惹出麻烦，夏天利用班长的关系，帮他们在赵老师面前说着好话。赵老师见此还以为夏天顾全大局，有能力有担当，也就有意让她与后进同学处好关系。一来二去，夏天就跟这个小团体说说笑笑，弄得一团和气。

而曲艳红则因为高冷的性格，再加上跳舞本身就是一般人所不及的爱好，渐渐地，就跟班级同学渐行渐远。在母亲赵冰姿和父亲曲折的教育下，曲艳红从小就明白一个道理，人是分阶级的，燕雀安知鸿鹄之志，鸡和凤凰永远也走不到一起的，他们只是在人生的某一阶段偶有交集而已，注定不是一类人。

曲艳红不论在学习还是舞蹈上都是优秀的，所以她与他们如同隔着一条很宽的河，曹大伟就是再有心，也不会轻易游过这条河。再说曹大伟当时沉浸在融入这个小团体的喜悦中，对于曲艳红什么时候不当自己的同桌了，曲艳红什么时候失望地盯着自己看，他都没有在意。

之后直到小学毕业，两个人之间的对话，也没有到十句以上。

后来曲艳红上了重点初中，而曹大伟则和马文平、大庆、万风以及夏天一起按区域划分全都上了三十八中，但毕竟是住在同一个区域，偶尔也还会在路上碰到，只不过再没有说过话，每次都是路人一样擦肩而过。初二那年，曹大伟见到曲艳红穿着一件白裙子很漂亮，试图想夸赞一句，但曲艳红却像没有听到一样就骑着自行车快速过去，这严重伤害了正处于叛逆期的曹大伟，自此再见曲艳红连眼皮都不抬一下。这种状况一直持续到初三夏天的那个雨夜。

那天晚上补课时，窗外刮起了狂风，紧接着下起了雨，等下课曹大伟推着自行车走出学校时，雨还没有停歇的意思，他没有穿雨衣，只好把书包塞回到教室里，一个人向家里骑去。路面全是积水，他的车子骑得非常的吃力，在拐进胡同的时候，他突然在雨中听到了女人的叫声。

他顺着那个声音加速骑了过去，见一个男人的身影正扑向一个女人，而女人拼尽全力抵抗着，嘴里发出救命的喊声。他迅速听出这是一个熟悉的声音。

"住手！"

曹大伟大喊一声，连人带车扑了过去。

那个身影惊愕了一下，见有人追来，推倒女人向胡同深处逃去。

曹大伟追了两步，见那女人在雨水中挣扎站起，于是停住脚步过去搀扶她，月光下，两人彼此看清对方面孔时顿时愣住，是曲艳红。

曲艳红看清是曹大伟时，"哇"的一声扑在他的怀里。

事后，曹大伟才知道，那天曲艳红学完舞蹈下课后，本来她爸要来接她，但她爸突然有事儿，曲艳红只好一个人骑车回家，就要到宿舍区的时候，突然一个人影闪了出来，直接来拉她的车把。曲艳红一害怕，就连人带车摔到了地上。那个人看她倒地，就要扑到她身上，她死命地推开那个人，大声地喊叫，这才引来曹大伟注意，使自己免遭一劫。

那天之后，俩人的关系开始春风化雨，来了一个一百八十度调头，但除了偶尔曹大伟顺路，骑车送一段曲艳红外，也没有什么实质性的进展。

马文平上班一周年，他请所有的小伙伴在回民馆狠狠地撮了一顿，那一次除了有他们几人外，把夏天和曲艳红也叫来了，大庆主动提出叫的夏天，曹大伟就想到曲艳红，就以两人为伴邀请了曲艳红，说是同学聚聚，曲艳红见有夏天在场，也就没有拒绝。

夏天无所谓，马文平也接受她。曹大伟把曲艳红叫来，他心中虽然还是耿耿于怀，但是上班之后，懂了更多人情世故的马文平，对这种事也是了然了，欣然接受了曹大伟的提议。既然是同学聚在一起，就聚呗。他们聊着在小学里那些开心的事情。马文平和大庆都上班了，他们的谈资要比上学的多，这顿饭就一直围绕着他俩上班的趣事逸闻。

这顿饭吃得高兴，曲艳红的加入，给他们也带来了很多新鲜的东西。在大家的邀请下，曲艳红即兴跳了一段自己编排的舞蹈，让这次聚会达到了高潮。那天夏天也学着喝了几口白酒，结果瞬间脸红到了脖子，借着酒劲，她也站起来跳了起来，不过摔了一跤，这一跤没有摔到别人身上，却直接摔到了曹大伟的怀里。结果又引起了小伙伴们的哄堂大笑。

"走，咱们开火车去。"

吃过，笑过，大庆心血来潮想炫耀一下，手一挥，领着大家爬上了停靠在站内的火车。火车头内，曹大伟端相机的手因为酒劲都有些不稳了，但是，他还在不停地给他们拍着照，拍的最多的是曲艳红，很多曲艳红笑着露出酒窝的照片，都留在他的胶片里。"大庆，你这火车头，跑多远了？"同样喝得满脸通红的大庆在向小伙伴们演示着开车的动作，引来万风的羡慕。"嘻，别提了，我现在就是实习，还没正式上路，就是上路了，我也只是能填个煤什么的。"大庆打着酒嗝说的话，再次引来大家的笑声。"不过，你们放心，以后我一定会把火车开到台湾去的，我记着咱们说过的话。"大庆豪迈地说着，引来大家的响应，他们才想起五年前在机车身上写粉笔字的事儿。夏天了解到事情原委后，拉着曲艳红拿出粉笔也写上了自己的名字。夏天写名字的时候，是特意挨着曹大伟的名字后面。而曲艳红写完的时候，又在后面画了一双漂亮的舞蹈鞋。大家写完之后，大庆酒劲上来了，更加兴奋起来。他脑海中进入二十年以后，开着火车把小伙伴们送往台湾的幻想中。"坐稳了，我要开车了。"大庆喊着，居然推下了火车驾驶操纵杆。大家高声地叫起来，望着远方。"台湾，我们来了！""咣当。"火车真的动起来了。小伙伴们兴奋地把目光投向大庆，却看到大庆吓得煞白的脸。"这，火车，怎么动了？"他的手像被烫到了一样，迅速松开了驾驶杆，整个人僵在了那里，脸色突然变得煞白。他这一说，小伙伴们的酒都醒了，定在了那里，谁也不知道该怎么去把这辆失控的火车停下来，他们看着窗外缓慢移动的站台，每个人手里都捏着一把汗。"大庆，你干什么呢？"随着声音，一个穿着蓝色工作服的中年人快速地抓着机车把手跳进了驾驶室，熟练地操作着把火车停了下来。车外的景物不再移动了，他回头正好看到了后面墙上乱写的名字。"你们，你们胡闹！"他们都认出来了，是大庆的师傅，也是夏天的父亲夏文学。

第十七章　仗义的马文平

那次酒后事件虽然没有酿成大祸，但还是被站内很多人知道了，各家开始分头告诫孩子，尤其是曲艳红，更是被父母严令禁止接近他们，甚至连见夏天都受到了牵连。事件平息后的一天下午，曹大伟利用下课早的机会，偷偷溜去找了曲艳红，以送照片的名义。

照片是曹大伟自己在厕所内，用曹关生留下的显影罐，配上药水偷偷洗的，这项技术在他很小的时候就掌握了。当时，他看到曹关生变戏法一样把自己和妈妈在暗房中变出来觉得好新奇，于是就跟着父亲学习了洗照片的技能。现在，他每天最开心的就是，夜深人静时躲在厕所里偷看那些洗出来的照片，尤其是曲艳红那对深深的酒窝，深深印在他脑海里，他朝思暮想渴盼能见到她。

当他心跳不已地敲开文化宫舞蹈教室的门时，出来的是一个戴眼镜的男人，他手里面还拿着一本书，曹大伟隐约能看到这是一本《顾城诗集》。"你找谁？""曲艳红在吗？"男人警觉起来："你是谁，找她干什么？""我叫曹大伟，给她送东西。""什么东西？""我给她什么东西跟你有关系吗？"曹大伟被问烦了。

"我是她爸。"

男人很严肃地看着曹大伟。

曹大伟顿时就傻了。终于认出了这个男人叫曲折，是文化宫里的艺术老师。几年前他曾经骑着车子带曲艳红去文化宫上过课。

曹大伟只能沮丧地将照片交给他，转身离开，正要离开时，他听到屋子里面传来了邓丽君的舞曲，还有轻盈的舞步声，他伸着脖子想越过曲折的肩膀向里面看是不是曲艳红时，曲折粗暴地把门关上。

这之后曲艳红如同石沉大海，再没了消息，后来曹大伟找各种理由去过几次，但都没有碰到曲艳红，这反倒让他对曲艳红更加充满关心和好奇。他只能找到夏天试图曲线了解曲艳红的现状。

夏天见到曹大伟先是眼前一亮，但得知曹大伟是来找曲艳红后，神情就黯淡了下去，轻描淡写以不知道带了过去，同时话里话外增加了很多幽怨和不满。曹大伟开始时还有些不明白，以为自己哪里得罪过夏天，但时间久了，曹大伟才知道，夏天原来是喜欢自己。

曹大伟不是个没有情商的人，只是他很长时间都没有把夏天的表现往这方面想。夏天是个很聪明的女孩，但每次到曹大伟面前时，就开始装糊涂，甚至有时会主动来找曹大伟问答案，歪着脑袋，睁着一双求知的眼睛，定定地、认真地看着他。而大多时候，她胸口上的扣子经常忘了扣上。

有几次把曹大伟看得眼热心跳，因为夏天的身体是同龄女孩中发育最成熟的，因为胸大还被隔壁班同学偷偷起了绰号叫"大无畏"，被大庆知道，拎着椅背木条去把起绰号的同学打得嗷嗷叫，为此大庆还背上了个处分。大家都知道，在大庆的内心世界认知里，夏天是属于他的。所有，大家再怎么跟夏天在一起拌嘴、说话、打闹，也从来不往那方面想。

但有一天，夏天当着大家的面送给过他一本《摄影技术》，他收下了，顺手就插到了书架里。但第二天，夏天就凑了过来，问他那本《摄影技术》，学得怎么样了。他当时没明白，只是敷衍了一下，后来在家翻看那本书时，里面掉出来一页纸，是夏天的字。

"如果你喜欢冬天，就欣赏它吧。如果你喜欢秋天，就拥抱它吧。如果你喜欢春天，就亲吻它吧。如果你喜欢夏天，你会怎么做呢？"

这段话，彻底把曹大伟看了个醍醐灌顶，他决定有意远离夏天，兄弟的女人是不能碰的，他不能背负上不仁不义之名。这之后，夏天再有任何事情请教到曹大伟，曹大伟都会委婉拒绝，因为有大庆在，他怕有什么误会发生。

夏天的成绩自此开始下滑，并开始无端地把这种失落情绪转嫁到大庆身上。每逢大庆凑上去，总是没有好脸对他，那段时间，弄得大庆也是莫名其妙唉声叹气。后来，进入初三总复习，每个人都忙起来，夏天也不再找曹大伟探讨习题。曹大伟也很少和她说话。但曹大伟有时能感觉到，远远地，总是有一双目光透过无数双肩膀，看向他。

现在，他朝思暮想的曲艳红就出现在面前，但他完全没有准备，且在这种尴尬和慌乱之下，他一肚子对曲艳红的心里话都被这种不合时宜给按了回去，他只能佯装没有看见，低头跟随马文平等人跑了出去。可气的是，这个时候马文平却偏偏喊出了他的名字。

"大伟，快，这边。"

果然，曲艳红的视线迅速朝这里移了过去，好在这时曹大伟和马文平等人已经跑了出去。

也许她没有发现自己，曹大伟在心里这样安慰着自己。

马文平搞了恶作剧，和大庆、曹大伟分别后，回到了家，父亲马新生正坐在方厅里的转角沙发上，眼睛看着电视，但是脑子不知道在想着什么。

马文平叼着烟，在他的面前晃了两圈，才引起他的注意。

"你把烟掐了，一天到晚，也不干点正事。"

马文平对于父亲的斥责，满不在乎，他把烟灰弹了弹，忽然想起了曹大伟的事，就扭转头跟他父亲说："哎，你帮着曹大伟找个工作呗。""你跟谁说话呢？"马新生眼睛瞪了起来。"爸，你帮我给曹大伟找个工作呗。"马文平赶紧换了种语气，马新生才心里舒服了些："他还要复读，找什么工作？"马新生的话让马文平差点把一口烟呛到肺里，他发现父亲比他知道的还要多。"你怎么知道他复读的？""我听你孙姨说的。"马新生稍显尴尬，视线转向电视，话说得轻描淡写，但马文平心里却了然一切。"你以后少和孙姨联系，让大伟知道了不好。"孙耀华来了之后，特别是救下马文平和马新生之后，马文平在她身上找到了一种母亲的感觉，所以才在最初的时候，激动地认了干妈。

可是，自从和曹大伟好了以后，父亲一再和孙耀华接触，就引起了马文平极大的反感，他觉得父亲有事没事都会去找孙耀华，作为一个大男孩，他隐约地察觉到父亲内心的想法。所以，为了母亲，他也尽量阻止着父亲的行为，并时不时地用话敲他几句。他没有想到的是，后来，孙耀华又被父亲安排进了医务室。父亲去的次数更多了。

马文平虽说是在文化宫，但也是站里的一部分，经常能接触到站里的人，长久下来，父亲与孙姨之间的一些风言风语就多起来了。曹关生又没在。马新生犯个头疼脑热跑得就更勤，原来很坚强的父亲，突然间身体就多病了起来，而且有病就去看。能不让人说闲话吗，马文平觉得父亲有些过了，他在曹大伟面前面子上也下不来。

"你说什么，真长本事了，你再说一遍。"马新生抄起了旁边的报纸，站起身就要打马文平，马文平一转身进了自己屋，把门关上。"我又当爹又当妈，把你拉扯这么大，你还教训起我来了！"马新生气坏了，对着马文平的屋门，大骂起来，马文平的门却突然打开，马新生看到了儿子愤怒的眼神。"我妈没招你，你别骂她，再说你也没资格骂她。"马文平话音未落，马新生手中的报纸已经抡圆了朝马文平头上打去，但马文平眼睛都没眨，冷冷地看着他父亲。"打够了吗，没打够，你接着打。"马新生愣愣地看着自己的儿子，突然就没有了办法。第二天，马文平正在放电影时，接到了父亲电话。"他要是真不想上学的话，就去货场仓库找你孙叔吧，我都安排好了。"话筒中父亲的话有些遥远和低沉，但马文平已经注意不到这些了，只沉浸在好朋友有班上的喜悦中。他接到电话后，以一盒"良友"外烟为代价，把未放完的电影委托给他师傅，人第一时间就冲向了曹大伟家。

曹大伟正在为去不去复读班再次跟孙耀华产生了争执，早晨吃完饭后，孙耀华拿出了三十元钱递给曹大伟，让曹大伟去报名复读班。"妈，我不想复读。"曹大伟将钱推回到母亲面前，他已经想好了，这些年母亲为了他和父亲，明显老了很多，虽然孙耀华在掩饰，但曹大伟还是能从母亲表面的笑容背后看到那种疲惫与无奈。就算上了高中三年，还要再上大学四年，而这未来的七年时间，自己不能帮家里做事，只能增加家里的负担。父亲这几年在里面的花销，远在上海的奶奶的生活费，都是母亲挣出来的。他不忍心再看到母亲劳累，所以这个复读，他已下定决心，肯定不会去。"这个班，你必须要报，昨天我遇到夏天的爸爸了，他给夏天报完了，一会儿你也去，这样，你们好有个伴。"说着话，母亲将三十元钱放在了桌子上。这三十元钱相当于母亲一个月工资了，曹大伟心里在流血。"妈，你让我早点上班吧，我也能挣钱。""不行，现在还不是你挣钱的时候，等上完大学，你再给家里挣钱。"孙耀华坚定地说完，套上工作服。曹大伟看着母亲的这身衣服，有些心酸。他很清楚原本母亲在上海时的穿着，平安火车站把母亲从一个娇小的上海女子，变成了一个粗犷的东北女人。那个柔弱无力的带着一些娇惯气的小女子，在常年的家务、工作的劳累辛苦下，已经变得不再矜持。

母亲本应该跟着父亲享福，父亲却是那种直性子的人，不能给她带来应有的幸福，而曹大伟作为一个男人，他想弥补母亲，他不想让母亲再这样忙碌地老下去，他想让母亲再次做回一个精致的女人。

想到这儿，他没有再拒绝，只是怀揣着复杂的心情目送着母亲推门走了出去。马文平就是在这个时候，出现在曹大伟面前的。

第十八章　曹大伟买礼物

曹大伟和马文平一起走进站里的货品仓库，库门口，几个工人正在像蚂蚁一样，不停地把从火车上卸下来的一袋袋石灰向仓库里面运着。库门口，一名四十多岁的秃头男人，目不转睛盯着工人们运过来的货，不停地在本子上画着钩。"孙叔，我说的同学来了。"马文平很熟络的样子，和孙主任打着招呼。孙主任抬头看到马文平，向他们招着手。"来了小平，你爸跟我说了，让你同学在这干吧。对了，他叫什么？"孙主任转头打量着曹大伟。"曹大伟。""好，你先跟着他们一起干活吧。对了小平，你爸刚才还过来了，你没看到吗？"孙主任说着话，递给曹大伟一个搭肩，搭肩是用粗布缝制的，有两个绳头，可以系到胸前，然后搭肩甩过肩膀。干活的时候，货物压在肩膀后背上，不会直接磨损到衣服，同时这一层缓冲也会减轻货物对肩膀的摩擦。曹大伟手里还端着相机，他把相机先放到了仓库里的平地上。然后把搭肩自己系好，在一个老工人的帮助下，扛起了第一包石灰。

石灰迸起的粉末瞬间把他的半边脸盖住，他的鼻子、嘴里、耳朵里马上被塞满了有些烧灼感的灰尘。他睁开眼睛，试了一下肩膀上的分量，觉得走路还可以，他就用力地迈开步子，开始向库门走去。

马文平和孙主任说完话，跑过来告诉曹大伟，他中午再过来。曹大伟背着石灰袋，腾出一只手，向他晃了晃。曹大伟一心想工作，却没有想到，工作起来真的不如上学。上学可以只用脑子，这工作却是要用到力气，而且是一直用力气。

刚扛的时候，还行，看着那些老师傅不急不慢地走着，曹大伟觉得他们真是慢性子，他想着早干完，早休息，看着站台上的货，不断地减少，他的内心充满了希望。他不断地加快自己的脚步，一来是想早点休息，二来是想给孙主任一个好印象，不给马文平丢脸。

"小伙子，慢点，你这样，会累伤自己的。"孙主任看到曹大伟这么卖力气，不断地叮嘱着。"没事，我有的是力气。"曹大伟扛完十包之后，就感觉自己的腿肚子抽筋，手脚都有些发麻，脖子也是像木了一样，走起路来，整个人开始左摇右晃。看着老工人们还是那么四平八稳地扛着，他有些后悔，刚才自己太性急了。他也渐渐放慢了速度，几包下来，自己反而落到了后面。当他再经过孙主任时，孙主任已经没了笑脸，不过什么也没有说，只是记上他的数量。到了中午休息的时候，曹大伟已经是口干舌燥，两眼冒金星，心脏就像要跳出来一样。"哎，大伟，怎么样？受得了吗？"马文平不知道什么时候，来到了仓库。曹大伟正把最后一口馒头塞到嘴里，仓库里的工作餐有馒头、白菜豆腐汤，曹大伟一口气吃了四个馒头，还觉得自己的肚子里空落落的。看到马文平，他一把把马文平抓住，像看到了救星一样。"小平，你下午没事吧，你帮我向孙主任请个假。下午陪我去办件事。""啥事呀？""到了你就知道了。"马文平看着曹大伟累得说话都有些哆嗦了，只以为他是干不动了，不好意思说，所以他站起身走到了孙主任身旁，告诉自己下午要和曹大伟一起出去，让孙主任给个假。孙主任的眉头皱了一下，很显然对于曹大伟还没工作到一个整天就请假很反感，但是碍于马文平的面子，他又不得不答应。他点头后，马文平走了回来。"大伟，假请好了，你说什么事吧。""走吧，去了你就知道了。"曹大伟在马文平的搀扶下站了起来，走出了车站后，曹大伟重新抬起头看着蔚蓝的天空，他感觉自己就像重生了一样，扯着马文平，俩人向市里走去。

秋林公司在这个城市的最中心区，是一栋百年老建筑，可以说，这家百货商场跟这个城市是齐名的，里面琳琅满目、商品云集，对曹大伟和马文平来说，这里就是天堂，是他们平时可望而不可即的地方。所以，从迈进秋林公司开始，马文平就不停地问着曹大伟，神神秘秘来这里到底买什么东西。

曹大伟领着马文平穿过其他区域直接来到服装区，伸着脖子看着，马文平更不知所以然。"你给谁买衣服？""你别问了，同志，帮我拿一件那个风衣。"曹大伟招呼着服务员，服务员走了过来，是一个三十岁左右的女服务员，她上下打量着小哥俩。"你俩要买衣服？""对。""对面，青少年部。"服务员一指对面，在那里卖的，都是曹大伟这么大年龄的衣服。"啊，不是我自己买，是给别人买。"曹大伟说完，再次指了指那件女式风衣。"那是件女式的，你要买？""嗯，就是那件，帮我拿过来。"服务员将信将疑地从柜台下抽出一个长杆，把那件衣服摘了下来。从柜台上面递了过来。"你们别弄到地上。"

看着他们毛手毛脚的样子，她特意嘱咐着。曹大伟拿着大衣看了看，又看了看马文平。这个动作，彻底给马文平搞蒙了。"你帮我试一下。""啊？""放心，不是给你买的，就是试一下。"曹大伟看着马文平的表情，连忙向他解释。马文平听他一说，只好接了过来穿上。"来，你再转一身，我看一下。"马文平又不得不在服务员瞪大的眼睛下，转了个身。"再抬下胳膊，好，就要这件吧。多少钱？""二十三元。""给你钱。"在服务员与马文平都发蒙的时候，曹大伟把母亲早上给的钱掏了出来。服务员迟疑地接过钱，又瞅了瞅他们俩，确信曹大伟是要买之后，把风衣叠好，装到塑料袋中，递了过来。一直到上了三路电车后，曹大伟才把用复读的钱给母亲买礼物的想法告诉给了马文平，马文平特别感动，哥俩又是一阵唏嘘。兄弟俩感情由此就又进了一步，一路聊着朝家里走去。

第十九章　丢掉了工作

　　曹大伟高兴地回到家，却没有想到马新生坐在自己的家里。马新生看他的表情一时间僵住了，曹大伟看到母亲脸上愁容满面，敏锐地感觉到一定发生了什么。"好，孩子回来了，我先走了。""再坐会儿吧，还麻烦你跑一趟。""没什么，你该给孩子做饭了。"马新生说完站了起来，曹大伟目光盯着马新生，马新生目光闪躲着推门走出，曹大伟一直盯着马新生的后背走出了家门。"你这孩子，你马叔走了，你也不说送一送。""他来干什么，谁让他来的。"曹大伟明显看到孙耀华背过他去，擦了一下眼泪。也许是他的话激怒了母亲，母亲回转身，激动地说："他怎么不能来，你家是金銮殿还是紫禁城？""谁来都行，就他不能来。"曹大伟心中的无名火腾然而起，父母来这之后，吵架多半都是因他而起，父亲进了监狱，据说也是马新生没有说什么好话。作为一个男人，曹大伟在马新生的眼神中还看到了一种占有欲。"他怎么了，他是为了这个家才来的。""这个家，妈？你以后不要把男人带回来。""啪"，一记耳光打在了曹大伟的脸上，曹大伟的脸像发了烧，他看到了母亲那从来没有过的表情。他知道自己这句话说得太重了，可是要挽回已经来不及了，他一转身撩开帘子进到自己的屋子。回到屋子里，他才想起自己的书包里有给母亲买的风衣。买风衣，本来是打算孙耀华下个月的生日时，他再送给母亲。他告诉马文平先不要说。

他把风衣掏了出来，想了想，放在了自己的枕头底下。第二天，孙耀华做了他最愿意吃的荷包面，看到儿子醒来，脸上露出缓和的笑容。"大伟，昨晚是妈没控制住，赶紧吃饭吧。"曹大伟躲避着母亲的笑容，拿起筷子，不知道为什么，母亲的这种笑容让他心里徒增了很多愧疚，他更希望孙耀华横眉立目对着他，这会让他心里感觉更舒服些。"昨天名报了吗？"曹大伟心里一紧，点了点头，把荷包蛋艰难地吞进肚子里。果然，孙耀华欣慰地松了口气："那就好，妈知道你想早点上班替家里挣点钱，但你听妈的话，你现在还小，要有远见，你只要学习好，妈再苦也觉得有希望，你要是这么小就放弃了学业，你挣多少钱妈都不会开心的。"

母亲说出这句话，像子弹一样打在曹大伟的心里，曹大伟艰难地一根根吞咽着面条，他觉得每一秒钟都像炼狱。终于，他站起身打断母亲的话，以尽量柔和的语调跟母亲告别："好的妈，我知道了，我上学去了。"

说完，推开门走了出去。又被孙耀华给喊了回来："回来，你书包。"曹大伟来到工地的时候，工人们已经开工了，孙主任看到他，面色有些不爽。他知道，这是因为他来得最晚，但是还没有到真正开工的时候。"快点，快点，别人都干一个点了。"孙主任一再地催促着，曹大伟把书包放在了地上，又把饭盒和相机都拿了出来，放在一边。他可不想让谁一脚把相机踩了。孙主任皱着眉看着他的动作。直到他直起身，孙主任把搭肩扔给了他。"上午的活，抓紧干，下午还有一车皮呢。"曹大伟有了经验，不像昨天那样蛮干了，他保持着匀速，一步一稳地走着。这样，他的速度和那些老工人也差不多了。在扛的时候，他们边走边聊，他也加入了他们的谈话，反而感觉比昨天轻松多了。

他们中有个和他年龄相仿的工人，因为长得偏瘦，工人们都叫他"麻秆"。麻秆在干活的时候喜欢聊天，不到半天曹大伟就和麻秆混熟了。到了中午的时候，俩人一算计，扛的都差不多。

在吃饭的时候，两个人坐到了一起，曹大伟特意给他夹了一块腐乳。等吃完饭，两个人开始聊天，聊着聊着，曹大伟把相机拿了过来，开始给他照相。他咔嚓咔嚓一顿照，后来，曹大伟觉得照得不过瘾，又跑出了仓库照起来，火车站夏天的景色和冬天的景色有了很大的不同，他不断地抓着各种角度，想把火车站的风貌全都照进来。

"你拿着那个玩意儿，瞎拍什么呢？"曹大伟一回头，孙主任的脸已经变了形。"知道几点了吗，让你来这玩呢？"曹大伟这才看到工人们早已经开始干活了，他马上往仓库里跑去。"真是有啥爹，就有啥儿子。"孙主任小声地摇着头，念叨着，但这句话却像子弹一般钻进曹大伟敏感的心头，曹大伟停住脚步，转过头："你说什么，你再说一遍。""我就是说你了，怎么了？你不干活，还不能说了。"孙主任话语中带着十足的火药味。两个人的目光在激烈地交织着。曹大伟想起了马文平的话，这个活是马文平介绍的，曹大伟不想给马文平增加麻烦，他再次向仓库走去。"哎，你不想干就不干，昨天你请假，我就看出来了，你这小子没长性。有的是人要来，别以为你和小平关系好。你在我这就要好好干活。"

孙主任说完这话，曹大伟已经把相机放好了。他的火气上来了，随手抄起了一个木方，跑了出来，直奔孙主任，孙主任一见，吓得抱着头就跑。麻秆看到了，扔了手中的麻袋来拦曹大伟。曹大伟被他死死地抱住，他不断地摆脱着麻秆的手，准备再去追赶。跑远的孙主任，一看曹大伟没追上来，又来了精神。"真是有人生没人养的，怪不得你妈也能干出那种缺德事。"这句话再次像一个导火索，点燃了曹大伟胸中的怒火，他一用力挣脱开麻秆朝孙主任奔来。孙主任一看他追过来了，扭头就跑，一面跑，一面喊。"杀人了，救命呀！"他抱着头跳下铁轨，横越过铁轨向站台方向跑去，曹大伟拿着木方紧紧追赶。曹大伟一直把孙主任追上了月台。月台上正好一列客车停下，下来很多乘客。孙主任一面跑一面喊，所有的旅客都看着他们两个。起初旅客们还紧急地避让，后来看到孙主任的那副囧相，都笑了起来。曹大伟不管那些旅客，他今天一定要教会孙主任怎么说话。就在他追得起劲的时候，曹大伟的面前奔过来一个人，一把把他的手腕子抓住。曹大伟用力一挣没有挣脱开，他抬头一看是万世海。"万叔，你放开我，我要好好教训他。""胡闹，放下。""万叔，他骂我妈，我要告诉他应该怎么说话。""大伟，你放下，再不放下，我可动手了。"看着万世海威严的表情，曹大伟把木方放了下来，看着孙主任逃进了车站办公室。"快回去，别在这里惹事。"万世海沉着声说，把他的手松开，也向办公室走去。仓库活干不了了，曹大伟把相机和饭盒放进书包里，在麻秆和他们的注视下，他离开了仓库。他想找马文平，告诉他出了什么事。可是他在文化宫转了一圈也没有找到，他就向家里走去。

第二十章　和曲艳红的偶遇

　　拉开门，却意外地发现母亲在家。他回避着，想直接进自己的屋，却被母亲叫住了。"站住，你干什么去了？""我报完名，就补习了。""你跟我说实话，到底干什么去了？"母亲的话严厉了起来。"我真的去补习了。"曹大伟咬着后槽牙，他从母亲的话语里已经听出了对他的不信任，但他仍想顽强地把谎言坚持下去，他说完准备走回到自己房间，却被孙耀华一把拽住书包，一翻书包，里面就是一个相机、一个饭盒。"你书呢，本呢？"曹大伟不知如何回答。"我问你呢，你到底干什么去了？"孙耀华盯着他，这让曹大伟非常心虚，低下了头。孙耀华的眼泪流了下来。

　　"大伟，你怎么就这么不听话呢，我天天上班供你吃，供你穿，为了什么？还不是为了你能考上大学。为了将来你爸出来的时候，他高兴。你现在怎么越来越不听话了，还学会了撒谎，你怎么越来越不省心了。"

　　"妈，我错了。"曹大伟看着母亲伤心的样子，他不想再隐瞒下去。"啊，你没上学，干什么去了？""我，出去散散心。""钱呢？我给你的钱，你是不是也拿去散心了？"问起了钱，曹大伟不知怎么回答了，他再次保持了沉默。"你是不是在谈恋爱？"母亲忽然间问出了这么一句话，曹大伟不知道母亲从何说起，他虽然在心里喜欢曲艳红，可从来没有表现出来过，母亲怎么会察觉到。"没有，我没有。"他的否认，并没有得到母亲的认可，母亲变戏法似的把那件风衣和曲艳红的照片都摔到了曹大伟的脚下。"你说说吧，这是怎么回事，这个女的是谁，这件衣服又是谁的？"母亲一连串的询问，让曹大伟招架不住。曲艳红的照片，他怕母亲发现，是夹在笔记本里的，这件风衣，是压在枕头下面，但是现在却全被母亲发现了。这只说明一个问题，他不在家的时候，母亲进了他的屋，而且还翻动了他所有的东西。现在曹大伟有些愤怒了，他不想解释这些东西，他对于母亲不经过他的允许而去翻他的东西而感到愤怒。

曹大伟已经是十六岁的青年了，他自认为是一个小男人了，他也有许多自己的秘密，母亲是女人，有些事他不想让女人知道。可是，母亲却完全不顾他的感受，而侵占了他的领地，并且找到了他私藏的东西，这对于他是一种心理上的巨大伤害。他从起初的害怕躲闪，变得愤怒起来。

"你怎么能翻我的东西？"他质问着母亲。"你是我儿子，我有权利。""不，你没有，你这是不尊重我。""我不尊重你？你尊重过我吗？你不是一直在欺骗我。"看到母亲嘴角上露出的不屑，曹大伟已经不知道应该怎样与母亲沟通了。和母亲讲理，母亲讲的也有道理，和母亲解释，她会听进去吗？她会听懂吗？曹大伟感觉到胸中一股闷气在积聚，他想爆发，他想打人，但是他不能和母亲动手。他现在只有一个选择。他一转身向门口走去。"你干什么去？""不用你管。"曹大伟扔下这句话，消失在外面渐暗的夜色中。曹大伟在新风街上漫无目的地走着，直到大街上再也没有了人影，只剩下昏黄的路灯陪伴着他，他用身上剩下的钱，买了一盒烟，他点着深深地吸着，坐在路边的栏杆上，看着空旷而寂寞的街道。"丁老师表扬你了吗？""表扬了，丁老师今天让我们跑四千米，然后倒汗，丁老师说我做得最标准。"

寂静的夜晚传来曲艳红的声音，这声音让曹大伟心里激灵了一下，盯着由远而近的一辆自行车，曲折驮着曲艳红迎面骑来，曲艳红坐在自行车的后座上，俩人边骑边聊着，曹大伟赶紧一翻身藏到路灯的黑暗处。

"爸，丁老师还表扬你了呢。""表扬我什么？""她说你有文采，有知识，气质好，说我是遗传你。""你们丁老师真会说话。"曲折骑得不快，听着父女俩的对话，曹大伟犹豫了一下，下意识竟跟着自行车朝家属区走去，他离开一段距离，不远不近在安全的距离内慢慢跟着他们。

曹大伟一直跟着父女俩进了四号楼，才知道曲艳红和夏天、大庆都是一个楼。他手里一直掐着烟，但他忘了烟一直燃着，直到二楼的屋里亮了灯，他看到了曲折来拉窗帘，才知道曲艳红家住在哪个门。

这时，烟头已经烧到了手上，曹大伟本能地一抖，烟头在空中画了一个弧线，飞向了单元门，正好出来一个人，那个人吓了一跳，一躲，随着一声惊呼。曹大伟一看，自己惹事了，刚想走却被那个人叫住。"曹大伟？"他一回头，出来的这个人正是夏天。"你来干什么？""你这么晚出来干什么？"曹大伟没想出什么理由，反问她一句。"我倒垃圾，我问你呢，你也不在这住呀。""啊，我来看看你。""你糊弄鬼呢，大晚上来看我？"夏天话虽然这么说着，但心里已经有了一种温暖的感觉。"让你猜出来了，我是想找你借一些复读的资料。"曹大伟只好顺坡下驴，编出了一个看似合适的理由。"真的呀，你要什么，我去给你拿。"夏天明显非常高兴的样子，曹大伟觉得这里不宜久留，大庆家也在这里，如果这么晚让大庆看到他和夏天在一起，就不好解释了。"我也是路过，要不然改天再说吧。""不，你等着，我马上就下来。"说着话夏天已经进了单元门，曹大伟听到她"噔噔"快速上楼的声音，知道现在这是一个机会，赶紧离开为妙。等夏天下楼，抱着一摞学习材料走出单元门，门口已经没有了曹大伟的身影，她喊着曹大伟的名字，四处张望，这时，正好大庆下晚班骑车回来。"夏天，你干什么呢，这么晚？""大庆，你看到曹大伟了吗？他刚才说借学习材料，转眼就不见了。""大伟？他这么晚来借学习材料？"大庆听她说完，疑惑地看着她。夏天看他一直盯着自己，有些生气地说："对呀，这是他刚才说的，你以为我逗你呢。"夏天不再解释，转过身先进了单元门，留下发呆的大庆，一直在琢磨着刚才夏天的话。

第二十一章　马文平被打

　　马文平头上缠着纱布来找曹大伟，曹大伟还没有到家，孙耀华把他让进了屋。"小平，你这是怎么弄的，打架了？"

　　"孙姨，没事，不小心摔的。"

　　"胡扯，摔能摔到脑袋上？这孩子，绷带怎么缠的，来，孙姨帮你重新弄一下。"孙耀华本就是医务专业，没到十分钟就把马文平自己缠得横七竖八的绷带重新规整绕好，她上药的时候，马文平觉得她的手很温柔，他喜欢这种母亲的感觉。上完药，马文平面对着孙耀华坐着，孙耀华一直在看着他，这让马文平感到有些不自然。"小平，你告诉阿姨，大伟是不是谈恋爱了？"

　　孙耀华的这句话，问得马文平一愣，曹大伟从来没有说起过这事。

　　"没有呀，孙姨，你听谁说的。"

　　"你这孩子也不说实话，你看看这个，是不是他给女朋友买的。"

　　孙耀华说着把那件风衣拿了出来。

　　马文平看完乐了："孙姨，这是他给你买的。"

　　这回轮到孙耀华发愣了。

　　马文义迅速意识到说秃噜嘴了，想收口已经来不及，他站起身想走却被孙耀华紧紧拉住胳膊。"你跟我说说到底怎么回事儿！"

马文平终于摆脱孙耀华从曹大伟家走出来，没走几步就碰上了曹大伟，马文平赶紧拉住曹大想把孙耀华已经掌握了情况告诉他，让他回家有个准备，但没想到曹大伟一看马文平头上的绷带，立即就急了，上来就问马文平怎么回事儿，马文平只得将来龙去脉讲了一通。

马文平当天晚上放录像的时候，遇到了一伙人。当时，录像里正放着美国电影《母女情深》，片子里母亲对女儿的"专制"，以及女儿的反抗都深深地吸引了他，让他不禁想起了自己的母亲和把他抚养大的父亲。就在这个时候，剧场里有人提出要换片子。

现在文化宫不如以前了，以前是播放有教育意义的电影，单位发票，工人们成帮结队地来文化宫，以消磨那些业余的无聊时光。现在不同了，那些电影受到港台片的冲击越来越多了。

文化宫为了维持日常的开销，也开始向播放港台片转变。所以走入剧场的人，就如曹大伟他们前几天遇到的，要不是男男女女搞对象的，要不就是在社会上闲散、平时打架斗殴的人。

普通工人，来这里看录像的，少之又少。所以，这些人来这里的目的，就是看录像里激烈的打杀，或一些带着黄色内容的片子，从里面学一些乌七八糟的东西，来填补自己内心的空白。

当天晚上放的录像片，偏于文艺，多了一些生活琐事，没有打打杀杀，社会上的混混看着不过瘾，就带头起哄。

其中有一个人，马文平不知道他的名字，但是见过他很多次，他总带着几个小混混一起来看录像，这个人本身很安静，不怎么声张，除了喜欢一个人独占两个座位以外，就是手里拿着一瓶啤酒，边看边喝。他带来的那几名手下则嚣张了很多，横着进，歪着坐，随意吐痰，马文平在最后排负责放映，所以对他们这伙人印象很深。

当天晚上，那个人带来的小混混坐不住了，带头起来喊要换带子。

马文平正看得入神，他们喊完，他也没有动，那帮人脸上就挂不住了，觉得自己丢了面子，几个小混混就来找马文平，马文平的美好状态被打破，早就憋了一肚子的气，所以，三句话不和就动起了手，瞬间，放映厅门口就战成了一团。马文平有备而来又是先下手为强，几名混混很快就吃了亏，但就在马文平全力对付几人的时候，身后却突然挨了一酒瓶子，下黑手的就是那个从来不怎么说话的人。

曹大伟听的过程中早已经热血中烧，哥们儿被打成这样，他岂能袖手旁观。"小平，你快说，他人在哪儿呢，叫什么？现在我就跟你去灭了他。""他应该还在文化宫附近，有时下夜班我能看到他。我打听了一下，说这人叫高朝，是副区长的儿子。""管他什么长，咱们还怕他，走，现在去找他。"两人在文化宫前后绕了三大圈，也没有找到高朝。马文平说改天再找吧，曹大伟也就暂时把火压了下去，俩人坐在文化宫台阶上的时候，曹大伟把白天和孙主任的事告诉了他，告诉马文平自己不能再去上班了，惹了这么大的麻烦，他觉得太对不住马文平了。马文平这才又想起风衣的事儿，让曹大伟今晚别回家了，否则一顿打是免不了的。曹大伟动了心思，他倒是不担心挨打，只是担心孙耀华此时正在火头上，这个时候一旦动了气，伤了身，但他又不想见到马新生，所以犹豫着站在那里。马文平似乎看出他的顾虑，说我爸现在肯定睡着了，咱俩偷偷回去，直接进我那屋，神不知鬼不觉，啥事没有。说着，把曹大伟拽了起来。

曹大伟来到马文平的家门口，马文平示意他先别进去。然后轻手轻脚地开开门，他听到了父亲的呼噜声，才轻轻地招了招手，把曹大伟让进门。曹大伟快速地跑进马文平的房间，小哥俩都累了，很快就都睡着了。

第二十二章　大庆的误会

天刚蒙蒙亮，曹大伟就听到外面有人走动的声音，脚步声向他们的房间走来。他一激灵，要坐起来，被同样睁开了眼睛的马文平按住，马文平示意他不要出声。"小平，饭给你放锅里了，你一会儿自己起来热一下，爸去上班了。"门外传来了马新生的声音。"好，爸，我知道了。"马文平装作刚睡醒的语气回应着。曹大伟听到马新生的脚步走远，接着传来大门的门锁扣上的声音。屋子里又恢复了平静。马文平向曹大伟笑了一下。"再睡会儿吧，他走了，你安全了。"当太阳大亮的时候，小哥俩起来了，马文平家很大，家里还有带转角的沙发，还有电话，还有彩色电视机。这一切都让曹大伟羡慕不已。马文平热完饭，招呼曹大伟吃饭。"大伟，你一会儿就待在我家吧，白天我爸不回来。如果你要出去，就把门带上。我一会儿要上班去，如果我爸看不到我，一定会回来找我的。"马文平叮嘱完，小哥俩一起收拾完碗筷，马文平也开门出去了，家里就只剩下曹大伟一个人。曹大伟现在无事可做，平静下来，他又想到了曲艳红。发现了曲艳红家的住处，对他而言就像找到了宝藏。当时的心情让他兴奋不已，现在正好没事，他就打算再到曲艳红家附近转转，没准就会碰到她。

他来到四号楼的时候，已经是上午十点多，楼内的人大多数都去上班了，他向曲艳红家的窗子望去，窗帘已经拉开，露出了窗台上放着的一盆扫帚梅,那花开得五彩缤纷,仿佛在告诉他,家里的主人正在房间里等着他。

曹大伟在楼前站了一会儿,楼门安静得像一座墓穴入口,这让他有些失望,他知道舞蹈班下午才学习,现在曲艳红应该是在家的。这样想着,他就朝那个黑乎乎的门洞走去。他走进单元口,顺着楼梯一点点地向上挪去,他害怕惊动了其他的住户,特别是一楼,那里住着大庆的奶奶,老太太退休在家,随时会搬着板凳出来晒太阳,门口一坐就是两三个小时,到时他出都出不来了。他上到一楼半,有些不敢再往上走了,他是那么渴望见到曲艳红,但同时又那么害怕见到她。因为,这样的见面,他还没想好怎么和她说。就在这时,楼上传来了下楼的声音,曹大伟心怦怦地跳了起来,从声音判断,是从曲艳红家一撇的门走出来的。曹大伟紧张地快速思考着,见到曲艳红第一句话应该说什么。这时,下楼的声音已经到了二楼,曹大伟迅速低下了头。他的眼角里,看到一双女式运动鞋,从自己的身边走过,他的心跳加速起来,他以为是曲艳红,当他用炙热的目光看过去的时候,却是一个穿着站里工作服的女工。那个女工正在用狐疑的眼神看着他。他迅速向上迈动着脚步,眼神躲开她的审视。楼道里恢复了平静,他迈上的步子又退了回来。曹大伟真的不知道,自己应该怎么办了。他一再地问自己,你来是要干什么?他的内心告诉他,是要见到曲艳红。他再次问,那为什么不上去,在这里能看到她吗?

他一次次地击败自己,一次次地又鼓起勇气。终于,他决定上去。他又把手伸进了兜里,想抽一根烟,给自己壮胆。他的脚开始向楼上走去,马上就要上二楼了,他刚把烟拿出来,还没等叼上,就听到楼上又有人下来了,他快速地向下跑了几步,背过身去,等待着那下楼的人走下去。

脚步声是从三楼传出的,那个脚步很轻盈,他判断是个年轻人,突然他的脑海中冒出了夏天的影子。但愿不是夏天,他在心里不断地期望着,那个脚步快走到他身边了,脚步并没有慢下来,越过他向楼下走去。曹大伟马上转过头，装作上楼的样子。身后的脚步突然停了下来。

"唉，曹大伟，你是来找曲艳红的吧。"身后，传来的果然是夏天的声音，声音中透着幽怨和嘲讽。曹大伟没等回头，脸已经红了起来，生活就是喜欢跟人作对，你最不想看到什么，就偏偏出现什么。无奈之下，他只能转回头硬着头皮笑着对她说。"我来找你。"夏天果然愣住，不相信地看着曹大伟。"你撒谎！""真的，上次放了你鸽子后一直很后悔，所以，今天特地想来跟你说一声。""说什么？"夏天情绪有了变化。"你俩在这儿干什么呢？"就在曹大伟尴尬得不知道该怎么回答时，大庆的身影幽灵一样闪在他们身后，曹大伟心里顿时一黑，如果要知道今天是这样的局面，他宁愿被人打一顿，也不会鬼使神差跑到这儿来。果然，大庆看曹大伟的眼神已经开始有了异样。前段时间，关于曹大伟找夏天问笔记的事情，大庆早就知道，当时，他还没想那么多，因为在他心里，曹大伟是自己的哥们儿。

但夏天之后的反应却让大庆开始变得疑虑起来，那之后的很长一段时间，夏天开始不理大庆，就算大庆赖着脸皮去找她，她也是从不给他好脸色看，这让他丈二和尚摸不着头脑。直到有一天，他无意中在夏天的书上看到曹大伟的名字，他才恍然大悟，夏天原来是喜欢曹大伟的，这让他着实难过了很长一段时间。现在好不容易随着时间的推移，夏天又开始恢复了本来的笑容，却突然发现两人居然趁着上班时间站在一起，这让他无论如何再不能装作什么事儿都没有发生。"咋啦，大伟找我要跟我说事儿。"夏天很不高兴地回答着大庆，她恨他出现得太不是时候了。也许，她满心期待的东西就要出现了，可大庆却打破了这种美好的期待。大庆转身就走，曹大伟瞬间追了下去，"大庆。"但大庆已经骑上车，快速朝胡同口骑去。曹大伟呆呆地站在白光下，只觉得这是个傻得不能再傻的一个上午。

第二十三章　消除误解

马文平上班后，并没有一直坚守在文化宫里，他跟曹大伟说马新生查岗，那都是借口。

真正的原因，是他要找孙主任讨个公道。到了仓库，他一脚就踢开了孙主任办公室的门。孙主任昨天受了惊吓，今天上班还是感觉心虚，自己正坐在办公室喝茶。门呼啦一下被踹开，他吓了一跳，以为曹大伟又回来找他了，噌地一下从办公桌后面跳了起来。当迎着外面的光，看清是马文平进来的，他的心平静下来。马上回身从桌上拿起了烟，递了上去。"小平，什么事呀？发这么大火。""你装什么装，你不是不知道曹大伟是我哥们儿。"听着马文平这么一说，孙主任弄明白了马文平是朝他来的。"小平，就是他的事呀，不值当，他干不了那活，这个真不怨我。""你放屁，我之前是不是说过，让你好好照顾，怎么我一走，就变样了？""小平，你这么说话可就不对了，那是他不好好干活，而且还仗着你的背景。这种人，你得劝劝他，在外面干活没那么容易。"孙主任本来想息事宁人，马文平却是蹬鼻子上脸，这让他面子上过不去。而且外面的工人听到了屋里的争吵声，也不停地向这里张望。"我就让他仗关系了，怎么了？你让我很没面子，今天，你得向他道歉。"马文平拍着桌子，向孙主任吹胡子瞪眼睛。孙主任虽然碍于马新生的面子，一味地向后退，但是这个小子提出的要求太无理了。"不可能，我为什么向他道歉？他扰乱了工作秩序，我还想让他给我道歉呢。"孙主任气得不行，感觉有股咸涩在往上涌，他拿起杯子喝了一口茶压下去。"哎呀，你还有权了，是不是？知道权是怎么来的吗？如果不知道，我就告诉你一下。"马文平说完，孙主任的茶还没有完全咽下肚，他那个茶杯已经连茶带杯随着马文平的手，一起向他飞来。"啪"，茶杯摔碎，茶叶沫子全溅在孙主任那张被吓呆的脸上。"马文平，你敢打我？这还有没有王法了。""我打的就是你。"马文平撸起胳膊上的袖子，就要上前冲，这时麻秆从外面冲了进来，紧紧地抱住了他。"你给我闪开。"马文平喊着，麻秆死不松手，得了空的孙主任，把套袖一甩，狠狠地盯了马文平一眼，转身跑了出去。

曹大伟溜达了一圈，正往回走，半路上被骑着自行车的大庆拦了下来。大庆下午上班，越想越不对劲，他干活也不在状态，干活时，和师傅聊天也一直围绕着师傅的女儿夏天的话题，修理机车的时候还险些把夏文学砸到。师傅怒气冲冲地从地沟里出来，看着离刚才自己的位置就有几厘米的地方砸出的一个深坑，把他一顿臭骂。骂够了，告诉他，先不用他干活了。大庆挨了骂，自己回到工段内，越想越窝火。师傅不用他了，他就没事可做了，觉得无论如何也得找曹大伟说道说道。曹大伟被气哼哼的大庆拦了下来，鼻子不是鼻子脸不是脸地冲着曹大伟："你和夏天到底是怎么回事儿？""你是我的兄弟，夏天是你喜欢的女孩，你认为我们会有什么事儿？"曹大伟这么一问，倒把大庆问愣了。曹大伟见此，真诚地看着大庆："大庆，你放心，我和夏天什么事儿都没有。"曹大伟这句话一出口，大庆松了口气。"你吓我一跳，你不和她处对象，总往我们楼跑什么啊？"看着大庆那种非要弄个水落石出的表情，曹大伟知道今天要想挽回和大庆的关系，只能实话实说，再不告诉他实情，这小子没准大嘴巴捅出去，让大家瞎猜，到时候更不好。他想到这里下定决心，把自己的秘密告诉他。"实话告诉你吧大庆，我到你们楼是找曲艳红。"大庆再次愣住，继而会意地一笑，用手捅了曹大伟一下。"我说呢。""这下你放心了吧？"看到大庆点了头，曹大伟的心也落了地。大庆一口气骑到了站前不远处新建起来的小市场，原本那里是一片冷清的空场，现在则建起一溜摊床的小市场。小市场据说是新上任的区长特批的，他的口号还挂在市场的进口处，"抓住机遇，加快发展"。

市场建成之后，原先在新风街上流动的小商贩就都被集中到了这里，没多长时间，市场已经初具规模，里面有卖五金的、有卖针线的、有卖布的、有卖服装的，沿次走过去，就基本可以满足日常的需要。

站里的工人，缺少什么，不用到稍远一点的商场，在这里就可以全买到。大庆听着旁边的床子用录音机大声地放着邓丽君的《路边的野花你不要采》，在一个服装摊前停了下来，摊床上挂着很多新款的蝙蝠衫和喇叭裤，大庆仔细地挑着，摊主躲在了这些衣服的后面。他能够听到是一男一女，正在不断地说着话，说的什么他没有听清楚。他们的声音有些大，感觉是在争吵。

大庆挑了一件蝙蝠衫拿了下来，不断地端详着。自打发了工资，还没有给夏天买过东西，今天终于了了一块心病，所以他决定为夏天买点什么，有可能的话，他要向夏天表达自己一直想说的话。

他看中了一件粉色的，心里衡量了一下，不敢判断夏天穿着合适不合适，就套在自己的头上，刚把头套进去，里面的男摊主就走了出来。"唉，那是女式的。"看到他要把衣服套下去，摊主着急地喊着，担心他把衣服撑大了。"对，我就是看一下大小，给别人买。"听到摊主的声音，他马上把衣服从头上摘了下来。"哎，是大庆呀，你给谁买衣服呀？"摊主这么一问，大庆认出了，原来是万风的哥，万东。

第二十四章 躁动的大庆

万东退伍已经有三四年了，几年的军队磨炼，已经把原来惹是生非的万东，打磨成了一个身强体壮不太张扬的大小伙子，这都是源于石头姐姐王小丽的功劳。

俩人从初中毕业就开始偷偷谈起了恋爱，一直到万东参军。

万东走之后，王小丽一直在等着他，虽然家里人坚决反对，但王小丽拿定了主意，认为最好的男人就是万东。所以万东回来后，成了一个标杆溜直的军人，王小丽就更喜欢他了。回来的万东，曾经想让万世海帮忙把自己弄进火车站。可是万世海耿直，不喜欢走后门，他几次在马新生面前没张开口，所以万东的工作就一直悬着。

万东本身就是一个闲不住的人，再加上天天在家白吃干饭，很快就焦躁起来。这时候，恰好站前小市场开业，他认准这是一个自己创业的机会，说服了万世海，东拼西凑划拉了几百元，领着王小丽跑到广州进了点货，回来就把床子支了起来。

万东的眼光不错，他进的货受到了当地人的欢迎，尤其是那些青春年少的半大孩子，所以货走得很快。

很快，他又领着王小丽再次去了南方，这一次两个人不只是进货，还要把祖国的山水游览一番，也就是在忘情山水的时候，两个人向远山喊出了自己的承诺，就算海枯石烂也绝不变心。当王小丽温柔地靠在万东的胸膛上时，万东看到了自己幸福的未来，两个人私订终身，王小丽把自己交给了万东。石头的父母看到了万东的希望，家里也知道阻拦无望，阻拦的力度小了很多。任由王小丽和万东一起走上个体户的道路。

大庆把衣服摘下来了，看到了王小丽从后面转了出来，王小丽的眼睛通红，上面还有没有擦干的眼泪，见到大庆，强作欢颜地露出笑容。

"你这是要给谁买呀？"

万东揽过话题，大庆赶紧从王小丽身上转开视线。

"哦，我家的亲戚。"

大庆说得含含糊糊，万东就意识到什么，看了眼王小丽。

"看好就拿走吧。"

"那哪行啊？"

大庆还想客气，万风板起面孔。

"拿着赶紧走吧，哪那么多废话。"

万东说完，再没理大庆，把王小丽推回到摊床后面，再次嘀咕了起来。大庆本来就对万风有些忌惮，见此，再不敢多话，说了声谢谢，赶紧收拾衣服骑车走了。

到了楼下，大庆把车子往墙上一倚，一口气就上了三楼。

到了三楼，他站在夏天家的门口，先把气喘匀了，然后扬起手，轻轻地敲门。

"谁呀？"

他听到了夏天的声音。

"我，大庆。"

他紧张地回答着，他感觉自己的嗓子发紧，心脏随时都会跳出来。

"等着。"

过了一会儿，门内才传来脚步声。

"哎，你来干什么？"

夏天把门打开疑惑地问他。

夏天正在洗头，头发湿漉漉地顺着背心向下面滴水，背心没有领子，软趴趴地贴在夏天的身上，把她那本来就发育成熟的身体完美地显露出来。大庆一时间看得呆了。

夏天注意到了大庆的眼神，厌恶地瞥了他一眼。

"往哪儿看呢。进来，不是告诉你，这段时间不要来烦我，我要补习的。"

夏天连说带损地让大庆进了屋，大庆却觉得夏天说的每一句话都是反话，其实夏天的心里是很喜欢他的。"我休班，给你买了一件蝙蝠衫，过几天就能穿上了。"大庆把手里的衣服打开，在夏天的面前展示着。"啊，还行，你开工资了？"夏天走到屋子的脸盆处，那里有一盆刚打好的清水。"哎，过来，正好，你帮我冲一下，我刚倒好的水。"夏天把一个暖瓶递给了大庆。大庆忙不迭地把衣服放下，接过暖瓶，把手伸进夏天的发丝中，他先用手试了一下水温，然后慢慢地把暖瓶的水往下倒。水顺着夏天的头发流到了脸盆中，夏天不断地左右摇摆着身体，去寻找水源的方向，好把自己的头发全冲洗干净。大庆的手在夏天的头发里摩搓着，夏天的发丝很柔，令他想起了文化宫前面的录像宣传画里的港台女明星，她们那如瀑的头发，她们的手揽着头发的动作，让他心动。他摸着夏天的头发，一种麻酥酥像是触电的感觉，在他的心里漫延，他慢慢地揉着，体会着发丝穿过他手面的那种奇妙的感觉。夏天也很听话地在等着他帮着洗干净。

大庆忽然有一种小两口的感觉，他觉得他正在帮自己的女人洗头发。他的目光不断地在夏天的身上逡巡着。他大胆地观赏着眼前的女人，他的目光近乎放肆，他顺着她光滑的脖颈在水流的引领下，向下看去。夏天的汗衫敞开着露出了里面的肌肤，随着夏天的身体晃动而跳跃着。这是大庆第一次近距离地看着女人的身体，一种原始的感觉在他的身体中有了反应。

大庆是奶奶带大的，他的印象中没有母亲，甚至也渐忘了父亲。他的生活中，只有一个老女人。他两腿极力地用着力，试图让自己的身体反应退回去，但是没有效果，反而在他的阻拦下，他的身体反而加速了起来。在那一刻，他有了一种罪恶感，他怕自己一时冲动，真的抱住了夏天，那样，夏天会给他一个耳光，他会一辈子对不住夏天。可是，他身体还在不断地向他呼唤着，他有些迷失。他不停地向夏天的头发倒着水，那水更多地灌进了夏天的脖子里。"哎，你干什么呢？水都进脖子了。"夏天抬起了身子，胡乱地扬着手，打了他一下。这一下，他也感觉好温暖。夏天的汗衫已经快湿透了，把她的整个腰身都勾勒出来。大庆看得呆住了，不知道自己应该说什么好。他赶紧把暖瓶放下，拿起毛巾帮着夏天擦身上的水，他的手在她的胸前不经意地摩擦着。"哎，你干什么，我自己来。"夏天夺过毛巾，背过身去，躲着大庆的眼神，自己擦着脖子。"净干些没用的事，我不是不让你来吗，你怎么还来？""我，我这不是给你送衣服吗？""哦，对了，你拿回去吧，我爸不让要的。"夏天转过头来把衣服拿了起来，塞到了大庆的手里。"你不说，他不知道。""不行。"夏天的态度，让大庆感觉就如同刚从燥热的夏天一下子落入了冰冷的冬天。他的身体也迅速地萎缩下去。"你快走吧，我要补习了，对了，曹大伟家在哪里？我一会儿去把资料给他拿过去。"

夏天说完这话，大庆眼里差一点涌出了眼泪，原来夏天惦记的还是曹大伟，他自己刚才算白忙活了。在那一瞬间，他可怜自己也可怜夏天，曹大伟惦记的人是曲艳红，她却还蒙在鼓里。

"曹大伟有女朋友，你知道吗？"大庆装作无意地把话说完，拿起脸盆，果然，刚要去倒水的夏天快速地转过身来，盯着他看。大庆看到了夏天的嘴巴张得很大，眼睛里满是惊讶。"他女朋友是曲艳红，就是你楼上的那个跳舞的。""哗"的一声，大庆感觉自己的脸，瞬间被水覆盖住。水里的泡沫与长发纠结着从他的脸上滑落。他张了张嘴，那水又苦又涩。"滚，以后再也别来。"拿着空盆的夏天，用力地把大庆推出了门，咣当一下把门关死。"怎么了这是？"楼下面传来了大庆奶奶的问话。清醒了的大庆，抹了一把脸上的水，转头向楼下跑去。"哎，大庆，你这是怎么了？"奶奶看到大庆头发上还顶着没有消融的泡沫，着急地要拦住他。大庆却头也不回地冲了出去。

第二十五章　王小丽怀孕

从曹大伟和马文平外出找工作，到曹大伟回来报画画班的过程中，马新生和孙耀华又见过两回面。第一回是在曹大伟的家里面，马新生提了水果过来，他怕孙耀华一个人伤心，把水果放到门口，正要走的时候，孙耀华听到了声音，拦住了他，让他进了屋。

两个孤独的人，坐在了一起，彼此诉说着内心的苦闷。曹大伟的出走，因马新生而起，马新生先是自责，但是孙耀华不认同，把责任揽给了自己，神情落寞地告诉马新生，以后自己会离他远一些。

马新生心里痛了一下，不过，他把话题转了，他说出了自己对马文平的愧疚。俩人谁也不愿意也不敢说出真正的心声来，两人枯坐相对，马新生不久就告辞了。

第二回，是在曹大伟受伤被送回医院之后，当马新生在马文平的嘴里得知了曹大伟有要学画画的想法，第一时间跑到了医务室，把自己手里仅有的二十元钱，扔给了孙耀华，告诉孙耀华，替孩子把名报上。他觉得自己虽然不能和孙耀华在一起，但是他也有义务帮她解决生活上的难题。

就是这么两回，可以说在孙耀华干涸的内心洒上了一层湿润的雨露。那心里一直深埋在土里，久久不敢顶出土面的种子，忽然间就冲开了阻隔，冲开了层层的束缚，展露在清新而纯净的空气中。

而且每一回，它都增加了生长的速度。孙耀华感觉自己对于马新生产生了一种依靠、一种寄托，而这种情感是可怕的，是对于自己即将出狱的丈夫的亵渎，是一种罪过。是一种在人间无法被饶恕的罪过，她的内心充满了煎熬。

石头一夜没有睡，就在曹大伟高兴地在夜色中奔跑的时候，他家里的气氛却是快要爆炸了。当王小丽说出自己身上已经有了万东的一股血脉之后，石头家里的人都像被触到了电一样，刚进屋的石头感觉整个屋里的灯光都跟着为之一晃。

石头家并没有搬，而是还栖居在老的职工宿舍里。因为石头家是农村户口，父亲在站里就是一个临时工，平时干点搬运、挪移的力气活。夏文学是火车司机兼修理技师，石头爸就是打下手的，什么刷件、搬运，这种脏活累活，都是他的。

他挣的没有夏文学多。夏文学是正式工，城市户口。他只能拿到夏文学的一多半，但他已经很满足了，因为在他的老家，就是这个城市周边，叫作阿城的地方，在家里种地的，一天忙到黑，一年忙到头，能有个一百来元的收入，就算是很不错了。

他的老婆也是农村的，和他一个屯子，当他当上了站里的临时工，就跟着他一起来到了平安火车站。他的老婆没有工作，在家里接点儿手工活，干点儿糊纸盒、钩坐垫的计件活。所以，一家子的花销，主要靠石头他爸，外号叫王老三的人。王老三在单位不爱说话，即使是夏文学主动与他聊天，他也只是嗯哼两声，然后闷头抽着自己的旱烟。

在家他也不爱说话，老婆操持家务，天天做饭、洗衣服。他就蹲在那里抽烟，到点关灯睡觉。他最大的本事，就是在床上，在石头和姐姐都睡得沉的时候，他趴在老婆的身上，像自己祖祖辈辈一样，不断地耕耘着，把马上就要荒废的种地本领，施展在老婆的这片沃土上。把每天最后攒下的力气，都给了自己的老婆。

所以，他就有了儿子与女儿，儿子随他，不爱吱声；女儿随老婆，开朗，但是也有些特殊欲望。

王小丽看到万东的第一眼，就被万东的坚实的胸脯所俘获，所以万东当兵两年，她没事就会坐车去看万东。万东做起了买卖，她又死心塌地地跟着做买卖，因为万东的雄性激素强烈地吸引着她。

也就是这个原因，在她献给万东的那一次，她全身心地投入。在那一次，她并没有意识到，一个新生命已经在她的身体里留了下来。可是，当一切回归到现实的时候，她的头脑也冷静下来。万东经过军队的洗礼，更是冷静，心疼地抱着她，告诉她，要和她结婚。结婚，这个词，在王小丽的脑海中闪现过不下百次。可是真正要走到这一步，她又胆怯了，那是一个新的家庭，新的组合。他们在一起，生活会过成什么样子，他俩以后会合适吗？王小丽想不明白，她的头脑变得乱了起来。在她的月经没有来的第五天，她再也控制不住自己的情绪，她把这个秘密告诉了曾经无数次举起扫把打她、让她和万东分手的妈妈。石头的妈妈，从来就没有想过女儿会发生这样的事情。当女儿告诉她的时候，她手里的钩针深深地刺入了自己的手指。石头回到家，看到的一幕，就是姐姐承认之后，引起的一场家庭大地震。那种气息，就像暴风一样，席卷了整个空间。父亲的烟夹在手中，他的目光呆滞，那烟火在快速地燃烧，映红了他的脸。母亲身体剧烈地颤抖着，骑在木凳上。手里拿着一个扫把，直直地指着王小丽。王小丽跪在地上，她的脸上全是泪痕，仰着头，目光希冀着。"你说呀，你倒是说句话呀，平时闷着就算了，关键时候，你得起个主心骨呀？"母亲啪的一声把扫把扔到了地上，回头对着自己的丈夫大嚷。石头只当是姐姐又因为什么事招惹了母亲，他看惯了这种家庭暴力的场面，他知道母亲已经打过姐姐了，接下来，就是姐姐接着哭，妈妈接着骂，直到他们都没了声音。

他拄着拐走到炕边，把自己的画板放到了炕上，准备脱了衣服，上炕铺被子。父亲一直不吭声。石头的画板，啪啦一下掉在了地上，愤怒的母亲忽然之间转过了头，眼里像喷了火一样，盯着石头。"还有你，一天背着那个破夹子，也不知道能画出几幅画来，啥时候能换个钱回来？"石头默不作声地把画板捡了起来。"说话，到底怎么办？你死人呀，这个家真是没法待了。"母亲看到父亲一直闷着不吱声，她再也忍不住了，放声号哭起来。王小丽紧爬了几步，死死地抱住母亲，母亲用力地把她扒拉开。"滚开，不要脸的玩意儿，别碰我。""结婚！"父亲突然大声地吼了出来，他噌地一下站了起来，在灯光下，他的脸铁青，那根烟被他深深地吸了一口，火烧过了他的手指。"什么？你说什么？我养这么大，就为了便宜那小子？我不干。"母亲声嘶力竭。父亲不再说话，不再理睬他们，走到炕边，脱下裤子，一骨碌躺进了石头刚铺好的被窝里。石头也脱了衣服，躺了下来。王小丽瘫坐在地上，不停地抹着眼泪。"唉，作孽呀。"母亲最后说了一句话，转身向厕所走去。石头知道，这场战争暂停了。直到天亮，他才囫囵睡去，他听姐姐抽泣了一夜。

第二十六章　万东要结婚

　　万风的家，也没有消停，昨晚也炸开了锅。当万东说出自己把王小丽的肚子搞大了，要准备结婚时，万风的惊吓要比父母还要强。他没有想到，哥哥不只是他想象中的那样，只是挂马子，而且还把石头姐姐的肚子搞大了，他觉得哥哥惹了一个大祸。至于这个祸有多大，他觉得比天还要大，这个祸无法弥补。

　　最冷静的是万世海，万世海看着眼前的万东，他是气儿子不争气，儿子当兵，他感到光荣，终于解了他的一块心病，一个小混混成长为一个钢铁战士，这是他最欣慰的结果。儿子复员，他没有帮上什么忙，但是他不愧疚，他是让儿子自己闯出一条路，因为他觉得儿子一定会比自己强。结果是万东最早做起了买卖，起初他还在为儿子担心，当万东越做越好的时候，他的心落了地。他知道儿子成长了，已经可以在世上自己立足了。他觉得自己当爸的脸上，渐渐有了光彩。

　　可是，他没有想到，儿子给他送了一个定时炸弹，而这个炸弹炸开的时间，却是最不合理的。它不应该这个时候炸，儿子年富力强，正当年，他还应该干一番事业。万世海曾经憧憬过，等万东发达了，娶个好老婆，生个儿子，他退休了和老伴一起帮忙看着孩子，那该是多么幸福的事。

　　可是，现在这个节点有点提前了，而且是太提前了。他和老婆都没有做好思想准备，甚至连家里多一个人都没有做好准备，现在却变成了两个人。"你说结婚，房子怎么办？没有房子，你住露天地？"万世海把自己的担忧说了出来。"你再想想，你做什么我们都支持，可是这个事，是你自己一辈子的事，你想好了，她家是农村户口，王小丽还没工作，到时全靠你养活。"

万东妈也说出了自己的担忧，万世海觉得老伴比他想得远，他点了点头。"妈，我认了。"万东说完这句话，老两口都愣在那里。万风对于哥哥说出的话，在心里为他竖起了大拇指，他觉得哥哥真是条汉子。"不行就让我哥住我屋。"他替哥哥打着圆场，他想让爸妈尽快同意哥哥的做法。万世海看着他皱着眉，眼光里一副多事的样子。"你住哪儿？""我，我就去外屋地上支一张床。""胡闹，没你事。"也许是憋了好久，万世海啪地一拍桌子站了起来。"我们的态度就是这样，你自己考虑吧。"他一拉门，走了出去。当天晚上，万风问哥哥，以后咋整。"我有办法。"万东说完转过身去，不久就起了呼噜声。石头一宿没怎么睡好，他早早地就出了门，现在天气已经开始转凉了，他虽然套了一件父亲的秋装工作服，但是还能感觉到风飕飕地向自己的身体里钻来。他缩到了修车铺最里面，那风还是不断地拐着弯刮进来，他用破轮胎把那棚子四周露风的地方堵上。等到有人来修自行车了，他才睡眼迷离地走出去，接过车子。干上活就暖和多了，太阳再一出来，把他后背晒得更热了。好容易挨到了中午，他把修了一半的车子往外面一扔，又缩到了棚子里面打起盹来，他等待着王小丽来给他送饭。

王小丽每天都准时给他送饭，王小丽在家做好和母亲吃过后，就把吃饭前装好的饭盒给他带过来。每天都不变，菜样基本也不变，白菜、土豆、咸菜、米饭。石头长这么大，吃肉的日子，他自己都能数上来。

母亲是个节俭的人，在农村的苦日子过惯了，家里的钱又不多，只能省着用，所以马文平家里吃肉的时候，石头还只是每天米饭就咸菜。石头个子比较矮，和马文平他们在一起，他自己就有一种天生的自卑感，总觉得自己不如他们，也就有了别人都敢爬火车他却不敢的事情，从而导致了他最后失去一只脚的悲剧。现在，他可以自己挣钱养活自己，但是他由于脚瘸了，更加增加了那种自卑感，所以，他从来不和马文平他们说话。姐姐很准时地来了，她钻进了修车铺里，从自己的风衣里面掏出了一个棉布包。石头还在闭着眼睛。她把棉布包打开，露出了每天的铝饭盒，她打开饭盒盖，叫醒了石头。石头睁开眼，看到了米饭上面有几块红亮亮的东西，他没有看清是什么，但他闻到了一股香味，这股香味，他已经多年没有闻到过了。石头感觉自己还在做梦，他看向姐姐，姐姐微笑地看着他。他再看看那米饭上的东西，凑到自己的眼皮下，他看清了那是几块红烧肉，整齐地放在米饭上面。"快吃，一会儿凉了。"姐姐拿起饭盒，拿勺盛出了一口饭，带着肉放到了石头嘴边。石头大张着嘴，一口全吞了进去，那股肉香瞬间溢满了整个口腔。他的味蕾被激活了，他抢过了姐姐的饭盒，大口大口地吃起来。王小丽转过脸去，偷偷把要流下的泪擦干。

"姐，这肉真好吃，你做的？妈也吃了？"王小丽回过头，微笑地看着他，石头看到姐姐向他微微点了下头。他正准备问姐姐昨天的事情，姐姐先张了嘴。"石头，你以后要照顾好爸，不要惹他生气。""姐，我会的。昨天……""还有咱妈，你要让她多休息，她太累了。""嗯，嗯。"石头不停地点头，他觉得姐姐今天有些怪，说的话像是她要离开他似的。"好了，吃完放那儿吧，我再过来取。"姐姐站了起来，准备往出走，石头抬起头，看到了姐姐脸上新添的泪花。"姐，你上哪儿去？"姐姐没有回答，扭头走了出去。石头看到姐姐瘦弱的背影，和那秋风中像一片枯叶飘起的那件风衣。

第二十七章　服药自杀

　　曹大伟自从跑回家之后就兴奋不已，他躺在床上，先是辗转反侧，然后睁着眼睛，睡意全无，当孙耀华叫他的时候，太阳已经升起了老高。今天孙耀华特意打扮了一下自己，她向站里请了假，准备去探望曹关生。

　　马新生上一次来，就是和曹大伟碰见的那一次，并不是没事跑这儿闲唠嗑，而是监狱给单位来了函，告诉了曹关生的表现和即将出狱的消息，同时也捎带说了曹关生得了肺炎的事。他就是来告诉孙耀华这些事的，所以当孙耀华听到了曹关生的身体状况后，一时间无法接受，所以俩人才会相立无语。

　　孙耀华好容易趁医务室不忙的时候请了假，正好曹大伟也在家，她就招呼曹大伟和她一起去。曹大伟黑着眼圈出来，吓了孙耀华一跳："你这是怎么了，昨天没睡好？"孙耀华狐疑地看着他。"啊，画画画的，眼睛有些睁不开。"曹大伟极力地掩饰着。"那你就歇一歇，画画也不是一天就能完的。你这孩子，学上那个有够你累的。"孙耀华边说，边打着包袱，里面装了她给曹关生开出来的药，还有一些换季的衣服，还有一个新买的热水袋。"走，一会儿看你爸去，你精神一点。"吃了饭，他们娘俩向车站走去。太阳一照，曹大伟的困劲又上来了，他一面打着哈欠，一面闭着眼睛。等了一会儿，公交车就开过来了。他跟着母亲的身后，往车上走。

"孙大夫！孙大夫！"有人在喊着母亲，曹大伟向后张望，看到一个穿白大褂的人匆匆跑了过来，边招手，边喊着母亲。母亲听到后，越过曹大伟下了车，迎向那个人。曹大伟站在车门处等着母亲。"孙大夫，出人命了，有人自杀了，你快回去抢救吧。"那人忙不迭地说着，不断地喘着粗气。"大伟，你先去吧，我这有事了。"母亲说完，跟着那人跑远了。车子开动，曹大伟趴在车窗边向外面张望。母亲去干什么？应该是出了大事。车子开出城市向野外开去的时候，曹大伟摸了摸手中的包，他的睡意又上来了。

石头奋力地拄着拐，向医院里的病房跑去。说他是跑，有些不恰当，他的脚都有些跟不上拐的节奏。他的脸上现在也不知道是泪水还是汗，他现在只有一个念头，马上见到姐姐，他怕去晚了，就再也看不到姐姐了。

他是在修车的时候，一个穿着蓝布工作服的人，上气不接下气地跑了来。他以为是修车的，刚要去接那人的车子，那人一把把他拽住。"你是石头吧，快，你姐姐服毒自杀了。我是你爸同事，他让我来找你，快跟我走。"忙乱之中，石头没有太听清他说什么，只是知道姐姐出事了，那人忙乱中给他扶上了自行车，他的拐一时失手掉了下来，那人去捡拐，这车子又向后倒了下去，幸亏那人手快，稳住了车子，把拐递给他，石头一手拿着拐一手抓着那人的衣服，感觉自己薅着一棵救命的稻草，任凭风很大，石头也像是一个雕像一样，牢牢地焊在车座上。

很快两人就来到了医院，那人停了车子，把石头扶了下来。"快去，我单位还有事，一会儿过来。"那人说完，骑起车子走远了。这时，石头心里像着了火，他恨不能再长出一条腿，他只能听到身旁的风声。医院通往病房的路不长，但是他却感觉走了很长的时间。当他一头撞开病房门的时候，他看到母亲正趴在躺在病床上的姐姐身上号哭着。他高扬着拐冲了过去，父亲蹲在病房的一处角落里。他扑向姐姐的床头，他怕现在只能看到闭上了眼睛的姐姐。从小背着他长大的是姐姐，姐姐是最疼他的人。当母亲要打他的时候，每次都是姐姐用后背帮他挡住。他有些后悔，在姐姐和万东好之后，他讨厌姐姐，他把姐姐看成了一个坏人。现在姐姐离他而去，他觉得自己欠姐姐很多。当他泪眼婆娑地扑到姐姐的病床上时，他看到了姐姐睁开的双眼，一阵惊喜掠过他的心头。"我这是缺了八辈子德了，摊上了这种事。你有什么话不能和我说，还要寻死觅活？这回好了，你折腾吧。"母亲边说，边轻轻地锤打着姐姐。石头看到姐姐眼里的泪水，止不住地流出来。"妈，你别说了，我难受。""我还说？我再也不说了，以后我再也不管了。"母亲说完，又趴在姐姐的身上大哭起来。石头扭过头向外面走去，他看不下去。这么多年来，每次母亲打姐姐的时候，他都熟视无睹，可是今天，她们两个的哭声，却让他感觉到一种钻心的痛。父亲木讷地蹲着，石头拄着拐从他身边走了出去。他想自己在外面哭，他想成为一个男子汉，像一把强有力的保护伞，保护家里的两个最亲爱的女人。两个护士从他身边走了过去，她们看了一眼病房里面。"你说，她吃了两瓶安眠药，孩子也没了，图的啥？"

"爱情，你懂吗？这就是爱情的力量。"护士走过，石头全明白了，姐姐遭这罪是谁引起的，不用问，就是万东。他想到这里，拄着拐快速地向医院外面冲出去。

第二十八章　石头手中的刀

　　曹大伟很快来到了父亲的监狱。父亲明显瘦了许多，但令曹大伟感到惊奇的是，父亲的眼里折射出的是精力旺盛的光芒。"我要的书，带来了吗？"曹大伟把给父亲带的《企业如何管理》那本书递了过去，父亲看了看点了点头。他把书放在一旁。"家里还好吧？""我妈刚才让单位人叫回去了，她告诉你晚上要用热水袋。"父亲的脸上露出了点笑容。"你复读的事，怎么样了？""爸，我不想考了。""那你想干什么？"曹大伟在父亲的眼神的逼视下，他的心跳有些加速。好久没有见到父亲，一见面父亲就直奔主题，他本想说说心里话，可是父亲问到了点上，他还是决定不再隐瞒。"我学画画，一边上班，一边画画。"他把上班说在前面，目的是让父亲放心，自己学画画，并没有给家里增加多余的负担。父亲的目光在他的身上来回地游走着，最后停在了他的手上。"无论你做什么，都要坚持下去。做事情一定要有恒心，有毅力，不能半途而废。你看我，现在在里面也是要学习的，不学就会和时代脱节，过不了多长时间，我就出去了。到时，我要重振雄风，把所学的知识全部放到实践中去，我要让车站大变样！"父亲说得有些激昂，曹大伟听着父亲的话，不禁热血沸腾，仿佛看到了父亲戴上了站长的袖标。"对了，小伟，你画画在哪儿学呀？看我有没有认识人，让他好好教教你。""文化宫，爸，就是放电影那儿。""哦，太好了，你去找曲折，曲叔叔，就说我让他多辅导你。"曲折，不是曲艳红的父亲吗？听父亲这么一说，曹大伟的心里忽然间亮了起来。如果能让曲折辅导自己，那么自己就更有机会接触到曲艳红了，到那时，他曹大伟和曲艳红的关系就如同夏天与大庆的关系一样更近一步了。看来是老天让自己和曲艳红走到一起。"嗯。"他高兴地答应着，目送着父亲拖着瘦弱的身体消失在探望室的门后。

石头先回到自己的修车铺，翻到了一把割胶皮用的白钢刀，他把刀藏在了自己的衣服里面，拄着拐向万风家的方向走去。他快到万风家的时候，就看到万风正从楼道里出来，手里抱着一大摞的木板条子。"万风，你哥呢？"万风也看到了石头，但是他一直顾着往外面的一个小推车上放东西，他没有想到石头会主动和他说话。

他把木板扔到了推车上，打扫了一下衣服，才扬起头，看了看石头。石头又变了，变得更老了，比他和曹大伟见到的那次还要老。石头单手拄着拐，另一只手臂在前胸弯着，搂着他那略显肥大的工作服。

"你找我哥干什么？"

石头开口说话，不找自己反而找他哥，让万风非常不解。"我找你哥有事。""啥事？"万风已经推起了手推车准备走。"我姐让我给他带话。"石头怕他走，忙撒着谎。"哦，你回去吧，我哥忙着呢，让你姐一会儿自己过来说。""不行，我姐让现在告诉他。""那你告诉我。""不行，我姐让当面说。""好，走吧，他在盖房子。"两个人无语，万风推着车子引路，他们来到了老宿舍后的一块空地。那里几个年轻人正在忙碌着。万东穿着印着"高炮第二旅"的背心正在指挥着，他的背心整个都湿透了，全身蒸腾着汗气。其余几个年轻人，也都和他差不多，肌肉坚实，皮肤黝黑，也一水地穿着印字的背心。他们在一块平地上，正砌起了一截砖墙，他们边干边聊，一派热火朝天的场面。"东子，这房子砌起来了，你就能结婚了，到时别忘了多给我们倒点酒。""没问题，到那天，别说酒，烟也管够。"万东爽快地回答着，他猫腰去铲那灰盆里的水泥。"烟、酒都不要，要不然，让我们住第一宿？"他旁边的一个年轻人，憋着坏说。啪，一灰铲子水泥，全砸在了那人的后背上。"哎哟！""别跟他们瞎掰，小心我把你砌进去，干活。"万东佯装着生气的样子，直起了腰，把铲子向他挥了挥。"哥，石头找你。"万东看到了万风旁边的石头。王小丽的弟弟，现在可以说是自己媳妇的弟弟了，他和王小丽经常给石头去送饭，再熟悉不过了。他知道这个弟弟不爱说话，从不主动和他打招呼。可是，今天是什么事，让这个弟弟站到了他的面前？他赶忙向他们笑了一下，招了招手。石头向他走了过去。石头的心里正在流血，万东却对他笑得那么灿烂，石头有些愤怒了，自己的姐姐躺在医院里，他万东却在这里和战友闲聊，他越想越气，就在万东把他招到身边的时候，他把衣服里的刀摸了出来，直接向万东捅了过去。

万东毕竟是当过兵的人，反应很快，再加上石头是拄着拐，身体不稳，所以这一刀就顺着万东的背心边上，穿过去了。虽然没捅到身体，但也划开了一个口子，血瞬间染红了背心。在场的人都惊呆了，他们被这个突如其来的变故搞蒙了。万风只知道石头是来送话的，却没想到他弄出了一把刀。万东的那些战友也愣了，他们停下手中的活，呆呆地望着，比万东小十多岁的孩子，他们是上也不是，不上也不是。"石头，你这是干什么？"等石头再想把刀撤回来的时候，已经被万东死死地攥住了手腕。

"你说呢，我姐的死活你不管？"石头怒吼着，他试图拔出那个刀，他想把眼前这个人劈成八瓣。"什么，你姐怎么了？"听了石头这么一说，万东紧张起来。"我姐她喝药了，现在在医院躺着呢。"石头的眼里喷出了火，他恨这个人怎么到现在还跟没事人一样。"什么，啥时候？"万东一下松开了石头的手腕，他把手中的铲子扔下，又拿了起来，再扔下，然后拔腿就向医院的方向跑去。这时，万风才知道发生了什么事，他呆呆地看着石头收起刀，一步一踱地往回走。

第二十九章　曹大伟的想法

　　曹大伟回来后，听母亲说了石头姐姐的事，他第一时间先找到了万风，万风告诉他，事情过去了，这么一闹，两家都同意了，他哥正准备结婚呢，听到这个消息，曹大伟放下了心。

　　当天晚上下课后，他急匆匆地跑上文化宫的二楼，向文化宫办公室走去。他打听到曲折就在办公室里工作。他正要推门进去的时候，听到了门里传来了一个温厚的男人朗诵的声音。"啊，女工。你是铁路线上的跳动的音符。你是钢铁机器中温柔的心脏。你是火红岁月中的曼妙月色。你是，我们铁路人的骄傲！"深厚的声音从那门板中传出，仿佛要冲开文化宫的穹顶，曹大伟也听得入迷了。他把耳朵贴在了门板上，他怕贸然进入，打扰了朗诵的人。"好，真棒，曲老师，你是怎么写出这么有激情的诗的？"门里又传出了一个女人的声音，如果曹大伟没听错，就是那个教曲艳红跳舞的丁宁老师。"这个要用心去体会，用心去感悟，因为心灵才是打开诗的大门钥匙。""哦，太美了，曲老师，你说到我的心里了。"曹大伟听到这里，知道诗念完了，他想推开门进去找曲折。刚一推开门，却看到丁宁几乎与曲折脸对脸地站立着，曲折听到门响，下意识地向后退了一步。曹大伟马上关上了门，曲折和丁宁俩人的身影挥之不去。他转念一想，曲折的老婆不就是自己的赵老师吗，那曲折和丁宁一定是一般的工作状态。

他再次轻轻地拉开了一条缝，想确认一下自己的想法。这次却看到了曲折和丁宁的手拉在了一起。这一发现让他呆若木鸡。他第一个反应就是，一定要把这个秘密第一时间告诉曲艳红。

　　曹大伟竖着举起手中的铅笔，他的目光穿过铅笔，投向了在他画板前站着的大庆。大庆手里拿着一把铁锹，做着准备搓煤的动作。"唉，你别动呀，我胳膊还没画好呢。"曹大伟看到大庆的手换了姿势，告诉他换回来。"操，早知道这么遭罪，我可不当你的模特。还要画多久呀？""你不动，画得就快了，你不要再动了。"曹大伟拿起铅笔，又开始重新用眼睛量大庆的身体比例。这时，响起了敲门声，曹大伟站起来去开门，大庆连忙放下铁锹。此时，大庆被曹大伟叫到家中，已经站了快一个小时了。"哎哟，我们的大画家搞创作呢！"随着声音，马文平和万凤走了进来，他俩一个人嘴里叼着一个苹果。马文平进了屋，又随手拿出两个苹果，扔给了曹大伟和大庆。"哎，大伟画得不错，挺像。"万凤指着曹大伟刚画了一半的画说。"嗯，还行，大伟，你和文化宫的曲大拿有一拼。哎，对了，大伟，曲大拿那姑娘，你和她怎么样了？"马文平说着曲折，一下子想起了曲艳红。"那还用说，拿下呗！"曹大伟在为自己的画得到了他们的赞赏而感到高兴，马文平一下子问起了曲艳红，他马上想起了自己把老孩打跑的夜晚。那个夜晚曲艳红向他笑了，他觉得曲艳红对自己有意思了。大庆跑过来看自己的画。"大伟，再给我画漂亮点，我拿回家镶上框。""然后再挂上黑纱？"万凤说着笑起来，嘴里的苹果差一点掉出来。大庆一拳向他擂了过去，打在他的前胸，打得万凤一个趔趄。"闹着玩，还来真的。""滚一边去，我要把它献给夏天。""你给她，让她放在床头辟邪？得了大庆，我还是给你两张电影票吧，一起看那多增加感情呀。"马文平说着从他兜里变戏法似的摸出了一叠电影票。"啥电影，给我一张。"万凤先抢过去，挑出一张。"明天的？啥名？""《望乡》，日本片。"马文平说完抽出连号的两张，给了大庆。"也给我两张。"正在接着画的曹大伟，突然转过身来，朝马文平要票。"大伟，你要两张？哦，是给她的吧，好。"说着话，马文平又挑出两张递给曹大伟。"不过，你得证明给我们看。"曹大伟还没有接到票的时候，马文平的手在空中停住了。"证明什么？"曹大伟急切地问着，那一刻他已经在憧憬曲艳红拿到票时兴奋的表情。"你们说，让他怎么证明？""那还用说，亲嘴呗。""对，亲嘴！要不然，大伟，以后再没有你的票。""好，证明就证明。"曹大伟一把把票抢了下来，揣进了自己的衣兜。

第三十章　曹大伟送电影票

　　曹大伟得了票，准备晚上上画画课的时候给曲艳红。下课的时候，他在舞蹈班没有看到曲艳红，放学的时候，在人群中也没有找到曲艳红。他最后只有一个选择，就是到曲艳红家，把票给她送去。

　　他往曲艳红家走的时候，是连跑带颠过去的，生怕晚了他们家都休息了，自己不好再进去。其实那时也不晚，也就是刚过八点，整个新的职工住宅都亮着灯。曹大伟没有走大路，大路上灯多，他怕熟悉的人看到他。他走小路还可以跑起来，就这样，当他"噔噔噔"跑上四号楼二楼的时候，他的全身都快湿透了。他在曲艳红家的门前停了下来，他听到了在舞蹈班常传出的旋律。

　　"生活啊，生活，多么美好……"他把手扬了起来，想敲门。他在门口已经静了一会儿，因为他得把气喘匀了。就在他静的时候，身上的汗在初秋微凉的空气中一会儿就没有了，取而待之的是他清醒的头脑。

　　头脑一清醒，他就想到万一是曲折开门怎么办？他不会让进的，这电影票就送不进去。如果是赵老师怎么办，我说什么？我与曲艳红是什么关系。他一时犯了难，他在门口不停地犹豫着。

　　就在这时，大庆也在一楼的单元口等着，他听到自行车的声音，马上从家里出来了，他本以为是夏天晚上补习回来，却没有想到是一个戴着前进帽的人推着车子走近了单元门。

他借着外面的月光，看清这个人戴着一个男式的帽子，他有些失望，那个人推着车子进了单元门，看到了阴影中的大庆，显然吓了一跳。不过，那个人只是迟疑了一下，就快速地推着车子走了进去。

大庆有些落寞，他正要推开家门的时候，楼梯上传来了连人带车子摔倒的声音。"哎哟。"一个熟悉的声音传来。"夏天。"大庆听出来了，他拧亮手电，喊了一声她的名字，冲了过去。在上一层楼梯一半的地方，他把摔倒的夏天扶了起来。那个戴前进帽的人，就是夏天。"夏天，你怎么戴个男的帽子，我刚才都没认出你。""你认我干什么？你刚才还吓我一跳呢。"夏天站了起来，重新抬着车子准备上楼。"夏天，你等会儿，我有话和你说。""这大晚上的，有话明天说吧。"夏天要走，大庆一下子拉住了她的车子。"哎，你松开，你干什么？""夏天，我这有张电影票，我想让你去看。""我不去，你别烦人。"夏天生气地扒拉着大庆的手，大庆识趣地把手松开。"我告诉你，你别大晚上吓唬人，你是不是神经病。"夏天甩下一句话，气呼呼地抬着自行车上了二楼，大庆一赌气，推开自家的门回了屋。夏天摸索着拿出钥匙去开门，忽然一个黑影从楼上走下来。"谁！"她惊问着，她的心都提到了嗓子眼，她现在后悔把大庆撵走了。"我。"

她听到了熟悉的声音，她一下子认出了曹大伟。曹大伟在曲艳红家门口辗转难进，最后，他听到了楼下有吵闹声，他怕曲艳红家突然开了门，又怕上来的人看到他，他急忙向楼下走来，在半路上就碰到了刚和大庆吵完的夏天。"哎呀，你想吓死我呀，这大半夜的，你在这干什么？"夏天虽然被吓到了，但是认出了曹大伟，心中还是泛起了一股甜蜜。她最想见到的人，竟然像梦一样，在她的眼前出现了。"我，我是来……"曹大伟刚想给夏天编个理由，好让她不要往曲艳红那里想，可是夏天偏偏很敏感地就想到了曲艳红。"哦，我明白了，你是找她吧。"夏天的语气里带了些刻薄。"嗯。夏天，你能帮我一个忙吗，我想送她一张电影票。""电影票？""对，你不是也去看吗？""我不去，你自己送吧。"说着话，夏天哗啦一下掏出了钥匙，把家门打开，用力地把车子推进去，哐当一下把门关上。门里传来了夏父的声音。"你这是怎么的了？""爸，没事，刚才回家路上遇到两个神经病。"

　　曹大伟弄得自己灰头土脸，又返回了楼上，再次听到屋子里传出来美妙的旋律。他不知怎么办，忽然间他看到了门下面露出了光，他仿佛看到了一盏明灯，在指引着他前进的道路。楼下不远的马路上又传来了自行车的声音，还有人说话的声音，他再也不敢耽误了，他把兜里的票拿了出来，从门缝里塞了进去。他三步并作两步地跑下了楼，他从单元门出来，有两个人刚把车子停下来，后座上的人跳了下来，和前面推车子的人，一前一后往单元门里走。他走出不远，听到了那浑厚的嗓音，他听出来前面走的是曲折。他再一回想，后座上下来的人的身材，那个应该是曲艳红的舞蹈老师。他的脑海中不自觉地又想起了在文化宫办公室的门缝，看到的两个握在一起的手。

第三十一章　看电影的经历

　　第二天，曹大伟只上了半节课，就向老师请了假，画板放在学校，自己跑出了文化宫的门，从陆续来看电影的人群中找寻着曲艳红的踪影，因为在上课之前，他就去找过曲艳红，曲艳红还是没有来。

　　"哎，大伟，曲艳红还没来。"万风拍着曹大伟的肩膀，在他身后出现了。"我给了票了，她一会儿就到。"曹大伟信誓旦旦地和万风说，其实他也是给自己打气。"行啊，有两下子，看来，今天我能看到更好的戏。"俩人说笑着，看到马文平领着一个人向文化宫门前走来。曹大伟喊着："小平，这边呢！"听到喊声，马文平领着年轻人向他们走来。走近，曹大伟认出这人是高朝，那天马文平跟高朝喝过酒之后，一五一十又把从高朝那里学来的东西在曹大伟那儿卖弄了一遍。那之后，他们就老在一起。"介绍一下，我的朋友，高朝。"

　　马文平跟万风介绍着，万风看着高朝，想不起来在哪里见过他。高朝则面含笑容，冲万风和大庆点着头，口袋里抽出良友递了过去，一副很江湖的样子。"他爸是区长，以后有什么事，找他好使。"马文平帮着高朝介绍着，高朝也向曹大伟笑了笑。"哎，杀人找你好使吗？"万风看着高朝，突然来了这么一句，面带微笑的高朝一时间脸上的表情僵住，随即又露出了笑意。"你是说真的？""哎，自家朋友，开个玩笑，别当真。对了大伟，你的她来了吗？"马文平感觉气氛不对，马上把话题岔开。"没有，我再等等，你们进去吧。""大庆没来？"马文平忽然间发现少了一个人。"他是受挫了吧，唉，看他胖的那样，夏天也不能喜欢他。是吧？"万风使劲拍了一下曹大伟的肩膀，给曹大伟弄得一激灵。"也是，快开演了，咱们进去吧。"说着话，马文平拉着曹大伟就要往里走。"我再等等。""别等了，没准人家已经进去了，在里边等你呢。"曹大伟他们进去的时候，剧场里已经黑了灯，银幕上已经打出了电影的片名。他们猫着腰，辨认着座位号，马文平给曹大伟的两张票，特意是不与大伙挨在一起的。当马文平他们落座后，曹大伟继续向前走，他在自己票的那排停了下来，他有些失望，曲艳红不会来了，他向手里票的两个座位号看过去的时候，却发现座位上已经坐了一个人。他惊喜万分，背影看着像曲艳红，他急忙绕过已经坐好的观众，猫着腰挤了过去，他兴奋地坐了下来，他紧张地看了一眼荧幕，鼓足勇气后，准备把脸转过去，和曲艳红打个招呼。这时那个人也转过了脸，两个人同时愣在了那里。

他刚要拔腿跑开，那个人一下子把他的手腕子抓住。"坐下，看电影。"他无奈地坐了下来。这个人不是别人，就是曲艳红的妈，赵冰姿，也就是曹大伟小学的班主任。曹大伟的脸烧得感觉自己都要窒息了，这也太尴尬了，自己的把戏一下子被老师揭穿了。

电影演得很精彩，而且还有些露骨。曹大伟的心更慌起来，但他转过头去，却看赵老师一直在聚精会神地看着。他为难地看了一下后排不远的马文平，马文平马上给他打了一个亲嘴的动作。

银幕上现出了两个人拥吻的画面，剧场里响起了几声口哨声，一阵喧嚣，随着画面转变，很快又宁静下来。观众再次被剧情深深地吸引。

曹大伟感觉这个电影如此的漫长，他如坐针毡，电影演了什么，他的脑海里一片混乱。他不知道这张电影票怎么到了赵冰姿的手里，是赵冰姿捡到了，没有告诉曲艳红，自己来看的？还是曲艳红知道了，让她妈来的？或者曲艳红猜出了是自己送的？难道曲艳红那天的表现，不是真的喜欢自己。

他在无尽的想象中挣扎着，他感觉影片的每一个镜头都是那么的长。终于熬到电影结束，剧场的灯光亮起。"走吧，谢谢你的电影，和我一起说说你看完的感受。"赵老师站了起来，她松开了曹大伟的手。曹大伟向后看时，马文平他们已经没了踪影。

两个人一前一后地出了文化宫。曹大伟只好陪着赵老师一起向家里走去。

曹大伟和赵冰姿看电影的时候，曲艳红在家里正一面练功，一面盯着曹大伟给她拍的那些照片，她已经猜出了电影票是曹大伟送的。昨天，父亲曲折一进门的时候，就发现了门缝下面的电影票。

谁会送电影票给她，还不敢进屋，她想了想，想起了帮她把老孩撵走的曹大伟。这么一想，她的心情忽然好起来，感觉感冒也好了不少。

父亲是和丁宁老师一起回来的，丁宁老师特意过来看她，让她很感动。丁宁老师还嘱咐她，让她先安心养病，等病好了单独给她补课，这让她心里又是暖暖的。丁宁最后拿出一双漂亮的舞蹈鞋送给她，让她眼里充满了泪水。

电影票被父亲猜出来是哪个小子送给曲艳红的，想扔掉，却被母亲截了下来，母亲非要去看一下是谁，这让曲艳红的心一下子提到了嗓子眼。这下怎么办？母亲会对曹大伟怎么说？会教训他一顿吗？她边想边压腿。父亲在家里不停地踱着步子。"爸，你说，我妈会和那个小子说什么？""我怎么知道，她那就是多此一举。"父亲明显很烦躁地回应着，曲艳红觉得父亲哪里不对，她不再招惹他。父亲坐了下来，忽然间又站了起来。"你一个人在家，没事吧？""你上哪儿去？"曲艳红有些不解地看着父亲，父亲的眼神躲闪着她。"哦，诗集还差几篇了，我想去单位弄完，等电影完事再去接你妈回来。"曲艳红听他一说，知道父亲的诗集重要，父亲的心思一直扑在他的诗上，听说最近有人要帮他出版诗集，母亲在家都不怎么让他干活了。"爸，你去吧，我一个人在家没事，你看，我都好差不多了。"曲艳红给曲折来了个倒立。"好。"父亲匆忙地走出了家门。

第三十二章　去公安局领人

　　曲艳红在家等得心烦意乱，她一遍遍地不停地放着舞蹈音乐。她没有接着练功，而是不停地向窗户外面张望，终于看到了母亲的身影，她马上回到房间练起了功。她听到了母亲上楼的声音，传来了开门的钥匙声。"妈，你一个人回来的，我爸呢？"曲艳红装作刚练完功的样子奔了过去。"你爸？不是在家吗？他去哪儿了？""他说上单位，然后和你一起回来。""哎，怪事，我没看到他。""妈，那看电影的是谁呀？"曲艳红不管父亲了，直奔主题，她想知道妈妈是怎么教训曹大伟的。"你说呢？""我不知道，你快说吧。""就你聪明！"

　　赵冰姿刮了一下曲艳红的鼻子。"是曹大伟，你应该认识吧？""我，就算认识吧，你和他说什么了。"曲艳红猜的没有错，她着急地想知道妈妈对曹大伟是什么态度。"我能和他说什么，都是他说，他说你有气质、纯洁、透明。""真的？妈，你怎么让他说这些。""那你打算让他跟我说哪些？"赵冰姿看着曲艳红，想从女儿脸上看出点儿什么。正在这时，忽然传来了急速的敲门声。"快，给你爸开门去，我们走两岔了。"曲艳红飞奔过去，打开门，却看到一个陌生的戴着红袖标的老年妇女。"是赵老师家吗？""妈，找你的。"曲艳红把母亲叫了过去。"你是赵老师？我是居委的，公安局让我通知你一声，过去领人。""领人？领谁？"

曲艳红和母亲听完都呆住了。"曲折呀，他不是你们家的？""啊，是，他怎么了？"娘儿俩谁也没有想到，曲折出去这么一会儿，就进了公安局。曲艳红当时在父亲走的时候，就已经发现了他有些神情恍惚，但是她不知道父亲是因为什么。现在父亲进了公安局，她有一种很不祥的预感。"哎，这，当着孩子面，说不出，你还是自己去吧。"说完老女人转身下了楼。赵冰姿像刚听明白话一样，也追了下去。"小红，你把门关上，别跟我来。"曲艳红刚想跟母亲下去，被母亲的话拦了回去。她只有在窗户边向外面张望，焦急地等待着。外面下起了小雨，雨丝一条条地扫在玻璃上，渐渐起了风，曲艳红觉得自己的身上冷了起来，她找了一件外套披上，直到看到父亲与母亲一起向家里走来。父亲和母亲进屋的时候，两个人的头发都往下滴着水。父亲的眼镜上雾蒙蒙的一片。母亲一进门，就颓废地坐到了屋里的沙发上，一言不发。父亲则站在门口，鞋也不脱，呆呆地站着。曲艳红看到他俩这样，不知道发生了什么事。"爸，你怎么不进来呀？""他还有脸进来，哼！"坐在沙发上的母亲，一声愤怒的训斥。"小红，没你事，我和你妈说会儿话，你回屋吧。"曲艳红听父亲一说，看他艰难地向她挥着手，她听话地退回到她的小屋。她回了屋，趴在门口听着外面的声音。"走，进屋说去。"她听到了两人僵持了一会儿，然后母亲从沙发站起来的声音，快步地走进了里屋。随后父亲也跟了进去。她听到后，蹑手蹑脚地从屋里跑了出来，趴着里屋的门仔细地听着。"你听我解释。"

"你还有脸解释，做都做了，有什么解释的？""我做了什么？""你还装，都进了公安局了，你说你做了什么。"两个人吵得不可开交，曲艳红把耳朵使劲地向门上贴去。"我们不像你想象的。""还要怎么样，我真是瞎了眼了，竟然是她，还堂而皇之地跑到家里来，你还给做了一顿饭，我还好生招待，我现在想起来了，我怎么那么贱呀。""不是的，她只是喜欢和我一起探讨诗歌。""还解释！曲折，我告诉你，越解释越黑。你去告诉她，姑娘再也不和她学舞蹈了，就她这种狐狸精，得把姑娘都带坏了。"母亲说完这话，曲艳红听出来好像是在说丁宁老师，但她不相信自己的判断，她接着听着。"根本不是你说的那回事，她是一个好人。""好人？曲折，你是不是应该摘了眼镜，你的眼睛怎么长的，勾引人家的丈夫还是好人。"

"你想没想过，你是有家的人。""她对小红帮助很大，小红生病她还来看。""哟，她是看小红？她是看你吧？""你不要再瞎闹了。""你还有理了！哼，算我瞎了眼。"两个人一时无语，但是曲艳红却听明白了，就是因为丁宁，一定是丁宁与父亲做了什么见不得人的事，才让母亲这么生气。她想到这里，跑到自己的屋子里，拿起了丁宁昨天送给她的舞蹈鞋，撞开门跑了出去。曲艳红一路奔跑，她知道丁宁的家，她到了门口，毫不客气地"哐哐"地砸着门。门开了，她看到了丁宁哭得肿起来的眼睛，身后是气得直哆嗦的她的父母。"你，你怎么来了？"丁宁看到她先是一愣，然后明知故问地说。"你说，我爸妈是不是因为你吵架的？""你说什么？我没……"丁宁还想辩解，被曲艳红打断了。"你是不是和我爸好了？""我……"看着丁宁支支吾吾的神态，曲艳红已经猜出了结果。"给，拿走你的臭鞋，破鞋！"曲艳红把鞋狠狠地摔在了丁宁的怀里，她转身哭着向楼下跑去。在她身后，传来了丁宁父母的责骂声。"丢人呀，丢脸啊，你说，以后我们在邻居面前怎么抬起头，你说我们怎么就养了你这样一个姑娘。"

第三十三章　出走的曲折

　　曲艳红从丁宁家跑回来的路上，哭得惊天动地，她的眼睛一直被泪水包围着，她看不清路，忙乱地奔跑着，引得那些下夜班的人好奇地观望着。但她对这一切都视而不见，更加快速地跑起来，在舞蹈班练就的功底，在这时发挥到了极致，她飞快地奔回了家，看到的是在沙发上呆坐的母亲。在她推开门的时候，母亲的头迅速转向了她，目光中充满了欣喜，在看清之后，瞬间又回归到迷茫，随后头转了回去，呆呆地盯着对面的窗子外面，不再说话。

　　曲艳红在屋子里转了一圈，没有看到父亲的影子，她大声地问着母亲，母亲只是呆坐着，什么也不说。

　　曲艳红悲伤地回到自己的屋子里，她摘下了父亲给她买的红蝴蝶结，久久地凝望着，随后，把它狠狠地扔到了地上。她看着镜子里的自己，泪水铺满脸颊，望着镜子，她仿佛看到父亲走到她的身后，笑着夸赞她的美丽，她笑了，很开心地笑了。当她含着泪，转过头来的时候，她的身后空空如也。她再次痛哭起来，她累了，她想休息，她躺到了自己的床上，看着曹大伟给他照的照片，她再一次哭了起来。

　　她没有听到母亲回屋休息的声音，她打开门，母亲还是枯坐在那里。她轻轻地走近母亲，攥住她的手，招呼着母亲回屋休息，母亲一动不动，任凭她怎么劝说，就像木头人一样，这让曲艳红的心更痛了。她望着家里一直没有被从外面开启的那扇门，无助地再次哽咽起来，她哭不出声了，也没有眼泪，仿佛是刚才的那一路，把她的眼泪都跑干了。她站了起来，回到屋里，把门关上。她靠在门上，闭上眼睛，任凭干枯的泪水，在心里流淌。

母亲还是没有动，一动也没有动，她等了很久，屋子里的灯一直都亮着，谁也没有去睡的想法，她们就这么各自孤独地坐着。两个女人在失去最亲爱的男人时，她们的内心都在流血。

最后，曲艳红索性把自己的门敞开，好让自己能够随时看到母亲的举动，她怕母亲身体受不了，会突然间栽倒，她得马上冲出去抱住母亲。

折磨了一宿，当曲艳红实在坚持不住的时候，她打了一个盹儿，就那么一小会儿，她感觉却像是经历了很多年，她等到了父亲，父亲身体羸弱地走到家门口，也许是几年后，也许更长时间，她记不清了，只是在她惊诧地叫出父亲之后，她看到父亲看到她，突然间吐了一口血，倒在了她的面前。

"啊"的一声惊叫，她被惊醒了，时间没变，地点没变，父亲没回来。屋子里空荡荡，太阳照了进来，她一下子从椅子上弹了起来，她睡了多久，自己的母亲怎么样了，她担心地奔了出来。

母亲还坐在一进屋的沙发上，直直地望着窗外照进来的阳光。她的脸上什么表情也没有。"妈！"曲艳红扑进母亲的怀里，她的眼里又涌出了泪水。"妈。"她喊了两声，母亲不为所动。她晃了晃母亲的手，母亲的目光稍有些迟疑地望向了她，嘴角动了动。她看到母亲的嘴唇干裂得很。"妈，你进屋休息一下吧，一会儿爸就会回来了。"一种空响，像是伴着一股强大的气流，从母亲的口腔中传了出来，在屋子里的空气中炸开。曲艳红愣了一下。声音退后，阳光照到了母亲的眼睛上，她的身体忽然间抖了一下，她一下子抓住了曲艳红的手。"小红，你爸呢，快点，时间来不及了，我去做饭，你去叫他。""妈，爸，他，他去单位了。"曲艳红看着站起来就要拿围裙的母亲，不知如何回答她。"啊，他怎么走得这么早？"母亲又坐了下来，茫然地看着屋子里的一切。"妈，你去睡会儿吧，你一夜没有睡，我去做。"曲艳红准备扶起母亲，母亲把她的手打掉："净瞎说，我和你爸一起起来的，我刚把饭做完，他刚吃完走的呀？"

"妈？"曲艳红听到母亲说这话，她心里咯噔一下子，她不敢相信刚才听到的话。"妈，你刚才看到爸了？""对呀，他说还有几首诗要改，先走了。""妈，你认识我吗？"曲艳红看着自己的母亲，她已经看出母亲精神失常了，但是她不想承认她看到的一切，

她不断地摇晃着自己的母亲。"哎，你晃我干什么，你不是班长夏天吗？快点，同学到齐了吧，开始上课吧。"母亲作势要站起来，曲艳红一下子把母亲抱住痛哭起来，可怕的事情真的发生了，母亲的精神出了问题。"哎，你这孩子，听到上课铃了吗？还在这里闹。"母亲想挣脱开曲艳红，曲艳红抱得更紧，她大哭着，她从来就没有想到，一晚上的时间，家里竟然发生了如此巨大的变故，她的内心再也承受不住这样的打击。她感觉自己也要疯掉了，她完全不知道自己该怎么做。她现在想找一个男人去依靠，去帮助她解决这些问题，她想到了父亲，虽然这个人对不起妈，可是，他毕竟是自己的父亲，她觉得只有父亲能解决这个问题。

她松开母亲，一口气冲出了家门，在她奔跑下楼时，把正扛着车子往下走的夏天挤到了楼梯边上。"你要死呀，曲艳红。"夏天看着发疯冲下楼的曲艳红，大声地咒骂着她。曲艳红再次奔跑起来，她飞快地跑在新风大街上，起早上班的人们都看到了她，她再也顾及不了这些，她加快了脚步，她一口气跑到了文化宫。在上二楼办公室的时候，与刚上班的马文平

擦肩而过，马文平看着她疯癫的样子摇了摇头。她一头撞开办公室的大门，办公室里的几个工作人员，有的在换衣服，有的在打扫卫生，有的在整理自己的桌子，当她闯进来的时候，所有人都像被施了魔法一样，定格在那里。曲艳红看向自己父亲的桌子，那里空空如也，她没有看到父亲的影子。"我爸呢，你们谁看到我爸了？"她大声地询问着。没有人回答她。问了一圈后，她最后回到了爸爸的桌子前，坐了下来，捂着脸哭了起来。一张纸递到了她的眼前，她把手拿开，看到了文化宫主任拿着一张纸看着她。"你爸写的。"曲艳红立即就有了一种不祥的预感，她接过纸。

"对不起……我没脸面对你们，我先去外面待一段时间，看能不能实现我的梦想。曲折。"曲艳红的心瞬间收紧，她感觉到体内发凉、身体发软，她不相信这是他爸写的，但又明明白白是父亲龙飞凤舞的文字。

父亲的信写得很长，有对她说的话，也有对妻子的歉意，但她都没有记住，她只知道父亲要走了，要离开他们到一个她不知道的地方去。父亲要走，一定会回家取东西，那么也许是他们在路上错过了，这样想着，她突然再次迈开脚步朝家里跑去。

新风街上此时已经没有了人，秋风吹了起来，两侧的杨树摇摆着，发出沙沙的声音，仿佛是在不断地向她诉说着什么，她没有听懂。当她飞快地撞开自己家的门，她看到的是母亲，母亲还是那种欣喜的目光，继而失落、迷茫，然后看向窗外。父亲没有回来，一定是，因为屋子里没有他的气息，东西也没有改变，父亲上哪里了？她再也支撑不住自己了，瘫倒在了母亲的怀里，母亲不为所动。她在那一刻明白了，父亲离他们而去了，父亲狠心地把她和母亲抛弃了，父亲就这样无情地走了，没有留给他们什么，在生活中消失了。

第三十四章　干大事

　　曹大伟父亲的肺病有些严重了，监狱那边来了消息，曹大伟在孙耀华的带领下来看望自己的父亲。当他看到父亲虚弱地躺在病床上的时候，曹大伟的泪水涌出了眼眶。"谁让你们来的，没什么事，你们回去吧。"曹关生睁开眼睛，看到了他们，并没有露出笑容，而是皱着眉催促他们离开。曹大伟看到了那本《企业如何管理》放在另一侧的床边，心里突然就升起了一种悲伤之感。"你怎么还这么犟，让你多休息，你还是不听！你就犟吧，这辈子，你就自己找罪受。"孙耀华数叨着曹关生，关爱地帮他窝了一下被子。"回去吧，这里很好，管教对我也好，没有当罪犯看待，你们不用担心。"说着话，曹关生的手伸向那本书。"哎，对了，大伟怎么也来了？你的画，怎么样了？我说的话，你都记住了吗？"曹大伟听到父亲问，控制着内心的情感涌动。"爸，我学着呢。""好好学，等我出去，看看你的画，哎，你考不上大学，我也有责任。你在家多帮你妈干点活。""哎，这么多年，辛苦你了。"他说完把手从被窝里伸了出来，握住了孙耀华的手。曹大伟看到母亲扭过头擦了一下眼泪。"刚才他们说，你可以办保外就医了，那样，你就能早一点回来了。"孙耀华含着泪，笑着对曹关生说。曹大伟和母亲走出来之后，他们上了公交车，曹大伟看到树上的叶子开始枯黄，他看向外面的田野，这是一个丰收的季节，地里的白菜绽开了花，土豆被翻了出来，倭瓜堆在了地头，农民们有了新的收获，他的心中也在不断地逸动着。自打那天和赵老师在文化宫见了面，赵老师在电影结束后和他说的那番话，还一直萦绕在他的心头。

"年轻人，有自己的爱好，就要坚持下去，要持之以恒。我相信你，你一定行的，打小我就能看出来，你是一个好孩子，你和马文平他们不一样，他们是疯玩，心里没有数，你不是，你是那种很有心思的孩子。你又聪明，以后一定错不了。还有就是，男人要干出自己的一番事业，不要拘泥在眼前的现实中，你在画画的路上还要走很长的路，也许很苦，也许很枯燥，也许很无聊，但是那些都是你的基石，这是逾越不过去的。记住我的一句话，要坚持，要有信心。最后，就是你和小红，我不反对你们做朋友，但是你要有能力，才能让你们的生活好起来。如果你只是沉浸在每天的爱呀情呀，就会减少你拼搏的动力，你不会成功的，到时，你们都会很痛苦，你能听明白我的话吗？"

赵老师向他说了很多，仿佛是把她的人生经历都倒给了他。他听着，心里既喜悦，又感觉有一块石头在压着。

年轻人就应该有一番事业，那么这个事业是什么？是画画？他没有感觉到画画能带来什么，除了像曲折那样的成为大拿，画画有什么用？再说曲折的那些本事，在现在的时代，都不再吃香了。

那是什么？他记起来了，前两天马文平和他说的一句话，马文平说他要干一番大事。自打马文平认识了高朝之后，曹大伟觉得马文平变了，变得他越来越不认识了，开始讲究起来了，衣服、鞋子都是名牌，车子、手表也要名牌，说出话来，也是一副小伙伴们都太土了的腔调。

但是，马文平要干一番大事，但他要干什么大事，并没有直接告诉曹大伟，但是他想和曹大伟一起干，可是曹大伟却觉得自己与马文平的距离开始远了起来。他想不出个头绪来，他把目光收了回来，落在了前座孙耀华的背影上。孙耀华还是穿着那个蓝布工作服，他环视了一下车内，车内的妇女有穿风衣的，有穿呢子大衣的，几乎没有穿工作服的。再看母亲的那双鞋，那是皮鞋，可是前面的头已经磨得起了毛，看不出个皮面来，孙耀华还是每天把它擦拭得很干净，穿着它。他再看孙耀华的头发，不经意间，母亲的头发已经参差了些许白发，那些白发像是在向世界告之自己的存在一样，不服输地从有些发焦的黑发里挤了出来，在阳光的照耀下，分外抢眼。

曹大伟的伤感瞬间再次涌来，他伸出手，悄悄伸向母亲的发丝，可是，手到发边又停了下来，他发现母亲虽然是坐着，但是已经睡着了，头跟着车子的摇晃，在不停地晃动。

这让他的伤感无以名状，在眼泪就要喷薄欲出之际，他强行控制着将头转向了窗外。车子已经开进了市区，旁边几处新开的店铺正在装修着自己的门脸，两个工匠正把一块漆好颜色的牌匾向房上举去，上面一个人死死地捞着那牌匾上拴着的绳子，在向上用力地拽。

曹大伟猛然间直起了身，他把头探向店铺的方向，牌匾举到了半空中，底下的两个人撒了手，迅速攀上梯子，向屋顶爬去。牌匾上画着一些火柴和白糖之类的简笔画，曹大伟只对画感兴趣，他觉得自己完全可以完成这样的作品。

这不就是个大事吗？他在心中告诉自己。

第三十五章　马文平的渴望

　　曹大伟晚上去上课，背着画夹兴冲冲地先去舞蹈班，在那里他没有看到曲艳红，而且奇怪地发现，舞蹈老师也换了，是一个他不认识的瘦女人，正好有一个学员出来，他拦住了她。"你好，曲艳红没来？"那个女生吓了一跳，白了他一眼，不等他再问就走远了。舞蹈班开始上课了，曹大伟只能怏怏而回。今天开始学习水粉，画的是两个土豆、一个坛子，他一边起着稿，一边想着曲艳红，不知什么时候，画画老师走到了他的身后。"不错，有进步。"曹大伟听着老师的话很欣慰，打开调色盒，小心谨慎地给土豆上着土黄颜色，刚画了几笔，老师突然间喊道："不行，你这么放不开，不敢用颜色，画面就会不生动、发死。"老师说着，人已经撸起袖子从曹大伟手中抢下画笔，使劲在调色盒中分别粘了土黄色和白色以及褐色，也不加调和，直接就抹在了土豆上，曹大伟这个心疼，五毛多钱一管的颜色，刚挤到调色盒里，还没怎么用呢，就已经被老师三笔两笔涂抹完了，虽然效果确实生动了许多，但那点可怜的颜色，也已经见了底。

　　"好了，你自己画吧！唉，这颜料太少了，你得敢用色才行！"老师把用过的笔戳进笔筒中，刚接的水瞬间成了糨糊。曹大伟只得拎着调料盒去水房涮笔。他刚要进水房，就碰到了正在拿着调料盒洗涮的石头，他看着石头，先退了出来，转念一想，又走了进去。他挨着石头涮调料盒，石头看了他一眼，没有说话。"你真行，就这样一直不和我说话？"曹大伟看着石头，石头埋着头洗调料盒，没有搭理他。"你怎么回事？"曹大伟有些急了，把笔扔进水池中，看着石头。

　　石头自上次借过他一次橡皮后，就再也没有和他沟通过。再这样下去，石头不疯，自己会先疯掉。"你有事呀？"终于，石头蹦出了一句话，曹大伟心里舒服了些，凑了上去。"石头，你说咱俩开个美术社怎么样？你就别干那个修车铺了，咱们接一些新开的饭店的活。你注意到了吗，现在做小买卖的越来越多，咱们挣点钱，还可以画画，一点不耽误，你说呢？"曹大伟兴冲冲地一股脑把自己的想法都说了出来，他激动地感觉自己的头皮都有些发麻。"我还是愿意干我的老本行。"石头则真的像一块石头，听完曹大伟的话，没有任何表情地甩了这么一句，把洗好的调料盒冲了一下，甩了甩水，准备往外走。曹大伟被当头泼了凉水，有些尴尬和愤怒。"我说你怎么回事，那个事儿都过去多久了，你不至于恨我们一辈子吧。""如果是你脚掉了，你就不这么说了。"石头再次冷冷地回了他一句，曹大伟看到石头的肩头在颤抖。曹大伟心软了下来。"石头，我希望你能原谅我们。我知道这一切都是马文平的原因，可他也是小孩，其实当年他还哭过，你就原谅他吧。"石头的身体颤了一下。"哪天我让他专门向你赔罪。"曹大伟说完手已经搭上了石头的肩头，石头没有躲。"石头，真的，我特别希望咱俩能一起干件大事。"

　　马文平说的大事，就是要把文化宫承包下来，他的想法已经由来已久，自从认识了高朝，他的想法就变了，他忽然感觉到自己这是在混日子，高朝那样的生活才是去闯社会，才是像个男人一样的发展。高朝的话深深地刺激了他。男人就要有一番大事业，这是马文平说给曹大伟听的，也是他自己的内心独白，这个声音，这段时间不断地在他的脑海中吟诵着。他像迷途的羊，找到了自己的羊群，他在勾画着未来的蓝图。

　　他手里的资源，其实很多，但是他从来没有察觉过。他不知道他拥有着一座金矿，他需要一个人的指引，把这个金矿打开，这个人就是高朝。

曹大伟在和赵冰姿看完电影回来之后，专程找过马文平，让马文平帮助自己出主意。可以看出来，赵老师是对曹大伟寄予厚望的，她希望曹大伟干出一番大事业，但是曹大伟没有弄明白，大事业不是一下子就能干出来的。赵老师当时的本意，应该是让曹大伟踏踏实实地学习，然后，在美术功底了得之后，才能真正出人头地，成就一番大事。

曹大伟想赵冰姿说的大事，应该是现在最鼓励的改革，是自己去做一件与改革有关的事情。他没有想好做什么，所以找到了马文平，他想听听马文平的意见。曹大伟一说，倒是与马文平不谋而合，马文平一直在谋划着挣大钱的事，因为他受到了高朝的影响，越来越觉得自己和高朝差的不是一星半点。无论是家庭出身，还是现阶段的生活状态，马文平的内心都不平衡。两人年纪相仿，自己不可能比他差太多，马文平像着了迷一样，每天琢磨着怎么挣钱。他看过万东的买卖，觉得太辛苦，挣的钱还少。他还看过附近的几个新成立的机械厂，挣钱也还是太少。因为高朝是什么手都不伸，脑子一想，钱就进了腰包。不过，他也发现高朝多半是依仗父亲，有了权势，钱就不成问题。所以他首先把目光集中到了马新生手里的权力。高朝上一次和他一起来文化宫，就曾经跟他提到过，这个文化宫就是一个生钱的聚宝盆，只是看他能怎么用它。

马文平把这个聚宝盆装进了心里，他左右衡量了一下，现在的文化宫就是在白白浪费，公家也不上心，职工也是混日子。他想，如果真的承包下来，凭他的能力，完全可以干好。几天前，他就向马新生提出了自己要承包文化宫的想法，却没有想到，马新生完全不同意，毫不商量地回绝了他。

这回曹大伟提出了要干事的想法，又把他的思想激活了，连自己的同学都有了做大事的想法。可见现在干事情，也是大势所趋了，他的内心中又充满了承包文化宫的渴望。

第三十六章　马文平要出走

他想让曹大伟和自己一起在文化宫做事，曹大伟觉得自己只会画画，并不会去经营管理，所以曹大伟暂时没有答应他，而是把话题转到他的生日上来。

再过两天就是马平的生日了，曹大伟要为马文平庆祝一下，因为曹大伟觉得他俩从小学三年级相识一路走来，作为一个外来户，马文平对自己照顾很多，他很想找个机会正式道谢一下。

对承包文化宫还在发愁的马文平，想到了自己的生日，更加郁闷。因为自己的生日，就是母亲逝世的日子。那是他最不想触及的人生片段，当他出生时，是父亲做出了"保住孩子"的决定，从此他与母亲天人分离。

他想起自己苦难的母亲，就平添了对于父亲那种从心底升起的仇恨。

俩人分别之后，马文平的这种承包文化宫的意识更加强烈，曹大伟提起了生日，他才意识到自己都已经到 20 岁了，而这 20 岁，正是他要自我发展的时期，可是，父亲马新生却挡在他前进的道路上，这使他再一次增加了对父亲的怨恨。

他在文化宫越想越不是滋味，就回到了家里。他想好了，自己要离开马新生，离开这个让他生厌的家。他不想再让任何人阻止自己的人生道路，他要去外面闯荡世界，他要用自己的能力去获得金钱。

他把自己的衣服收拾好，把它们装进了一个皮包中。他收拾完衣物，忽然看到了母亲在墙上的照片，他的眼睛顷刻间湿润了，只有母亲才是最懂他的人，他想让母亲也跟着他一起走。但是母亲的相框太大，不好拿，他一下子想起了母亲还有一张小照片，他见过的，父亲曾经拿给他看，说是母亲怀他的时候照的。

那张照片上，母亲的脸是圆的，梳着齐刘海，酒窝是漾着笑的。

可是，这张照片，他满屋找了半天，也没有找到。

当马新生把文件柜的钥匙落在了家里，赶回来取的时候，还以为招了贼。

所有能打开的抽屉都被拉开，里面的东西扔得满地都是，两个装衣物的樟木箱子也被掀开，床单、被罩扔了出来，衣柜大敞着，沙发也分了家，屋子里一片狼藉。

当马新生从厨房操着刀，摸到他的卧室时，他愣住了，他看到儿子钻到了他的床底下，奋力地往外拽着什么东西，一种不祥的感觉瞬间进入他的脑海。

"小平，你干什么呢？快出来！"

马新生进屋，马文平没有听到，他的心思还在母亲的那张照片上，屋子里都翻了个遍，哪里都没有。他以为父亲会把母亲的照片放在自己的书桌里，可是，书桌里除了一些稿纸之外，连本书都没有，全是放得乱七八糟的工具。照片更不可能夹在没有几张的稿纸里。

他又想父亲会不会把照片放在贴身的衣服里，可是把父亲的衣服折腾出来，还是没有踪影。

就这样，他把整个屋子掀了个底朝天，也没有找到那张照片，正当他哪里都找不到时，他发现了父亲的床下藏着一个小木头箱子，箱子不大。他奋力向外拽着，当他好不容易拽出来的时候，马新生已经拿着菜刀进了屋。马新生已经看到那个箱子，身体像被电到了一样，他以最快的速度，跑到了床边，把那个木头箱子按住。手里的菜刀横在箱子上，险些割到了马文平的手。"爸，我妈的照片呢？你让我看一下。"说着马文平就要往回夺那个木头箱子，马新生扔了菜刀，死死地抱住那个箱子。"照片不在这里。""那照片在哪儿？""你要找什么照片？""我妈怀我时的。""没有，哪有那张照片！"马文平明明记得有那张照片，而面前的马新生却矢口否认，他觉得那个小木箱子里，一定有那张照片，就是自私的父亲不让自己看到。他再次去抢夺木头箱子，马新生一个劲地向后躲。"你给我，没有你躲什么？"箱子里的秘密，只能是马新生一个人知道，那里面是另一个女人的东西，承载着马新生在那个动荡的年代罪恶的东西。马新生不敢让它公之于众，但是他又舍不得遗弃，许是对于女人的愧疚，也许是对于那些物品的敬畏，只是这些年，当箱子封上之后，他从来没有动过。他几乎忘掉这个箱子，但是，当看到儿子钻到床下，他的脑海中第一个想到的就是它，所以他死活不会让自己的儿子看到里面的东西。

　　"没有，我告诉你没有，就是没有！"马文平哪里听得进去，他再次伸手去夺那个箱子。两个人争夺中，木箱子掉到了地上，马文平听到里面一个玻璃器皿摔碎的声音。随着这个声音响起，他看到父亲充血的眼睛，脸上一瞬间火辣辣疼起来，父亲的手从自己的面前高高地扬起。"你，你！"父亲气得说不出话来，马文平愣在了那里。"你是不是把她的照片弄丢了？你是不是从来就没有关心过她？那你为什么还要挂着她？"马文平愤怒地质问着父亲，木箱子里面稀里哗啦，不会有母亲的照片了，马文平更加仇恨地盯着父亲。"滚，你给我滚，滚得越远越好。"马新生真的怒了，他从来没有这么恶狠狠地骂过自己的儿子。但是儿子说出来的话，让他伤心死了，二十年了，他又当爹又当妈，把他拉扯大，却换来了他如此伤心的话。这时的他，哪怕是一秒钟，也不想再见到马文平。

马新生的话说完，他看到了马文平眼神里的决绝，马文平拿起已经准备好的皮包，走到他的屋子里，把那个存钱的小猪瓷罐，重重地摔到地上，把零钱捧了起来，装进了自己的兜里。然后，他大步地向门外走去。

马新生看着他做着一切，没有任何阻拦，因为他的心被儿子伤透了。他觉得儿子越大越不懂事了，他后悔是自己把儿子惯坏了。马文平走到门口，忽然间停住了脚步。他又转身向马新生走来，走到了父亲的面前，他猛然间双膝一弯，跪了下来。"咚咚咚"磕了三个响头。"爸，我走了，谢谢你把我养这么大。等你老了，我还会回来服侍你。过两天，是我的生日，也是我妈的忌日，我希望你不要忘了。"

马文平拎起皮包，向外面走去。直到这时，马新生才如梦初醒，他看着儿子的背影，忽然间明白了一切，他大声地喊着儿子的名字。马文平又停了下来，他转过身来，看了看父亲："爸，我不在的时候，你自己要保重。"说完，他的脚已经迈出了家门。马新生疯了一样地冲了出去，死死地把儿子抓住："小平，你听我说，如果当年不是你妈执意要做，我也不会听你妈的话。"马新生的这句话，让马文平的脚步停了下来。"小平，你知道吗？当时，是你妈硬要把你生下来的，那时是垂危的时候，她死死地握着我的手。告诉我，你以后一定会有大出息，因为你在她肚子里面使劲想出来，她一定要把你生下来。"

马文平是第一次听到父亲讲述这段历史的整个经过。他想，如果真是这样，那自己多年来一直错怪自己的父亲，而且父亲不会在这个事情上和他撒谎。这件事，父亲一直没有告诉他，父亲也受了极大的委屈。他一时间紧紧地抓住了父亲的两只胳膊。

"小平，你说让我怎么办？我知道，你生下来就没有母亲，这对你很不公平，但是，我一定要把你拉扯大，我为的是什么，就是要让你有出息，让你对得起你妈。可是，我发现，我错了。"

父亲黯然地流下了眼泪，马文平马上用手去擦，父亲滚烫的泪水，一下子流入了马文平的心里，马文平扑到了父亲的怀里，皮包掉到了地上。父子二人，再次回到了屋子里面，马文平收拾起那些扔得满地的东西，马新生把木箱子又小心翼翼地塞回到床下。当两人心平气和后，马文平再次说出了自己的想法："爸，你不是让我有出息吗？那你就让我承包文化宫吧。"经过这么一折腾，马新生害怕了马文平的倔强，马文平提出想法，他认真地在头脑中想了一想。他也觉得儿子的想法有些道理，可以暂时尝试一下，如果不行，最后还有他给儿子收拾残局。"小平，你承包文化宫？你有把握吗？还有，文化宫给你，别人怎么看我？""爸，我正常交费用，还怕人家说啥？我都二十多了，国家现在鼓励改革，你现在不让我闯，以后你退了，我还有机会吗？"马文平没有想到自己这么一作一闹，还起了想不到的作用，他马上给父亲做着思想工作。"那我真要把文化宫给你，你要干什么？你可不能做违法的事。"父亲说出了这句话，马文平的心里乐开了花，这是父亲终于松口了，他上去一把把父亲抱住，死死地搂紧："爸，你放心，那些事我不干。"

第三十七章　大庆的病根

曹大伟从万风的家里出来，万风跟着他一起出来，拍着他的肩膀发誓说。

"你放心，哥们儿的事，就是我的事。明天，我就沿着新风街走，看到做买卖的，我就进去，问他们做不做装饰，保准能来活。还有我哥那些朋友，你就放心地去干，我哥不是说了吗，他帮你找人。"

曹大伟听万风这么一说，心里对于自己要做的大事，有了更大的把握。他和石头做美术社，不是随口一说，而是一直在心里盘算着的，他有个习惯，自己想好的事，就立马去做，所以这个事情，他想得差不多了，就准备调动一切的资源为己所用，他第一个先来找万风，看看他能帮到什么。没有想到连万东都替他想主意，这让他太感动了，他觉得自己应该好好谢谢他们。一转念，忽然想到了过一段时间是万东的婚礼，他就想着到时一并答谢。"哎，过几天你哥结婚，你看我能帮上啥？""没啥，都是他的战友在弄，到时候你过来帮我忙乎一下就行。"俩人正说着，马文平顺着楼梯走上来，他也是来找万风的，看到曹大伟也在，热情地向他们打招呼。"哎，你俩说什么呢？""说他哥结婚的事。""哎呀，定下来了，在哪儿办？""君再来，这是站里最大的了。"听万风说君再来饭店是最大的，马文平看着他笑了笑。"现在是最大，以后就不是了。""怎么，它要黄了？"万风听他这么一说，急切地问着。"以后，是我的文化宫里的餐厅最大。""你的？"曹大伟和万风都不约而同地问道。"哥们儿要承包文化宫了，那里以后就是咱们的了。""这文化宫是承包就能包下来的吗？你说这话有谱吗？"看着万风疑惑的眼神，马文平拍了拍他的肩膀。"你太嫩，过几天它就姓马了，等着瞧吧。"曹大伟看着马文平胸有成竹的样子，真心为他感到高兴。"这真是太好了，正好，大伟你不用找活了，他文化宫装修活就全都包给你了。"万风这句话说完，曹大伟的眼前一亮，他渴望地看着马文平。马文平倒是不解地看向他。"什么装修？""大伟要开美术社。"万风的话音还没落，马文平先是不乐意了。"大伟，不是说好的和我干吗？我这边都成了，你怎么又开那玩意儿，别开了，咱俩一起干文化宫，还有你。"马文平已然成了老大，指着万风很威风地说着，忽然又想起了大庆。"对了，大庆在哪儿呢？""他呀，受刺激了吧，自打那天看电影，他就没出现过。"万风开玩笑地说着，三个人都笑了起来。

三个人来到大庆家时，大庆的奶奶热情地把他们让进了屋。"你们可来了，这个小祖宗呀，天天连饭也不吃，也不知道生什么病了。"奶奶把他们让进了屋，曹大伟看到大庆捂着一个大棉被，头朝里躺在床上。听到有人进屋的动静，大庆转过身来，看到是他们，眼神中透出了一丝失望。"你怎么了？发烧了？"马文平上去摸大庆的脑袋。"不热呀，冰凉的。你这是得什么病了？""相思病呗，你没看过《红楼梦》吗？贾琏就是得了这个病。哎，大庆，你千万不要照镜子。容易看到鬼。"万风开着玩笑，大庆白了他一眼，手伸进被窝，再伸出来时手里多了一个苹果，"吭哧"就是一口，把三个人看得一脸蒙，瞬间又都笑了起来。三个人马上明白大庆这是在装病，马文平过去抢他的苹果，大庆不给，马文平就威胁他。"大庆，要不要我把夏天叫来。"大庆拒绝威胁，还是不给他。马文平不再抢了，而是做出要推门走的架势："你不给哥们儿是吧，那我去找夏天，她一句话就好使。"马文平是开玩笑说的，说者无心，但大庆奶奶却听明白了，大庆的病根在哪里。

第三十八章　恼怒的大庆

　　夏天正在复习功课的时候，听到有人敲门，她让父亲夏文学去开门，很快，门外传来了大庆奶奶的声音。"来，给丫头煮的苞米，快趁热让她吃了。"夏天一听，从椅子上跳了下来，直接跑到门口，从老太太的手里把苞米夺过来，大大地咬了一口。"这丫头，慢慢吃，别噎着。"大庆奶奶看着夏天的吃相，笑开了花。"您进屋坐吧，家里乱，还没收拾呢。"夏文学客气地把奶奶让进了屋。"哎，正好有事想和你说，要不然进你屋说？"奶奶这么一说，夏文学知道老太太有重要的事，就告诉夏天回屋学习去，自己领着奶奶进了自己的屋子。"夏天和大庆岁数都不小了，你还记得你师傅的嘱托吗？"奶奶神神秘秘地勾起了夏天的好奇心，她轻手轻脚地爬到了门缝上。里面传来奶奶的声音。"是的，大娘，我记得，师傅走时，说过他俩的事。""那还等什么，找个日子办了吧。""大娘，是这样，夏天还小呢，还在上学，她不能分心，你看再等等？""我看你是要悔婚，亏得你师傅当年对你那么好。"门里传来了大庆奶奶抽泣的声音。

　　"大娘，要不然这样，等夏天上完学，长大了，我问一下她，如果她也同意，咱们就办？""你这分明是在拖，可惜了，我儿子那么看重你。""大娘，我不是这个意思。大庆现在单位也忙，等他们都忙完这一段，咱们就办，还不行吗？""不行，姓夏的，你要不抓紧，我老太太就和你没完。"

说着，传来了急促的脚步声，夏天马上躲进了自己的屋里。她听到大庆的奶奶走了出去，随后传来重重的摔门声。大庆从火车上下来，心里憋着一肚子火，师傅夏文学像吃了枪药一样。今天，他第一天来上班，就好一顿地把他说，平时他干着没问题的活，今天，在师傅的眼里都出现了问题。

大庆虚躺了几天，在曹大伟他们的劝说下，他下了床来上班，等着曹大伟承诺的让夏天来看他。就是躺的这几天，因为不按时吃饭，他的身子虚得很，干起活来，他感觉自己的手都不稳。

他不怪师傅说他，可是转念一想，这是因为啥，还不是因为他女儿造成的，他不能和师傅撒气，所以就只能把火憋到心里，下了车，往站外走的时候，一抬头，就看到让他魂牵梦绕的夏天。"夏天，你怎么来了！"他向夏天跑去，他心里想着曹大伟真够意思，说让夏天来，夏天就来了。他跑过去了，才发现夏天的眼神极不友善。"咋啦，谁欺负你了？和我说。"大庆一扫整天的不如意，跟夏天拍着胸膛。"你还好意思问，就是你呗。"夏天一说，把大庆弄糊涂了，自己一直没有见着她的面，怎么可能是因为自己让夏天生气。"夏天，你没事吧？"他装作关心地去摸夏天的额头。"别碰我。"夏天一下把他的手打开。"我问你，是不是你让奶奶到我家提亲？""提亲？提什么亲？"夏天这么一问，大庆更是丈二和尚摸不着头脑。"还来，你奶奶都上我们家了，你还装！""啊！"大庆不知道奶奶啥时去了夏天的家，但是夏天的态度惹起了他的反感。"我告诉你大庆，你不要死揪着过去的事不放，你爸是有话，但那已经过去了，而且我爸对你怎么样，你心里还不清楚？你挺大个人了，还一天天混日子，你看看大伟，人家都知道去学画画。你不要净想些没用的事。"

夏天一顿连珠炮似的数落，让大庆的面子有些挂不住了。本来在车上就憋了一肚子火，现在又被夏天教训了一顿，他再也控制不住自己的情绪了。

"你说够了没有？"他大声地喊着，夏天的训骂戛然而止。"我告诉你夏天，我没有让奶奶去，我也不会扯上以前的事，更没有在混日子，是我喜欢……，你如果真的不喜欢我，就直说，我大庆还是能扛得起的。"大庆说完，再也不管张着嘴说不出话来的夏天，大步地从她的身边走开。

"大庆！"夏天恼怒地喊着，可大庆压根没有停下来。

第三十九章　再遇曲艳红

　　曹大伟满心欢喜地拿着刚办完的营业执照，准备去找石头，张罗开美术社的事。他从工商所出来，没走多远，就看到了曲艳红的身影。那两朵红蝴蝶没有了，曲艳红仿佛瘦了很多，她穿着宽大的蓝布工作服，手里拎着一个大三角兜。曹大伟看到她，紧紧地追了上去。

　　曲艳红的身影，一直印在曹大伟的脑海中，多少天了，曹大伟一直盼着能看到曲艳红一眼，可是在学校看不到她，他又忙于自己美术社开业的事，就一再错过去曲艳红家的时间。

　　当她活生生地出现在他的眼前时，他再也不能错过这样的机会，他匆匆地追上曲艳红，刚想和她打个招呼，却看她一拐弯进了一个建筑物。曹大伟抬头仔细看了一下名字——"安定医院"。

　　曲艳红到医院里干什么？安定医院不是治疗精神病的吗，他怀揣着各种疑问悄悄地跟在曲艳红的身后。

　　曲艳红并没有发现他，她径直走到母亲的病房推开门，看到了正坐在床上认真备课的赵冰姿。"妈，吃饭吧。"自从赵冰姿精神失常之后，曲艳红就担负起看护母亲的责任，每天负责给母亲送饭，做家务，现在家里的所有事，都是她一个人在撑着。赵冰姿此时看到曲艳红来了，马上招手让她坐到她的身边。曹大伟到了门口，顺着门缝看到了赵老师坐在病床上，他没敢贸然进去。"同学都到齐了，先上课吧，上完了咱们再吃。"赵冰姿拿起了放在被子上的书。"好，咱们先念一段课文，然后开始自习。"赵冰姿认真地念完，曲艳红静静地听着，在门外的曹大伟看得糊里糊涂，病房里一个学生也没有，赵老师却投入地在讲着课。他在心中暗想，赵老师这是怎么了？真是得了精神病？"妈，吃饭吧，上完课了。"曲艳红等母亲念完，把兜子打开，把饭盒拿出来，再次催促着母亲。"好，你爸吃了吗？""他吃完上班去了。"曲艳红平静地回答着。"他的诗集还差多少了？""还差三篇，他说让你按时吃饭。""唉，你爸就是瞎操心，我吃饭有什么重要。"赵冰姿拿起筷子，很优雅地夹了一口饭，曲艳红平静地看着，母亲吃完，她服侍着母亲躺下，把饭盒装进兜子，一会儿的工夫，见母亲睡着了，她才轻手轻脚地走了出来。刚一出门，她看到了红着眼的曹大伟。"赵老师怎么了？""跟你没关系，你闪开。"曲艳红仍然平静地回答着，想绕开曹大伟，但被曹大伟拦住。"怎么和我没关系？她也是我的老师。到底怎么回事儿？"自己心爱的女人难过，曹大伟更难过。"你闪开。"曲艳红倔强的行为，让曹大伟更加揪心起来，他一把拽住了曲艳红。"你知道我这几天一直在找你吗？我一直见不到你，我都快急死了，我还以为你出了什么事，但没有想到赵老师她病了，到底发生了什么？你告诉我，看到你这么伤心，我的心里也受不了……"曹大伟没等说完，曲艳红已经"哇"的一声，哭着扑到了他的怀里。曲艳红憋闷了许久的委屈终于释放了出来，眼泪鼻涕一起涌了出来，曹大伟瞬间感到一种被信任的自豪感。他挺着肩膀，紧紧地抱着她，任由她的悲伤像潮水一样宣泄出来。那一刻，他在心里做了一个决定，要将自己的命运跟曲艳红的命运牢牢绑在一起，分担曲艳红的痛苦和悲伤，包括要承担的责任。

这之后，曹大伟的身影经常出现在了安定医院，每天在医院陪护着赵老师，在赵冰姿面前重新做回学生，认真听赵冰姿讲课，完成作业，同时，把曲艳红安全地送回到家中。

有了曹大伟的帮助，曲艳红心情也开始好转起来，这时，这个城市的丁香花已经盛开，春风暂时吹散了笼罩在他们头顶上的乌云，阳光穿透进来，照在他们的心上，他们的生活开始重新燃起了希望。

第四十章　帮曲艳红找工作

　　万东的婚礼在君再来餐厅如期举行，这一天，平安火车站几乎所有的人都赶来了，整个饭店大厅人头攒动，大家聚在一起，热切地看着司仪拿万东和王小丽取乐。石头拄着拐，看着姐姐和万东满脸幸福地站在舞台上面，这时的他真心地为姐姐祝福着。"哎，大伟、小平、大庆，这边。"万风看到了曹大伟他们，大声招呼着，曹大伟刚从医院过来，在门口碰到了马文平和大庆，一起走了进来。"来，万东，我的份子。"曹大伟把礼钱塞给了万风。"这是干啥，都是哥们儿，不用。""不行，这钱是给你哥的，又不是给你的，拿着。"马文平说着也拿出自己的那份递过去，大庆也递了过去。"那先谢谢了，快看，马上就典礼了。"曹大伟向舞台看去，看到了台下不远的桌子旁坐着的石头。他向马文平低声说了几句，马文平望向石头，笑了笑，但石头却仿佛没看到，还故意把头扭了过去。典礼很快就结束了，当司仪从舞台退下，下面的人们都拿起了筷子，万东和王小丽挨桌敬酒，当他们敬到曹大伟这桌的时候，曹大伟他们都站了起来。"祝东哥与嫂子百年好合，早生贵子。""好，谢谢弟弟们，你们就不要一个一个敬我了，咱们一起举杯。"万东说完，拿起酒杯给自己和王小丽都斟满了，正要举杯，曹大伟让大家先停下，到了旁边桌把石头拉了过来。"今天人全了，咱们共同和东哥一起喝一杯。"曹大伟张罗着，众人再次举起了酒杯。"祝姐、姐夫新婚幸福。"石头拿起酒杯单独说了一句。万东听后怔了一下，随即脸上笑出了褶。"好，喝酒，也祝我们的弟弟生活越来越好。干！"酒杯碰在一起，餐厅响起时尚的音乐，王小丽挽着万东幸福地走了。曹大伟他们坐了下来，他给石头拽过了一把椅子，让他坐在自己的身边。"哎，东哥事成了，大伟，啥时吃你的糖呀？"说着马文平把刚抓起的糖，挨个扔向小伙伴，他也给石头扔了一颗，糖落在了桌面上，石头并没有拿。马文平看在了眼里，继续和曹大伟聊着。曹大伟犹豫了下，低声跟马文平说道："小平，我正要跟你说这事呢，你能不能帮我给曲艳红找个工作。""她不是跳舞吗？"马文平诧异地看着曹大伟，曹大伟犹豫着该怎么跟马文平讲。曹大伟之所以让马文平给曲艳红找工作，是曲艳红向他提出过有想工作的意愿，因为现在只有曲艳红一个人撑着这个家，虽然说赵冰姿暂时还享有病假工资，但又是住院又是生活，时间一久，曲艳红就感到了巨大的压力。

曹大伟是看在眼里、疼在心里，他恨自己没有能力给喜欢的人幸福，唯一能做的就是付出自己的体力与时间帮助她。今天马文平一说，他马上灵机一动，有了帮曲艳红找工作的想法。

曹大伟压低声音，大概把情况跟马文平说完，马文平立即答应下来。现在，俱乐部是他说了算，他相信凭自己的能力，给自己哥们儿的女朋友找个工作应该是个轻而易举的事儿。

果然，婚礼第二天，马文平就让曹大伟带着曲艳红来找自己，他给曲艳红找了一个电影引领员的工作，曲艳红非常满意。在把曹大伟他们领进剧场里的时候，马文平特意小声地跟曹大伟说，给曲艳红找工作，完全是看在曹大伟的面子上，如果是曲艳红找他，他是一定不会给她这个面子的。

晚上曹大伟来接曲艳红回家，马文平看着他们离去的背影，他猛然之间就想起了丁宁，一种不知名的伤感油然而生。回到家里，他瞥了眼日历，才发现离自己的生日越来越近了。马新生还没有回来，他走到厨房看到了早上父亲吃剩的饭菜，一时间，眼睛有些湿润，也许是这段时间，与父亲的争吵少了，父子之间的关系缓和了，他更加注意起生活中的父亲。

这几天，他才发现，父亲为他付出了许多。早上，父亲早早地起来，为他做好早饭，然后在他没有起床的时候，已经推开门上班了。晚上，父亲回来后，不管多晚，都要系上围裙给他做饭，有几次饭菜做好，马新生喊他吃饭的时候，他看到父亲头发白了一片，那一瞬间，他体会到了马新生的不易，那一瞬间，他开始对父亲多了几分理解。

他决定今天亲自下厨，尝试着去做一顿饭，给父亲个惊喜。

他在厨房里开始忙活起来。他切白菜，准备切丝，可那刀就是不听使唤，切成了块。他切土豆，准备切块，那刀却让他切成了片。他索性扔了刀，凡是能上手的，就不用刀，当他准备完了，已经是满头大汗。

他打开煤气，煤气呼呼地冒着，他才想起了火柴没拿，他手忙脚乱地去关煤气，又把刚打好的鸡蛋撞翻。

煤气好容易点着了，他往锅里倒油，油冒烟了，他赶紧放菜，一股油烟加焦糊的味道串上来，他呛得直咳嗽，他填了一瓢水，烟下去了，屋子里却弥漫着浓重的烟气。他打开了窗户，外面的冷风呼一下子吹了进来。

马文平穿上呢子大衣，在厨房里忙活起来，当菜做好了，他的呢子大衣也变得污渍斑斑。但是，当他把饭菜端上了桌，他还是很欣慰地笑了。门开了，马新生从外面走了进来。当看到桌上摆的饭菜后，他有些不敢相信自己的眼睛，他头脑中的第一个反应，是孙耀华来过了。他热切地看着屋子里面。马文平从屋里走了出来，搬了椅子过来："爸，你快尝尝，看好不好吃。"马新生洗完手，拿起筷子夹了一口，虽然菜里有股煤烟味，但味道适中。他向马文平点了点头。"谁做的？""我做的。"马新生筷子夹的菜差点掉地上。"你做的，谁教你的？""孙姨教过。"马新生一股暖流从心头掠过，他不加掩饰地看着儿子。"嗯，好吃，儿子长大了。"他一面称赞着，一面又夹了几筷子菜，大口地吃起来。马文平看着父亲吃得香，心里非常的高兴，他也拿起了筷子。"哎，对了，你看我这脑袋，有了吃的，什么都忘了。"父亲突然想起什么，放下筷子，起身到屋里把公文包打开，从里面拿出了一个长条的纸盒子，递给马文平。"什么？"

马文平接过来，打开，是一套《三国演义》的小人书，他愣愣地看着马新生。"送你的生日礼物。""我都多大了，还看这个？""不知买什么好，当年答应你的一直没兑现，所以就买了它。""爸，你等一会儿，我去拿酒。"马文平站了起来，转身时，眼泪再也控制不住掉了下来，但好在马新生没有发觉，或者是发觉了但没有点破。因为在马文平转身的一刹那，马新生也抑制不住地眼睛湿润起来。在马文平去拿酒的时候，马新生看向妻子，那一瞬间，他终于感觉到这个家有了一丝温暖。

第四十一章　进曲艳红的家

　　父子俩喝酒的时候，曹大伟刚刚把曲艳红送回了家。上了三楼的台阶，曹大伟停住了脚步，准备转身离去，却听到了曲艳红的声音。"你不进去坐会儿？"曲艳红的声音很小，但是却像一根绳一样拽住了曹大伟。"我……"曹大伟的话还没有说完，人已经随着曲艳红一起进了屋。曹大伟有多少次渴望能够走进曲艳红的家，看一看曲艳红的家到底是什么样的，看一看曲艳红的屋子里都摆了什么，会不会都是舞蹈鞋，或者乐器什么的。这样也许能窥探出曲艳红日常生活是什么样子。像她这样漂亮的女孩子，她的屋子一定装饰得很有文艺气息。

　　当真的走进曲艳红家，他倒有些忐忑不安。有点像做了贼一样，他的目光都不敢轻易地放在任何一个地方停留。"你坐吧，我去给你倒杯水。"曹大伟坐了下来，他终于敢平静地看一下了，一股女人独有的淡淡的脂粉味，在屋子里流动着，让曹大伟有些不知所措。曹大伟终于看到了他熟悉的东西，他给曲艳红照的照片。那是在曲艳红的小屋里，那些照片挂在了床头上，曹大伟隔着门看到了它们。"你看我是不是照得好丑？"曲艳红看到了曹大伟在看那些照片，她有些不好意思地说。"改天我再给你照。""你不是会画画吗，你帮我画一张吧，我留起来。"曲艳红把水递给曹大伟，曹大伟坐回到客厅的沙发上。"等以后我画得好点儿，我给你画跳舞时的你，那时你最美。""不，我再也不跳了，你不要和我提它。"曹大伟看着曲艳红的眼里涌现着晶莹的泪花，急忙把话题岔开。"对了，过两天就是马文平的生日，为了报答他，我准备给他在饭店摆一桌，到时你和我一起去吧。""我去合适吗？他好像不是很喜欢我。"曹大伟笑了，"马文平从小没妈，对人就那样，你别在意，其实你别看他外表冷淡，但人特别好，时间长你就会体会到了。后天下班我去接你，咱们一块过去。"

曲艳红点了一下头。曹大伟放下了心，一时不知道该说什么，他觉得空气中流淌着一种东西，那东西让他既向往又紧张。曲艳红看着他，眼睛里有一种同样的东西，这个东西灼烧着曹大伟，他的心狂跳不止，突然站起身。

"我走了，你锁好门，早点睡。"没等曲艳红做出反应，他已经快步走出房间，带上门，然后逃一样朝楼下冲去。黑暗中，他突然与一个人撞了个满怀。一声惊呼，曹大伟感觉自己手摸到了很柔软的东西。"曹大伟？"那人打亮了手电，曹大伟也认出了面前惊魂未定的夏天。"你干什么？跑得这么快？""我还问你干什么？大半夜在这里。"夏天揉着自己的胸，曹大伟看到在手电光里，夏天的脸也通红。"哎，对了，我正要找你呢。"曹大伟一时想起了马文平生日的事，他觉得当时夏天和马文平也在一起玩，所以他觉得应该也叫上夏天。"少来，你是找曲艳红，不要总扯上我。""哎，这次真是有事，过两天马文平过生日，我想邀请你也去。""我没空。""没事，是晚上，不耽误什么事。""晚上也没空。"看着倔强的夏天，曹大伟一时间没了主意。"你还不走，拦着路干什么？"夏天见曹大伟没动地方，她转身准备向下走。她出来是想看一下曲艳红的，因为她爸说，听到有人上楼了，让她来看一下曲艳红有没有什么事。"夏天，马文平从小就没了妈，他不想过生日，是我们好不容易说动他的，咱们人多，还能热闹点。我知道你生我的气，可我都不是故意的。"曹大伟这句话，打动了夏天，她在楼梯上站住。"你答应了？""德行，看情况吧。"夏天说着话，已经拉开了自己家的门，走进了屋。曹大伟走后，曲艳红心里瞬间有一种失落，她明白曹大伟也是同一种心情，她知道他逃的缘由是什么，想着曹大伟在屋里拘束的样子，她居然笑了一下。笑过之后，她的心情好了起来。

在曹大伟的帮助下，她有了工作，压力忽然间少了许多。自从母亲住进了医院，她还从来没有过这么轻松的心情，她早早地上了床，很快进入了梦乡，虽然屋子里一个人都没有，但是她觉得这一觉睡得很踏实。当早上醒来时，她感觉自己的身体都是轻的。

她愉快地做着早餐，她想象着母亲此时在医院里做着什么。她几乎是跳着舞步来到医院的，当她把饭盒放在母亲的病床旁的时候，她轻轻地呼唤着，望着空荡荡的病房、教着课的母亲。"出去，到外面站着。"母亲严厉的眼神看着她，她的心一瞬间回到了现实，她委屈地走出了病房，静静地站着，等待着赵冰姿来教训自己。"好了，刚才学生在做眼保健操，你大呼小号地，跟你说过多少遍，你不能这样。说吧，什么事？"母亲一本正经地教训着曲艳红，曲艳红的眼泪又要涌出来，她努力地止住，挤出了笑脸。"妈，我找到工作了！""什么工作？谁让你找的？你和你爸说了吗？"显然，母亲的思维还是停留在她上学的阶段。曲艳红不想去和母亲解释。"我爸他出差了，还有好几天才能回来。"

曲艳红把每天都要编出的瞎话，又说了一遍。母亲的表情才缓和下来，她摸着她的头："看，我给忘了，这几天学校太忙，他的诗集怎么样了？""还差两三篇，快完了。"曲艳红机械地回答着，母亲的目光爬上了她的头发，看到她的蝴蝶结歪了，帮她正了正。"小红，你一个人在家害怕吗？""妈，你说什么？"母亲忽然间问起了她现在的情况，曲艳红以为她恢复了记忆。"妈，我不害怕。你是不是好了？"她攥着妈妈的手，使劲地摇着。"我怎么了？""妈，你知道你现在在哪儿吗？""不是在学校吗？看你这样子，你不是生病了吧？"母亲关切地问着，摸着曲艳红的额头，曲艳红失望地摇了摇头。"妈，你吃饭吧，一会儿凉透了。"当母亲拿起筷子，曲艳红匆匆地赶往文化宫。

曹大伟告诉完曲艳红，又告诉了夏天，现在他觉得还差一个人没有告诉，就是石头，他想在这次宴会上，把石头与马文平之间的疙瘩解开。所以他在家里拿着当年刻好的赵云的模板，去找石头。

模板，当年曹大伟一共刻了五个，按照《三国演义》里的人物刻的，他是刘备，万风高挑个就是关羽，大庆膀大腰圆是张飞，马文平因为姓马，他自己选了马超。剩下一个他刻成了赵云，他觉得石头的性格很像赵云，比较执着。刻完之后，在他们一起盟誓的时候，他把模板给每个人都发了下去，唯独石头的，他一直没机会给。

前几天万东的婚礼，他看到了马文平与石头之间的隔阂有松动的迹象，他想趁热打铁，把他俩的关系捋顺。就这样，他揣着赵云的模板来找石头。石头还窝在车棚子里面修车，他猫着腰走了进去。石头看看是他，没有吱声，接着闷头修车。曹大伟帮着他递过去一把扳子，石头接过来，开始拧螺丝。"石头，咱们美术社的执照下来了，过几天，咱们商量一下怎么开业，你这个铺子，就关了吧。""我干这个挺好。"石头冷冷地回答着。曹大伟笑着看着他，拿出那个模板递给他。石头看了一眼，继续干着手里的活。"石头，你拿着，这是赵云的模板。当年，我们每人一个，一直没有机会给你。"石头放下手里的活，把模板接了过去，仔细看了一眼。"石头，欢迎你回到队伍中。过两天马文平生日，咱们一起庆贺一下，人就都齐了。"石头没有再说话，擦了擦模板上被手摸到的油渍，放进了衣服兜里。这个举动让曹大伟心里一阵轻松。他知道，一切都在向好的方向转变。

人员都召集到了，曹大伟就开始安排整个的生日宴会的事情，他把大庆和万风叫了来，三个人研究下具体怎么去做。他们聚集在曹大伟的家里，万风和大庆听了曹大伟的想法后，互相看了一眼，万风先说出了自己的担忧。"行倒是行，但是，是不是做得太大了？钱是个问题。""大家一起想办法，小平从来没过过生日，这次一定要好好过。"曹大伟坚持着自己的意见。"那咱们俩都不上班，哪来的钱？"万风把目光投向了大庆。大庆看着大家，一个劲地晃着脑袋。"你们把我卖了吧，我的工资每个月都给我奶奶，我兜里就剩三角八分的。"说完，为了证明自己没有撒谎，大庆把每个兜翻开，果然，硬币加纸币凑不到一元钱。曹大伟没有想过钱的问题，万风一提，他也犯了难，怎么办？他一时也想不出主意。看着两个伙伴在那里犯难，大庆倒想出了一个点子。"我看到火车站里刚卸了半车皮苹果，要不然？"大庆不说，他们也明白他要干什么，就是偷呗，把苹果偷出来再卖掉，钱不就来了。万风看向曹大伟，曹大伟把眉头皱了起来。"不行，这个事咱们不能干。"曹大伟小学的时候，和他们偷过几次，当时是想融入这个集体，但是心里对此行为非常反感。"那怎么整？不偷，还能去抢？""没事，我去想办法，你们别管了。"曹大伟说出这话来，他也没有办法，但是这个事，是他张罗的，他不能因为没有办法，就不做这个事了。这次商讨，以没有结果告终。

第四十二章　曹大伟被老孩痛揍

　　曹大伟身无分文，他不可能因为这件事儿问孙耀华要钱，因为父亲的病还需要花钱。他思来想去，没有想到什么好主意，就在他没有想法的时候，他看到了那台德国造的莱卡相机。

　　看到相机，他就想到了父亲，想到了父亲送给他相机时所说的话，也就想到了曲艳红和那些照片。他把玩着那台相机，仔细地擦拭着相机上面的灰尘，认真地看着相机上面的每个数字、每行文字。他在内心中舍不得它，可现在这台相机能让他实现给马文平庆祝生日的心愿，他觉得一个相机的价值远没有友谊大，但是这台相机又是父亲赠予的。他左右为难，在朋友的友谊与父亲的赠品之间反复做了权衡，最后，他说服了自己，友谊是最珍贵的，但是亲情是永恒的，就算父亲知道他把相机卖掉了，他也不会责怪他的，因为他没有去干坏事，而是为了朋友之间的友谊去那么做的。在小的时候，父亲就告诉他，要多结交朋友，让自己的友谊在社会上生根发芽，那样，你才能在社会上更好地立足。那些话，先是在他的心里发了芽，然后不断地在他的生活中结着果实。当他高中毕业，他觉得友谊之花已经让他培养得郁郁葱葱。

　　想到这里，他毅然决然地拿起相机走出家门。他先是带着相机，来到公园里，找人多的地方，叫卖着。"谁要相机，德国莱卡。谁要相机，德国莱卡。"他的叫卖真的吸引来一些人,有人伸手过来摆弄着曹大伟的相机,很内行地询着价。"哦,是德国的,多少钱?""五十元钱。""太贵了。"那人把相机还了回来,曹大伟还想再说什么,那人已经走远。曹大伟继续叫卖着,又过了一会儿,两个人向他走来。"卖相机的,你拿来我看一下。"曹大伟打量着这两个人,他发现两个人的目光一直在盯着自己并没有看相机。觉得这两个人很反常。当他看清了两个人衣服的臂弯处都露出两道红绳的时候,他明白过来了,这两个人是治安巡逻的,他的行为本来就不合法,两个人应该是来没收他的相机的。就在他迟疑的时候,两个人已经向他扑了过来。曹大伟也做好了准备,一扭身挣脱开,迅速向公园外面跑去。"别跑,你站住。"后面的人追了上来,曹大伟跑地飞快,他趁着人多的时候,绕进了公园的树林里,有了树林的阻碍,两个人追他的速度就慢下来,他渐渐把他们甩掉,当他跳出公园大墙的时候,他已经听不到那两个人的声音。他喘息未定地拿起相机擦了擦,就在这时,身后过来一个人,劈手把相机夺了去。回头一看,老孩正向他狞笑。曹大伟一时间怒火中烧,刚被巡逻的追赶,又被老孩抢了相机,他觉得自己点儿背到了家。

"把相机还我。"

"这是你的吗,偷的吧?"老孩摆弄着相机,对准曹大伟按下快门。曹大伟扑了过去,他却把手扬了起来,直接把相机扔了出去。"接着。"

曹大伟想去抓时,已经来不及,相机从曹大伟的头上越了过去,重重地摔在了地上,镜头和机身都分了家。曹大伟瞬间被点燃起来,他狂怒地冲向老孩。老孩早有准备,袖子里瞬间掏出一截铁棍,抡圆了砸过去,正好打到曹大伟的眼睛处,曹大伟两眼一黑,倒在了地上。老孩瞬间冲上去,眨眼间已经十几铁棍下去。"我让你管我闲事儿,我整死你!"当曹大伟慢慢地从地上爬起来的时候,老孩已经不知去向,他的脸上沾满了血,相机已经报废了，他摇晃着走进了诊所里，在那里他包扎好伤口，面无表情地走出诊所，呆呆地坐在诊所外面的台阶上，看着天上的云，此时已近黄昏。一切都过去了，他想不出别的办法能弄到钱，一种巨大的挫败感扑面而来。

就在这时，诊所外面两个人的对话，引起了他的注意力。"这么多钱？会不会身体垮掉？""怎么会，我都献了三次了，一次比一次多。""真的，那不比上班挣钱？""所以你别告诉别人，一会儿进去，你也别乱说。"两个人走进门上挂有"献血站"字样的房间，曹大伟的神经忽然活跃起来，他想了想，也跟着那俩人一起走了进去。

第四十三章　曹大伟的嫉妒

剧场里的银幕上，正在放着电影《妈妈，再爱我一次》。曲艳红手里握着引座用的手电，出神地看着电影，她完全沉浸在了影片的剧情中。电影里的小孩的命运，就像是她生活的翻版，她感同身受，她现在特别渴望妈妈的爱护。

电影过了几分钟，一个观众走了进来，曲艳红惊醒，马上站了起来，拧亮手电，把他引领到座位上去。当她擦了擦眼泪，往回走的时候，她突然看到了坐在最后排的马文平。马文平此时已经全身心地投入到电影中，眼角挂着泪痕，这让她吓了一跳，她开始不想惊动他，但当曲艳红注意到他已经开始抽泣起来时，把自己口袋中的手绢掏了出来，悄悄递了过去。

马文平有些惊讶，愣愣地看着曲艳红，鬼使神差，居然接过了手绢。曲艳红又坐回到自己的位置上，等待着下一个观众的到来。

电影散场，观众都走完了，马文平也随着观众走出了剧场。曲艳红拿起了扫帚，开始打扫剧场里的卫生，电影里的镜头，还在她的脑海中放映着。"给，你的手帕，谢谢。"她抬起头，看到了马文平把刚洗过的手帕递过来。"哎，你先别走，你等一会儿。"看着马文平，曲艳红忽然间想起自己要送给他一个生日礼物。曲艳红回到休息室，把已经准备好的礼物盒拿着，回到剧场，看到马文平正在猫着腰替自己打扫着卫生。"喏，给你的。生日快乐！"曲艳红把礼物盒递了过去。"什么？""你自己打开看看。"马文平把盒子打开，一条围巾露了出来。"我以前织的，送给你吧。"围巾是曲艳红在业余时间自己学的织的，当时是想给爸爸，可是现在爸爸走了，而且昨天曹大伟临时提出了马文平生日的事，她也没什么准备，只好把这个围巾送给了他。她精心用纸盒包装了一下，写上生日祝福，一份生日礼物就诞生了。马文平第一次接受女孩子的礼物，有些手足无措，他不知道该打开看，还是收起来。"你拿出来，试一下，看合不合适。"曲艳红笑着看着他，马文平感觉自己的脸有些发烫，他尴尬极了。"不试了，不试了，一定合适。"曲艳红被他的表情逗得笑出了声。"刚才第一次看到你哭。""让你笑话了。"马文平不知说什么好，曲艳红在他心中的形象发生了改变，他现在感觉她很可爱。"那有什么？电影就是感人，一想起那孩子的遭遇……"曲艳红一时哽咽，说不下去了。她的眼圈又红了。"哎，别哭呀，电影都结束这么长时间了，让人笑话。"马文平马上要用手帮她擦眼泪，忽然间意识到这个动作不对，他停住了手。"哎，对了，你下班之后还有事吗？"马文平想起了自己的生日会，他想让曲艳红也一起去。"不是说好了去你的生日会吗，大伟咱们一起去。"曲艳红说完，马文平喜出望外，原来曹大伟已经和曲艳红说完了，他骂着自己头脑没转个弯，刚才都给了生日礼物，一定是知道生日会的。"那好，到时咱们一块走。"曹大伟从门诊出来已经接近黄昏，这一天他什么也没干成，还让老孩打了一顿，相机也摔坏了，还好，他终于弄到了钱，不过，这是他卖血挣来的钱。他把那钱连同卖血的收据，都塞进了自己的兜里，向君再来酒店走去。他在半路上，又进了一个蛋糕店，点了一个超大蛋糕，当营业员问他要写上什么字的时候，他告诉营业员，写上"我最最亲爱的兄弟马文平生日快乐"。营业员告诉他写不了那么多字。他只好无奈地告诉营业员，只写马文平的名字就行了。他提着蛋糕出来的时候，他觉得自己的头沉得很，身体也重得要命，他每往前走一步，就要深深地喘一口气，他知道这是献完血之后的反应，过了这一天，就好了。他迈着灌了铅的双腿，向文化宫走去。他要去接曲艳红，和自己一起去饭店。

他摇摇晃晃地走了过去，这时，天色已经暗了下来，他在快要到文化宫门前的路灯下面停了下来。他扶着路灯，路灯不停地闪烁，他不停地喘息着，他把蛋糕放在了地上，他弯下腰抬着头，看着文化宫的门。

他看到了曲艳红站在门口，显然曲艳红没有看到他，他想大声地喊她的名字，可是，他没有力气去喊。曲艳红不停地张望，然后失望地在文化宫门口徘徊着。曹大伟正要蓄足力气向她走去的时候，看到了马文平从里面走了出来。

两个人简单的对话，然后曲艳红就和他一起走下了台阶，马文平取了车子，曲艳红跳上车子，马文平的车子晃了一下，曲艳红死死地抓住了马文平的衣服。刚骑了几下，曲艳红又跳了下来，马文平把车子停住，他把一条围巾从兜里拿了出来，胡乱地围在了自己的脖子上。

曲艳红把他的围巾重摘了下来，然后仔细地帮他带上，又用手在他的胸前拍了拍。两个人这才再一次上了车子，马文平载着曲艳红，两个人就从离曹大伟不远的前面骑了过去。

这一系列的动作，让头脑昏晕的曹大伟感觉像是幻觉。他掐了掐自己的胳膊，发现这些是真实的。曲艳红刚才的那些动作，俨然和马文平就像一对熟识许久的情侣。曹大伟和曲艳红在一起，两个人都只是肩并肩走过，从来没有这样亲昵。那一刻，曹大伟觉得自己上当了，是曲艳红欺骗了他，让他亲手把曲艳红交给了马文平。

一股强烈的嫉妒的火焰，在胸中燃烧起来。

第四十四章　哭泣的曲艳红

饭店里早到的万风在和大庆闲聊着。这时，饭店的门开了，夏天穿着浅粉色的风衣走了进来。看到夏天，大庆连忙把头背了过去。夏天也看到了大庆，看到这种情况，她二话没说又推门走了出去。

"傻啊大庆？快去追呀！"万风看着夏天的背影，着急地拽着大庆。大庆一回头看到夏天已经走了出去，忙站起身追了出去。"夏天！"听到大庆喊，夏天站住了，回过头生气地看着大庆。"别喊我，我是冲着曹大伟来的，他人呢？""他没来呢，你还生我的气呢？"大庆过来拉夏天的衣服。"你走开，我犯不着和你生气。"两人正在争执，马文平载着曲艳红赶了过来。"俩人说什么悄悄话呢，还不进去？"看着曲艳红从马文平的车座上跳下来，刚才还在争吵的两个人都愣住了。本来要走的夏天，忽然间改变了主意。"走吧，咱们进去吧，还站着干什么。"她拉着大庆，两个人随着马文平和曲艳红一起走进了饭店。曹大伟不知何时，自己走进了火车站，坐在了一节铁轨上。那盒蛋糕被他放在了离他不远的地面上。他现在有种万念俱灰的感觉，他觉得自己的一切努力，原来都是一场空。

他努力地帮助曲艳红，让她有了一份工作。他卖血来帮着马文平张罗生日宴。没有想到他真心帮的两个人走到了一起，而他现在成了局外人，成了蒙在鼓里的人，他的内心一片迷茫。

远处，一列火车亮着灯光沿着他坐的铁轨驶了过来。火车在疯狂地鸣着笛，曹大伟却坐在铁轨上丝毫未动。

　　火车开始传来急速的刹车声，那铁轨与车轮发出异常残酷的摩擦声，曹大伟还是一动也没有动。他变成了一块雕像，变成了一个符号，变成了一段过去，变成了一颗碎石。他想就这样随风去，在火车的车轮下结束自己的一生，不再去想什么生日会，也不再去想那只红蝴蝶和那对酒窝。

　　火车再次嘶鸣，一道巨光打在他的身上，忽然间将他照回到现实中，父亲、母亲的闪现，让他在火车到来的最后一刻，身体弹了起来，滚到了铁轨的下面。当曹大伟从火车站走到饭店门前时，他没有注意到一个拄拐的人——在饭店窗外看了看，然后悄悄地离去。曹大伟迈着沉重的步子，走向饭店门口，在进入饭店门的那一刻，他提足了自己的精神，脸上挂着笑容走了进去。"生日快乐，小平！"他高喊着把蛋糕举了起来，所有人都把目光投向了他，饭店里的气氛一时间热闹起来，大家等曹大伟都等得有些不耐烦了，服务员也来催了两次点菜，马文平的脸上都有些挂不住了。当曹大伟把大盒的蛋糕放在桌子上的时候，他们期盼已久的生日宴终于可以开始了。"大伟，你的头怎么弄的？"马文平看到了曹大伟的脑袋上新缠的绷带，急切地问着。"没什么，撞了一下。"曹大伟说着把蛋糕盒打开，从里面把蛋糕取了出来，催促着大庆快去关灯，他把蜡烛插好，摸出火柴，点着了，屋子里一片温暖的烛光。他做这一切动作时，他的目光没有投向任何人，很专注。可是有两个人的眼神却一直死死地看着他。一个是曲艳红，自他进屋就注视着他。看到他头上的绷带，心里先是一惊，不禁为他担心起来，直到他说出原因，才放下心来。另一个是夏天，也是为他担忧，但是她现在最想的，是曹大伟能够看她一眼，以向他表明自己是在他的邀请下来的，可是曹大伟的眼神一直盯在蛋糕上，让她有些失望。"来，小平，许个愿。"烛光燃起，曹大伟招呼今天的主角许个生日愿望。

马文平看着烛光，非常感动，如此激动人心，所有的小伙伴来为他庆祝生日，这在他二十年来，还从来没有过。他觉得自己太幸福了，他在心底里感激着曹大伟这个最好的朋友。他双手紧握，对着烛光默默地许下了自己的愿望。屋子里，所有的小伙伴一起唱起了《生日快乐》歌，这时的曹大伟才借着要坐下的时候，将目光扫向了曲艳红。曲艳红穿了一件深红色的毛织衫，头上扎着美丽的蝴蝶结，她装扮起来美极了，像是一个可爱的公主。这是她特意打扮的，虽然家里有着那样的遭遇，但是她不想把自己的不如意带到朋友的生活中来，所以她显出很愉快的样子，向曹大伟会心地笑了一下。她想表达对于曹大伟的关切之情。可是，曹大伟的眼神却丝毫没有变化，他冷漠的眼神从她的身上扫过，然后不再看着她坐了下来，这样的细节，其他人没有注意，但是夏天全看在了眼里。

马文平重新睁开眼睛，吹灭蜡烛。大庆跑过去把灯打开，小伙伴们齐声高呼着，庆祝着这个神圣的时刻。"小平，许的什么愿呀？"大庆在旁边好奇地问着马文平。马文平笑而不答，但他的目光却瞬间扫过了曲艳红，这让一直闷着的曹大伟，心里又是一阵搅动。"许什么愿还能告诉你，那样不就不灵了吗，是吧，小平。"

曹大伟一面轻描淡写地说，一面招呼服务员上菜："我先说好了，今天谁也别跟我抢，咱们一醉方休，喝个痛快。来，小鸡炖蘑菇、大拉皮、锅包肉……"

曲艳红看着曹大伟这些异常的举动，越来越不理解。曹大伟话里话外，而且对她的态度，与昨天比起来就像是变了一个人。她不知道哪里得罪了他，在曹大伟张罗着举杯时，她也只好脸上带笑陪着举起了杯。

可是，曹大伟像没有看到她一样，跳过她跟别人忘情地干着杯，貌似她是个透明人，她脸上的笑容，越来越凝固下来。

菜吃掉一半，小伙伴们已经被曹大伟猛烈的攻势灌得有些喝不动了。

幸亏马文平能喝，还可以一直支撑着和曹大伟干着杯。大庆已经趴在桌子上睡了过去，打着震天响的呼噜。万风也有些喝多了，他一会儿瞅瞅曹大伟和马文平喝酒，一会看看曲艳红和夏天聊天。他的桌前已经扔了一堆的烟头。

"来，小平，再来一杯。"曹大伟举起酒瓶向马文平的杯里倒去。酒一半都洒在了桌子上。曲艳红看到曹大伟这样，不再和夏天聊，转过身来担心地拽了拽他，小声地说："少喝点，喝多了对你的伤口不好。"曹大伟依然故我地举起了杯，像是没有听到曲艳红的话。他把杯子撞向了马文平的杯子。马文平还是清醒的，看着曲艳红在劝曹大伟，也知趣地不再动酒杯。"大伟，你少喝点吧。人家都劝你了。""来，没事，今天高兴，咱们要喝透，来，女人就是烦。"说完这话，曹大伟自己的酒杯中的酒又扬进了肚里。夏天看到这一切，不再和曲艳红聊天，而是一边夹菜，一边观察着曹大伟的一举一动。曹大伟又倒上了一杯，这回他的酒瓶直接把马文平的杯子给撞倒了，酒洒了一桌子，马文平快速地把椅子向后撤了一下，才没有洒到自己身上。他有些气愤地抓住了曹大伟的手腕子。"大伟，不喝了，聊会天儿，来抽支烟。"说着，他把桌上的烟摸出一支递过来。"哎，你别喝了，看你把小平的衣服都弄脏了。"曲艳红本来是想劝曹大伟，可是这句话却起了反作用。曹大伟猛地把曲艳红的手甩开。

心中的郁闷一时间爆发出来，他大声地向曲艳红吼着："你烦不烦呀，我和你什么关系？你总管着我。"曹大伟这一声吼，所有人都看向了他和曲艳红。曲艳红的眼泪唰一下就出来了，她看着曹大伟，她不知道曹大伟到底怎么了。她也挂不住脸，站了起来，还没等夏天拦住她，已经走出了饭店。这么快乐的气氛让曹大伟弄成这样，万风直愣愣地看着，大庆也被刚才曹大伟的一声呵斥惊醒了，他揉揉脑袋，呆呆地看着桌上的人。夏天想站起来，去追曲艳红，想想又坐下了。马文平这时真的生气了，看着烂醉的曹大伟，一拍桌子。"你快去追呀，人家都走了。""让她走，咱们接着喝。"曹大伟说着过来拿马文平的杯子，准备再倒酒。他的手直接把马文平的杯子呼啦到地下，杯子摔到地上，碎了。"喝，你自己喝吧。"盛怒下的马文平，再也不理曹大伟，一个人追了出去。

第四十五章　倒在血泊中的马文平

　　等了十多分钟，饭店里面的气氛越来越无趣，曹大伟始终绷着个脸，一句话不说，万风在抽烟。大庆酒醒了吃了几口菜，想和夏天说句话，却又没有胆量，只能在那里干嚼。夏天看到今天这一场戏，她对曹大伟的心思又活了，但是看到曹大伟在酒后像变了一个人似的，内心对他也有些反感。她本来想借机会劝一下曹大伟，但是万风和大庆这两个木头疙瘩，谁也没有开口说话，这就让她有些尴尬了，最后没有等到马文平的情况，她实在坐不下去了，站了起来。

　　"不早了，我还要复习功课呢。"她说着就要往出走，大庆总算得着个机会，立马也站了起来。"我去送夏天，我也走了。"桌上的俩人沉默不语，夏天也没有反对，大庆像跟屁虫似的跟着夏天走了出去。整个桌子，就剩他和万风两个人，曹大伟痛苦地看了一眼桌子，桌子上剩的大半个蛋糕还没有吃，好好的生日宴，就这样不欢而散，他觉得自己的生活已经没了奔头。他也一用力，起身站了起来。"我先走了，万风，你还等会儿他？""不等了，他应该不回来了。"万风说完把烟掐了，然后和曹大伟一起站了起来。当曹大伟要走出饭店的时候，忽然想起了账还没有结，他顺手把兜里所有的钱掏了出来，给了万风。"你去结账吧，我先走了。"说完，他趔趄着走出了饭店。五月的晚上，天气有些凉了，瑟瑟寒风中甚至刮来了雨丝，曹大伟经风一吹，清醒了许多，路上昏黄的灯光，照耀着他前面的路，像是在不断地指引着他走向远处无边的黑暗。

一些细小的颗粒打在了他的脸上，不像雨，他一摸，是冰雹。他踉跄地向家的方向走去，内心充满了苦楚。在夜色中，他的对面走来一个人。他摇摇晃晃地走了过去，这个人与他擦肩而过，他们对视了一下。那个人在他的身后停了下来。"看来打得还是轻啊，这么一会儿就缓过来了！"老孩轻蔑的话从夜空中传来，仿佛一道炸雷。真是冤家路窄，如果今天不是因为他，曹大伟就不会去卖血，曲艳红也不会等不来曹大伟，那她就不会上马文平的车子，这个生日宴也不会是这个结局。曹大伟转过身来，对照着老孩那双鄙视的眼神。曹大伟先动起了手，可是，他毕竟不是老孩的对手，老孩只一个垫炮，他已经被打得胸膛里开了锅，然后又是后面一肘，喝多的曹大伟把刚才的那些酒都吐了出来，他像面条一样软绵绵地倒在了地上。"操，还跟我炸刺，你是活腻歪了。"老孩又接连补了几脚，直到曹大伟不再动弹。老孩把鞋在曹大伟的衣服上蹭干净，这才转身离开。突然，夜色中一个人影，夹带着风声向老孩的身后袭来。一把铁锹重重地砍在了老孩的脑袋上。老孩转过身，透过流到眼睛里的血，看清了对面的人。在倒下的一瞬间，他掏出了刀向那人扎去。两个人都倒在了地上。

曹大伟醒来时，他睁开眼，看到马文平手里握着铁锹倒在血泊中。他挣扎着站起来，从昏迷的马文平手中拿过了铁锹，狠狠地向刚要爬起的老孩砸去。这时，一道手电光射了过来。

"住手！"曹大伟的手停住了，他看到了万世海的面孔。老孩倒在血泊中的时候，正是曲折与丁宁来到深圳三个月后。那天，曲折在赵冰姿看电影时，约好了和丁宁见面。可是曲艳红感冒刚有些好转，曲折不忍扔下女儿一个人。但是，他的内心深处却被丁宁炽热的目光炙烤着，他感觉自己的身体都要燃烧起来，看着开始练功的女儿，他对女儿的担忧减轻了，而对丁宁的想念却越来越旺。那一天外面刮起了秋风，他看到树枝在风中凌乱地摇摆着，他能想象得到穿着呢子大衣的丁宁等在公园里面，顶着寒风向外张望的情景。

丁宁约他在公园见面。自从那天，在办公室里丁宁攥住了他的手，曲折就感到自己内心的一道闸门开启了，汹涌的感情之河泛滥而起，再也无法停止。他有一种激动，一种被赏识、被认同的激动。丁宁那渴望的眼神一直射入他的心中，他像被箭射穿，无法自制地渴望着和她在一起。

两个灵魂就这样狂热地吸引着，就像一对出笼的鸟儿，他们渴望着在属于他们的天空中遨翔，他们渴望着听着彼此的心跳，他们渴望着看着彼此的心灵，他们渴望着能把彼此融化。就这样，当这种强烈的感觉通烧全身的时候，曲折冒着秋风义无反顾地走向了自己的乐园。

那是一个销魂的夜晚，那是一个肆意的夜晚。当两个孤独的心再次相见时，他们就像被焊在了一起，他们无法挣脱开对方的拥抱，长久地拥吻在一起，当曲折的手摸到丁宁的双峰时，他感觉自己瞬间攀上了人生顶峰。

丁宁把他的手慢慢地向下牵领着，他能触摸到那散发着活力的肉体所传来的阵阵的跳动，曲折从来没有想过，自己会发生这样的事。

但是在那一刻，他们想到的是彼此的欢爱，他们沉浸在爱情的泥沼中，越陷越深。直到曲折触摸到了最湿润的平面，他觉得应该可以平稳地落地了，他们的呼吸越来越快，在那个秋风乱舞的夜晚里，曲折的耳边听到的不是风声，而是丁宁越来越急促的呼吸，还有丁宁身上散发出来的那股特有的女人气息，一切都是那么美妙。他们在品尝着爱情的味道，他们在体会着诗一样的生活。

但就在这时，一道闪电从天空射来。不，那是一道手电，那道冰冷的光把他们从天堂带到了地狱。曲折跌回到现实中，当他在派出所按下自己的手印的时候，他知道自己的爱情没有了，自己的梦想没有了，自己的脸丢没了。就这样，他被领回了家，在赵冰姿的哭闹下，他摔门而走，他的内心无法接受这样的现实。如同从火里掉入了冰里，生活来了一个大反转，作为诗人的他完全没有了诗意。他在自己的办公室静静地坐着，等待着黎明的到来，但渐渐地，他就进入了梦乡。当他迷糊中睁开眼睛的时候，哭肿了眼的丁宁就站在他的面前。他以为是梦，他去掐自己，去掐丁宁，自己疼，丁宁没有感觉。他觉得不是梦，他把丁宁死死地抱住，丁宁在他的怀里流下了眼泪。两个不被世俗所接纳的人，想到了离开，远走他乡。深圳，当丁宁说出这个地方，曲折心中一震，这是一个大的抉择，这意味着背叛和逃离，投入另一种前途未卜的生活。他没有勇气，但是面前站着的丁宁在用盼望的眼神看着他。他觉得梦还没有结束，他的冲动再次被点燃，他想把梦延续下去。他不想醒来。就这样，他与丁宁，像一对鸳鸯，乘着一列南下的火车去了南方。

在曲艳红把舞鞋扔还给丁宁的那一刻，丁宁的内心在流血。那血是愤怒的、是喷薄的，她不明白为什么人世间就容不下他们的这份真挚的爱情。

父母的责骂、学生的憎恨、邻里的指点，让她的内心如滚汤一般焦灼。真心去爱一个人，却被那些世俗的人们毫不留情地打击，人们把道德的杠杆强压在浪漫的爱情之上。他们把一个鲜活的爱情生命，就那么随意地恶毒地埋葬掉了，他们看到了两颗滴血的心坠落，他们击掌欢呼。

在那一刻，她懂得了，在书本上看到的爱情，只能永远在书本上发生，它不会生根到现实中，也不会在这个叫作平安火车站的地方开花结果。爱情之于她，变成了过往，变成了派出所笔录上，那一个鲜红的指纹。

她伤透了心，她为自己的爱情而哭泣，她为那伟大的情感而泣血。

一个人伤心的痛哭，没人来安慰她，也没有人来劝慰她，父母甚至连拍拍她的肩膀都没有，只是狠心地把她一个人扔在了空旷的夜里，更没有爱人来拥抱她，来抚慰她这颗受伤的心。

第四十六章　远走高飞

这个时候，她前所未有的急迫地渴望着一个温暖的胸膛，让她依偎，让她停靠。哭过了，她再次想起了曲折。曲折在哪里？他们在派出所一别之后，就再没有彼此的消息，她看到了赵冰姿眼睛里喷出的火焰，那种火焰是能将任何一种生命体焚烧殆尽的。那是一个女性在失去她的伴侣时，内心中发出咆哮。她知道那里蕴藏着一座即将喷发的火山。曲折回去会受到赵冰姿怎样的折磨？在那一刻，她想拉住曲折的手，不想放他走，曲折是那么的腼腆，那么的和善，在那样一个女人的强势下，他会体无完肤的，她怕看到鲜血淋淋的曲折，她怕自己的爱情从此死去，她想伸出手，可是，这手终究没有伸出来，她只能眼睁睁地看着那个女人领走了自己心爱的男人，直到他们消失在自己的视野中。

当黑暗中只传来了母亲在梦中的叹息，当那一缕惨白的月光突然间射进了屋子里时，她离开了自己的家，奔向了文化宫的办公室。在无人的夜晚，她像飘一样穿过了洒满月光的大路。她的心静了下来，仰着头，看着那圣洁的月光，她觉得自己不是走向悲剧的结尾，而是在奔向一个神圣的所在。她像一个披着白纱的贞女，前方开满鲜花的地方，是诗人拿着书在高声朗诵。她加快了脚步，渴望着马上来到他们心手相牵的那个地方，她想在那里，痛痛快快地哭一场。当来到文化宫前面的时候，她放慢了脚步，她想仔细地看一看这座建筑，让这座建筑留在自己的心中，也让那份情能一直留在自己的心中。

她的目光碰到了在月光下隐隐闪着亮色的墙体，像在感召着她前行。她还看到了几扇像极了黑洞的窗子，在不断地把她拉过去。她又望向了耳房里那个舞蹈训练室，一片黑暗，似乎告诉她，这里从来就没有属于过她。丁宁在那里洒下的汗水，都蒸发了、消失了，那里会有一个新的老师，学生们还会跟着她轻轻起舞，完全不会再想起一个身材标准、曲线优美的丁宁老师，或者还会憎恨，还会感到不耻。

她的眼里充溢着泪水，在那一刻，她知道自己永远不会再走进那个练功房，她的目光移向了二楼办公室的窗子，其中一扇窗子让月光反射得泛着一点刺眼的白光，她刚才并没有发现，当那道白光顺着空气送入她的眼睛时，她才真正地看清，那是一盏台灯的光芒，是孤独的夜色中，它是孤独的。

那是曲折，那是曲折的办公室！

她看到了这里，一下子推开了文化宫的大门，大门在她的身后来回地忽闪着，她疯了一样跑上了通往二楼的台阶，她的脚步声在空旷的夜中回荡着，在文化宫的大厅里不断地撞击着四面的墙壁。

她快速地跑到办公室的门口，奋力地推开门，门开了，自己最爱的人曲折就坐在灯光下。

但是她愣住了，那个人颓废地坐在椅子上，他的双手无力地耷拉着，他的目光呆滞地盯着台灯发出的光，他忽然之间老了许多，眼睛深陷着，脸上布满了新添的皱纹。他就像一个经受了风霜的老头，正在等待着自己大限的到来。

灯光照在他的面庞上，丁宁看到了他脸上沟壑之间有着闪光的东西充盈着。她走到了曲折的身边。曲折没有注意到，一动不动，呆呆地看着那盏被他拧亮的台灯。

台灯下面，是一沓稿纸，那些他已经写完的诗，被他用笔大大地画满了各种叉叉，地下无数的纸团，扔到了他的脚边。

她轻声地呼唤着他，他没有回答，甚至连看都没有看她一眼。

她伤心了，她以为他后悔了。

当她的手搭到了他肩上的一瞬间，她感受到了来自他心灵的跳动。

当他的目光转向她的时候，她发现他的目光不是呆滞，而是犹如一团盛开的火焰。那一刻，她像获得了神的指引，她紧紧地抱住了曲折。

就这样，两颗在受到严重打击之后的心，又重新走到了一起。这时的他们坚信爱情是可以超越一切的，包括生命。

在那个夜晚，丁宁深深地吻了曲折，她一点点地把他脸上的泪吻干。当曲折再次用力地把她抱紧时，她能感觉到曲折身体的坚定的回应。他们在那个夜晚做了决定，远走高飞，既然这个地方不能容留他们的爱情，那他们只有带着爱情，一起向远方飞去。

其实，这是一种逃避，是一种无奈的，又有些短见的逃避。他们并没有选择妥协，也没有想到抗争，而是做出了最软弱的行为，离开。

第四十七章　丁宁的阴影

当两个真心相爱的鸳鸯长途迁徙，在繁华的深圳落地的时候，正是深圳气候最宜人的时候，丁宁和曲折一时间都有了一种重生的感觉，这里的空气是那么明媚，这里的环境是那么惬意。他们的心情无比放松，在这里，他们的爱可以无拘无束地释放，他们可以手牵着手走在大街上，招摇着走过放着流行音乐的商场，甚至可以在大街上拥抱，因为，他们看到了这里许多青年人也这么做，他们感觉来到了传说中的伊甸园，他们的呼吸都变得好轻松，就这样，他们暂时忘掉了家里的亲人、曾经的烦恼，像一对幸福的鸳鸯一样，在市区里找了一处中档的宾馆住了下来，丁宁和曲折两个人带的钱，足够支撑一段时间的生活。

曲折重新找到了创作的激情，在丁宁的爱情滋润下，曲折也是开足了马力，把自己的所有的才华都施展出来。曲折从平安火车站带出的除了钱，就是他的诗集，那是他的第二生命。当他顺利完成了自己的诗集，他就踏上了去出版自己诗集的道路。

作为一个男人，他要为丁宁撑起一片天空，让这个可爱的女人在自己坚强的羽翼下，可以无忧无虑地生活。他憧憬着他们今后的生活，飞速发展的深圳，仿佛在昭示他的诗集在这里会大卖，会大火，他整个人都会脱胎换骨。他会成为一个知名作家，著名诗人。当他扣响第一间出版社的门的时候，他幻想过，如果他们要签约，他是否要和他们讨价还价。

可是，曲折他只是一个平安火车站的文艺工作者，他所接触的、所学到的、所写的和他所想到的，在深圳这个现在号称国际都市的舞台上，那简直连一颗尘埃都不算。当他怀揣着自己的诗集，游走了多家报社、杂志、出版发行公司，并向他们推销自己的作品后，他才明白，他所想的一切，都只是想象。每个编辑拿起稿子后，递过来的眼神都是那种不屑，曲折看多了各种的摇头，他原来在这片土地上燃起的希望火焰，就这样，被一盆盆冷水彻底浇灭了。当他疲惫地走回宾馆的时候，他想着屋子里还有一个渴望着他成功而归的女人，他的步履就越加沉重起来。

曲折从来没有觉得爱上丁宁是后悔的，但是跟着她到了深圳，一个自己没有一个认识的人、没有一个渠道的地方，他是真的有些后悔了。而这些后悔则重重地压在他的心里，逐渐变成了折磨着他身体、折磨着他心灵的东西。

丁宁看到曲折如此辛苦，每次兴冲冲而出，丧气回来，她知道曲折的出版路并没有想象中的那样顺利，但是丁宁不像曲折，遇到事情只会灰心、只会自责，她更多的是想办法，有闯劲，要不然她也不会主动牵住曲折的手。在宾馆里每天翘首企盼的她，真的不希望曲折离开她。她渴望着曲折一直陪在她的身边，每次，她都是动情地拥抱着他，安慰着他。

既然是自己选择了曲折，她就觉得自己有义务承担与曲折在一起的生活，她不想看到自己心爱的男人如此受苦，经受一次次的打击，就这样，她像小鸟一样钻到曲折的怀里，提出了自己外出打工的想法。

当不再为生计发愁，曲折真如丁宁所说，准备全身心投入到自己的创作中去，但是，在头脑放松下来，自己原来的家又钻了进来。

女儿怎么样了？赵冰姿怎么样了？这一切他都不知道，一种愧疚感在他的心里萌发出来。就这样，在最后无法开解时，他还是写了一封信，让外出找工作的丁宁，帮忙寄出去。

　　丁宁在接到这封信的时候，她刚刚丰盈起来的内心，忽然之间掠过了一个阴影，现实的一面在她的虚幻的美好生活中砸了下来。自己爱着的男人的心里还装着另一个家，这让她感到一时的心酸，当她看到曲折真诚的目光时，她又释然了，男人现在已经和她远走他乡，她还吃这个醋做什么？这么一想，她反而对曲折又有了一种新的认识，他是一个有情有义的男人。

第四十八章　曹大伟出事了

　　曲折和丁宁在深圳渐渐安顿下来，孙耀华也得到了好消息，曹关生因为肺病的原因，可以申请保外就医了，也就是说，她苦苦煎熬的一个人的生活，马上就要过去了。

　　她找到马新生，让她给曹关生开个单位证明，提出这个要求时，她觉得有些尴尬，她面前站着的这个男人，在曹关生被关了进去之后，没少帮她的忙，先是帮着曹大伟找工作，然后又出钱帮他上画画班，而且在自己的工作上，马新生也没少帮助她，经常会到医务室过问一下工作的情况，她能感觉到马新生对自己不只是单位同事上的关心，更有一份超乎这个层次上的关心。

　　孙耀华喜欢马文平，她把马文平看作了自己的儿子，她在马文平的身上，也看到了很多马新生的影子。但是，她是有男人的，她的男人是曹关生，这个是不可逾越的事实。她作为一个上海女人，内心是非常保守的，虽然她已经来到这里很多年，已经蜕变为一个像模像样的北方女人，但是她还是那个心里有着老传统的人。所以像曲折与丁宁之间的那种事，她是一定做不来的。

　　当马新生答应开单位证明的那一刻，她看到了男人的眼睛里不易察觉的那种失落，一种隐藏的忌妒，她懂那样的眼神，但是她不能回应，只能装作什么都不知道，静静地等待着曹关生的回归。

所以，在马文平生日的那一天，她为了表达自己的感激之情，特意把自己织好的毛衣给马文平送来。马文平去参加生日宴，她被马新生请进了屋子。

当她看到马新生桌子上摆的酒杯，听完马新生对于自己妻子的想念的话的时候，她有些感动，她觉得自己看到了另一个马新生，一个真性情的男人，在他粗细条外表下一颗纤细的心。她更懂了马新生的心思，马新生在她的心里变得帅气起来。

当两个人独处一室时，马新生也找到了机会倾诉自己内心，他把多年压在心里想说的话，都说了出来，当他告诉自己和儿子最希望成为老婆、成为母亲的人是孙耀华的时候，孙耀华内心何尝没起波澜。从马新生的身上，她看到了一种大气，一种温情，一种坚韧，一种苦楚。她在内心里反复对比着眼前的男人和还关在里面的丈夫，有那么一瞬间，她内心的闸门是松动的，可是她马上用力地把它关上了，因为，如果那么做，她孙耀华会被世俗的吐沫淹死的，她也对不起曹关生，更对不起曹大伟。

她没有答应马新生的要求，马新生本知道无果，只是仗着胆把自己的想法说出来，好痛快一下自己的嘴，得到一些心里安慰而已。但是，孙耀华离开后，他的内心还是对丈夫即将回来的孙耀华有些恋恋不舍。

老孩和马文平被当场送去急救，曹大伟和万风被万世海带了回来。万世海皱着眉头看着眼前站着的曹大伟和万风。此时两个人都深深地低着头，曹大伟现在的酒已经醒了。当万世海叫住他时，曹大伟放下锹，走到了万世海的面前，万世海给他戴上了手铐。他看到了老孩和马文平陆续被抬上了救护车，救护车嘶吼着开远了。现在，一切都过去了，曹大伟感觉自己就是做了一个梦，而这个梦，却在自己的头脑中挥之不去。"爸，我们错了。"万风偷瞄着自己的父亲，看着父亲的脸由红到紫，又转为铁青。他知道,这次他们惹上大事了,父亲马上就要爆发了,他试着把那股火先盖住。

"错了？现在知道错了？当时你为什么不拦着他？老孩被打得只剩半条命,你们想没想过：如果他死了,你们怎么办？去抵命吗？"万世海把桌子拍得震山响,曹大伟在他严厉的训斥下,一句话也不敢说。他现在真的有些后悔,当初为什么那么莽撞,一个人和老孩打,明知道打不过,还要逞能耐。不过令曹大伟欣慰的是,他告诉万世海,老孩是他砍的,没有马文平的事,他觉得只有这样做才够义气,是个男人。"你们为什么打架？你详细地和我说一下。"咆哮完了,万世海胸中的这口闷气出来了,他想了解更多的情节,好知道如何为曹大伟开解罪行。曹大伟抬起头,看到了万世海关切的目光,他放松下来,开始向万世海讲述整个过程,但是在最后结尾,他还是把铁锹说成了在自己的手里。万世海听着,眉头又皱了起来。万风看到他这样,上前推着父亲的胳膊。"爸,你放了他吧。"万世海斜了一眼自己的儿子,他看着面前的两个孩子,有些哭笑不得。他们并不知道自己闯了多大的祸,还以为是像往常那样打架斗殴,只要做个笔录,就可以回家了。

这次不可能了,事闹大了,老孩挨那一铁锹,直接打在了后脑上,把脑袋开个缝,那是很严重的伤害,在案件里被叫作重伤害。而且,现在是全国严打期间,像普通的打架事件都可能升级为刑事案件,曹大伟这种把人险些致残的案件,就更不会放过,说不好就会判个十年八年的。

万世海看着眼前的曹大伟很是伤心,他觉得有些对不起自己的好兄弟曹关生,没有帮着他看好儿子,可是现在都晚了,事情已经发生了,他现在能做的,就是极力降低曹大伟被关押的可能性。"就算你有理,你把人打成那样,今天你也走不了了。"万世海给曹大伟下了最后通牒,曹大伟听后身体一抖,他想起了在家的母亲。"爸,你放了他吧,大伟今天都卖血了！"万风看到无望,一下跪倒在父亲的面前,他实在忍不住,把隐情说了出来。他不想看到自己的哥们儿被关进去，更不想让刚卖完血的曹大伟到里面受折磨。他这一说，刚才还为曹大伟感到气愤的万世海一时间愣住了。"大伟，你卖血？你卖血做什么？你不想活了？"曹大伟一句话也没有说，他没有想到自己隐瞒的事，被万风知道了，他现在造成这样的结果，他无话可说。"爸，他是为了给马文平过生日。"万世海再次惋惜地看着他。派出所的大门被猛烈地撞开，孙耀华穿着白大褂像丢了魂一样跑了进来。进来之后果真看到了曹大伟，她马上奔过去，紧紧地抱住了儿子。曹大伟见到母亲来了，也紧紧地抱住，哭了起来。当孙耀华放开自己的儿子，看到了儿子手上带着的手铐时，她明白了刚才在医务室所看到的一切。

孙耀华正在值班的时候，听到有急救病人送来，一个被严重打伤的青年人，他的头部被铁锹重重地砍开，颅骨已经出现了塌陷，孙耀华看到这个情景，二话没说，戴上手套、口罩，马上开始做止血治疗，周围的家属们不断地向她说着什么，她也没听清。

直到她满头大汗地把病人的血止住，催促家属赶紧把病人送往大医院时，再晚恐怕就有生命危险。她看到的不是家属感谢的目光，而是家属恶毒地盯着她，喊叫着让她的儿子替这个伤者偿命。她一时蒙了，自己全力搭救，哪里得罪到了家属。直到家属说出来用铁锹砍人的就是曹大伟时，她才明白过来是怎么回事。

她没有再管老孩的家人，手里端着的托盘扔到了地上，急忙向派出所跑来，她想确认一下，他们说的，是否是真实的。从她进了屋，她就明白了，是自己的儿子闯了祸。她不能失去自己的儿子，所以她把曹大伟紧紧地抱住。"你，你这个不争气的孩子！"孙耀华说完这句话，眼泪已经流到了自己的嘴里。她不知说什么好，趴在曹大伟的身上，哭了起来。"他姨，事情都出了，你哭也没有用，让大伟吃点东西吧。"万世海指了一下桌子上的面包，万风赶紧把面包递给曹大伟。曹大伟接过面包，一点点地嚼着。

"他万叔，你一定要救他呀，他爸刚要出来，他又出了这档子事，你说，哎，你一定要帮他想想办法，病人那边，我们该花钱就花钱，该治我们就治，只要不把大伟关进去都行。"孙耀华此时已经站了起来，紧紧攥住了万世海的手。万世海看着孙耀华，把自己的手抽了出来，示意她先坐下。"他孙姨，我实话跟你说吧，这次大伟的事不小，他把人打成那样，又赶上严打，不判那是不可能了，只是判多判少的事了，这也还要看对方的意见。你看，这几天想想办法，能不能和他们谈一下，在他们那里找到突破口。"

万世海说完，看着孙耀华，他能看出这个女人的焦虑，也为这个女人担心，没有男人在身边，女人一个人遇到这种事，一定会犯难的，他给孙耀华出着主意，他觉得这个事只能由孙耀华自己出头解决，别人都帮不了这个忙，他现在唯一可帮的，就是让曹大伟在里面少遭点罪。

第四十九章　前因后果

　　这个时候，马新生也赶到了医院。他听到这个消息，鞋都没有穿好就跑到医院，到了病房，马文平还处于昏迷状态，他看到儿子这种情况，就一直陪在儿子身边。直到第二天，马文平醒来，马新生才放下那颗一直提着的心。马文平逐渐恢复过来，马新生问起了事情的经过，马文平就把自己如何拿着铁锹把老孩砍倒的事也说了。马新生听完心里一惊，儿子出了这个事，不用说，一定是要进去的，他正在琢磨怎么没有警察来的时候，万风倒先来了。万风来是告诉了马文平曹大伟卖血的事，同时将曹大伟承认了是自己把老孩砍倒的事儿告诉了马新生，现在已经关押在了火车站派出所。万风说这些的目的，是想让马新生赶紧想办法搭救曹大伟，万风走之后，父子俩的内心都充满了不安。

　　听到曹大伟认了罪，马新生先是一块石头落了地，但是要让曹大伟去承担这个罪责，他觉得有愧于孙耀华，可是儿子在病床上躺着，他又不想眼睁睁地看着儿子被警察抓去，他内心挣扎不已。

　　马文平也是，听到曹大伟为了自己竟然把所有的罪责都担了过去，他为自己有这样的好哥们儿而感动。但是，他不可能让曹大伟一个人担这事儿，他在病床起不来，就一直催促着父亲快一些想办法，把曹大伟救出来。同时，他迫不及待要去看曹大伟。

马新生给万世海打了电话，确认没问题后，才准许马文平去派出所看曹大伟。

马文平还没有到派出所门口，就看到曲艳红在门口徘徊的身影。曲艳红也听到曹大伟被抓进去的消息，所以在文化宫工作空闲的时候，匆匆忙忙地赶过来想看一下曹大伟，可是当她来到这里时，这里的工作人员却告诉她，不允许与曹大伟见面。

正在她徘徊不定的时候，马文平来了，警察还是不让她进，她只好在派出所门前等着马文平出来告诉结果。门开了，曹大伟在警察的看护下走了进来，警察把门关上。马文平看着自己的哥们儿，曹大伟瘦了很多，也黑了很多，心里很不是滋味。"你没遭什么罪吧？"曹大伟摇了摇头，他进来之后一切都很好，他自己关在一个监室里，警察都对他很好，显然是万世海打过了招呼，唯一让他难受的是，他谁也看不到，每天看着房顶，他就不断地回忆着这段时间发生的事情，脑海中更多是那个跳动的蝴蝶结和那一对让人心醉的酒窝。曹大伟深陷其中而不能自拔，他怀疑自己是不是得了精神病，明明看到了曲艳红与马文平两个人卿卿我我，却还是无法忘记曲艳红。

时间一长，他想得就更多，想起了这些兄弟，想起了家人，他这时，才觉得自己已经是一个孤独的人。在他最渴望见到亲人的时候，警察进来，告诉他有人探视。他一开始有些激动，当见到马文平的时候，他反倒冷静了下来，只是很平静地回应着马文平激动的问候。

"大伟，你怎么全担了？我……"马文平想表示点儿什么，但被曹大伟阻止住，曹大伟用眼神示意马文平不要再说这件事，马文平明白曹大伟是出于保护自己，心里更觉温暖。

"大伟，你别担心，我爸正在想办法，你在这里踏实地再待几天，马上咱们就会团聚。"马文平看着自己哥们儿，别的帮不了，只能心疼地安慰着他。"能见着你就够了，我也不指望了，有个事我想让你帮我。""大伟，你说，你的事就是我的事，我的命都是你的。"

马文平此时真心地感激着曹大伟，如果不是曹大伟，恐怕现在关在里面的就是他了。当他举起铁锹的时候，没想这么多，他没有想到如果他被判了，那么工作就没了，父亲怎么办。

这些都是他回到家时，得知曹大伟被抓时才有的后怕。当时他顾不得这些，看到曹大伟被打倒，那积蓄了多年的仇恨瞬间爆发，他的头脑当时完全控制不了身体，所以铁锹带着所有的仇恨直接拍向了老孩的脑袋，那是一种本能的反应。

现在，他面对曹大伟，看着好哥们儿为自己受罪，他反倒希望是自己在里面，可是结果已经改变不了，曹大伟现在提出的任何要求，他都会无条件地答应着。"小平，我出不去，我爸快回来了，他回来之后，你帮我照顾一下他们，我爸说话直，你别往心里去，就当是哥们儿求你了。""大伟，你说求就外了，以后你的事儿就是我的事儿，你父母就是我父母。外面有什么事，我都帮你做。"马文平说完，跟曹大伟伸出了手，曹大伟犹豫了下。"小平，我……""你说。"曹大伟欲言又止，马文平焦急地催促着。"小平，那天，曲艳红是不是生气了？"提起曲艳红，马文平忙把自己刚才看到曲艳红的事告诉曹大伟，并且说曲艳红现在就在外面等着他的消息。曹大伟听到之后，内心一阵欢喜，这瞬间的反应落入马文平的眼里。"那天是怎么了，人家对你那么好，你怎么翻脸就不认人了？"曹大伟愣住，看着马文平，马文平目光闪躲了一下，这让曹大伟心里忽悠了一下，再次从温暖回到冰冷的现实。马文平的眼睛不会撒谎，他喜欢曲艳红。曹大伟迅速得出这个判断，当他这样想时，心里仿佛被人狠狠捅了一刀。他决定试试马文平跟曲艳红之间到底是怎么回事儿。"小平，经过这段时间的接触，我发现她不是我喜欢的女孩。所以心里烦，小平，我倒觉得你俩比较合适。"曹大伟试探地说完，马文平也愣住。其实马文平的内心是有变化的，当曹大伟说出不喜欢曲艳红，他的心中竟然有了一丝窃喜。曹大伟又说起，他们两个更合适，马文平也在心里有了些许的认同。但是，好哥们儿喜欢的女人，不论他是不是现在不喜欢了，自己也不能横刀夺爱，那样就真的是乘人之危了。

曲艳红被气走那天，他确实是去追赶曲艳红了，不过他是想为曹大伟把曲艳红挽留回来。可是，曲艳红倔强地要回家，他也阻拦不了，他只能选择送她回家。

在路上，曲艳红明显对于酒后的曹大伟很失望，而对于马文平多了一些好感。马文平能感觉到，从她递过手帕，马文平就能感觉到她是一个多情的女人。但是，他还是没有勇气追求她。

所以送走曲艳红之后，他就埋着头拼命地向回跑，他想找到曹大伟，向他说一说心里的想法，却没有想到看到了老孩正在打曹大伟，多年的怒火再一次被点燃，他随手抄起了地上的一支折断的铁锹向老孩砍去。

他很奇怪，在老孩的刀刺入他的身体时，他的脑海中闪现的竟是曲艳红的身影。"大伟，你说什么呢？我不会的，我们一起等你。""小平，我知道你喜欢她，现在她正处在最难的时候，父亲走了，母亲又疯了，她一个人顶不住的，你一定要帮她，好吗？我们是好哥们儿，你一定要答应我。这是哥们儿最后求你的！"曹大伟心里滴着血，但话却说得斩钉截铁。从里到外透着一种悲壮。"大伟，你放心，我会帮她。而且我不会做对不起你的事。"见曹大伟这样说，马文平也斩钉截铁地回答着他最好的哥们儿，这一瞬间，他决定把自己的爱按回到肚子里，曹大伟不惜牺牲自己保护他，他马文平绝不能做不仁不义之事。马文平从派出所出来，曲艳红马上迎了上去。"大伟怎么样了？""他挺好，没事。"

马文平说完，曲艳红的心放了下来。"那天，他喝完酒就出事了？""对，让老孩打的，大伟去卖相机，老孩把他抢了。""他怎么想起卖相机？""他卖相机是为了给我过生日，然后还去卖血。""卖血？！"听到这里，曲艳红有些震惊，曹大伟去卖血，她想起了那桌丰盛的生日宴，她的眼泪打着转。"然后，他吃完饭又碰到老孩，他就把老孩打了。他刚才还说，他特别想你。"最后一句话，是马文平加上的，他说的时候，感受到了曹大伟刚才的那种悲壮。"他真这么说，那为什么那天是那种态度？"曲艳红踯躅了起来，脸上泛起了红晕。这个细微的表情，落入了马文平的眼里。"因为，他是一个真正的男人。"见曲艳红这么问，马文平再次悲壮地说。

第五十章　马文平的爱

　　曲艳红一大早去给母亲送饭，离着老远，就听到了赵冰姿在那里讲课的声音，她想象着母亲又坐在病床上，一面拿着书，一面向对面虚拟的学生们授课的情景，这样的场面，每天都在上演。

　　前一段时间，有曹大伟在，母亲上课更加卖力，而且声音越发洪亮。自打曹大伟被关了进去，曲艳红发现母亲的状态明显不如以前，身体也弱了很多，精神头也不是很好了，就是讲课，声音也是蔫蔫的，表现出病态的感觉。

　　今天，母亲的声音又恢复了洪亮，在走廊里很远的地方都能听到，她不禁为之一振，母亲的状态又好起来了。她非常高兴，快步地走向病房，她想知道什么原因，让母亲恢复了往日的状态。

　　当她拉开病房门时，马文平规规矩矩地坐在赵老师的面前，听着赵老师大声地说着话。曲艳红仔细一听，并不是讲课，而是在训斥着他。"你是一个老同学了，应该在班级里起带头作用，曹大伟刚从上海转学过来，你不应该欺负新同学，你们应该互相帮助才对。"赵老师说得义愤填膺，马文平低着头，装作认真悔过的样子，看到曲艳红进来，他朝她笑了一下，接着低下头，听着赵老师的训斥。曲艳红把饭放下，她没有想到马文平会过来看望自己的母亲，她向马文平投去了感激的目光。赵冰姿说完，招呼曲艳红过来，曲艳红把饭盒打开，赵冰姿照例问一下曲折吃没吃，诗集还有几篇完工的事情，曲艳红也是照章回答，赵冰姿听后满意地开始吃饭。吃过饭，服侍着母亲躺下，马文平跟着曲艳红一起退出了病房。

曲艳红和马文平一起向文化宫走去，马文平看着赵老师这个样子，心里面恨透了那个把老师抛弃的男人。他问曲艳红。"你恨你爸吗？""我不恨，我恨把我爸抢走的女人。"曲艳红是不恨爸爸的，爸爸对她那么好，总是陪着她去上课，和他一起聊天，为他买最好看的蝴蝶结，她才不会去恨爸爸。她爱还爱不过来呢，但是她恨那个女人，那个叫丁宁的女人，她感觉那个女人就是蛇蝎的心，是个狐狸精，那个女人太狡猾了，把她和母亲都骗了。她们还把她当成最好的朋友去看待，却不知她包藏着那么可恶的祸心。

"你呢？我听大伟说，你出生母亲就去世了，你恨你爸？""我原来恨，现在不恨了。自从我爸告诉我那件事之后。"两个人一时无语，互相沉默地走着。曲艳红听马文平这么一说，忽然之间对马文平有了新的认识，别看马文平每天都是那么飞扬跋扈的，其实他的内心是温柔的、是脆弱的，而且还有那么一点点可爱。"你梦到过你妈吗？"曲艳红看着马文平一直没说话，她问他。马文平摇头，突然感到一阵难过，这是一个他始终无法企及的悲伤，他从来没见过他的母亲，只是从照片上见到妈妈梳着齐耳短发的样子，他也曾无数次希望在夜里能梦到她，但命运似乎在故意跟他作对，他越是祈求就越是无法实现。现在，当曲艳红这样问时，他本想点头，但在看到曲艳红期待的神情后，他决定跟她说出实话，因为不知道为什么，眼前这个女孩让他有一种敞开心扉的感觉。

听到马文平这样说，曲艳红似乎感受到了来自马文平心里的那种痛苦，她目光很亮地看着他，想钻进他的心里给他以安慰。马文平就在那一瞬间，看到了曲艳红眼睛里一些以前从来没有看到过的东西，那是一种母亲的召唤，是一种心灵的相通，更是一种爱恋。马文平感觉到自己的脸开始烧了起来，他故作镇定地避开曲艳红的视线，看向远方，曹大伟的嘱托又回荡在自己的脑海中。"朋友妻不可欺！"这是他们从传统中继承下来的江湖规矩。

"我梦到过，这几天经常梦到我妈在给咱们上课，梦到大伟和你，还有夏天、大庆他们，我们一起坐着一列火车去远行。我们在一起唱歌，我还跳舞，在梦中我非常快乐！对了，我还梦到了那个女人，那个女人在折磨着我爸，她用电烙铁烫我爸，她用开水浇我爸，我爸全身是伤，她还把我爸撵到寒风中，让他一直冻在外面。我哭了，我就一下子醒了。可是，当我睁开眼时，一切都没有了，我好想一直待在梦中，一醒来，一个屋子里，就我一个人。我害怕。"

曲艳红能跟马文平讲自己的梦，马文平感到一种温暖，一种朋友相知的感觉。他微笑着望向曲艳红，他再次碰撞到她的目光，她的目光里带着渴求，带着期望。马文平内心涌起了要保护她的冲动。

"你别害怕，以后要怕，你就告诉我，谁要是欺负你我就弄死他。""你们就喜欢打打杀杀，像大伟那样，到头来遭罪的是自己。"曲艳红嗔怪着马文平，但这些话此刻让马文平听起来是那么的舒心。

第五十一章　孙耀华住院

和曲艳红一起看曹大伟回来后的第三天是星期天，马文平在文化宫里忙完事，想起了曹大伟对自己的嘱托，匆匆忙忙地赶往曹大伟家，他在半路上买了些水果，准备送给孙姨吃。好长时间没有看到孙姨了，马文平真的有些想她。孙姨在他的生活中真的已经是充当了妈妈的角色。马文平有时馋了，就会到曹大伟家，孙姨会给他做拿手的锅包肉。马文平的衣服坏了，他会去找孙姨，孙姨的巧手很快就会把衣服缝好。马文平也会经常和孙姨一起说说话，聊一聊自己最近的事情，孙姨就会及时地给他一些人生的经验。

他急急地敲着门，曹大伟家房门紧锁。今天是星期天，以往孙姨都在家，今天这是上哪儿去了呢？马文平忽然想起了是不是曹叔叔回来了，两个人上哪里去溜达了，他就坐在房门前等着。等了足足有一个小时，他还没看到有人上楼，也没有看到孙姨的身影，他就有些焦急了，不知是孙姨出了什么事，还是出了远门。正在他踌躇的时候，隔壁的一个人开门走了出来，看了他一眼，认出他是马新生的儿子。

告诉他人不在。"去哪儿了？"马文平问。"应该在医院吧？""什么？孙姨什么病？""这个我也不知道，只是听着像是两口子吵架，等我出门来看，老曹已经背起他媳妇，说是去医院。我也没有问，他就下去了。"

那人说完，闪躲着走下楼。马文平则愣了一下，迅速向站里医院跑去。终于在一个病房里，马文平看到了在病床旁边坐着的曹关生，病床上躺着的正是孙耀华。"孙姨，你怎么了？"马文平扑了过去，握住了孙耀华的手，旁边的曹关生有些惊愕，他给马文平让了让地方。马文平狠狠地瞪了他一眼，曹关生也是一副敌意的眼神瞅着他。马文平看向孙耀华，孙姨脸色苍白，头发蓬乱，她的手背上插着吊液的针头。"小平，你怎么来了？"孙耀华的脸色虽然疲惫得很，但是见到马文平还是挤出了一丝笑容。"孙姨，你怎么了，他打你了吗？"马文平边问边望向曹关生，曹关生的脸逐渐铁青起来。他真想狠狠地揪住曹关生暴揍一顿，为孙姨出气，但是想到了曹大伟告诉他的话，他把心中的火又忍了下来。孙姨看着他，微微地摇了摇头，但是两行泪却涌了出来。"孙姨，你别急，有什么事你就和我说，大伟不在，我就是你的儿子。"说这话时，他故意把曹关生向旁边挤去，曹关生躲开后，他坐到了孙姨的床头。"没事，是大伟走了，我上了点火。"孙耀华掩饰着，马文平却都看在了眼里，他松开孙耀华的手，对曹关生说："曹叔，你出来一下。"曹关生虽然有些狐疑，但还是跟着他的脚步走了出来。"曹叔，我知道你这么多年在里面受了许多苦，但是孙姨她一个人在外面也不容易，家里家外没少操心。你为什么要这样对她？""大伟呢，大伟现在怎么样？""他在车站派出所。"马文平说半天，曹关生只是关心曹大伟，这让他火再一次上来了。"曹叔，我可告诉你，如果你再惹孙姨生气，我可饶不了你。""你这是跟谁说话呢，你以为你是谁？"两个男人的目光碰撞在一起，马文平猛然间觉得曹关生的眼睛与以往不一样了，他在里面的几年间，他的目光不再是单纯的、执着的，而是带着那么一丝狠劲、一股杀气。马文平眼睛里的锐气渐渐消失，他转身向医院外面走去，只留下曹关生久久地看着马文平的背影，看了很久。

曹大伟在看守所里度日如年，其间只有马文平和万世海来过。万世海是来给他送毛衣的。那是万世海老婆织的，曹大伟是个好小孩，万世海的老婆特别喜欢，听到曹大伟出了这么个事，除了着急，没有别的办法，她只能连夜赶出来一件毛衣让万世海送了过来。万世海已经疏通了各种关系，可是最后的结果还是不乐观，他听到了消息，曹大伟这个案子，最少也得判三年。他觉得自己挺对不起曹关生的，自己没有能力把这个案子摆平。

　　当曹大伟告诉他，不要让他把这事告诉他爸时，万世海的眼泪都要出来了，多好的孩子呀，这么孝顺，这么讲义气，却毁在了与小流氓打架上，三年的青春会白白地浪费，他的心里充满了内疚。

　　最后结果果然如万世海所料，曹大伟因为伤害罪被判有期徒刑三年。就在判决书下达的那天，曹关生的身影出现在曹大伟面前。那天，曹大伟听说有人探视他，一骨碌从木板凳上蹿了起来。在路上，他不断想着谁会来看他，心头里绕来绕去，绕不开的依然是曲艳红的名字。当他走进探视间，看到是父亲后，他喜出望外，兴冲冲地坐在父亲的对面。父亲仿佛又老了许多，头发已经差不多全白了，他脸上的皱纹多起来，纵横交错，印刻着多年的监禁岁月。他的身体又瘦弱了许多，但目光没有变，还是那么坚毅，并且多了一些阴冷，多了一些沧桑。两人彼此对望，一时都不知道该说些什么。"怎么样，在里面没遭罪吧？"半天，曹关生才挤出这么一句。"没有，有万叔照顾。"曹关生点了点头，他能进来探视，也是万世海起动了关系。"爸，我把你的相机弄坏了。""那是小事，只是你……""对不起。"曹大伟没有想到，父亲回来了，自己倒进了里面，本来想父亲回来后，一家人团聚在一起，他要好好伺候一下父母，可是，现在自己出不去了，这样的事情，只能留在以后了，他深深地感到愧疚。

　　"没事，事情既然出了，你就不要再往心里去了，你还年轻，在里面的时间对于你是长的，但是对于人生来讲是短暂的，里面也是锻炼人的地方。你在里面不要去学那些乌七八糟的东西，要多看书，别把画画丢了，正好可以多练习练习，等你出来，就能派上用场了。我和你妈都等着你。"

说到这里，曹大伟看到父亲的眼睛里充盈着眼泪。"爸，你别说了，以后我不在家，你要好好照顾自己和我妈，我不想看到你们再吵架，也不想看到你们老得那么快。爸，你们有什么事，就去找小平，让他去做。他答应我了。"曹关生听了儿子的话，一时间不知如何回答，他刚从医院出来，曹大伟的母亲就让他气倒了，那个马文平又和他像仇人一样。他想到这里，苦笑了一下。"我会照顾好家里，你在里面也应该照顾好自己，注意一下冷暖。时间不多了，我问你个事。"曹大伟看着父亲欲言又止的样子，心急地催促着父亲快说。"我，我不在的时候，你妈都忙什么？"曹大伟看到父亲的眼睛里掺杂着许多的东西，他一时间不知道该如何回答这个问题。"时间到了！"警察走了进来，把曹大伟叫了起来。"爸，那我回去了，你一定要照顾好妈妈。"曹大伟还没有说出什么，就被叫走了，曹关生有些怅然若失，他不知所措地坐在那里。

第五十二章　承包商的钱

　　曹大伟并不知道自己的三年刑期是怎么争取来的，曹关生也不知道，孙耀华与马新生之间到底发生了什么，这些还得从老孩被送进抢救室说起。当孙耀华得知是自己儿子闯的祸，然后他跑到了万世海那里见到了曹大伟，确认了整个事情就是曹大伟所为后，她就犯了难。

　　真像万世海说的那样，她得向老孩的家属赔礼道歉，她得给老孩一些补偿。她就真的那么去做了，她跑到还在监护室的老孩的床前，一把鼻涕一把泪地为老孩而感到悲伤，她的眼泪和真诚的道歉并没有换来老孩家人的谅解，反而助长了他们的气焰。

　　孙耀华应该想到老孩是无赖，他的家人也不会好到哪里去。可是当时急蒙了的她，哪会想到这一些。

　　所以她就成了对方的靶子，让人任意地揉捏。她的道歉让老孩的家人说成了猫哭耗子；她的唯唯诺诺，换来了让曹大伟为老孩偿命；她由衷的恳求，换来了老孩家人一张口的三万元。

　　当她听到三万元这个数字的时候，她以为自己听错了，当对方再次重复这个数字，她一时间傻在了那里，三万元是什么概念？自己一个月最多能挣上一百元，三万元，就是三十年不吃不喝的工资，她怎么可能一下子拿出这么多的钱。她这时才看清对方的嘴脸，对方就是要讹人，根本不是商量的事。

无奈之下，她答应了补偿，又因为这三万元可以救自己儿子的命，她一时间应允了下来，咬着牙说出来的事，就得兑现。

当她回到单位时，到处翻腾，所有的柜子抽屉都找遍了，也就找到了她平时遗忘的块八角钱，而那三万元，就像一个天文数字悬在她的心头。

有困难找组织，她这时想到了马新生，可刚和马新生表达了自己的想法，委婉地拒绝了马新生的追求。现在又遇到这个事，她没法张嘴，可是救人要紧，她还是敲开了马新生办公室的门。

马新生因为马文平的事，正要为曹大伟做些什么，正好孙耀华找了来，他马上帮着她找到了工会，在工会的组织下，全站开始向孙耀华捐款。

那个年代，谁家也不是万元户，挣的都差不多。虽然与孙耀华相识不相识的都捐了钱，但是离三万元的数字还差了很多。孙耀华桌上的本子密密麻麻地记好了捐款人的信息，但是，桌上放着的钱，她数了很多遍，也还是不到两千元。那个三万元，就像一个梦魇，在她的心中挥之不去。

万世海拿着万东给捐的 500 元，大庆把这个月的工资全捐了 100 元，夏文学也捐了 100 元，马新生捐了 200 元，其余就全是十元以下的，最少一元钱，堆了满满一桌子，可是还差很多，孙耀华再次犯起了难。

马新生来过几次，每次都问一下她的捐款情况，从她脸上的愁容，马新生就能看出，离那个数字还很远。他真心想帮她，可是自己也没有钱。他就劝说了孙耀华几句，然后匆匆离开。他不能久待，他怕自己受不了。

这三万元钱，也成了马新生的一块心头病，眼看着老孩家人给的时间就剩最后一天了，钱还没个着落，他又听万世海说，如果严判，大伟这个孩子至少要十年以上。他嘴里的泡全起来了，嗓子也冒烟，喝口水都会呛到。因为他心里明白，曹大伟是替马文平背着罪责。

当他无计可施时，他就四处转悠，想舒缓一下心情，同时，也可以想一想办法，就在这个时候，他看到了新建的宿舍，已经快要封顶了，他想起了建筑宿舍的承包人，曾经给他说的话。

他忽然间一拍大腿，想到了解决的办法，不过，这个办法也让他冒出了一身冷汗。但是转念一想孙耀华那无助的眼神，还有被关在里面的曹大伟，想已经上班的儿子，他觉得这个事情可以一试，就算自己向承包商借的钱，以后有钱了，就还给他。

他就是这么想的，也是这么做的，他把承包商叫来，承包商带来了三万块钱，他告诉承包商要写一个借条，承包商笑笑，直接走出了办公室。那一刻，他看着办公室的墙上，挂着自己荣获的那么多奖状，他的眼泪流了下来。当他把三万块钱的纸包放到孙耀华的桌子上时，孙耀华正在向同事卖那块曹关生给她买的上海牌手表，那是他俩结婚时，曹关生送给她的。她想了很久，最后还是狠狠心，拿了出来。当她把表递给同事的时候，马新生看到了，把她的表要了回来，并且拿来了三万块钱。孙耀华看着厚厚的一包钱，她都傻了，她感觉马新生就像变魔术一样。当她想再跟马新生说什么的时候，马新生已经走远了。孙耀华拿着这包钱，就像烫手的地瓜，思前想后不敢要这个钱。她急匆匆地把钱送了回去。马新生正在组织召开新宿舍验收专题会。孙耀华一下子闯了进来，所有人的目光都投向了她。马新生只好草草地散会，当与会的人走出来时，孙耀华听到他们说，已经定好的事，怎么突然之间就改了方案。当她走进马新生的办公室的时候，马新生正在抽烟，看文件。他脸上的那块疤闪着光亮。

孙耀华把钱推给他，告诉这钱她不能要。马新生一再向她解释，这钱是他自己挣的，并不是什么来路不明的钱。孙耀华从他飘忽不定的眼神中看出了问题，还是坚持着要把钱还给他。她怕因这个事，马新生犯什么原则性的错误。

马新生到了这时，就只能拿曹大伟说事，他给孙耀华讲述这个钱的利害关系，并且说，曹关生马上就回来了，如果曹大伟进去了，把曹关生急坏了也不好。最后为了让孙耀华拿这个钱，他又改了一种说法，算是借给孙耀华的。

孙耀华到这时，真的动了感情。她觉得眼前的这个男人对自己恩重如山，她一时间跪在了马新生的面前，马新生为她做的事太好，她无以为报，只想给他磕几个头。

马新生也慌了手脚，他的内心躁动不安，他觉得在那一刻孙耀华的心是属于他的。他感动地把孙耀华搀了起来，他第一次握住了这个女人的手，女人的手像水一样，温润而湿滑。在那一刻，他甚至有一种要抱紧这个女人的想法，可是，这里是办公室，他马上打消了自己的念头，也松开了那还有些炙热的手。

就这样，为了儿子，孙耀华还是接受了他的钱，不过她反复和马新生讲，这个是借用，自己有钱一定要还。马新生也一味答应着，将孙耀华送出了办公室。当孙耀华走出去，马新生把门关上，他靠在门上，又燃起了一支烟，狠狠地吸了几口，走到桌子前，把那个刚刚修改好的宿舍验收方案撕得粉碎。

第五十三章　判刑三年

　　曹关生提前出狱，家里不知道，他也不知道曹大伟已经出了事，他一门心思想早点看到孙耀华和曹大伟。在回家的途中，他还特意买了孙耀华最爱吃的香水梨，好给她一个惊喜。

　　当他走向宿舍楼的时候，刚好碰到了大庆的奶奶。两个人走了一个照面，此时也已经是万家灯火的时候，家家都开始做饭、炒菜。大庆奶奶看了一眼曹关生，像没有认出一样，要走过去，被曹关生叫住，这时，她才像看清了曹关生，和曹关生打了一下招呼，她的这一举动让曹关生感觉怪怪的，没说几句话，大庆的奶奶又匆忙离开了，好像和曹关生站在一起，会沾染上什么似的。曹关生一想自己是刚放出来的人，觉得她的反应也正常，没有太当回事。但是，老太太临走时，告诉他，他的家里没人，这让他疑惑不解。自己家有没有人，她怎么知道？他又继续向前走，正在胡思乱想的时候，他走到了马新生家的窗外，马新生家是一楼，靠着人行道。透过窗子里的灯光，能很清楚地看到屋子里的一切。一种埋藏已久的仇恨油然而生，就是这个人把自己弄得关了七年。这个仇，他是一定要报的。当他怀着仇恨向里面望去的时候，他怔住了，他看到了孙耀华，那个熟悉的身影正站在窗子前面，手里拿一个碗，在往锅里倒着鸡蛋。他隔着窗子也能听到那鸡蛋入油的嗞啦声。他还看到了马新生满脸堆笑地站在她的身边，不停地帮她拿着各种作料。两个人分明就像一个家庭在准备着日常的一顿晚餐。曹关生彻底蒙了，他不知道，孙耀华为什么给马新生做晚饭。他在窗前站了很久，窗子里面的两个人谁都没有发现他，他们还是一边聊着，一边盛出了锅里的菜，两个人又一起走进了屋。曹关生看到这里，他把手里的那兜香梨摔到了地上，梨碎得很彻底，就像他的心一样。

曹关生回到家，看着家里冰凉的锅盖，他一时颓废地坐在了椅子上，他在等待着孙耀华回来，虽然他不确定，她能不能回来。屋子里静静的，也没有曹大伟的踪影，他觉得自己很失落，像一个被社会抛弃的人。正在他想这些的时候，孙耀华拿着钥匙打开门，走了进来。孙耀华看到曹关生的时候，一阵的惊喜。她看到自己的丈夫回来，马上想到丈夫还没有吃饭，她扎起围裙就要给曹关生做饭。曹关生把她叫住，质问儿子上哪儿去了，这一问，孙耀华却不知如何回答。大伟在丈夫没在的时候，出了这么大事，她有些说不出口。曹关生以为她理亏，再次向她发难。儿子不管，去给别人做饭，你心里有这个家吗？曹关生问得很直接，摆明了告诉孙耀华自己已经看到了一切。孙耀华这时才听出丈夫为什么回来就不给她好脸色的原因。她知道曹关生误会了她，但是她无法解释。曹关生说出最后一句狠话，告诉她，如果觉得马新生好，就和马新生过去。这些天一直紧绷着神经的孙耀华再也受不了这样的打击，她急火攻心，直接倒在了地上。

其实曹关生真的是冤枉了孙耀华，孙耀华到马新生家，就是要去感谢一下，但是她去得不是时候，正赶上大庆的奶奶领着一个女人来给马新生说媒，马新生的心里一直装着孙耀华，所以大庆奶奶领来的女人，都没有入马新生的眼。大庆奶奶干着急，看着马新生一个人拉扯着孩子不容易，而且大庆上班后，马新生也没少照顾他，自然，她把马新生的事，当成了自己的事。

很显然，马新生还是不答应她领来的女人，而且又一次恭敬地把他们送出了门。他们走后，孙耀华才闪出来，因为她不想给马新生带来麻烦。她来告诉马新生，钱已经送过去了，对方同意不追究。马新生听到这个消息非常高兴，他觉得自己的努力没有白费，热情地邀请孙耀华进屋坐一下。孙耀华想了想，也就跟着走了进去。

也就这时候，大庆的奶奶又折返回来，想再劝劝马新生，却看到孙耀华的背影，这个爱传家长里短的老太太以为自己看到了马新生不再续弦的玄机，所以，当她忽然间碰到曹关生的时候，才会那样尴尬。

孙耀华其实进屋也只想表达一下自己的感激之情，向马新生说说自己的心里话，却没有想到，进屋就看到了马新生刚要做饭。既然自己不能像马新生想象的那样报答他，那就给他做一顿饭，也算是另一种报答。就这样，她抄起了碗，打上了鸡蛋。进了厨房，看到碗柜子里放得乱七八糟，她一时间就劝马新生再找一个女人，起码有个家的样子。

马新生说，自己也不是没想过，可是，怕万一找个不合适，会苦了孩子。再说这些年，他自己都过来了，也没有了那个打算。

孙耀华边说边看着马新生，她能解读出马新生心里到底是怎么想的。但是，她不能做对不起曹关生的事。就是马新生接连提到了在马文平的心里孙耀华才能配上做母亲的说法，孙耀华也只是打着哈哈应付过去了。

马新生甚至还提到了第一次见到她的感觉，笑说，也许他们走到了一起真是缘分。

孙耀华真是想报答马新生，可是她在心里做了决定，那就是不可能做出格的事，也不可能和他在一起，这对曹关生、曹大伟都是一个伤害，对马新生、马文平也会带来想不到的事情。她哪里知道，曹关生隔着窗子看得一清二楚，所以回了家之后，才有了那次让她伤心不已的争吵。

曹关生在马文平的嘴里，听到儿子还关押在站里派出所的时候，他就想起了万世海。他匆匆地离开，就是想见到儿子，也是想弄清楚，家里究竟发生了什么。他来到派出所时，万世海刚抓了一个小偷，见到曹关生就忙不迭地把他请进了自己的办公室。

万世海现在已经是火车站派出所的所长，他的编制从站里的职工，划归到区里的干事。身份的转变，并没有改变多少实质性的工作，还是负责火车站及周边的公共安全。打击各类犯罪，由于将他们原有企业的保卫干事划了出来，很多社会上的治安任务也就加了进来，现在正是全国上下严打的时候，他们的任务就是保护好火车站区域的安全，并且加大力度打击各种社会犯罪。

所以，万世海这段时间也忙得不可开交，就连曹大伟被分局提走，他也没赶上送送他，他在心里想着，也许这孩子会哭得很伤心。

当他看到曹关生，心才算落了地，老曹家的主心骨终于回家了，他知道这段时间孙耀华操碎了心。当曹关生像罪犯一样，毕恭毕敬地站在他面前时，他看出曹关生变了，少了原来的那种自信。他在心里为自己朋友受的苦而难过。他为了缓和气氛特意递给了曹关生一支烟，但他注意到曹关生闻了闻没有抽，而是把它夹到了耳朵上。

他能想象到曹关生在里面，一定受了不少罪。

他告诉了曹关生，曹大伟已经被提到分局去了，判了三年。

在那一刻，他看到曹关生的眼里露出惊异而绝望的眼神。他知道曹关生明白自己的儿子进去意味着什么。

曹关生把烟摸了下来，万世海把它点上，曹关生狠狠地吸着，仿佛要把空气全吸进去。万世海告诉他，如果他想去看，他能找到人。曹关生的头点得像碎米一样。

就这样，曹关生探视完之后，曹大伟被转到市里的监狱，真正开始了改造生活。

第五十四章　曹大伟的回归

　　三年的时间，对于人生来讲不长不短。尤其是那些学校里的孩子，他们一直渴望着自由的天空，渴望快速长大，渴望和大人们一样工作、生活、恋爱，渴望着一个能够自由支配的青春。那时，真的感觉每天过得很长，有做不完的作业，有上不完的课。有好久都等不来的放假，还有转瞬即逝的星期天。

　　可是，当他们迫不及待地走向社会后，才发现，曾经令他们艳羡的成人世界里的生活是那么的无趣，那么的日复一日没有尽头。在这种重复中，你才会突然感觉时间如白驹过隙、飞速流逝，不经意间，人就进入衰老，拥抱死亡，无论你多么不情愿，你都希望生命能多停留一些时间。

　　而这些，在人知其所终时才能感悟得到。此刻，在监狱中服刑的曹大伟就觉得时间过得太慢了，不仅慢，而且孤独，他开始在无数个夜晚思念上学时的那些时光，也只有到了这个时候，他才深刻懂得了那句话，只有失去自由，你才知道自由是什么。

　　日子在这里像是加了黏稠剂，从睁开眼睛的那一刻起，他就开始盼望着太阳落下去。他在墙上用牙刷画着正字，计算着重新获得自由的时间。

　　在最孤独的时候，他就去画画，用粉笔、砖头、圆珠笔等，凡是他能抓到手里的每一样东西，画出现在他视野中的所有景象，天空的云、偶尔滑翔而过的飞鸟、树、汽车、犯人、警察等等，偶尔也会画留在记忆中的人，他把大庆画成胡子扎撒的猛张飞；把马文平画成戴着墨镜、叼着雪茄的上海滩老大，把夏天画成胖胖墩墩的一只吃着苞米的熊，他把曲艳红画成腰肢纤细、唇红齿白的绝代公主，最后，不忘在她的头上画上可爱的蝴蝶结。

画完这些，他就去睡觉，去梦中回忆那些过去的日子和小伙伴。最后，他的画被管教发现了，但是管教没有责怪他，而是让他开始画监狱的板报。这样，曹大伟就真正拿起了画笔，他画画的技法，也就在那一点点化开的日子里，逐渐增进着。

三年过去，曹大伟收获了一个结实的体格，一双堪比专业画家的手，还有一颗沉稳的心。他成熟了，不再是当年只懂得打架发狠的懵懂少年。他现在改造成一个能够辨别是非、有了一定人生阅历的男人了。当他背着自己的行李，还有画板，走出监狱的那一刻，他看到了明亮的太阳。那是一个温暖的冬日，太阳像庆祝他回归一样，不遗余力地照耀着大地。他深深地吸了一口气，虽然有些凛冽，但是，他尝到了自由空气的甘甜。他站在监狱外的马路上，正在考虑何去何从时，一辆汽车狗一般地窜到他的面前。车门打开，一个戴着墨镜、穿着皮夹克的男子走下车，他只一眼就认出马文平。马文平离老远就伸出双手："大伟，欢迎你回来。"曹大伟看着马文平，两人彼此拥抱着，抱了好长时间，马文平这才松开手，掏了一包万宝路递给他。"快点，过过瘾。"马文平已经把他的行李和画夹抢过来拿在手里，塞进轿车后座，拉开副驾驶的门，曹大伟把烟放在鼻子底下闻了闻，又扔了回去，坐进车内。"哎哟，改造得这么彻底！好，不抽好，健康。一会儿不能再不喝了吧？"马文平车子发动，曹大伟则回头看了眼窗外，他发现后面有两辆摩托也跟着发动起来，跟在车后。"先回家吧！""不，先去饭店，我和你妈说了，哥们儿出来，一定要接风的。"马文平一面说，一面在经过的道口，大声地按着喇叭，引得路人都停下来向他们张望。

"唉，你这什么车？""皇冠，听说过吗？""是站里的？""站里哪有这玩意儿，找高朝借的，高朝你记得吗？"高朝，曹大伟当然记得，看来这段时间，马文平跟高朝走得很近，还有这车，以及马文平眼下的状态，似乎都已经跟三年前不太一样。

曹大伟眼睛转向窗外，看着原本熟悉的那些街道以及街道上的行人，体味着三年的世态变化，他觉得从建筑上来看，没什么变化，只不过临街的房子多了很多橱窗和广告，而行人的穿着打扮则明显跟三年前不太一样，还有就是路上的车多了起来，尤其是小轿车，它们有着不同的标志，看着这一切，曹大伟心中多少有些忧伤和失落。

"大庆、万风他们都在忙什么？""不知道，好久不联系了。"马文平的回答更让曹大伟内心感到失落，他觉得自己这一进去，好像社会上变化了很多，连原来的好朋友也失去了音讯。很快，马文平就把车停在了君再来饭店的门口。停了车，他持续地按了几下喇叭，一个只穿着单西装的胖男人马上从里面跑了出来。"马经理回来了，快，我都安排好了，马上上菜。"男人不顾外面的寒冷，哈着气，恭敬地帮马文平把车门拉开，马文平则理也不理，对曹大伟一摆头。"大伟，走，进去吃饭。"曹大伟下了车，打量着眼前这个君再来酒店。其实这个酒店，他来过了很多次，他们小学毕业的时候来过，万东结婚的时候来过。马文平过生日，他也是在这里帮他办的。但是，现在眼前的这个酒店，地方还是那个地方，但牌子和装修则花哨了很多。

他跟着马文平往里走，这时，一路跟随的两辆摩托也停了下来，其中一个车手摘了头盔冲他走来，在他来不及反应时，那个人已经一拳挥来，曹大伟迅速让过，一脚结结实实端在那人的肚子上。

监狱三年，教会了曹大伟很多，除了些人生经验外，最重要的就是曹大伟的抗击打能力和快速回击能力提升了很多。来人被曹大伟这一脚踹得"哎呦"一声，手捂肚子蹲在地上。曹大伟这才意识到这个声音有些熟悉，他上前摘下来人头盔，吓了一跳，是大庆，他这才恍然大悟，上前扶起大庆。"操，原来是你啊，我说怎么鬼鬼祟祟的，没踹坏你吧？"正说着话，突然眼睛又被人蒙住了，曹大伟下意识要回击时，迅速意识到不对。"撒手，万风。"后面的手撒开了，但是人却窜到了他的肩膀上。"大伟，你想死我了。"

第五十五章 万风要参军

当万风从曹大伟身上下来的时候，曹大伟才看清万风穿了一身棉军装。马文平一直在旁边笑个不停，看到他们都打完招呼。他一挥手把几个人搂住，进入酒店。酒店里已经换了装潢，而且还开辟了一个小舞台，舞台上支着一个麦克风。它的后面挂着一块大绒布，绒布的上面缀着三个金字——"夜沙龙"。头顶上方有一个旋转的迷彩球灯，当舞台上的音乐响起时，这些灯光会随着音乐变换颜色与节奏。曹大伟看着这偌大的空间里，只有最中间的桌子上摆着菜，其余的桌子都是空着的。他还疑惑的时候，几个服装统一的女服务员，已经齐刷刷走到了他们的面前。"欢迎光临，很高兴为您服务！"服务员一起高颂着欢迎辞，同时伸出了手引着他们入席。曹大伟坐了下来，马上一个服务员过来，把桌上的手帕打开，铺在他的腿上。这个动作，让一直在监狱里孤独的曹大伟有些接受不了，他尴尬地挺起身，躲让着服务员的手。马文平看到曹大伟的样子，笑了一下。他扬起了手，把服务员叫来。"把我们的酒倒上。"刚才引他们进来的那个男人，已经捧着一瓶白酒跑了过来，他快速递给了服务员，然后跑到马文平的身边，与他贴身说："马经理，您尝尝，正宗的茅台。"马文平点了点头，那人退了回去。服务员把酒打开，绕着圈把他们的酒倒上，然后，退到了离他们只有一米远的地方站着。显然，大庆和万风也没有经历过这场面，服务员站在自己身后，他俩一时间也不自然起来。这时，曹大伟才得出空，好好端详一下这些小伙伴。刚才他注意到大庆发福了，却没有发现这小子居然留起了络腮胡子，整个人看起来像少数民族，他在心里暗想着，当初把他画成张飞真是对了。万风还是那么瘦长的样子，唯一不同的是长帅了，特别是穿上这身军装，英气十足。马文平不仅还有那股子痞劲，而且又多了一种高傲的感觉。他想应该是高朝把他带成这样的。"来，大伟，今天迎接你的庆祝仪式由我主持，第一项，有请蛋糕。"马文平先开了话头，他说完之后整个酒店的灯都灭了，几点光亮从后面移了过来，曹大伟看着光亮渐渐近了，那是蜡烛的光芒，三根蜡烛摇曳在一个画着火车头的大蛋糕上，蛋糕放在服务员推着的小车上。服务员推到桌子边，曹大伟看清了蛋糕上面的字。"庆祝我最最最最最最最最最最最好的朋友曹大伟生日快乐！来，大伟，生日快乐！"马文平举起了酒杯。"小平，今天不是我生日。"曹大伟有些失落，自己的生日马文平应该记得，拜把子的时候他们彼此交换过金兰。马文平却像没有听到曹大伟说话一样，仍是沉浸在自己的情绪里。"大伟，你进去之后，我发过誓，你不出来，我的生日就不再过了，你上次用卖血的钱来为我办了生日，哥们儿一辈子都忘不掉。来，干了。"曹大伟一听，反倒把手里的酒杯放回到桌上。"小平，那些事儿都过去了，你别记在心里。""你忘了我可没忘。"马文平再次将酒杯递到曹大伟手中说："我马文平不是一个忘恩负义的人，你做了什么，我心里很清楚。你要是看得起我，今天就把这酒干掉喝了；要是看不起我，这杯酒就不用喝。"

曹大伟为难起来，马文平这句话只有他们两个最明白，因为是曹大伟顶了他的罪，替他坐了牢。但是曹大伟从来就没有这么想过，为了好哥们儿，他甘愿去死，坐牢算什么。再说，其实他选择坐牢，在当时还有一个原因，就是要逃避当时的现实。

和曲艳红发生不愉快之后，他不知道以后怎么面对她，如何处理这么一层关系。当他窥到了曲艳红和马文平在一起的场景时，他第一个想法是把曲艳红还给马文平。在他的心里，哥们儿之间的感情，永远要大于爱情的选择。虽然总感觉马文平此刻说的话，有些扎耳，但碍于哥们儿的情谊，他只能把这杯酒端起来，跟马文平碰杯之后一饮而尽。大庆和万风并不知晓事情内幕，看到两个人情浓于水，一副生死兄弟的样子，也很受感染，频频举杯。

　　很快，每个人二两酒下肚了，酒劲有些上涌，马文平又招呼服务员倒酒，曹大伟马上制止住，如果再这么一杯杯喝下去，他倒不是怕酒没了，他是怕他们很快就会瘫倒在地。他提议喝啤酒也好说一会儿话，马文平同意，马上叫服务员换成啤酒。啤酒倒上，万风先举起了杯。

　　"大伟，今天高兴，但是我马上就要走，就不能尽兴地陪你了。我干了这一杯，就算哥们儿敬你的。"说着话，万风一扬脖，一杯啤酒下肚。"哎，万风，你上哪儿去这么着急。"曹大伟看到了他穿军装，正想仔细问一下什么情况。"大伟，我参军了，今天正好是开拔的日子，多巧，接完你就送我。没事，咱们有机会再见的。"

　　曹大伟听到这个喜讯，马上站起身，抱住万风，他一方面替万风高兴，一方面暗自神伤，自己刚出来，好哥们儿就要走了，这让他多少有些难过，虽然他知道这三年中，万风考了两年，连续落榜，没了信心，才走的当兵这条路，给家里减轻一下负担。

　　曹大伟听万风说完后，觉得万风成熟了，他真心地为他的选择而感到高兴。两个人依依不舍，又连续干了几杯，把旁边的马文平和大庆急得直拍桌子。"干什么呢，搞得生离死别似的，来，该我了。"说着话，马文平抄起了一瓶啤酒，倒了满杯，向曹大伟和万风大庆一起举起杯。"来哥几个，咱们啥也不说了，永远是哥们儿。"几杯酒又灌进了肚子，几轮下去，空酒瓶子摆满了桌子。曹大伟觉得好像少了一个人，他想起了石头。"石头呢，他考上大学了吗？"马文平本来在兴致上，听曹大伟这么一问，再次将一杯啤酒灌进肚子，不屑地说："他？他要是能考上大学，我的'马'字倒着写。"

第五十六章　大伟对高的猜疑

　　几个人匆忙吃完，一起坐上了马文平的车去送万风，路上，马文平把车开得飞快，边开车边跟曹大伟显摆着，告诉他虽然喝过了酒，开车还是很稳的。马文平驾驶得果然很稳，一点也看不出是喝了酒。很快车子开到了火车站，几个人随着背好了行李包的万风一起走进了站台。这时，一列火车喘着气停在站台里。火车上坐满了胸前挂着大红花的新兵，军站上挤挤挨挨全是送行的人。送行的人有的在向车窗里面招手，有的在擦自己的眼泪，有的则紧紧地拉着自己儿子的胳膊叮嘱着，还有的在默默看着已经进了车厢的当兵的儿子的一举一动。万世海全家都已经到齐了，在站台里等着送万风。万东眼尖先看到了弟弟，连忙奔了过来，一把把弟弟的背包抢了过去背上。"快点，都等你半天了，火车都要开了。"万东看到了曹大伟他们，一面催促着弟弟，一面向他们打着招呼。万风看到了哥哥的儿子万学民摇摇晃晃地向他走了过来，王小丽在后面用手小心地护着。他一把把小学民抱了起来，上去狠狠地在脸蛋上嘬了一口。小孩子高兴地搂住了他的脖子。"叫，小叔。"孩子稚嫩而含糊地叫了一声，万风高兴地把他高高举起，逗得孩子嘎嘎笑着。万风抱着孩子走到了父母的面前，万世海上下打量着自己的儿子，他带着一种欣赏的目光，他觉得儿子真的成熟了，他满意地拍了拍他。"好，快去吧，记得往家里多来信。"万东妈凑了上来，抓着儿子的手。"到了部队听领导的话，多干活，少说话。"话未说完，母亲的眼泪已经在眼睛里打转。万风一激动，把孩子给了王小丽，紧紧地抱住母亲，他想再体会一下在母亲怀抱里的感觉。"快上车吧，我去送你。"送站的人陆续下了车，站台上也有工作人员挥舞起了小旗子。"爸，我去送他。"万东说完领着万风走了，王小丽抱着孩子跟在他们后面。曹大伟他们也跟了过去。整个过程中，曹大伟都是很恍惚，尤其是看到万东和王小丽都有孩子后，才真正意识到他的生活跟眼前所见的已经严重脱轨。

万风上火车的时候，万东把什么东西塞进了万风的背包。这一举动万风感觉到了，他回过头，看到了万东尴尬的表情。"哥？""小风，这是我们给你的钱，你收着。"万东一看是个厚厚的信封，已经塞进了自己的行李包。信封的厚度，看起来足有一万元。"嫂子？哥？""拿着吧，这是我们的心意，到那里少不了花销。"万东一面催促着弟弟，一面回头看向父母。"快点拿着，让爸妈看到不好。"万风还想再往回给的时候，火车已经开动了，他只好上了车，并向他们挥手告别，火车开动了，王小丽抹了一把眼泪。曹大伟也感觉自己的眼角一热。

送走了万风，一行人出了火车站，出站后万世海简单问了一下曹大伟在里面的情况，然后相互告别。大庆和曹大伟又上了马文平的车。"哎，你们看见了吧，万东现在是万元户，你看他出手多阔气。"大庆由衷地感慨着。"操，你是真没见过有钱的，他才哪儿到哪儿呀，差远了，有机会我让你们见识见识什么叫真的有钱。"马文平一面开车，一面打击着大庆的鼠目寸光，为了证实自己的说话力度，他边反驳大庆，边用手指了指自己穿的皮夹克。"你们猜这件多少钱？"曹大伟摇了摇头，现在他有些不太懂马文平的生活了。

车子拐进宿舍区，马文平停了下来，现在宿舍区比曹大伟刚进去时的规模又大了一倍，都是崭新的楼房，而且还有一栋已经盖到了八层，非常显眼。"哎，这房子都有八层楼的了？""大伟，小平家就搬了进去，在六楼，他家现在老大了，三室一厅，他爸现在当上正站长了，又管了很多事，权力比以前大多了。"大庆和曹大伟下了车，一边向曹大伟介绍着，一边指着那座八层楼。"大伟，你们先回去，我得去把车还给高朝，你今天先休息一天，我明天再来找你。"马文平帮着把行李拿下来，卖弄地在他俩前面炫了一下倒车的技术，然后按了一下喇叭，飞驰而去。"小平这段时间混得不错呀？"曹大伟收回视线，和大庆向家里走去。"他哪儿有那本事啊，他的文化宫还是高朝帮他弄的。"说者无心，听者有意，大庆的话让曹大伟心里咯噔了一下，虽然仅仅是回来的第一天，但他已经感觉到高朝在大庆和马文平的心目中的地位都非常高。他在嘀咕着自己是不是对高朝的看法有些片面。

两个人一面走，一面聊着，很快就经过了曲艳红家住的四号楼，现在曲艳红在他心里的形象有些模糊了，刚进去的时候，他每时每刻都在想她，想他们之间发生的每件事儿每个细节，他就是靠着这些回忆支撑着他度过监狱中最初的那段时间，他几乎天天都会梦到曲艳红，她在跳舞，她在唱歌，她在向他笑，她在大声地喊着救命。

然后又过了一段时间，他会睁着眼睛想她，他想睡觉却觉得自己找不到睡眠的感觉。又过了一段时间，他就开始去画她，他画别人都是丑化的，只有曲艳红，他是用心画的，他把她画得很美，她就像钻入了他的心里，在他的心里，一天天变得更加美丽，到了最后，他感觉她像蒙娜丽莎，那迷人的笑，那深深的酒窝，让他越来越喜欢笔下的曲艳红。

再过一段时间，他开始遗忘，他把曲艳红忘掉了，他可以睡觉了，而且很少有梦，他开始画板报了，他的心里装了很多板报，曲艳红渐渐离开了他的心，直到最后，他完全想不起来她的样子。因为曲艳红在三年的时间里，没有去看过他一次。

当他再次看到她的房子，他的内心又摇晃了，曲艳红的名字再次映入了脑海，是那么的清晰。他想问曲艳红，又不好意思直接问，所以故意转了个弯。

"你和夏天现在怎么样了？"他想，问到了夏天，一定就会扯到曲艳红。"夏天，人家现在是大学生了，哪还看得上我。""啊，夏天考上大学了？"

"对，商学院，现在读大三，整天梦的解析，弗洛伊德，听得我云山雾罩的。""那曲艳红呢，干什么呢？"曹大伟本想绕着弯儿去问，但话出口时觉得还是光明磊落些显得更实诚，又不是外人，绕来绕去的，容易把关系绕远了。大庆听完曹大伟一问，疑惑地看着他："小平没跟你说吗？""说什么？""曲艳红现在住在马文平家里，但他俩到底什么关系，我不清楚，我问了几次，马文平都岔过去了。"

曹大伟的脚步突然停在那里。大庆说的话在曹大伟的心里引起了波澜，他没有想到曲艳红竟然住进了马文平的家里。他进去之前，马文平跟他说的那些话，他还记在头脑中，看着马文平信誓旦旦的样子，他觉得自己没有托付错，但现在看来，自己是把两个人托付到了一起。他回头又想了一下，也许两个人本就在一起，只是自己不知道，是自己横插了一杠。这么一想，他倒觉得是自己做错了什么。

第五十七章　曹大伟回家

　　曹大伟离别了大庆，他上了楼，他刚想敲自己家的门，门忽然一下就开了，他看到父母两个人都沉着脸准备往出走，三个人看到彼此，都愣在那里。曹大伟喊了声"妈"，孙耀华就控制不住扑向了儿子，将曹大伟紧紧抱在怀里，嘴里嘟囔着："儿子，你可回来了，妈想死你了。"曹大伟不置可否，任由母亲抱着他，他能感受到母亲使劲抱着他的那种特殊的感觉，这种感觉让他很神伤，这一刻，他体会到了母亲对他的那种百感交集之情。曹关生同样百感交集地看着儿子，许久才从嘴里冒出一句："我给你做饭去。"曹大伟赶紧拦住父亲："不用了，小平我们吃过了。"孙耀华终于松开儿子，但手仍是紧紧拉着，生怕他再次从眼前跑了，转身走进家门。曹大伟跟着母亲进了屋，曹关生在后面关上门，随着也跟了进来。"快，让妈看看你。"孙耀华把行李接了过来，放到了椅子上，双手像小时候一样，捧着曹大伟的脸仔细地看着。"妈，你们都好吗？"曹大伟终于被看得不好意思起来，他看着父亲别过了身，直觉告诉他父母之间一定是发生了什么不愉快。"好了，大伟，你吃饱了吗？我再给你做点饭。"母亲果然松开他，掩饰着走向厨房，却被曹大伟拦住。"我吃饱了，妈，你歇一歇吧。爸，你也坐下来。"他招呼着父母坐到他的面前，开始打量着父母，他看着孙耀华的头发已经白了一半，面容也少了原来的那种灵秀的气质。曹关生则似乎感觉到了什么，闷着头抽起了烟。曹大伟忽然想起了父亲是有肺病的，怎么又抽上烟了？

"爸，你那病好利索了？""好了，做了个手术，全好了，你别担心了。"父亲说完，起身向里屋走去，曹大伟看着父亲的背影。"妈，上次你们去，不是说谁当上主任了吗？""是你妈，她干得好！"里屋传来父亲大声地回答，曹大伟能听出来，中间有些揶揄的味道。"别听他瞎说，还是那个小医务室，你爸好了，回到办公室了。"母亲说这些时，脸上洋溢着笑容。曹大伟看得出母亲对这个主任职位还是相当认可的。"是吗，爸回办公室做什么？""做什么？干革命！"屋内传来父亲更强硬的语气。"我爸这是怎么了？"曹大伟小声地问着母亲。"别管他，他就那样。"说完，母亲拎起了行李包，推门走进曹大伟的房间。屋子里的一切都没有变，他画好的画，他拍的照片，连他的笔记本放在桌子上的位置都没有动过。"我每天进来擦一遍灰，总感觉你还没有离开。"曹大伟看着母亲的嘴在微微地抽动，知道母亲又伤心起来，他赶紧跟母亲说，自己困了，要睡了，把母亲送出房间。

曹大伟折腾了大半天，也确实有些累了，他脱了衣服躺在自己的床上，忽然间看到了自己床头上放着的笔记本，那是他随手用来记录东西的，每天晚上入睡前，他都会把一些想法记在上面。

他把笔记本打开，曲艳红的一张照片露了出来，这是他在她家给她拍的，他还清楚记得那天阳光很强烈，他拍摄时故意加大了几档曝光，把人拍得很高调，照片上曲艳红笑得很美，但现在，这个人正睡在马文平家，这让他感到很沮丧，也很失败，他几乎连犹豫都没犹豫就把照片撕了，再次夹回到笔记本，塞到枕头底下，然后闭上眼睛。

他决定让自己迅速睡过去，希望再次睁开眼睛后，生活就是一个全新的开始。但就在他眼皮发沉时，他听到了父母房间内隐隐传来的低低的争吵声。他只好翻了个身，蒙上了头，换了个姿势睡了过去。

第五十八章　暴怒的高朝

马文平刚才在车上还想，今天晚上再把曹大伟和大庆叫出来，三个人好好再喝一顿，但在递给曹大伟行李的时候，他才忽然间想起了自己晚上已经和高朝定好了，让他约几个税务工商的朋友吃饭，也就把刚想好的念头又打消了。

他给高朝送完车，又给君再来酒店打了个电话，告诉晚上定个大包间，准备一些上档次的酒菜。

君再来的老板，就是那个给马文平开车门的人，他马上吩咐饭店里的人，按照最好的标准准备，最好的标准啥样他们也不知道，但是在火车站这么大个地方，吃一些平时不常见的，喝一些从南方空运过来的酒，就是很有脸面的事情。

马文平在办公室里，从头到脚又收拾了一遍，觉得穿着配得上自己的身份，这才心满意足去了饭店。他先在那里等待着高朝他们的到来。

高朝和朋友如约而至，酒桌上热闹非凡，刚认识的几个人开始相互称兄道弟，马文平也就放开了酒量，舍命陪着。

最后喝到兴起的时候，他们又下了楼，跑到大厅又拉开一桌，叫老板把音乐打开，他们伴着美妙的歌声，掀起新一轮酒的比拼。

就这样，当高朝喝得高兴的时候，他跑到舞台上，点了一首歌，这首歌让高朝唱得热情奔放。当他再把歌单拿起来的时候，他点了一支男女对唱的，他跑下来，一把拽住一个女服务员，把她往台上拽，准备两个人合唱一曲。

女服务员没有想到他会下来拽人，自己又不认识这个高朝，就向后挣脱拒绝，高朝一生气，一个嘴巴打了上来，女服务员被打得脸瞬间红了起来，但东北姑娘不是好惹的，被打急了，"吭哧"一口把高朝的手咬掉了一块皮。这还得了，高朝一拳将女服务员打倒在地，又上去补了几脚，最后还不解气，抄起桌上的一个白酒瓶子向舞台上的灯光砸去，"砰"的一声巨响，饭店里的人感到房子一晃，灯冒出一股白烟。

马文平就看到了饭店经理忙不迭地拉着那个刚才被打的服务员走到了高朝的跟前。

"快，给高经理道个歉。"

"高经理，我刚才错了，现在向你道歉。"

马文平看着那个服务员脸上满是泪水，已经被高朝的歇斯底里吓得脸色由红变白了，低着头，哆嗦着不敢看高朝。

"高经理，你看这样行吗？"

高朝终于慢慢冷静下来，看着手上的伤，站了起来，转瞬变了脸色，客气地说："对不起，这个损失，明天我让人给你送来。"

高朝扔下这么一句话，头也不回走了出去。

"不用，高经理，这是小店的服务问题，我们改，我们改。"

那个经理一直赔着笑，把高朝他们送出餐厅，又目送着他们上了车，这才松了口气走回餐厅，把那个女服务员又骂了一顿。

整个过程把马文平也看得有些意外，因为他很少看到高朝这样暴力，跟高朝在一起时，高朝一直在告诉他，打架解决不了问题，要用脑子，但今天的高朝似乎用的不是脑子，而是怒火，可能是喝了酒的缘故，马文平想。

喝酒是会让人变得不太一样的，而且，就算今天高朝自毁了形象，但最后高朝跟服务员说那句"对不起"的时候，已经把失去的形象全找了回来。

马文平第一次感觉到一个男人说对不起的时候，原来是那么有魅力。

几个人跟着高朝又换了个地方，来到舞厅。舞厅就是文化宫旁边的耳房改建的，是马文平自己投的钱，但实际上马文平舞厅能够开起来，很大程度上都是依仗着高朝的运作。从官口上的联络，到各个事项的管理，高朝都比马文平有经验，而且资源也有的是，马文平只是投了钱，其他的都是高朝跑前跑后做的。马文平也懂，他给了高朝一些干股，就是高朝不做事，每月也可以拿到舞厅的一部分利润。

第五十九章　非分之想

夹杂在一群女孩中的曲艳红看到马文平的车子开来，先迎了出来，曲艳红穿了一件紫红色的羽绒大衣，在温软的大衣包裹下，她的优美身材显露无遗。

刚下车的高朝眼睛一下子直了起来。马文平看到了高朝的眼神，马上挡在前面，把高朝拉上台阶，示意曲艳红把其余的几个客人带进去。

高朝和哥几个进了舞厅，舞厅被马文平装修得很豪华，在四面的窗子上都拉上彩灯，棚顶几个球形的旋转灯不断闪烁着，弄得整个房间光怪陆离，再加上快节奏的迪斯科舞曲的烘托，几个人的毛孔立刻全部张开，他们挤进还在里面跳舞的人群中，随着节奏用力地摇晃起来。

高朝则四处寻觅着入眼的女孩，他带有进攻性的目光让几个女孩有些发毛，还有些带女孩来的，则露出敌意的目光看着高朝。

马文平看到这种情景，挤到了高朝的身边，大声地喊着。

"高哥，给你准备的人都等着呢。"

高朝这才把视线从舞池中的女孩身上移开，跟着马文平走向预留出来的卡座。几个等待已久的女孩立即贴了上去，挽起高朝的手臂，高朝却毫不含糊，手直接就摸进女孩的身体，女孩嘴里说着讨厌，人却越贴越紧。

曲艳红在舞池外面看着马文平，脸色通红地看着这一切，她不认可这些女孩的做法，但是没有办法，因为她此刻的身份就是这间舞厅的负责人。

文化宫自打被马文平承包下来，马文平就不再让她干引领员的工作。他告诉曲艳红，曹大伟交代过，让他帮助她，所以他给她找了一份最适合她的工作，就是舞厅经理。当时，曲艳红不知道舞厅是这样的，还以为跟自己的爱好挂钩，于是，很高兴就答应了马文平。

但是，干起来她才发现，舞厅并不是像她想象的人们来买票跳四步，更多的是社会上的混混来这里胡搞，起初曲艳红向马文平反应，马文平也把这样的混混撵了几次。后来，高朝来看过一次，给马文平提了些意见，马文平立即就按照高朝的建议，把这个舞厅彻底放开了，不但允许混混来，还特意在别的舞厅招来了一些陪舞的女孩来哄场子。

这样，每天晚上舞厅里就开始乌烟瘴气，没有几个正经跳舞的，不是搂搂抱抱，就是又啃又咬，他们最喜欢放迪斯科，迪斯科放起来，所有人都精神起来，像打了吗啡一样。曲艳红以为这样舞厅就完了，但是出乎她的意料，舞厅每天都人满为患。马文平眼睛笑成了一条缝，自此就更是不再听曲艳红的意见，舞厅的生意也越做越火。

马文平不止一次跟曲艳红说高朝是个有能力的人，但曲艳红一直不认可这个做法，自己被聘为经理又住在马文平的家中，马文平对自己的恩怀，她只能通过细心帮他料理舞厅来报答。

高朝他们闹哄完走了，马文平和曲艳红把舞厅都收拾完，最后走了出来，马文平领着曲艳红向家里走去。俩人在路上说着舞厅里的事情，曲艳红告诉马文平今天又招上来两个服务员，让马文平有空的时候看一下。马文平脚都摇散了，含糊地应答着，几次差点走到道下的沟里。等进了屋，马新生正要把电视关掉，准备去睡觉，见马文平酒气熏天地进来，气就不打一处来。趁着曲艳红进自己屋里的工夫，他教训起儿子。"你能不能有点正事。"马新生担心曲艳红听见，低声呵斥着。"爸，我这是应酬，是为了发展，你不懂。"马文平说着一歪，坐在了沙发上，随手拿起了桌上的一个苹果啃了一口。"整天应酬来应酬去的，你看看你交往的那些玩意儿？""爸，我的事你就别操心了，你不知道，这些人是干什么的，以后我发展全靠他们了。"马新生声音不由大了起来。"你要再这样不学好，我让人把文化宫收回来。""我们刚装修完，本还没回来呢。我告诉你，我们是有合同的，你不能说租就租，说不租就不租。你有时间管好自己吧，我告诉你大伟出来了，以后你离孙姨远点，别再传出些闲话。"马文平话音未落，马新生手中遥控器已经扔了过来，马文平一闪身躲过。马新生从地上抓起笤帚。"马叔！"曲艳红正好从里屋出来，看到这个情景，马上奔了过来，把马新生手里的笤帚抢了下来。马新生生气地指着马文平，半天说不出一句话来，一跺脚回到了自己的屋子。"小平，你怎么又惹你爸生气了？！""我现在做什么事他都管着我。"曲艳红一问，马文平的语气立时缓和下来，他坐到了沙发上，重新拿起了啃了一半的苹果。"他是你爸，管你是对的，老人都是担心自己孩子。你要理解，你这样对着干，他多伤心呀。"马文平像是听懂了一样，看了一眼曲艳红，没再说话。"以后别这样了。"曲艳红从马文平手中接过了苹果核，扔到了旁边的小垃圾桶里，然后装作无意地说："你刚才说啥，大伟回来了？"马文平心里沉了一下，嘴里"嗯"了一声。曲艳红则一屁股挨着马文平坐到了沙发上，急切地询问着："他人呢，啥时回来的？"马文平嗅到了她身上香水的味道，酒劲再次涌了上来，他借着酒醉多看了曲艳红几眼，没有了白天的职业装扮，穿着毛衣的曲艳红更显出了青春的妩媚。特别是在房间内多彩的吊灯掩映下，曲艳红散发出一种诱人的美。马文平的血脉开始上涌，他看着曲艳红探询的眼神，忽然后悔告诉她这个消息。

　　"你说呀，怎么说了一半就不说了？""啊，他说，有机会来文化宫看你。"头脑断线的马文平不知说什么好，他也不知道自己怎么就说出了这么一句话。"他瘦了吧？"

"明天我去找他，然后一起去文化宫。"这句话是马文平故意说出来的，他在试探曲艳红刚才的兴奋是不是全是为了曹大伟。"好啊，明天几点？"曲艳红脱口而出的这句话，让内心里升腾出对于曲艳红的非分之想马上都消失了。他站了起来，告诉曲艳红早点休息，明天还要操劳舞厅的事情，然后转身进了自己房间。

第六十章　相见

第二天，马文平一大早去接曹大伟，俩人来到了文化宫，现在的文化宫已经和从前截然不同。文化宫被马文平做成了一个小型的商业场所。他边领着曹大伟进去，边指引着给他看。文化宫里面的结构彻底被马文平更改了，两处的耳房，当年他学画画的地方，被马文平阻隔开来，做成了一个独立的卖场，里面分租成十几个摊位，摆着各种的服装。

原来的剧场也让他从中间划分开，有一部分变成了游艺厅，摆了一排的投币机器，一部分是台球室，放着五六个星牌台球案子。剩下的部分，是放映厅，专放港台枪战，武打暴力的片子。另一个耳房就是舞厅，原本那么气势如虹的二十世纪的苏联老建筑现在被分割得七零八落，乱七八糟。

"小平，这样能挣钱吗？"曹大伟担忧地看着这一切。"行了吧，这是最新型的商业布局，你去看看，沿海的俱乐部，哪个不是做成这样的五脏俱全，就是全套的，你想玩、想穿，这都有。"曹大伟就说不出什么来了，在里面待久了，他对外面的世界已经不了解了，生怕自己说出什么掉链子的话来，但从内心里，他对马文平说的这些新兴事务，怎么也看不进眼去。"走，到我的办公室去坐坐。"马文平的办公室，正是曲折当年的办公室，这里不能租出去，结构也动不了，就被他改造成了自己的办公室。但办公室已经鸟枪换炮，重新装修，并重新添置了大班台、沙发等新鲜玩意儿。马文平坐到了老板椅上，招呼着曹大伟坐在沙发上。"怎么样，哥们这儿档次还行吧？"曹大伟认可地点着头。"怎么样，想好干什么了吗？如果没想好，就到这儿来吧。"马文平说这话时，曹大伟正在看墙上挂的一张中国地图，地图上被明显标了几根曲线，都是从平安火车站出发，然后像是发散线一样，画到了中国的沿海省份。马文平看到曹大伟在注视着那张图，解释道："这是高朝画的，他说等这个舞厅做成功了，他就把这里的钱都投到沿海去，让它生出更多的钱。""高朝拿你的钱去投资？"曹大伟听着，有些不解。"他在这里有股。"马文平一面说着，一面走过去帮曹大伟把烟点着，人顺势就坐在沙发上。"他在这里投资了？"曹大伟听着更加糊涂。"和你说不明白，他占的是干股。"正说这话，马文平办公室的门开了，曲艳红走进来，笑盈盈地看着曹大伟。

"大伟，你回来了，我听小平说了。""是，我昨天出来的。"曹大伟被这突如其来的场面所惊愕，一时不知该说什么了。马文平忽然间站了起来。"你们先聊，我还有个事，马上回来。"马文平不等回答，很快走了出去，屋子里就剩了曹大伟与曲艳红。突然间两个人都比较尴尬，不知说什么好。曲艳红首先打破了宁静。"你在里面还好吧？""怎么算好，怎么算不好？"曲艳红要不这么问，曹大伟不会生气，但是她这么问了，曹大伟就有些火，三年，她一直没有去看他，现在倒关心起自己的好坏。"你好像变了？"曲艳红察觉到曹大伟的话里有刺，她试探着问，这三年虽然没有一直想念，但是她也曾经想过曹大伟，特别是在曹大伟进去后开始的一段日子里，她每天都在想他，她想他为什么突然就不理她了，她想他在里面会怎么样，她想他们在一起的日子，她想曹大伟给她照的照片。

后来，发生了那件可怕的事，她就无奈地搬到了马文平家。对曹大伟的想念，因为那件恐怖的事件就淡掉了，后来，又因为马文平弄起了舞厅，自己帮着他管理，也就逐渐地把曹大伟这个名字藏在了心里。偶尔会想起来，却是一阵心痛。她还想过去看他，但她不知道见了面之后，曹大伟是喜欢她，还是恨她，她也不知道真的见了面，她会和他说什么。

所以，这些都埋在了她的心里，直到昨天，马文平告诉他曹大伟回来了，她心中又涌起了见他的渴望。她今天为了见他，还特意精心地把自己打扮了一番。"赵老师的病怎么样了？"曹大伟一时间找不到话题，就想起了赵冰姿的病。"还那样。"曲艳红眼帘耷拉了下来，这让曹大伟心头一软。"你爸呢，有消息了吗？"曲艳红木讷地摇头。两个人再次无话，这时，马文平再次推门走了进来。"艳红，舞厅那边有事找你，你过去看一下。"曲艳红马上站了起来，快速地走了出去。在要出门的时候，又回头看了曹大伟一眼，曹大伟的目光一直追随着她，所以两人再次四目相对，曲艳红稍微笑了一下，走了出去。这些都被马文平看在了眼里。

第六十一章　马文平的想法

在马文平的再三劝说下，曹大伟暂时答应马文平做文化宫的保卫经理。保卫经理也没什么大事，马文平把安全防火都归曹大伟管，曹大伟手下并没有人，只是他一个人，叫经理，他觉得有点大。当马文平当着文化宫几十人，宣布曹大伟入职时，曹大伟觉得这个经理当得有些名不副实。

曹大伟在文化宫干上了保安工作，就和曲艳红工作在了一起。曲艳红其实有许多话要和曹大伟说，曹大伟也是有许多事情要问曲艳红。曹大伟早上一上班就在文化宫里转了一圈，把文化宫里里外外看了一遍，确保没有什么安全问题，就来到了马文平的办公室，向他汇报。马文平听他一说，非常高兴，觉得自己老同学的才能还是很有的。他告诉曹大伟自己要和高朝去办事，就穿上皮夹克下了楼，上了高朝的车，曹大伟把马文平送走，就向舞厅走去，舞厅里服务人员还没有上班，工作时间一般从下午开始。

曹大伟穿过舞池向办公室走去，刚穿过走廊就看到了曲艳红从自己的办公室穿着职业西装走了出来。两个人相互看到，都露出些许喜悦神色，曲艳红向曹大伟说："来，进来坐吧。"曹大伟就和曲艳红一起进了她的办公室。她的办公室在舞厅的二楼，屋子里只有一扇窗子，朝东，冬日里的阳光灿烂地照了进来。曲艳红给曹大伟倒上了水，曹大伟这才仔细地观察着曲艳红。曲艳红除了穿上职业装显得干练一些，别的都没有变，她的身材越发妩媚，可能是没有忧愁的缘故，曹大伟发现她五官也比过去漂亮了，酒窝也貌似越来越深了。曲艳红坐在了曹大伟的对面，两个人相视而笑。"你的办公室不大？""哦，小平曾经让我搬到他隔壁，可我觉得这离舞厅近，方便一些。"曲艳红一面解释，一面笑盈盈地看着曹大伟。曹大伟再次环顾着这个房间，屋子里一个小折叠床，床头挂着洗漱用品，床的尾部放了一个铁柜、一个桌子、两把椅子，桌子上摆了几本管理书籍，还有一个摊开的笔记本，上面写满了东西。"平时很忙吧？""这段时间要忙一些，白天还好，有时间我就去剧场里忙一下。"曲艳红说完，拿起桌子上的镜子，照了照，理了一下头发。"我听说你住小平家里了？"曹大伟尴尬了一会儿，觉得还是直言相向比较好。自打听大庆说过曲艳红住进了马文平的家里，曹大伟就一直疑惑不解，他以为他俩好上了，可这两天看着他俩的状态又不太像，所以，他想弄明白是什么情况。他说完看到曲艳红的眼圈竟然红了，扭过头，像是受了什么委屈，半天才把脸又转向曹大伟。

"你走之后，老孩有天晚上突然闯进我家。当时我吓得不行，又喊又叫，最后是夏天和他爸下来，老孩才跑掉了。后来我就不敢回家住，晚上住在文化宫里，这事儿被小平看到，他就劝我去他家住。当时我想我又在文化宫上班，而且他和他爸又没人照料，我去还能帮他做些家务，所以我就答应了。"

曲艳红说得断断续续，仿佛在回忆，又仿佛不想提起。曹大伟能够想象到那时的画面，曲艳红的选择无可厚非，此刻，他觉得马文平做的没什么不对，反倒是自己小气了。他暗自谴责自己的同时，也松了口气。

看来小平和曲艳红没什么关系。"老孩呢，后来又找你了吗？""后来老孩就不见了，我也不知道他上哪儿去了。"曲艳红摇了摇头，看着曹大伟。曹大伟一时涌起了对她的爱怜，他觉得曲艳红真的很不容易，一个人过得很苦，还要照顾生病的妈妈，他觉得是自己错怪了曲艳红，内心产生了一种很强烈的愧疚感，他喝了一口水，心里犹豫着要不要抱一下曲艳红。这时外面响起敲门声，曲艳红马上站起身打开门，马文平走了进来，看到曹大伟在里面先是一怔，随即掩饰道："大伟在呢，没事儿，你们聊，我过来取舞厅的执照。艳红，那个执照，在你这儿吧？"曹大伟没有想到马文平又折了回来，他马上站了起来，和他打招呼。曲艳红打开桌子抽屉，从里面拿出了营业执照，马文平拿起执照，又环视了一下两个人，然后打了声招呼走了出去。这时候，曲艳红才注意到自己脸上的泪水没有擦干净，她又用手擦了擦。曹大伟注意到马文平一直盯视他们的眼神，他觉得马文平还是有些想法的。

第六十二章　醉酒后的马文平

　　晚上，曲艳红累了一天，当舞厅关门的时候，也没有看到马文平的影子，曹大伟过来找她，两个人搭着伴向马文平家里走去。曲艳红进了楼洞，曹大伟看着她的身影淹没在黑暗里，他并没有走，他一直等到六楼马文平家的灯亮了起来，他才离开。曲艳红进了屋，直奔到窗子，看到曹大伟在风雪中离去的背影。她洗漱完毕，坐在台灯下，她打开了好久没有动过的日记，在上面写着今天和曹大伟的相逢。客厅的房门响了，她听到马文平打着酒嗝进屋的声音。正当她合上日记本准备关灯的时候，突然之间，房门被撞开，马文平摇摇晃晃地冲了进来。马文平红着眼睛，一动不动地盯视着她，曲艳红以为他喝多了。"你怎么喝这么多，你爸看到了又要说你的，你等会儿，我给你倒杯水。"她站了起来，马文平一下子拦住了她，浓浓的酒气喷涌过来。"你要干什么？"马文平一下子攥住了她的胳膊，她被攥得很痛，拼命地挣扎着，她看到他的眼睛更红了。"说，你们都聊了什么，是不是你还喜欢他？""你喝多了，你松开我。""回答我，是不是喜欢他？""闪开！"曲艳红见挣脱不开，大声地呵斥着，马文平见状把她的嘴捂了起来，然后用力地抱着她，在她的脸上乱吻起来。"流氓，你松开。"曲艳红一面晃着头挣脱着，一面不断地用手捶打着压在自己身上的马文平，她用力地挣脱着马文平的束缚。"什么，你骂我流氓，我要是流氓我早上你了。"曲艳红被这句话击中了，她明白了马文平的心思。她知道她这几年亏欠马文平的太多。

她突然停止挣扎，把自己的身体整个放开。马文平也愣住了，突然有些不知所措，正在这时，门又一次被撞开，马新生冰冷的面孔看着两人。"你给我出来！"马文平一时间清醒了过来，他放开了曲艳红，抽了自己一个耳光。"对不起，我喝多了。"马文平摔门走了出去，马新生尴尬地说："小红，你别伤心，我一定和他没完。不早了，睡觉吧。"曲艳红却突然站了起来，走到了衣柜前面，开始往外面拿衣服，将自己所有的东西胡乱地装进一个箱子里。

"小红，你这是干什么？深更半夜的，你上哪儿去？听话，你要想走，等天亮时你再走。"曲艳红却像没听到似的继续收拾着。"小红，你听叔一句话，你回去一个人怎么住，当初你不是因为这个才搬过来的吗？还有，你来了之后，我省了多少事，你帮了我多少忙，我真舍不得你离开。你真要走，好，我先走，小平这个玩意儿，我也不想再见到他了，我跟你一起回家。"马新生的话终于让曲艳红停止了收拾，眼泪却不争气地流了下来。"小红，我一定好好教训马文平，让他以后再也不敢了。你回去一个人，马叔也担心你，要走，等你妈病好了，马叔送你回家。"曲艳红听完马新生说的话，擦了擦眼泪，勉强地向他点了点头。第二天，天色渐亮，文化宫在空气中显现出了轮廓，马新生拎着一个饭盒，从后门走进了文化宫，马文平正在办公室里坐着，见马新生走了进来。"爸，你来干什么？""给你送饭，你有功。"马新生重重地把饭盒顿在了桌子上。"我不饿。"马文平刚要拿起一支烟，被马新生劈手夺了下来。"快吃，吃完我有话要和你说。""你说吧，我听着。""赶紧跟曲艳红道个歉，你这个混蛋玩意儿，平时对人家千好万好的，关键时候怎么就犯糊涂？都是那点酒给你闹的，我看你以后还喝不喝。"马新生看着不争气的儿子，气不打一处来。

"跟酒没关系，跟你说你也不懂。""别以为我不知道你心里是怎么想的，你要真喜欢曲艳红，就明媒正娶把曲艳红给我娶回家来。"马文平愣住，赶忙掩饰着说："你就别瞎操心了，我以后少喝酒就是了。"说着马文平再次把那支烟拿了起来，点着，深深地吸了一口。马新生看着马文平说："好，你要是觉得我看错了你，就当我这话白说。但我告诉你的是，将来别后悔！"

马新生站起身，推门走了出去。马文平看到父亲的背影走出，他站了起来，从窗子里继续看着走出去的马新生，正好看到曲艳红从文化宫外面走进来，两人见面打了一个照面，说了两句什么，曲艳红点点头走进了文化宫。马文平又在办公室里坐了一会儿，他站起身推开门，向舞厅方向走去。他走到了曲艳红的办公室，轻轻地敲了几下门。"谁？"里面传来了曲艳红的声音。"我。"马文平回答着，门没有开，屋子里也没了声音。"我来是正式为昨晚的事儿跟你道歉的。"屋子里还是没有动静，马文平正想继续说什么时，曹大伟不知道何时闪了出来。"小平，找你半天，商场那边有些问题，走，你跟我去看一下。"马文平看了看曹大伟，又看了眼曲艳红办公室的门，转身走开了，曹大伟没有马上迈步，而是用狐疑的目光看着马文平的背影。

第六十三章　石头的美术社

当天晚上，曹大伟跟曲艳红见面的时候，问到曲艳红和马文平怎么了。曲艳红担心这件事儿会影响到马和曹两人的友谊，就没说，而是转移了话题，曹大伟虽然内心加大了狐疑，但碍着曲艳红不愿意说，也就没有再问。

在文化宫上班第三天，就到了周日。曹大伟想去探望一下赵老师，就来到了安定医院。医院里的患者都各自沉浸在自己的世界里，有的在高声议论、交谈，有的在清着嗓子准备唱歌，有的闷不声望着天空，不知道在找寻着什么。

曹大伟穿过他们看到了赵冰姿，她正在给一个男患者讲着什么。他走了过去。"你懂不懂什么叫诗？那是要有韵律的。"那个患者手里拿着一张画了个不像鸟也不像蛇的东西，虚心地听着赵冰姿的教诲。"赵老师。"直到他们停止交谈，他才恭敬地叫住赵冰姿，赵冰姿回过头来，像是不认识地看着他。"赵老师，我，曹大伟呀。"曹大伟笑着看着赵冰姿。赵冰姿的脸上突然涌现出了怒气。"你，站门外去，旷课多长时间了，你知道吗？"她这一说把曹大伟弄得一愣，患者指了指大门，示意他先站过去。曹大伟乖乖地站到了门后面。赵冰姿继续和那个患者讲述着，曹大伟只能呆呆地站着。赵冰姿讲完，向他走来。她扬起了手，曹大伟以为要打他，刚要躲，她把他身上的雪融化成的水珠弹了下来。

"曹大伟，你知道我对你寄予多么大的希望吗？你怎么能自暴自弃呢？你看人家马文平原先是一个多么不懂事的孩子，你看看现在，他每天都来这里上课，你怎么能这样，快，回去上课吧。"

赵冰姿指了指刚才患者坐着的凳子，曹大伟走过去，坐了下来。"请同学们把书翻到第 21 页，今天我们讲分数。"与此同时，曲艳红提着饭盒也向安定医院走来，当她走到车站等车时，马文平开着那辆轿车停在她身边，主动提出要送她去医院，一开始曲艳红不想接受，但马文平说很长时间没去看赵老师了，正好一起，曲艳红磨不开面子，就坐了上去，但路上一句话都没跟马文平说，马文平也很知趣儿，尝试着聊了几句，发现聊不进去，便也就止住话题不再继续聊了。

到了医院，曹大伟已经走了，赵冰姿继续着她的讲课。三年下来，赵冰姿已经成为这里的名人了，听她讲课的学生也是越聚越多，赵冰姿也是真讲，一开始医院还试图阻止她，后来看对其他患者不但没有什么影响，反倒让很多患者规矩了很多，便也由着她去折腾了。一来二去，每天在她面前上课的学生也是越来越多，马文平和曲艳红进来时，正好赶上赵冰姿下课，曲艳红便适时地将饭盒拎了过去，喊着赵冰姿该吃饭了。

赵冰姿看到女儿和马文平，便没有急于吃饭，而是习惯性地把眼镜推了推，表情严肃地把马文平叫到身边。"记住了，要努力学习，你看刚才一直在逃学的曹大伟都来了，你要不努力，他就会超过你，知道吗？你这段时间表现很好，但是千万不要被后来的同学超过去呀。"赵老师说完曹大伟的名字，曲艳红和马文平两个人都愣了一下。曲艳红看着苹果，马文平看着曲艳红，把刚才憋了一路的、想说的道歉的话，又咽了回去。

曹大伟从赵老师那里出来就直接来找石头，他在里面的时候，石头去看过他。那是在入狱没多长时间，石头拄着拐去探望他的。他非常惊喜，石头向他说了那天他去了马文平的生日宴，但是没有看到他的事。

曹大伟紧紧握住石头的手，为他能够接纳自己而感到激动。石头问起了他在里面的情况，曹大伟把自己的孤独告诉他。石头在第二次来的时候，就给他带来一张新的画板，鼓励他不要放弃画画，曹大伟深受鼓舞，他就拿着石头给的画板，开始了自己的创作。

现在曹大伟出狱了，为了感谢石头带给他的那份艺术的充实，他特地买了几瓶罐头来看石头，石头妈见到了曹大伟非常高兴，说起儿子也一直念叨着曹大伟。并告诉曹大伟，石头现在在美术社呢。

这时，曹大伟才知道，自己当初办的美术社的执照，原来一直被石头用着呢，曹大伟打听美术社的地址，石头他妈告诉他，就在原来修车铺不远的地方，曹大伟更兴奋了起来。曹大伟很快在修车铺附近的一家门面房，找到"春光美术社"的牌子。曹大伟按捺住激动的心情推门走了进去，就看到了石头正埋着头在写一个牌匾，石头意识到有人进来，头也来不及抬，甩出一句："稍等一会儿，马上就好。"曹大伟没说话，站在身后看着石头在工作，三年没见，石头的美术功底愈加深厚，美术字的功夫也是愈加老道。看了一会儿，曹大伟把视线从石头手下移开，仔细观察着美术社里的环境。

第六十四章　参加高考

　　美术社面积不大，如果再进来两个人，这个房间就会显得很挤。临近门的地方，堆着一些剩下的边角料，有木头的、有铁的、有泡沫的，是各种字的笔画，或者剩下的图形外围。

　　再往里走，是张一头沉的桌子，并排放着，上面摆着大小不一的剪刀，还有尺寸不同的直尺，一根长的钉子尺，在这些工具的下面胡乱地放着纸和塑料板，还有颜料盒。桌子过去，就是挨着窗子的一个案子，也就是石头正在工作的地方。在他的案子下面，有几个筐，里面堆放着钳子、螺丝刀子、锯子、锤子、钣子，各种制作工具。

　　在案子的尽头，还安着一个手扳压力，上面卡着一个小铁片。石头终于写完最后一个字，抬起头，一下子就认出了曹大伟，兴奋地站了起来，曹大伟赶紧走过去，两个人紧紧地拥抱在一起。"大伟，听说你出来了，这几天忙，还没来得及去看你。""行呀你，美术社都开起来了，业务还这么多，不错呀。"曹大伟由衷地为石头高兴着。"那还不是因为你，如果你要在，一定比现在开得更大。"石头站起来去给曹大伟倒水喝，曹大伟总觉得哪里有些不对劲，但又一时没有察觉出来。他接过水喝了一口，关切地问："你怎么没去考大学？""考了，考两年都没有过。"石头沮丧了起来，曹大伟意识到自己说走了嘴，赶紧安慰石头："没事儿石头，今年一定能过，再说，就是没过，你这也不比上大学差。""其实我开这个，只是为了挣我的学费，不想让家里说我白吃饭，如果考上了大学，我就不开了。""石头，你真有毅力，我真心地佩服你。"曹大伟由衷地表达着内心的感慨。经过几年的沉淀，他觉得自己越发能看明白一些人了，原本热闹的，在成长的积淀中发现渐渐落入某种黯淡中；而原本不以为然的，却在未来的人生岁月中发出了光彩，他觉得石头就是这样的一个朋友，所以，他由衷替石头自豪。

"大伟，要不是你，我怎么能想到开这个，走，咱们找个地方边吃边聊。"石头把手里的笔放在桶里涮了，然后擦干了手，抬腿就拽着曹大伟往出走，这时曹大伟终于看出了石头的问题。

石头不拄拐了，而且他在他的面前来回走动了好几次，一点也看不出瘸脚的样子。他一时感到纳闷，叫住了石头。"哎，你再过去，我看一下。"石头听明白了他的意思，在他的面前走了两个来回。这时，曹大伟才确信自己没有看错，他吃惊地看着石头。"怎么回事，石头，你的脚？""安了假肢，你没有看出来吧？"石头把裤腿向上拉了一下，露出了黑色的假肢。曹大伟再次欣喜地发现，石头的整个性格都变了，他说话开朗多了。"恭喜你呀，石头。""其实我安它，也是为了面试能好过一些。"两个人一边聊着，一边走出了美术社。石头拉着曹大伟来到了附近的一个小饭馆。"大伟，你出来，今天我做东，你也不用跟我抢，我刚才忙乎的活，够大庆挣一个月的工资。"

石头说着抄起了菜谱，递给了曹大伟，曹大伟也不和他客气，点了自己喜欢的锅包肉、大拉皮，石头又加了一个糖醋鱼，两个人等菜上齐了，石头问曹大伟喝什么酒，石头自己不能喝酒。

曹大伟也没有要酒，和兄弟在一起，他就很开心，吃什么都无所谓。他俩又聊了起来。"你现在画画怎么样了？"石头给曹大伟夹了一块鱼肉，关切地问着。"还行，没扔。""那就好，我都担心你把画荒废掉。"曹大伟想起了石头送的画板，他拿起了面前的水杯，当作酒敬向石头："来，石头，谢谢你的画板。""大伟，这都是你自己努力的结果，谢我干什么。你出来了，打算干点什么？"说到这个，曹大伟忽然感觉到有一种失落感，刚才看到石头的美术社，感觉他做得很有成就，这才是人生应该活成的样子。而自己现在虽然说是在给马文平管事，可那也是一个闲职，他不知道石头与马文平之间是不是还有误会，他决定暂时不把他在文化宫上班的事告诉石头："我也没有想好，感觉现在自己就是废人一个，非常迷茫，找不到一个努力的方向。"

"大伟，你千万不要这么想！我也曾经有过你的想法，觉得对于社会自己就是个累赘，可是当我真正干上了这个行业，才发现原来社会给我的空间是巨大的。只要咱们自己有本事，在哪个行业里都能干出一番天地。哎对了，大伟，马上又要高考了，你还在画画，我们一起参加高考怎么样？"

石头的最后一句话，一时间激起了曹大伟心中的涟漪，入狱之后，"高考"这个词儿貌似跟他越来越远了，但现在，石头的一句话仿佛点亮了他希望的明灯。"你觉得我能行？"曹大伟忐忑地看着石头。"那还用说，你比我强多了！"石头又给他夹过来一块锅包肉。

第六十五章　夏天的心里话

　　和石头分别后，曹大伟回到了家，石头的话，无意中又燃起了曹大伟对画画的渴望。

　　他回到家的第一件事儿，就是从床下把画板翻腾出来，把上面的灰轻轻擦掉。然后又在床下掏出了一个兜，那里面装着他以前上画画课的用具。里面调色盘、水粉笔等还完好无损地放着，他也挨个拿出来，仔细地擦拭着。把那些结了块的颜料挑了出来，扔在地上，准备一会儿一起扔掉。他又在兜子里找出了几支不同型号的铅笔，正准备开始削铅笔，外屋却传来了父亲的呼唤。

　　"大伟。"

　　曹大伟没有理，接着收拾他的东西，自打他回来之后，他发现父亲变了，他观察过，每天母亲走得很早，而父亲却迟迟没有走，他中午回来过几次，都能看到曹关生抱个酒瓶子，坐在折叠桌旁自斟自饮。两个人偶尔会有交流，但基本上都是曹关生喝多的时候，嘴里呜噜呜噜的，也听不清楚他说的是什么，有时他还会大喊两声，曹大伟搞不清父亲向他喊什么，好像是有着一肚子的怒火没有地方撒。

　　"大伟！"曹关生喊他的声音越来越高亢，曹大伟只好不情愿地把铅笔放下，走出自己的房间。"我叫你，你没听到？"曹关生伸着手递过来一个喝光的空酒瓶。"去，给我打一瓶酒去。""我不去，我这忙着呢。"

曹关生听到曹大伟的话，拍着桌子骂了起来。"好呀，你敢和我顶嘴了，你是不是在里面待了几年长本事了，快去！"父亲把酒瓶塞到了曹大伟的怀里，曹大伟厌恶地往下一抖落，瓶子掉在地上，摔得粉碎。

曹大伟看着醉醺醺的父亲有些痛心，好心地劝着他："爸，你别喝了，你看你都成什么样了？""什么样？你说什么样，我什么样都是你爸！""你不是我爸，我爸不是你这样。"曹大伟终于按捺不住，把心里话说了出来，话音未落，"啪"的一声，曹关生一个耳光打到了曹大伟的脸上。"我爸不是这样，我爸是打不垮压不弯的，我爸是充满了斗志与抱负的，我爸从来不喝酒。"

曹大伟把自己闷在心里多日的话喊了出来，他非常伤心，父亲现在变得像一个酒鬼，每天就抱着个酒瓶子，完全看不到当年意气风发的样子。他看到了父亲一时间在他的面前愣住了，两只眼睛定定地看着他。

一时间，两个人都不再说话。曹大伟知道自己的话语深深地刺痛了父亲。他歉疚地把地上的碎玻璃划拉起来，然后转身下了楼，去给父亲买酒。当他进了楼下不远的一个食杂店的时候，没有注意到在食杂店里买白糖的女孩。"买一瓶白酒。""要什么酒？"老板问了一下，曹大伟下意识地向柜台里面看去，这时那个女孩循声转向了他。"曹大伟？！"曹大伟转过头，认出了是夏天。"你什么时候出来的？怎么也不说一声？"夏天急切地问着，曹大伟看到老板投向自己的眼神，有一些尴尬。曹大伟赶紧把钱付了，没有理会夏天，直接从食杂店里走了出去。

夏天也意识到自己说错了话，马上跟了出去："曹大伟，你等一会儿。""你不是上大学吗？怎么这么有时间？""离家近，所以回来得多一些，你怎么样？三年没见，你变多了。""变了吗？变得离你们越来越远了是吧？"曹大伟想起了大庆说的夏天每天都是高档艺术的话，他觉得自己与夏天的距离已经拉了很远。"不是，是你的眼睛里有内容了，成熟了。""别瞎扯了，那是在里面睡不好。""大伟，说真的，我看到你的眼睛越来越深邃了。""上大学，也学看相吗？"曹大伟的话噎得夏天半天没有说话。两个人并排走着，都有些不自然。"你出来之后，有什么打算？""没啥，混日子呗。""你见到曲艳红了吗？""见到了。""你俩怎么样了？""什么怎么样？"曹大伟觉得上了大学的夏天变得有些烦，净问一些没有边际的话。"你别扯了，你那点小心思，当年不是总往那个楼上跑。""那时候小，不懂事。""现在懂事了，咱们聊聊。""聊什么？现在不聊着呢吗？"夏天抬起胳膊，看了一下手表，皱了一下眉。"哎呀，今天来不及了，明天吧，你到我们学校，我有话和你说。""什么？心里话？""怎么，你怕了？""没怕。""那好，明天我在学校等你。"

第六十六章　夏天的偶像

　　曹大伟第二天向马文平请了一上午假，找到了夏天的学校，商学院，在市区里，离平安火车站有一个小时的车程，当曹大伟从公交车上挤下来时，他已经有些分不清东南西北，他好不容易找到商学院，又多次打听，才找到了夏天说的教学楼。夏天已经等了他很长时间，见到他之后，直接把他领到了教学楼的最顶层，在那里有一个长走廊，对面是几个玻璃窗，冬日的阳光从窗子里洒了进来。

　　"你知道我找你是为了什么吗？"夏天穿着一身得体的校服，把她刚刚显现出的女性美，得体地展现出来。"你不是有心里话要和我说吗？""对呀，但是你就不能有些耐心吗？你看你跟个急兔子似的，你跟我在一起就不能像跟曲艳红那样吗？""曲艳红？什么样？"曹大伟有些心烦意乱，特别是夏天说的这几句话，让他揣摩不透。"算了，不说了，我要和你说我最想说的。"说完这话，曹大伟看到夏天的目光里透露出一种真诚，一种羞涩。"大伟，你知道吗，在小学时，我就喜欢你，我喜欢你回答问题的聪明劲，我也喜欢你帅气的样子，我还喜欢你向我讨教的神态。你知道我最喜欢你什么吗？""什么？"曹大伟下意识地问着，当夏天说出了"喜欢他"这三个字，曹大伟的心跳就有些加快，他感觉有些发蒙。所以当夏天反问他时，他的头脑还没有理清思路，只能冒出"什么"两个字。

"是你和马文平他们一起打群架时的样子，你不但有勇还有谋，当时，我真的很喜欢你，所以每次见到你的时候，我都以为你是来找我。我后来才明白过来，你喜欢的不是我，是曲艳红。"

"对不起，是我欺骗了你。""没有，你做得对。"夏天的反应让曹大伟再一次惊诧地看着她，她的脸上丝毫没有伪装，非常坦诚、非常认真地看着他。

"曹大伟，我应该谢谢你，就是因为你没喜欢我，所以我有机会考上了大学。如果当时你也喜欢我，我就会和你腻在一起。那样的话，我就不会有心思去学习，也就不可能站到了这里。"

夏天向曹大伟伸出了手，曹大伟迟疑地看着她。"来，我让你看一个景色。"曹大伟握住夏天的手，夏天把他领到了窗子前面。曹大伟和夏天一起看向了窗子下面的校园，校园里茫茫的一片。几个学生像一些小黑点，在轻轻地移动着。"大伟，你看到了什么？"曹大伟疑惑地摇着头。

"是世界，是一个在你脚下的世界，这就是人得站在高处才能够看清世界的原因。我现在正在向人生的高处走，我感谢我爸，如果当初不是他要求我，我也学不进去。我也感谢大庆，在他的身上，我看到了我的影子。我知道了自己的位置，所以才开始一门心思地学习。现在，我要走向更高的位置，我也祝福你能够再次开始美好的人生。"

说完，夏天踮起脚，快速地在曹大伟的脸上吻了一下。曹大伟正沉浸在她的话语中，没有想到她会做出这样的动作，他怔怔地看着夏天。"好了，走吧，我把我的心里话说出来了，轻松多了，我们下楼吧。"夏天向他扬起了笑脸，曹大伟头脑还是有些发蒙地跟着她向楼下走去。"哎，你和曲艳红，怎么样了？""我一个刚出狱的劳改犯，还能有什么想法。"曹大伟自嘲地说着，夏天突然停下了脚步，她转了过来，郑重地看着曹大伟。"大伟，你是我少年时的偶像，但是，昨天，我发现你变了很多。今天我要告诉你，不管你做过什么，受过什么样的挫折，重新站起来就是了，任何时候自信都是最重要的。如果连自己都不相信自己，就什么都没有了。"

曹大伟怔怔地看着夏天，此刻，虽然太阳已经快落下去了，但曹大伟却分明从夏天的身后，看到了一道叫睿智的光环。

第六十七章　愤怒的大庆

　　曹大伟从学校刚出门，就听到有人喊他，他站住回头看时，大庆已经向他走了过来。他笑着迎向大庆，大庆扬起手，照着他的脸就是一拳。这一拳很重，曹大伟感觉自己眼冒金星，倒在了雪地上。

　　大庆随即扑上来继续向他踹去，曹大伟一时被打蒙了，他以为大庆是闹着玩，打他几下也就了事。却没想大庆的力道越来越大，脚像弹簧一样，在他的身上踹个不停，曹大伟被踢得在雪地里骨碌来骨碌去，他几次想站起来，又被大庆狠狠地踹倒在雪地上，雪从脖领子、袖口处、裤腿下毫不留情地灌了进去。他浑身又冷，又疼，无力地招架着。

　　"曹大伟，你竟然敢骗我！"大庆边踹边骂，曹大伟感觉自己的肋骨都要被他踢断了。胸腔里像开了锅一样，让他喘息不得。踢完这几脚，也许是大庆累了，他停了下来，喘着粗气蹲在已经被他打得满脸是血的曹大伟的面前。"你说，你为什么要骗我们，一个曲艳红不够，还要勾搭我家夏天。曹大伟，你还是个人吗？"大庆揪着曹大伟的头发不断地摇晃着，大庆的眼睛里冒出了火，曹大伟抹了一把脸上的血，看到大庆流出了眼泪。这眼泪冲淡了曹大伟胸腔中涌现的怒火。"大庆，你误会了，我没有。""你还不说实话，小平已经把所有的事都跟我说了。我告诉你曹大伟，以前我以为你是个好人，你知不知道小平为曲艳红付出了多少？你回来这才几天啊，就把曲艳红给勾搭走了！"大庆说着又一拳打到了曹大伟的鼻梁上，刚擦干的血又流了出来。曹大伟从他的话语中已经听明白了是怎么回事，他是不会还手的，即使这是一场误会，也不能伤了彼此的感情。大庆看到曹大伟不说话，以为曹大伟心虚，又挥了几拳，但都被曹大伟躲了过去，曹大伟看到周围有了很多的学生，他们看到大庆那么凶，没敢过来，只是在远处指指点点地看着。曹大伟想尽快结束这个闹剧，在大庆再向他打来的时候，他把大庆的手腕子一下子擒住，这个动作非但没有阻止了大庆，反而更加激怒了他，大庆撤出手腕，又是狠狠地来了几拳。曹大伟此时被打得没了力气，又不能争辩，只能任由他接着打下去。"我告诉你曹大伟，今天，我不光是为我自己，更是为了小平来打你的……你有什么牛的，不就是个监狱释放出来的吗？别人怕你，我不怕！"

大庆的拳头随着骂声继续抡向曹大伟，曹大伟终于被激怒，一翻身站了起来，借势把大庆掀翻在地，大庆没有准备，倒在雪地上，曹大伟则顺势扑了过去，一顿拳脚倾泻到大庆的身上。

他此时非常愤怒，大庆说出这么伤心的话，这让曹大伟很受伤，大庆被打蒙了，只能抱着头在雪地上防守打滚。外面的学生越围越多，有人兴奋地发出喝彩，更多的则被曹大伟的疯狂劲震住了。"住手，曹大伟。"一个女生的声音传来，听到这个声音，曹大伟突然停止了自己的拳头，他不用回头，已然听出了夏天的声音。夏天跑了过来，使劲拉扯着骑在大庆身上的曹大伟，曹大伟抹了一把脸上的血站起来，夏天把被打得晕头转向的大庆扶了起来。看到大庆被打成这个样子，愤怒的夏天回过头想质问曹大伟时，曹大伟已经推开围观的人群，头也不回地走了，夏天的嘴张了张，愣在那里。大庆睁开了模糊的眼睛，看到夏天，似乎很享受此刻，依偎在夏天的怀里，惹得周围的同学更是刺激起来，三角关系引发的战斗，这无疑给校园平静的生活带来些许亢奋。有人吹着尖厉的口哨，还有人大声叫着。

夏天这才发现自己成为众矢之的，赶紧把大庆推开，跑出人群。原本热闹的场面此时只剩下大庆一个人呆立在雪地上，再次引来了围观者的嘲笑。

大庆使劲扯开嗓子骂了句：都笑你妈啊笑！

众人这才纷纷散去。大庆看看四周重又归于寂静，这才拍拍身上的血水，重又陷入沮丧、失落和孤独中。

第六十八章　五好家庭

　　曹大伟今天从家里出来的时候，家里他父母也吵了一架，只不过他不知道。

　　他从家里出来之后，孙耀华说起了曹大伟的工作，她有些担心曹大伟在文化宫的工作，怎么说也是个临时工，那以后如果文化宫没活了，曹大伟去做什么？如果这么耽搁下去，她怕儿子这辈子就没什么发展了，所以，她向曹关生提出了让儿子去火车站里当学徒的想法。

　　她的本意是让曹大伟能学到一门手艺，至少以后不会吃不上饭。可是曹关生听到她提火车站，特别是要找马新生走后门，他的火噌一下就蹿上来了。

　　曹关生虽然调回了办公室，但是，他看不惯马新生，他肚子里这股邪火，早已憋了许久。当年马新生把他弄到里面待了七年，他是怎么也咽不下这口气的。所以，他宁可在家喝酒，也不去上班。他不想天天看到马新生那张黝黑的脸，更不想像个奴才一样，被他呼来喝去。

　　办公室里人多活少，少一个曹关生影响不到什么，马新生每天忙于火车站的事务，也许是没有时间管他一个小职员，更或者马新生心里真是有些对往事的愧疚，所以曹关生一直没去上班，也没有人过问。

　　曹关生在家里天天借着酒劲过活着，沉醉进去了，这生活就有了绵长的味道了，够他享受一整天的。

他现在看着孙耀华，一成不变的装扮，一成不变的话语，一成不变的态度，还有一成不变的感觉。他觉得他和她在一起没有了生活气息，日子没有奔头。

孙耀华这个直性子，一句话自然就捅了马蜂窝。

曹关生当即把喝剩的酒瓶子，摔到了地上，玻璃碴子满屋飞溅着，它们像火星一样迸到了孙耀华的身上。曹关生大声地警告孙耀华，不要在他的面前提起这个人，提起他，他就恶心，他就想打人。

孙耀华来到平安车站，她觉得这个家是在马新生的一直帮衬下好起来的，她从来没有觉得马新生有什么不好，也没有感觉到真像曹关生嘴里所说的那样罪不可恕。

虽然她在这七年中，也能感受到马新生眼睛里流露出的那种投向女人身体的独有的目光，但是马新生并没有做出什么出格的事。每次家里有难又都及时伸手相帮，马新生在她的心目中是个好人。现在，她反而觉得曹关生每天就和酒瓶子过生活，一点男人样也没有。完全没有了骨气，不是自己当年所欣赏的男人。

于是，两个人再次为了马新生而大吵起来，一开始孙耀华还想忍着，但终于，已经容忍很长时间的孙耀华，再也绷不住了，她终于在心理上败下阵来，准备向生活投降。

在曹关生变本加厉地恶语相向后，她提出了离婚。她没有别的选择，离婚可能是对于两个人最好的解脱。

当曹关生听到这两个字从孙耀华嘴里说出来的时候，他愣了一下，他想过这样的结局，他也觉得只有这样的结局是最好的，省去了三个人之间的相互折磨，女人跟了马新生，也许是更好的归宿。因为，他现在对于自己的处境已经不抱有什么希望，人生昏暗一片，他看不到光明，看不到自己的价值，看不到人生的意义在哪里。在那一刻，他没有反对，而且准备张口答应她。

就在这时，门被敲开了，大庆的奶奶走了进来，拿着一个铁牌子，上面写的是"五好家庭"。老太太兴高采烈地告诉他们，他们家被选中了"五好家庭"，跟着一个居民委的男人拿着锤子把铁牌子叮叮当当地就钉上了墙。

两个人这回都愣在了那里，五好家庭，就像是一个休止符，把他们的思想都定在了那里。也像是一个紧箍咒，从此把他俩的生活紧紧绑在了一起，让他们既无法离开，又不能再提那两个字。这个牌子增加着他们内心的痛苦。

第六十九章 丁宁的避风港

　　他们这里痛苦，曲折和丁宁那里的生活也是水深火热。

　　丁宁这一出来找工作，没想到竟遇到了一个改变她命运的男人，这个男人就是从南。如果说曲折给了她离开平安火车站的动力，那么从南就是让她开始飞翔的人。

　　丁宁刚刚入职，作为服务员工作的第一天，就遇到了集团的董事长从南，当时她正在细心地把一个人随便丢弃的烟头从地上捡起来，那带有芭蕾范儿的身姿瞬间就进入了正好经过的从南心里。从那一刻起，从南开始对这个新来的北方姑娘产生了浓厚的兴趣。以他多年的阅人经验，他瞬间就判断出这是一个有故事的女人。

　　他迅速安排人调来了丁宁的简历，当他看到丁宁是来自哈尔滨时，瞬间觉得亲近了许多，从南来深圳之前曾经在黑龙江的北安下过乡，很知道北方女人是怎么回事儿。所以在那个时刻，他迅速做了一个决定，把这个女人留在自己的身边，不只是作为自己的下属，他更希望她成为自己生命中的女人，尽管自己已经有了家，有了老婆，但是，眼前的丁宁无异于一个尤物，让他产生了某种激情。这是他老婆身上所无法给予的。

　　他第一时间把丁宁叫到集团会议上，举着那个烟头，当着所有中层经理的面，把本地招来的一个部门经理免掉，给予了丁宁一个众人艳羡的职位。

丁宁刚听到时，还以为自己在做梦，当从南再次说出了决定时，当所有人的目光都投向她时，她才相信这是真的。幸福来得有点突然，她一时间接受不了。她向从南投去了感谢的目光，在从南的目光中也看到了一种异乎寻常的信任。

丁宁走上了从南集团的中层领导岗位，也走向了自己人生的另一条路，她并不知道，这意味着什么。

自打丁宁出去工作后，曲折就有些后悔。他后悔的是他一个大男人，让丁宁一个人出去闯世界，自己猫在家里面，等着女人挣钱回来养自己。可是当他听说丁宁被选为部门经理时，他就释然了，他觉得自己的决定是正确的，丁宁更适合在外面闯荡。

但是，女人前途光明了，他的诗集却卡了壳。丁宁说帮他出版，一时间没有消息，他也不好再催，可是他也不能无所事事地在家里等着，那成什么样了，那就是纯粹吃软饭的了。人到中年的他，是不会允许自己成为那样的人的。

他就想着把自己的诗集再充实一些，再修改一下，创作出一个无法挑剔的精品，然后卖一个更好的价钱。

诗集打开，他的脑子却一片混乱，不是没有思绪，而是没来由地担心起丁宁来。他怕丁宁一个没有在外面闯荡过的女孩子，会在新单位里遇到困难，自己一个人没法解决；他又担心丁宁会被人骗了，自己在家又保护不了她。

他坐立不安，又没有电话，想去单位看望丁宁，又怕给她带来麻烦。真要是有人问起来他们两个是什么关系，他怎么回答？在宾馆里还行，两个人进进出出没人会问，也没有人注意到。可是，在单位就不同了，单位的同事一看到丁宁的男朋友这么大岁数，他们会怎么想他们的关系？

曲折与丁宁两个人出来的时候，是一腔的热火，完全没有考虑到后来的生活会怎么走下去。现在冷静下来，各种顾虑越来越多地钻进了曲折脑子里面。

　　让他顾虑的还有曲艳红。曲折上次让丁宁送的信曲艳红收到了，并且回了信，什么也没有说，只是质问着父亲为什么甩下她们不管了。这比给他写满信纸的诉苦，还要让他心痛，他倒希望女儿痛骂他一顿，把他批得一无是处，让女儿心里痛快一些，但是，这些都没有。在信里，他只看到了女儿的心在滴着血。他反复地看过几遍，他觉得自己是一个罪人，一个十恶不赦的罪人。他感觉到自己与丁宁选择私奔是一个错误，而这个错误是不可弥补的。但是他还是生硬地拒绝了女儿让他回家的请求，为了丁宁曾经说过的爱他的话，他无法再回头。

　　他越这么想，他的诗集就越是改不下去，而且好好的诗集，被他改得面目全非，里面满目的苦楚和伤悲，完全看不到阳光的影子。他痛苦极了，一张张地把它们揉成一团，或撕得粉碎扔到地上，再用脚踩压。他想这样能让自己更清醒，可是，他越来越糊涂，他的思绪在游离，他的身体在抗争。就在这个时候，他感觉自己的气管出了问题，他不停地咳嗽，他想用烟压一下，他拼命地抽烟，可是，越抽，咳嗽就越厉害，他没有别的办法。他看着自己的身体在这个缩小的屋子里面，也一天天地缩小下去。

　　他感觉不到自己身体的呼唤，在丁宁散发着青春光泽的肌体裸露在他的眼前时，他的身体却越来越调动不起来，他每次都厌烦和丁宁肌体相触。丁宁也看出他的疲态，几次用自己的身体撩拨着他。曲折用手摸着她的身体时，就像机械地在做着一个日常的工作，手是麻木的，他的动作也是麻木的，他的身体更是僵硬的。他投入不进来，不管丁宁如何撩拨，他的心就像是失掉了一样。直到丁宁用自己的想象把自己弄得湿漉漉的时候，曲折才会用力地挺进她的身体，然后在她还没有感觉的时候，又滑了出来。

之后，曲折翻身离去，把丁宁一个人像尸体那样扔在了那里。

越是那样，曲折就越不行。渐渐地，两个人从相拥而卧，变成相背而眠，最后，曲折猛烈地咳嗽着，丁宁已然沉沉睡去。

丁宁有时会感觉很累，会发一会儿呆，看着公司里面的人热情地忙碌着，他们有说有笑，享受着这样高效率的工作，他们的生活同样是那么的丰富，看电影、逛商场、去饭店、去唱歌。外面的世界五光十色，她的心思在转变，她更渴望他们那样的生活，她开始惧怕自己回到宾馆后的时光，那样的逼仄、那样的阴暗、那样的无趣、那样的生厌。再说，曲折越来越给不了她所要的那种激情的感觉，她充满欲望的肉体也在渐渐萎缩，她的眼角生出了皱纹，她那骄人的臀部开始下垂，她害怕就这样无休止的老下去。和曲折一事无成地过活着，她渴望着自己再像曾经那样，走到生活的舞台中央。

特别是当她把曲艳红的来信递给曲折时，她看到了曲折迫不及待拆信的动作，看到了曲折不断地翻着信纸，手在不停地颤抖着，还看到了曲折看到一半时，情不自禁地激动而剧烈地咳嗽起来。有多久，曲折没有这样有激情地面对她，曲折的心完全沉浸在自己的诗集中去，他的眼睛不再看她，就像她不存在一样。不管她是否回来，也不管她是否打扮得漂亮地在他面前摇摆着身姿，也不管她是否穿着性感的内衣在他的面前晃动。他的眼睛始终盯着那些诗。他也不动笔，只是坐在那里发呆，一待就是几个钟头。

在深圳，她遇到的人，递出名片的不是经理就是副经理，每个人都是西装革履，斗志昂扬的样子。回家后，曲折胡子拉碴，衣衫破旧，勾着身子，把头埋在那些厚纸堆中，她在他的身上，看到了消沉，看到了土气。曲折身上曾经有过的光环，在现实的碾压中，逐渐消失了。

在这个时候，她遇到了从南，从南在见她第一面的时候，就无比信任地送给了她一个部门经理的位置，这让完全没有归属感的她一下子找到了避风港。从南的那种信任的眼神，让她感受到了深圳的冬天里的温暖。

　　但当时丁宁还没有产生要逃离曲折委身于从南的想法，这时候曲折的诗集一直挂在丁宁的心上，她觉得这一连串的生活变故完全围绕在他的诗集上，如果能早日帮助他把诗集出版了，也许曲折又会变回那个热情而浪漫的男人。

　　所以，她首先想到的是，如何帮助曲折跟从南提出出版诗集的要求，但她不知道，她这一张口，就再也没有回到曲折的身边。

第七十章　给父亲的那封信

马文平和高朝一起回到自己的文化宫，他告诉高朝把上次那些工商税务的哥们儿再请来，晚上，他在市里请了一个俄罗斯民间演出团，到文化宫舞厅演出。他在舞厅里安排了几张桌子，让曲艳红把酒水、烟、花生、瓜子等都准备好，他们晚上吃完饭就过来看演出。高朝和他一起先来看一下舞厅里的布置情况，因为这个也是高朝的提议，他在南方碰到过舞厅演出。那种气氛既高贵、又热烈，这样聊起事情来，才带着政商的味道。

他和马文平一起走进文化宫，就看到曲艳红和几个服务员在把酒箱子往舞厅那边搬。他的眼睛一下子盯住了曲艳红，曲艳红穿了一件红色的毛衣，柔软的毛衣包裹下，她的身体曲线毕露。高朝一时挪不动步，他拿着摘下来的旱獭帽目不转睛地看着。

马文平正往前走，忽然间高朝在后面站住了，他也回头一看，高朝正看着曲艳红发愣，他明白过来，高朝哪儿都好，就是好色，而且他从高朝第一次看到曲艳红的反应中就知道，高朝喜欢曲艳红。

马文平皱了一下眉，过来拉着高朝的胳膊上楼："快走吧，那个演出团的老板在办公室等着呢。""我早就注意到了，你这个经理在哪儿找的？"高朝终于挑开了盖子。马文平心里一咯噔，有些后悔让曲艳红出面了。"我可告诉你，你别打她的主意，她的来路可大着呢。"马文平想吓唬一下高朝，打消他心中的念头。他可不想让高朝去碰曲艳红，可是自己又得求着人家，如果告诉高朝自己也喜欢曲艳红，那真要和高朝闹掰了，自己的舞厅也就别想开成了。可他没想到，高朝是高干子弟，他那种吓唬根本不当事，马文平一说来路大，就更增加了高朝征服曲艳红的欲望。高朝临上楼又向后看了好几眼。

曲艳红也感觉到了高朝那不老实的眼神，她向高朝瞪了一眼，高朝大胆地向她回应着笑容，这让她对高朝无可奈何，匆匆地抬着酒箱子走了过去，高朝的那个表情还在她头脑中闪现着。

曲艳红把酒箱子拎到了舞厅，那几个服务员就说起了刚才看到的高朝，高朝长得帅气，人又穿得那么有型，服务员不禁多看了他几眼。还有服务员问曲艳红高朝看了她好几眼，她是否注意到了，曲艳红装作不知道，摇了摇头走开了。

服务员不无遗憾地说，如果能嫁给这样的男人，才是幸福的。曲艳红正在心里感叹着世道起了变化，马文平就到舞厅来找她，说有事，她马上和马文平一起上了楼。进了马文平的办公室，高朝已经走了，屋子里没人，马文平习惯性地要把房门关上，曲艳红马上意识到他要和她说什么，她阻止着马文平关门，马文平愣了一下，没有去关门。"还在生我的气吗？""我生你什么气？"马文平本想向她道歉，看着曲艳红都没有正眼看他，他知道他那晚行为深深地伤害了她。

为了缓和尴尬，他把话题转到了晚上的演出。"今天晚上的演出很重要，高朝请的是重量级的人物，你回去告诉那些服务员一定要服务好。对了，高朝刚才提起了你，你不要管他，他就是那样的人，不过，他对咱们很重要，你最好也不要得罪他。"

马文平说完，一面不停地在手里转动着一个火柴盒，一面看着曲艳红。他等着她的回应。"没事了吧，没事我就下去了，舞厅还没弄完呢。"曲艳红硬邦邦地说完，转身就走出了马文平的办公室。曲艳红从马文平的办公室出来，心都快碎了，她发现马文平变了，变得唯利是图，为了巴结高朝这样的人，他可以默许他在文化宫里面放肆胡为。他这样和高朝混下去，真的就会像曹大伟说的，他会越走越偏。她回到舞厅把马文平要转达的话告诉给服务员，一个服务员说自己巴结还来不及呢，哪能服务不周到，曲艳红听后狠狠地瞪了她一眼。

回到自己的办公室，反复想着刚才的事情，她忽然感觉自己落伍了，这个社会的思想都在转变着，让她有些看不明白。她心烦意乱，把剩余的工作安排下去，下午提早地回了马文平的家。马新生没让她走，她就还住在那里，她想自己还要一如往常地安排好他们父子的日常生活。

她回去做了一锅排骨，她盛了几块，装进饭盒中，剩下的放在锅里，等着马新生下班回来热一下，就可以吃了。她匆忙吃了几口早上剩的饭，然后拿起饭盒，向安定医院走去，她要先把母亲的饭送过去，然后再赶回舞厅。"你们不要阻拦我，你们没有不让我找我丈夫的权利！"还没有进到病房，曲艳红就听到母亲高声的叫喊声，她加快了脚步走进病房，几个医护人员围在母亲的周围，其中两个人一人架着一只胳膊。他们正在合力把母亲拉出病房。"你们松开，我来。"曲艳红看着医护人员这么对待母亲，有些气愤，她喊着冲了过去。医护人员停止了撕扯。母亲看到了曲艳红，像看到救星一样，脸上绽开了笑容。"快，把你爸找来。他们要把我抓走。""妈，爸出差了，等几天才能回来。"曲艳红的眼泪涌了出来，她带着哭腔向母亲解释着。母亲听到怔了一下，她也不再挣扎了，医护人员看到她稳定下来，松开抓住她的手，曲艳红一下子抱住了母亲，低声地哭了起来。"你们看吧，我说我丈夫出差了，你们还不信，还胡说我丈夫不要我了，你们这是造谣，我要告你们。"母亲获胜一样向那些医护人员说着。曲艳红转过身，示意他们离去，医护人员心领神会，看着赵冰姿彻底稳定下来，他们都离开了。曲艳红哄着她，坐到了床上，她给饭盒打开，把里面的排骨拿了出来，递给母亲。赵冰姿接了排骨，仔细地品尝着。"回去告诉你爸，下次再做时，多放点盐，他一个书呆子，什么都照本宣科，吃盐才会增加骨骼强度。"

赵冰姿这么一说，曲艳红刚停下来的眼泪又流了出来，父亲这一走，母亲就成了这个样子，上次她写的信已经寄了出去，她希望父亲能早一些回来，不要扔下她们不管。她不知道父亲是否收到了那封信。

第七十一章　马文平的大变化

　　当曲艳红走回了舞厅，演出就要开始了，高朝请的人陆续到来，服务员在寄存处忙个不停，收着那些客人的衣服，然后递给他们存衣服的牌。曲艳红见他们有些手忙脚乱，赶紧走过去帮忙。

　　曹大伟正在疏导着秩序，看到她，向她走了过来。"大伟，你来了。"曲艳红向曹大伟打着招呼，曹大伟勉强地向她笑了一下，她正觉得纳闷，又看到了曹大伟额头上多了几处伤口。她不禁关心地问起。"大伟，你的头怎么弄的？""没事，不小心磕到的。"曹大伟掩饰着打过招呼，又走向舞厅入口。曲艳红狐疑的神情看着曹大伟的背影，走进寄存处，把羽绒服脱掉，穿着那件红色毛衣在那里帮着收着客人的服装。"来，把衣服帮我收一下。""衣服里有什么贵重物品吗？"曲艳红一面埋着头收拾着刚收来的衣服，一面问。"没什么值钱的，就是衣服值钱，花了2000多港币，喜欢吗？"听着这话，曲艳红抬起头，正好看到了高朝那不怀好意的眼神。高朝的眼睛不断地在曲艳红的身上游走着，让曲艳红感觉一阵恶心，曲艳红没好气地接过他的衣服，随手把一个号牌扔了过来。"拿好牌，到时取要凭牌来取。""我不要牌，一会儿就凭我这张脸过来取。"高朝一面说着，一面继续盯着曲艳红。曲艳红有些尴尬。"你不拿牌，我怎么给你，我怎么知道哪件是你的。"曲艳红心底藏着一肚子的气，说话时就有些情绪，完全忘记了马文平的提醒。"没关系，丢了就丢了，不就一件衣服吗，重要的是你要微笑，不能这样跟客人说话，要有服务意识。你知道吗？你这样的态度要是在香港，连工作都找不到。""香港是香港，你要嫌我们服务不好，就请你自己管理自己的衣服吧。"说着曲艳红把高朝的大衣扔了出来，大衣袖子甩到了高朝的脸上，高朝还在涎笑的脸，突然之间沉了下来。这时，这里的纷争引起了周围人的注意，曹大伟一面疏导着秩序，一面不停地向这里张望。"好，这个大衣我不要了。今天我要教会你什么叫服务意识。"高朝将衣服扔到地上，回身吩咐手下去叫马文平。"请问出了什么事？"曹大伟不失时机地冒了出来。高朝转过头，看到是曹大伟，笑了。"我知道马文平为什么生意总是做不好了，你看他用的这些人。"高朝跟手下说着含沙射影的话，这些话进到曹大伟耳中无异于针刺的感觉，但他忍住了。"我是这儿的保安经理，如果我们有什么做的不能令你满意的话，我道歉，但请你尊重我们的员工。"曹大伟说完，高朝立即把视线转向曹大伟，他决定给这个曹大伟一点脸色，给曲艳红看看，他敏锐地感觉到这个时候正是表现自己的最好机会。"好，这个话题很好，尊重。我想问问你，你们服务员不为我提供服务，你说我该怎么尊重他们？"曹大伟转头看向曲艳红，曲艳红正一脸无辜地看着他，那是一种寻求帮助的无助目光，曹大伟转过了头，鄙夷地看着高朝。

"情况我都看到了，我觉得她做的没错，既然你不遵守我们的规矩，我们也就不提供这个服务。"说着曹大伟从地上把衣服捡起来硬塞到高朝的怀里。"你以为你是谁，你知道你在和谁说话吗？"曹大伟的举动，瞬间让高朝变了脸色。话音未落，高朝已经拿起了手中的衣服，劈头盖脸地向曹大伟打来。曹大伟早有准备，一把把衣服拽住，顺势一脚把高朝踹倒在地。高朝的兄弟"呼啦"一下将曹大伟围了起来。就在场面一触即发之际，马文平跑了过来。"都停下，怎么了这是，都是自家人，别打了。"

曹大伟停了手。高朝从地上爬了起来，扬手就是一个耳光，打在曹大伟脸上。这个耳光高朝用尽了全身的力气，因为曹大伟让他在这么多人面前丢了丑，特别是在曲艳红的面前栽了面。他要发泄一下，让这个小子知道他的厉害。曹大伟哪受得了这个，挥手就是一拳，哪知这一拳生生打在拦上来的马文平身上，马文平挨过这一拳，顺势死死攥住曹大伟的手腕。"你松开！"曹大伟红了眼睛，向马文平怒喝着，马文平却更加用力地攥着他的手腕。"大伟，这是我哥们儿，你赶紧向他道歉。""我道歉？你知不知道，是他先欺负曲艳红？"曹大伟怒吼着，但马文平不为所动。"人家是客，我们是主，高朝是咱们的座上宾，咱们不能这么对待他，听到了吗？"马文平说完，曹大伟彻底呆住了，他没有想到马文平会说出这样的话。如果要放在三年前，他想马文平一定会第一个冲上去，帮着他教训高朝，可是，现在，高朝欺负着曲艳红，马文平却什么话都不敢说。

曹大伟伤心透了，今天大庆打他的时候，他就对马文平有了一些看法，他觉得马文平做事越来越不像哥们儿，回来之后，他本来想和马文平理论一番，然后一走了之。可是，当他回来的时候，舞厅里忙得不可开交，他的话也就咽了回去，他觉得事情完了之后，再说大庆的事。可是，他现在发现，马文平变得已经不是从前的哥们儿了，他竟然会让他赔礼道歉，他接受不了这样的命令，他就那么与马文平怒目而视，站在那里一动也没有动。

无奈之下，马文平松开曹大伟的手腕，把衣服捡了起来，送到了柜台上。"记住了，我的这位朋友是贵宾，他有什么要求都要无条件答应。听到没有？"他环顾着服务员，服务员们向他点着头，他没有安慰还在哭泣的曲艳红，直接走回了高朝身边，让高朝消消火，试图劝走高朝。得势的高朝借势嚣张起来，他走向曹大伟。"你给我记住了，这是我的地盘，你知道保安是什么吗？就是我养的一条狗，你得知道谁是主人。"曹大伟再也忍受不了这样的侮辱，猛地向高朝扑去，被马文平死死地挡在了中间。

"大伟，我说的话你没有听明白吗？你现在马上离开。"马文平的语气变得严厉起来了，像是一个领导在训斥下属，曹大伟不认识地看着马文平。此时，舞厅内的音乐再次响了起来，湮灭了这边的争吵声。在混乱中，马文平拥着高朝一起走到舞厅，只剩下呆若木鸡的曹大伟和委屈的曲艳红。

第七十二章　丁宁的追求者

丁宁去找从南商量诗集出版的事。

那天，她推门进去，正赶上从南接着老婆的电话。从南刚坐到办公室，老婆就打来电话说要从南陪她去商场买东西。从南气不打一处来，他一个人经营这么大的集团就够辛苦了，哪有空闲时间出去逛街。再说了，他答应了丁宁商量诗集出版的事。

自从见了丁宁之后，他的心思已经完全不在老婆的身上。两相比较，老婆南方人，个子矮小，身材粗胖；丁宁是标准的东北美女，身材高挑，长相漂亮。他之所以把丁宁选成了部门经理，用意并不是在集团的发展上，而是在丁宁的身体上。

昨天，丁宁主动提出了要和他商量诗集的事，这是从南求之不得的。丁宁进了集团，他还没有找到与她在一起的合理借口。就这样，他和丁宁商量好了，一上班就让她来办公室谈事，这个时候，老婆打来电话，他心里能不和老婆急吗?！

所以当丁宁轻轻敲响办公室门的时候，他马上招呼她进来，同时把老婆的电话挂掉。

丁宁进了门，看到从南怒气未消，她关切地询问着从南出了什么事。

从南借机把老婆贬了一通，丁宁善解人意地劝说从南要理解女人的心思。从南挥挥手让丁宁去给自己倒一杯咖啡过来。丁宁袅娜的身姿走向咖啡机，从南与老婆吵架的怒火瞬间就被浇灭了，当丁宁端着咖啡走回来的时候，从南的眼睛里就只有丁宁那迷人的身姿。

从南从丁宁走路的姿态中，询问丁宁是不是练过舞蹈，果不其然，他猜对了。丁宁反问他是怎么看出来的，他就随口编了一个以前他想找一个跳舞的女人做老婆的故事，来与丁宁拉近彼此的距离，并且不遗余力地夸赞了丁宁的身材，丁宁听到从南的夸赞，从心底里觉得从南是个懂她的男人，她更加心花怒放。她觉得不仅找到了一个真正帮她的男人，而且找到了一个懂得女人的男人。

两人言归正传说起了诗集的问题，从南看了看表，借机说到中午了请丁宁吃饭，他们边吃边聊。丁宁也从他的话语中感受到更深层的含义，但是她没有拒绝，也许是因为曲折的诗集，也许是因为从南本人。

当两个人来到饭店时，从南告诉丁宁天不遂人愿，自己娶了现在的老婆，每天烦心事特别多，丁宁听了之后，不知如何回答，但是心里却起了波澜，面前的从南风度翩翩，又拥有着偌大的房产集团，从南单独请她出来吃饭，又向她说这么一段话，她在心里不断地琢磨着其中用意。

吃饭时，从南让丁宁点菜，丁宁一再推辞，一是自己真的对于富人的生活不熟悉，二是自己的内心正在挣扎着，也没有耐心去浏览那一道道的饭菜。

从南再没推让，拿起菜谱给他们点了最好的八分熟的牛排、奶油蘑菇汤和蔬菜沙拉。然后又特意要了一瓶十年的波尔多红酒。点完这些，从南告诉丁宁，女人要多吃点这些东西，对皮肤有好处。看着丁宁紧致而有光泽的肌肤，从南的胃口突然间就饱了。

从南边吃边聊，与丁宁聊女人，不断地向她暗示着什么。她的内心非常紧张，她不断地看向从南，从南总是以微笑回应她。这让她紧张的心缓和下来。

服务员离开后，丁宁忙不迭地答谢着，从南对自己太好了，把诗集的事放在了心上。从南再一次挥手，告诉她做这些，都是为了让她回去的时候告诉她的老公，从南是一个懂礼貌、有修养的人，不要被她老公看扁了。

从南说这话的时候，一直在用眼睛盯着丁宁，他看着丁宁脸部细微的变化，当他提到老公的时候，丁宁的眉头稍微动了一下，就这一下，他已经判断出他们之间出现了问题。

丁宁有些诧异，自己刚来集团没多长时间，关于曲折的事情，她没有和任何人提起过，从南怎么会知道，她疑惑地问从南。从南告诉她是从她的说话、做事和一些细小的动作中看出来的。

从南的回答让她大吃一惊，她没有想到从南一直如此用心地观察着她。她的脸红了起来，她又紧张起来。她为了掩饰这种紧张，不停地往嘴里塞着东西。

当从南说出她和曲折现在的关系不是很好时，丁宁停下了手中的勺子，半天，她抬起了头看着从南。在从南的眼中，看到了一些她不敢去想的内容。

从南仍然微笑着看着她，从南把他的手伸了过来，握住了她的手。在那一刻，丁宁忽然间有一种被触电的感觉。她本想抽回手，但是自己的手却执意地让对方握着，她半张着嘴，不知如何是好。

饭后，丁宁坐到了副驾驶位置，从南开着车载着她，两个人去了一个宾馆。

第七十三章　变得陌生的丁宁

丁宁早上从家走之后，曲折就开始忙碌起来，因为丁宁说她老板已经答应了和她商量诗集出版的事，他似乎又看到曙光。他匆匆地收拾完屋子，就拿起笔来给曲艳红写信，他在信中急切地把诗集要出版的事，先告诉了女儿。

他和丁宁一起出来，还有一个原因，就是他想在这里完成诗集的出版，现在这块心病没了，他想把取得的成绩告诉女儿，让她和自己一起高兴。这时的他更加思念起女儿和妻子来。当曲艳红回信告诉他赵冰姿的近况时，他就感到深深的内疚，他不敢去想妻子，怕自己真的回忆起了妻子的容貌，接受不了这样的事实。他就只有在信中，再次委婉地写了自己现在不能回去的原因。然后把信用心折好，放入信封中，贴上邮票，再次拿起信，确认都已经封好，然后穿上自己的呢子大衣，走了出去。

他来深圳之初，自己跑了一些杂志社，碰壁之后，就很少再出来。他在那个小屋里面感觉不到压迫感，他可以静下心来去创作。可是到了大街上，外面人潮涌动，他就有些不适应，他觉得他仿佛要被淹没在人海之中，他闻到的到处是金钱的味道。还有那些开放的行为，情侣们走在马路上，毫不避讳地搂着对方，在动情的时候还会亲吻，当着大众的面。他觉得这是一种犯罪，在平安火车站，这些他想都不敢想，可是现在这个世界却真真切切地展示在他面前。还有他的衣着，别人都是光鲜的，只有他是土里土气的，丁宁曾经说要给他买衣服，被他拒绝了，自己一个常年待在房子里的人，要那些时尚的衣服做什么，可是，真正走在大街上，他能感觉到这个城市的人看他的目光，是那种异类的、土老帽的感觉。

他把信邮了出去，就匆忙地往回赶。在经过超市的时候，他走了进去，买了几瓶罐头和熟食。他准备等丁宁晚上回来后，诗集有了眉目，要好好庆祝一番。

就这样，他转了一小圈又回到了宾馆，他进了屋子，把屋子的窗子打开，透了透气，深圳的温度，不冷，但是感觉透骨，他一会儿把窗子又关上。然后开始埋着头坐到了诗集的面前。这些诗集已经不知被他打磨多少遍了，但他现在读着每一个字都是生硬的、晦涩的，一点感觉也没有，就好像不是自己写出来的，也不清楚自己是什么样的心情。他惶惑地看着自己的手，他怀疑眼前的这双手，是否还是当年拿起画笔和钢笔的手。

他忽然间发现自己的咳嗽好了很多，也许是心情好的缘故，他试着再咳嗽几声，感觉肺也不是那么胀，他的心情好起来了，但是手下的笔还是没有感觉。他就放下笔，透过宾馆里的窗子看外面的世界。

他眼睛看着外面，可是思绪里却想着在外面上班的丁宁，不知道丁宁和老板谈得怎么样了？是不是正在谈，或者已经谈完了，丁宁正赶回来告诉他这个好消息。他就在那里瞎想，想着想着，就开始不往好处想。他在想着丁宁是不是在这个新单位里认识了新的男朋友，她现在是不是把他的诗集的事都忘了，而正在和那个男朋友聊着情话。他现在每天看着她心情不错地回来，他内心的紧张就会增加一些，特别是他刚才看到了街上那种开放的行为，他更加担心丁宁这个单纯的女孩子，会不会在这里变坏了，和另一个男人跑掉了。她既然能和他一起从平安火车站跑出来，也完全有可能会和另一个男人在自己的生活中跑掉。他就这么瞎寻思，越来越觉得这种可能性大一些，他就不敢再往下想了，他倒在了宾馆的床上，他想睡一觉，至少可以让自己的大脑暂时休息一下，平复一下自己的心情。

当他醒来的时候，已经是华灯初上。每天这个时候，丁宁差不多快回来了，曲折马上从床上起来，他把桌子上的诗集放到了一边的椅子上，腾出了桌子，把那几瓶罐头打开，然后又把熟食撕开，他还把刚来深圳时，两个人喝剩的两瓶啤酒也放到桌子上，等丁宁风尘仆仆地回来，他就上去用力地拥抱住她，给她一个长长的吻，然后他们一起共进晚餐，再然后，和她一起相拥在床上。他感觉自己身体状态很好，他相信自己能给她一个美好的夜晚。

他想到这里，记起自己很长时间没有洗澡了，他闻了一下自己的身体，有股味道，他就把衣服脱掉，钻到卫生间，打开热水，哗哗地洗起来，他快速地搓着自己的身体，他想争取在丁宁进屋之前，就把自己洗干净。

当他的头发还没有擦干净的时候，他就跑出了卫生间，屋子里面还是静静的，没有丁宁的声音。他预想到的那一幕并没有发生，他奔到了窗子边向外面看去，他想看一下丁宁是否回来了，他沿着宾馆下面的那条街望向很远。如果看到了丁宁的身影，他会毫不犹豫地冲出去，哪怕穿着浴服。他要抱着她，把她高高举起，让她的尖叫刺破这深圳的喧嚣夜晚。

可是，他等了很久，还是没有丁宁的影子，已经离每天回家的时间过去了两个小时，他有些心急，他不知道丁宁会出什么事，他现在担心起她来了，他想去单位找她，也许她在加班。他这时才意识到自己根本不知道她的单位在哪里，他更加发慌了，他越发认定丁宁出事了，可是自己却无从下手，在他像热锅上的蚂蚁，不停地在屋子里走动时，窗子下面传来了一声轻轻的刹车声。

他一时间冲了过去，他看到了一辆豪华小轿车停在了宾馆下面。他意识到自己是过于神经了，丁宁不可能坐在这个车子里面。这个车子只能是有钱人开的，一定是找别人的。正当他要离开窗子时，车门开了，让他意想不到的是，一个再熟悉不过的身影，从车上走了下来，是丁宁。他又仔细看了一眼，再次确认了就是丁宁。他的眼睛有些湿润，他看到她走向宾馆的门，他的心开始无端加速跳跃着。丁宁在快进入宾馆的时候，忽然又转回了身，钻回车子里面，丁宁并不是迈进车里，而是俯下身趴进了车子里面，她的腿在外面露着。

曲折看得身上的汗都出来了，丁宁分明是在和车里的人吻别。当她再次从车里出来时，她又整理了一下自己被弄乱的头发和变形的衣服。然后笑着向车里的人招了招手，再次向宾馆里面走来。

曲折这时的拳已经攥得紧紧的，自己的胡思乱想，原来都是真的。他现在恨死了丁宁，原来她以找工作的名义，一直在外面和男人勾搭着。当他要转身时，他看到轿车并没有走，一个男人从车上下来，直到望着丁宁走进了宾馆才再次上车驶离。

曲折这时彻底崩溃了，他越担心什么，就越会发生什么。他听着丁宁的脚步声向房门走来，他不知道自己如何面对她才好。

丁宁打开房门，曲折背向她站着，丁宁看着曲折的背影有些诧异。她的目光很快看到了桌子上摆着的丰盛的菜品，她意识到这是曲折要给她的惊喜。她在进屋之前，也没有想好如何面对曲折，因为自己在这之前，已经把身体给了从南。在从南强有力的臂膀中，她再次找到了那种安全的感觉，特别是那种有钱的踏实感。当她趴在从南宽阔的身体上时，从南就像一艘带她远航的游轮，在这个游轮上，她能到世界的任何地方，能吃到各种好吃的，穿着各式亮丽的衣服。她会再次走到生活的舞台中央，让男人用羡慕的眼神看着她。

而曲折就是一艘马上要翻掉的小舢板，它没有安全感，丁宁在那上面感觉的是无助和危机。但是，当她打开房门，回到这个小舢板上时，她看到了舢板上精心的饭菜，又一次被感动了，她扔了包，从后面抱住了曲折的身体。她觉得现在是她亏欠着他。

"今天加班？"

曲折问着。

"对，和老板吃了饭，陪客人，所以才回来，你辛苦了。"丁宁说着，在曲折的前胸抚摸起来。"吃完饭，还要吻别是吗？"丁宁听到曲折的话，停止了手里的动作。曲折转过了身目光咄咄地看着她。"说呀，是什么样的客人，在哪儿吃的，为什么要让他送回来？"曲折一连串的问话，搞得丁宁不知所措。"说呀，你哑巴了，怎么不说话了，是不是编不出来了。"曲折想着各种恶毒的语言攻击着眼前的这个女人，他的心伤透了，他没有想到丁宁竟然是这样一个水性杨花的人。

丁宁进门时还对曲折有些害怕、顾虑，现在曲折对她这么一吼，她倒内心平静了许多，她觉得曲折一直在监视她，他的不信任让她受了很大的委屈。为了掩饰刚才的谎话，她现在反过来大声地质问着曲折。

"你竟然跟踪我？""我那是跟踪你吗？我是担心你，却没有想到看到了那个情景。"两个人既然撕破了脸，丁宁也没有必要隐瞒，她无所谓地和曲折说。"亲吻拥抱怎么了，那都是西方正常的礼节，还亏得你是个诗人，连这些都放不开。你那些诗难道都是瞎编的。"丁宁说完，曲折再也忍不住了，他扬手给了丁宁一个耳光。丁宁一时间捂着脸愣在了那里。曲折气得身体直发颤。"你的诗集谈好了，马上就要出版，我们老板答应了。"丁宁冷冷地说着，曲折听了这话，忽然回身拿起了自己的诗集，用力地把它们撒得粉碎。"你干什么，你疯了吗？""我是疯了，我疯得和你一起跑了这么远，一起陪着你找男人。"曲折说得更加恶毒。没有阻止住他的丁宁停下了手，幽怨地看着他。"你是后悔了吧？""我的肠子都悔青了，当时怎么就瞎了眼，没有看出你这么一个狐狸精。"曲折的话，深深刺痛了丁宁的心,丁宁冷笑着说。"你现在后悔可以走呀,腿长在你身上,我又没有拦着。"疯狂的曲折忽然冷静了下来,现在他往哪儿走,他已经弄得妻子和女儿都恨死了他,他回哪儿去?他看着冷漠的丁宁,他想知道丁宁是否还爱着他。"丁宁,你今天跟我说实话,当初你是否因为爱我,才和我一起出来的?""对呀,你还能记得那些话?可是,时代在变,那些话只适合当时。现在不一样了,你没有看到吗?现在街上人们穿的、手里拿的、嘴里说的,都是离不开钱的。而你的诗,折腾了这么久,换回什么了?曲折,你知道,我真正想要什么吗?是一种安全感。可是,和你在一起,我没有那种感觉。我活得很累,你明白吗?你醒一醒吧,我的诗人。"

丁宁的这番话,就像一颗颗子弹,打进了曲折的心里,曲折的心被打得千疮百孔,他不得不承认,现在的他是失败的、是无能的,是不能给自己心爱的女人带来幸福的。但是他一直不敢这么想,也不想听到这些话从丁宁嘴里说出来,可是,现在她说出来了,证明他们的路,也就走到头了。

曲折看着眼前的丁宁,他觉得这个女人是这样陌生。他的眼前一阵阵地发黑,终于,他再也支撑不住,倒了下去。

第七十四章　不一样的曹大伟

　　曹大伟与曲艳红在舞厅关门之后，结伴向家里走去。他们都在感伤着马文平的变化，从监狱里出来之后，曹大伟对于马文平的变化感受尤为深刻，他觉得自己越来越不了解马文平了。虽然，他们之间还像好哥们儿的样子，一起喝酒，一起开着玩笑，貌似无话不说，亲密无间。但是，真正遇到事情的时候，马文平却习惯性地摆出一副高高在上的架势，这让曹大伟感到非常不舒服。

　　曹大伟觉得马文平这些变化与他当上了文化宫主任不无关系。曲艳红也有同感，她认为除了这个原因外，高朝对马文平的影响也很大，近朱者赤，近墨者黑。

　　"高朝是墨，所以马文平就越来越黑。"

　　这句话曲艳红是笑着说的，但曹大伟却听得心情更加忧伤，曲艳红看出曹大伟心里难过，想换个话题，问曹大伟以后有什么打算。曹大伟告诉曲艳红，这件事情之后，自己不可能再在文化宫做事了，因为时间越长，两人之间的隔阂也会越大，趁着现在还没有撕破脸，应该尽早离开。

　　第二天，曹大伟起得很早，他想去看一下石头的高考补习班。

　　昨天送完曲艳红回来，他想了很多，如果不去文化宫上班，自己能去做什么呢？现在石头干起了美术社，他可以跟着干，但是有马文平的前车之鉴，他觉得还是最好不要两个好朋友在一起做事，一旦伤了感情，想再弥补回来就会很难。朋友是自己人生中最宝贵的东西，一旦失去就找不回来了。

他想到了石头说过的考大学，他觉得考大学不失为一条出路。这样，考上之后，自己有了文凭，去找一份自己喜欢的工作就会容易一些。

他还想到了曲艳红，他觉得曲艳红在文化宫里干得并不开心。他已经出来了，他觉得应该为她做些什么。就这样，他想着想着，就睡着了。

吃过早饭，他去找石头，他把自己在监狱里画的画也都带上。到了美术社，石头听明白他的来意，打开他的画夹的时候，石头一下子被惊呆了。曹大伟画的画，石头说有种陈丹青的感觉，他不断地赞叹着画功的精湛，感叹自己的水平与曹大伟有着很大差距。

曹大伟听后倒觉得不好意思，自己的画都是监狱里面画的，又没有老师现场指导，怎么可能会超过石头专业补习班的水平，他有些不相信。石头为了向他证实他的画有多牛，把美术社的大门一关，拉着他就去找高考补习班的老师。

当老师打开曹大伟的画时，老师的面容同样流露出惊诧的表情。老师看着曹大伟的画，疑惑地询问着，是他本人画的吗？当得到确切的回答后，而且听说又是在监狱里完成的，老师抬起了头，仔细地端详了一下曹大伟，然后招呼着所有的学生一起过来欣赏曹大伟的画。

当曹大伟的画被争相观摩的时候，曹大伟才确认石头所言不虚，他为自己而感到骄傲。人生在他的头上打开了一扇窗子。在石头的引荐下，老师热情地接纳了他，让他作为一个特殊的插班生，参加高考补习，并告诉他，只要努力，他考上大学一点问题都没有。

从高考补习班出来，石头还要回美术社忙他的业务。两个人就此分别，在离开的时候，石头掩饰不住兴奋地和他说，以后就是同学了，希望两个人一起走入大学的校门。

他憧憬着未来，与石头挥手告别。

看着石头离开的身影，他忽然有一种很温暖的感觉。他仿佛又找到了当年在一起上学时的感觉。文化宫那份工作，还有昨天发生的不如意，在脑海中暂时忘记了，他现在只想把这个消息告诉曲艳红。

曲艳红昨天和他分开的时候，说第二天上午去医院看赵冰姿，所以曹大伟就直奔安定医院而来。

见到曲艳红的时候，曲艳红正好拿着饭盒走出来。曹大伟先是关心地问了下赵冰姿的情况，曲艳红又心情沉重起来，曹大伟见状赶紧止住话题，把自己考大学的想法告诉了曲艳红，曲艳红果然兴奋起来，为曹大伟感到高兴。但没过多久，就又掩饰不住脸上流露出的失落感，如果曹大伟考上大学，就意味着再次跟她分道扬镳。虽然心里这么想，但她表面掩饰着，没有表现出来。她把失落换成了鼓励他的话语："我早就看出你能行，你一定能考上。""不管行不行，我都要试一试，你知道吗？我刚自由那两天偶然看到自己看《梵高传》时写的日记，竟然不能自持，只觉得有一股东西在往上涌。昨晚我又把那本书翻了出来，重新读了一遍，竟然再次看得满眼是泪。这一刻，我更明白了自己需要的是什么了。"曹大伟的情绪感染了曲艳红，曲艳红心底为曹大伟感到高兴，她觉得自己没有看错人，曹大伟就是自己最值得去喜欢的人。于是，她继续鼓励他："大伟，你给我的感觉跟他们不一样，按自己的想法走，你一定会成功的。""什么不一样？"曹大伟有些不好意思起来。

第七十五章　曹大伟的劝说

　　"虽然你也调皮捣蛋，有时打起架来也很吓人，但是在你身上，有一股他们没有的劲儿，是一种做正事的力量。这些他们都没有。"曲艳红说完，曹大伟有些不好意思，曲艳红还从来没有这么表扬过他，这些话让他很受用。他以热辣辣的目光看向曲艳红。"你知道吗，有好几次，看着火车从我的身边经过时，我就在想，自己将来一定要离开这个火车站，去很远的地方。你呢，你也有这种感觉吗？""我？！""哎，对，我看你也考大学吧。"曹大伟的内心中憧憬着自己的未来，但在奔赴理想的旅途中，他不想一个人独行。他灵光一现，突然看到了把曲艳红拉离庸俗之地的途径。"我考大学？"曲艳红从来没有想过这个问题，现在文化宫的工作，已经把她完全地转化成车站人的思维，按部就班地做着他们应该做的事情，既不考虑未来，也从不想试图改变，就这样死水微澜一直到死去的那一天。只要火车站存在着，他们就不会失业，就不用为了生计而动脑筋。这就是站里人的普遍想法，也是曲艳红现在的想法。她对于曹大伟的这个问题感到陌生，感到突兀，同时，不经意间也唤起了深藏于她内心的那团关于未来的火焰。"你跳了这么多年的舞蹈，现在扔下了多可惜，就你这个条件，考上大学，我感觉没有问题。"曹大伟看到了曲艳红心中的某种东西被点燃，继续鼓动着。这时，一辆公交车从两人的身边开过，车尾冒着一道白烟。

曲艳红的目光一直跟随着这个车，她的内心在翻腾着。是的，自己曾经是那么优秀的学生，如果说考大学，自己的能力应该是没有问题的，可是家里的变故却让一切发生了改变。父亲走了，一个人跑到了远方，母亲现在神志不清，生活摆在她面前的每一道难题，都需要她交出一个完美的答案。

　　大学在她的生活中变得遥不可及。特别是自己的心中还有一道坎，那就是在她把舞蹈鞋扔给丁宁的那一刻起，她心中最美好的舞蹈梦就破灭了，那是一种与自己最喜爱的生活决绝的行为。从此这种生活不再属于她，她不再是那个引领着同学们曼妙旋转的优异舞者。特别是当她穿上舞蹈鞋，站到舞台中央时，她会想到什么？

　　她会想到丁宁，那个曾经循循善诱、一点点教授她舞蹈知识的老师，是丁宁把她塑造成一个完美的舞者，并赋予了她对舞蹈的向往。丁宁塑造了她，又亲手把她的梦想打碎，不仅仅打碎了他舞蹈的梦想，而是毁灭了她所有生活的梦想。

　　她曾经以为这一切将从此远离自己，但此刻却被眼前这个叫曹大伟的人再次唤起。

　　"我一直想告诉你，第一次看你跳舞的时候，我就被你吸引了。我上画画班，就是为了有机会和你在一起。那时，我天天想见到你，所以就去学画画，现在我坚持下来了，你怎么反而放弃了。"

　　曹大伟一鼓作气把心里的话都说了出来。曲艳红惊讶地看着站在自己面前涨红了脸的曹大伟。她知道曹大伟喜欢她，但是，今天听他亲口把这些话都说出来，还是觉得很感动。她看着曹大伟那真挚的目光，内心动摇了，她听到了内心建起的那堵墙，在自己身体里倒塌的声音。"但是……"曲艳红刚想说话，却被曹大伟打断。"我知道你现在的心情。我刚失去自由的时候，也和你一样，对未来充满了绝望，感到命运对自己太不公平，但时间长了我才知道，苦难是成长道路上必须经历的。塞翁失马，焉知非福，只要用心地过好每一天，生活一定会给你一个漂亮的答案，就因为这样的信念，我获得了减刑，我能做到，你也一定能做到。你一定要振作起来，好吗？"

曹大伟说完，向曲艳红伸出了手，曲艳红迟疑了一下，伸出了手，两个手紧紧地握在了一起。

第七十六章　曲艳红的决定

　　曲艳红心神不宁，她在心里已经做了和曹大伟一起学习考大学的决定，但是，一回到舞厅这个现实环境，又有些犹豫不决，她不知道自己做出这样的决定是对还是错。

　　她坐在办公室里面犹豫不决，思来想去时，马文平突然推门走了进来。"舞厅那边都开始上人了，你怎么还坐在这里？"听到马文平的话，她一动也没有动。如果说刚才还没有想好的话，现在马文平的话让她彻底下了决心，不再在文化宫上班了，马文平那种颐指气使的做法，让她觉得她离马文平的距离越来越远了。"我不想干了，你再找人吧。"她说着站了起来，整理了一下衣服，准备向门外走去。马文平见状，一抬胳膊把她拦了下来。"是为了昨天的事吗？我向你道歉，我也是迫不得已。你想，高朝他是……""跟那没有关系，是我做得不对，你不用道歉。""那你为什么要离开？"马文平焦急地看着曲艳红。"因为，因为我想考大学。"曲艳红看到了马文平那惊异的眼神，心里涌起了一种久违的满足感，她看着马文平张了张嘴，准备再说什么时，一个服务员跑了过来，说曹大伟找他有事。马文平便向曲艳红挥了挥手，示意等他回来。马文平见到曹大伟的时候，曹大伟已经在他的办公室等了一会儿。"你找我有事？"他看着坐在他对面椅子上的曹大伟，心里突然有了一种不祥的感觉。曹大伟来这里就是要找马文平辞职的，他看到马文平进来之后的冷淡表情，在想马文平应该是因为昨天的事情忌恨着他，如果这疙瘩解不开，今后朋友也没得做了。想到这里，他主动摆出一种姿态。"小平，昨天怪我太冲动，现在我向你道歉。"曹大伟的话让马文平再次一愣。他是了解曹大伟的，如果他不认准的事儿，就是刀架在脖子上也不会妥协的。这样想着，他愈加感觉到自己的预感就要来临了。果然，曹大伟看到马文平没有任何反应，走上来亲切地拍着他的肩膀。"行了小平，该道歉我也道歉了，你就别绷着了，我找你来，是想告诉你，以后我可能帮不上你了。"一种巨大的挫败感铺天盖地地朝马文平袭来。"为什么？""跟你说实话吧，我想考大学了。"果然如自己所料，马文平脸沉了下来。"那恭喜你了。"说完之后，马文平冷若冰霜地朝外走去，这反应把曹大伟弄蒙了，他一把拉住了马文平。

"哎，小平，你这是干什么？""没怎么啊，考大学是好事，我祝福你。"马文平挣脱曹大伟的手，再次向外面走。"不对，你这情绪不对，你告诉我出了什么事？"曹大伟本来想和马文平和善地告别。现在马文平忽然变成这样的态度，让他深感疑惑。"你想让我说什么，你想考大学就去考好了，你管我情绪对不对？"马文平突然之间用力地挣脱开曹大伟的手，向他怒吼着。"怎么不关我的事，我们是哥们儿。""你别说得这么好听！"曹大伟真心想帮马文平，却没有想到马文平能说出这么伤人的话。从马文平进屋之后，他就试着不断地修复他俩的关系，但是他的努力是白费的，他再也忍受不住，一下子把马文平搂住，重重地把他摔在了地上。"你说什么？你再说一遍。""我说你怎么了？"马文平嘴里说着，人已经从地上跃了起来，直接向他扑来，两个人顿时撕扯在一起，拉扯中，曹大伟再次把马文平打倒在地。"够了，你有完没完。"曹大伟控制住情绪向马文平伸出手，准备拉起他，马文平却突然操起旁边椅子，兜头向曹大伟砸来，曹大伟来不及反应，椅子重重砸在曹大伟的头上，鲜血瞬间从曹大伟头顶流了下来。曹大伟怔住，马文平也怔住。"这回够了吧？"曹大伟透过血水看着马文平，马文平也看着曹大伟，慢慢放下手里的椅子。马文平的办公室里准备有处理伤口的药物，这是他多年必备的东西，起初是自己打架时候用。后来，是文化宫里的员工在工作时有什么伤害时，可以及时得到救治，马文平就养成了一种准备药品的习惯。现在，这些药品派上了用场。等马文平在办公室里帮着曹大伟包扎完伤口的时候，两个人再次平静地坐在了一起。

马文平递给了曹大伟一支烟，曹大伟吸着，两个人的目光再次碰到了一起。"现在说吧，你为什么听到我要考大学就不高兴？"曹大伟探询的目光盯视着马文平。

马文平想了想，反问着曹大伟。"你为什么考大学？""真的就为这事跟我急？""你前几年考上都不去，现在怎么又想起考？"两个人既然敞开了心扉，打开了天窗，彼此也就不再藏着掖着。"我当年不想上是因为我妈，现在我爸出来了。"曹大伟真诚地看着马文平。"小平，我这段时间心里很难受，我发现我并不适合和你一起做生意，因为咱俩做生意的观念各不相同。这段时间我一直想着怎么离开这里，去到更远的地方看看，世界到底有多大？哪里才是终点？像我们这样的人，闯到外面的只有两种方式，一种像万风那样参军，还有一种就是考大学，所以，我想试试。"

曹大伟说完，看着马文平，终于马文平点了几下头。"好，大伟，你有志向我不拦你，我希望你能如愿以偿。"马文平其实心里特别想问，为什么曲艳红也要考大学，是不是曹大伟撺掇的，但话到嘴边，他又给咽了回去。曹大伟看到了马文平眼神里露出的某种东西。"小平，咱俩兄弟一场，有几句话我必须得说，我知道你现在生意跟原来不一样了，好多事情需要维护，能忍是好事，但哥们儿不希望你跟他们走得太近，以后真要有事，一定会把你牵扯进去的。"既然两个人各有其志，曹大伟觉得说到这里，也就好合好散了，他好意地提醒着马文平一定要担心着高朝。"你放心吧，我心里有数。"马文平笑了一下，他决定趁着这种状态还是把心里的疑问说出来。"今天曲艳红也和我提出了要考大学，她的主意不是你给出的吧？""是呀，是我告诉她的，我让她一起考大学，怎么了？"曹大伟没有注意马文平脸上的表情，很肯定地告诉他。马文平的脸又沉了下来。

马文平站在办公室窗前目送着曹大伟身影消失在文化宫的大门外，突然有些伤感，又有些无奈。他想起了曲艳红的事，转身向她的办公室走去。曲艳红的办公室已经上了锁，他打听曲艳红去哪儿了，服务员告诉他，曲经理回家了，临走时，给他留了张条。他展开纸条一看，果然，是曲艳红的辞职信。他只看到三个字就把纸条揉成一团扔了出去。马文平看着人声喧闹的舞厅，突然之间感觉到自己非常孤独。

第七十七章 一起喝酒的父子

第二天曲艳红去找曹大伟，才知道曹大伟也辞去了在文化宫的工作。两个人一阵憧憬之后，兴冲冲地来到了石头说的补习班。在那里曲艳红也认识了一个舞蹈老师，老师让她先做几个动作，看她底子不错，是个跳舞的胚子，当场答应收她为徒。

就这样，三个人都步入了补习班的大门，而且又在同一个补习学校，从此在一起，各显神通，开始了向高考的冲刺。孙耀华和曹关生得知了曹大伟要考大学的消息，两个人都分外高兴，一时冲淡了长久笼罩在家庭中的阴云。这天，下课之后，孙耀华在家准备了一桌丰盛的饭菜，为他们的决定表示庆祝。

曲艳红和石头放学之后，相约着跟曹大伟回了家。他们一进门，就看到了满满一桌子菜，香气扑鼻。今天的曹关生也是特别积极，在厨房里面帮着孙耀华打着下手。听到了开门声，曹关生用围裙擦了一下手，走了出来，看到曲艳红他们进来，热情地打着招呼，把碗筷准备好。很快，孙耀华端着一条鱼上了桌，招呼大家落座吃饭，先给曲艳红和石头各夹了一块鱼肉。"你们都多吃点，尝尝阿姨的手艺。"她笑眯眯地看着这群孩子，一晃都长这么大了。她和曹关生刚到火车站的时候，他们还没桌子腿高，现在可倒好，男孩子一个个长得五大三粗，女孩子也出落得如花似玉。最突出的是石头，原来瞅着他干巴巴的，当年孙耀华还担心他长不高。后来脚又瘸了，孙耀华看着他，心里就不是滋味。今天一见，脚也看不出来有过毛病，这个子也蹿了起来，身板也壮实了，她打心眼里为他高兴。

曹关生听说石头开了美术社，连连夸赞石头有正事，搞得石头脸上飞红。当说起曲艳红的父母，这桌上的气氛就有些压抑。孙耀华一见，马上把他们的大学梦提了起来，他们又开始活跃起来。

"以后呀，这复习紧张起来，你们要多帮帮大伟，他落了这么多年的课，要捡起来没那么容易。"孙耀华担心着曹大伟的课程，她再次把鱼夹给了曲艳红和石头。"阿姨，当年其实大伟学习也很好，我也耽误这么长时间了，搞不好，最后我还要请教他呢。"曲艳红一面向孙耀华说着，一面偷看着曹大伟。"对呀，阿姨，大伟画画也好，被我领去后，我们同学很多都不敢报名了。""那为什么呀？"孙耀华听石头一说，她紧张起来，以为曹大伟在补习班又惹了什么祸。"嗨，那还用说吗，怕考不过他。"石头的话，让孙耀华放下了心。所有人都在议论着自己，搞得曹大伟有些不知所措。"妈，你别听他们的，他们说的都有些过了。"孙耀华听着更高兴了。"多吃点，觉得好吃，阿姨天天给你们做，你们只要上心去学习。""对呀，阿姨，你做得这么好吃，干脆我入伙吧。"石头说完，曲艳红马上把自己嘴里的肉咽了下去，还没有擦嘴上的油就争着说。"你入伙？我入伙才对，就我一个人，是吧阿姨？""你们呀，谁都不要抢，入什么伙，就天天来吃就行，阿姨高兴。哎，对了小红，你怎么一个人，不是和马叔他们一起住吗？"孙耀华猛然之间就想起了曲艳红原来是住在马家的。这时，曹关生扭转头看了她一眼，然后又把目光投向了曲艳红。"阿姨，她出来了，自己在家住呢。"石头帮着回答着，听到这话，孙耀华夹过来的锅包肉停在了半空中。曹关生看着她，脸一沉，拿起面前的酒盅，一口干了下去。

"什么？你怎么不在他家住了？"孙耀华急切地询问着，曹关生再次看向了曲艳红。"阿姨，要考试了，我一个人静一下，也好复习。"孙耀华听到这里，锅包肉一直在空中悬着，半天才缓过劲来，为了掩饰自己，她把肉快速地投到了曲艳红的碗里。"啊，这样好，这样好，学习方便了。"她念叨着，脸上的表情也有些僵硬。曹关生把碗里的饭扒拉完，轻轻地摔了一下筷子，下了桌。还在高兴中的小伙伴们，谁也没有注意到这个细节。等孩子们吃完了，闹完了，各自散去，曹大伟送他们回家，屋子里安静了下来。孙耀华也把碗都收到了厨房里，她有些心不在焉，曹关生在那里坐着看报纸没有说话。

孙耀华把碗收拾完，进了厨房开始打扫刷洗，曹关生抬起头看了一眼厨房的门，他又把头埋到了报纸里。突然厨房里传来了碗摔到地上的声音，曹关生放下报纸，想站起来，又坐下了，看了一眼厨房，接着看他的报纸。

厨房里传来了收拾碎碗碴的声音，然后是开水冲洗的声音，过了一会儿，厨房里没了声音，孙耀华脱了围裙走了出来。她看曹关生还在看报纸，走到门口，把毛巾绕到了头上，然后准备穿鞋。

"你上哪儿去？"曹关生终于把报纸放了下来，皱着眉头一脸严肃地问她。"出去转转，散散心。"孙耀华一面提着鞋一面回答着。"这么晚了，上哪儿转？""楼下。怎么，不行呀？"孙耀华已经听出了他的话里面阴阳怪气的味道。"行，有啥不行。"曹关生冷笑着说完，拿起了报纸，再次把头埋了进去。孙耀华再没有理他，而是迈着步走了出去。孙耀华下了楼，她的脚步有些急切，自从曲艳红说了已经搬离了马家，她的心就一直提着，她不知道曲艳红走了之后，马新生这个家过得怎么样。

两个大老爷们在一起，这日子一定会过得一塌糊涂，特别是马文平又常回家很晚，她就在心里担心着马新生现在吃没吃上饭，家里打扫了没有。她觉得自己亏欠马新生太多，应该去看看，这样才能报答马新生对于她的恩情。

当她走进马新生家的门洞时，她的心里莫名又有些紧张，也许是夜晚没有人的原因，她大胆地敲着马家的门。无人回应，她用力地一推，门开了。屋子里面亮着灯，她一眼就看到马家父子，相互依靠着坐在沙发上睡着了。沙发桌上摆着两盘残羹剩菜，一盘是现成的鱼罐头，一盘是炒花生米，除此之外就是无数个空酒瓶和无数的烟头。孙耀华不知道，在她来之前，马新生和马文平父子之间曾经有过一次很深的对话。马新生自从曲艳红离开之后，家里的暖气摸上去还是那么烫手，可是就是感觉屋子里面凉飕飕的，一点热乎劲也没有，他从单位拿回来胶布，把窗户都糊上，还是感觉到一种从心底里产生的凉意。到了晚上更是这样，马文平回来得又晚，他一个人在屋子里，感觉空落落的，他就弄了两个菜，自己倒了酒，想以此取取暖，刚喝得有些热乎的时候，马文平推门走了进来。马新生一看他就是又喝多了，他上去就想给儿子一巴掌，但是看到他疲惫的样子，又不忍心下手。马文平进来之后，一屁股就坐在了马新生对面的沙发上，直勾勾地看着父亲。"我知道你想揍我是吧。没事儿，你打吧，我肯定不还手。"

马新生看着儿子弄成这个样子，心里更加伤心起来。

他知道这其中有很大一部分是因为曲艳红，曲艳红一走，他明显能看出来儿子的精神头不足了。但是没办法，事情到了这一步，光靠打是没有用的，他决定换个方式跟儿子好好聊聊。

于是，他下厨房弄了两个菜出来，又端来一箱啤酒。

"你不是喜欢喝吗，今天我就陪你喝点儿。"

马新生亲自给儿子倒上了酒，和马文平碰了一下杯，马文平也没客气，端过来一口干了下去，很快，几杯酒下肚。马新生看马文平的警惕已经卸了下来，这才跟儿子开始掏起了心窝子。

他和他一起聊起了曲艳红，一起聊起了身边的朋友。当马文平说起曹大伟时，马新生看出了他的心中是憋着火的。他知道他们两个之间一定出了什么事，他就给马文平讲起了自己曾经的一个朋友。这个朋友与他和马文平与曹大伟之间的关系一样，曾经都是亲密无间的。但是"文革"的时候，这个朋友却出卖了他。他很伤心，但是他没有报复，而是在他恢复公职之后，对这个朋友还是像原先那么好，可是这个朋友却总觉得他没有安什么好心，两个人渐渐地格格不入。最后没有办法，马新生还是把他调离了自己的单位，从此两人再没有见过面。

他说完询问着儿子，让马文平说一下，自己做得到底对不对。马文平愣怔着醉眼听完，也不知道听没听懂，反正是一会儿的工夫就闭上眼睛打起了呼噜。马新生也说困了，他还想再喝点，还没等拿起酒盅，自己的眼皮也张不开了。

就这样爷俩都相继睡去。孙耀华进来时，两个人都已睡得很沉，她把里屋一个毛毯找了出来，盖在了两个人的身上。

她把茶几上的东西撤掉，在厨房里面收拾干净。然后把灯关掉，小心地关上门，离开了。

第七十八章　拥吻相爱

曹大伟和石头一起把曲艳红送回家，因为席间喝了几杯啤酒，三个人都很亢奋，借着酒劲，石头意气风发地用曲折留下的毛笔，写下了七个大字"高考冲刺训练营"挂在墙上，用来激励自己。

在来的路上，三个人已经商量好了，因为曲艳红一个人在家，为了让她不害怕，同时也为了拥有一个复习的地方，决定把曲艳红这里作为高考冲刺的大本营。

条幅挂好后，他们一鼓作气，开始收拾起了房间，墙上只要能挂的地方，都挂满了曹大伟和石头的习作以及照片，还有各种座右铭。收拾完了之后，房间果然有了那么一点艺术氛围，这让曲艳红也兴奋起来。

石头开着玩笑，说若干年后，当我和大伟成为中国著名画家之后，这里将成为一个中国艺术史非常重要的地方。曲艳红笑着问，是什么地方？

石头满怀激情地告诉她，这里将是我们曾经为之奋斗、为之付出、为之拼搏、为之欢喜的永久性纪念馆。

石头弄完房间之后，看了下时间已将近午夜，很知趣地说自己先走一步，让曹大伟再陪一下曲艳红。

曹大伟明白石头的意思，这让他显得有些尴尬，想起身跟石头一起走，被石头给按了回来，石头说你走了曲艳红害怕，锁上门径自离去。

曹大伟更显得有些窘迫，曲艳红似乎也感觉到什么，房间竟突然静了下来。曹大伟为了打破这种尴尬，就找了个话题跟曲艳红聊起了马文平，问曲艳红离开马文平有什么感觉。

　　因为毕竟几年没见，曲艳红和马文平到底是什么样关系，曹大伟也是云里雾里，所以就想趁着酒劲把这事儿掰扯清楚，但没想到，他话刚一出口，就把话聊进了死胡同。本来兴致十足的曲艳红，一听到"马文平"三个字，突然就翻了脸，说自己困了，要睡了。曹大伟无奈之下，只好跟曲艳红告别回到家中，还没等进家门，就传来了父母在房间里面的争吵。"正好大伟回来了，你让他给咱们评评理。""你要不要脸，让孩子评理，你不嫌磕碜我还嫌呢。""这有啥，大伟也不小了，让他早知道也好。"眼前的情况让曹大伟心情很不爽。他虽然不知道他们具体吵什么，但是看到母亲的脸涨得通红，父亲的脸铁青一块。他知道这场架一时间结束不了，只好铁青着脸一屁股坐在沙发上。"你们到底怎么回事儿，说吧。"孙耀华先停止争吵，犹豫了下。"好，既然你爸说破了，我也不瞒着你了。你爸这个人太自私，把别人都想得太坏。你马叔那么用心地帮着咱们，他却说人家有企图……"还没等孙耀华说完，曹关生马上把话拦了下来。"说得自己像个圣女似的，明摆着心里想着别人，刚才吃过饭，又跑到人家家里，你也不怕惹一身骚。他马新生打的什么主意，别人不知道我还不知道吗！""你……"孙耀华一时气得浑身发抖，不知说什么好，用手指了指曹关生。"曹关生，你说的还是人话吗你？你要觉得我不好，咱们就离。"孙耀华说完，一甩手走进里屋，房门上的一块玻璃本来就有些松动，因为巨大的震动，掉了下来，在地上摔得粉碎。"离就离，你别以为我不知道，你早就想和他过了！"曹关生大声地回应着，转过头看向曹大伟。"你说，离婚之后，你跟谁？"曹大伟脸色已经被一种巨大的羞辱灌满，他嘴里吼着："我谁也不跟，你们自己单独过去吧。"说完，使劲扒拉开曹关生，再次走出家门。第二天，曲艳红睁开眼睛走出家门，突然看到曹大伟坐在门前的台阶上睡着了。她吓了一跳，随即眼睛一湿。她以为曹大伟在门前等了一晚，怀着内疚和感动交织在一起的复杂情愫轻轻叫醒曹大伟。曹大伟睁开眼睛，见是曲艳红，突然使劲把曲艳红搂在怀里。曲艳红被这种强大的力量所击倒，眼泪迅速喷涌而出。曹大伟替她擦着眼泪，擦着擦着，两人就吻到了一起。曹大伟边亲吻边说着"我爱你""这世界我只在乎你"之类的情话，把三年多对曲艳红的思念之情一股脑倾泻出来。这些话像子弹一样击中曲艳红内心最柔软的地方。就在那一刻，曲艳红被曹大伟感动了，曹大伟也被曲艳红的温柔的手抚平了伤口。两个年轻人的心，终于贴在了一起。

第七十九章　万风上军校

　　半年之后，曹大伟他们三个人一起去参加艺术院校的专业考试，曹大伟和石头考的是浙江美院，曲艳红考北京舞蹈学院，恰巧都在沈阳有考点，三个人结伴而行。石头和曲艳红都是第一次坐火车离开家乡，既怀揣着兴奋，也夹杂着不安。

　　曹大伟因为有了那次长春冒险，对走出去充满了更切实的渴望。一路上，他的视线始终望向窗外，思索着。如果以火车为人生之舟，这一叶方舟会把他带到什么地方去呢？

　　曲艳红的心中则是另一番光景。上火车的时候，石头的父母来了，万东和王小丽也来了。曹大伟爸妈虽然闹得不可开交，但还算有大局观，这时候休兵罢战，强装笑脸送曹大伟上了火车，鼓励他们好好考，等他们的好消息。而唯独曲艳红没有人送。

　　当她看到曹大伟和石头被家人围着的场面时，她不禁鼻头一酸，偷偷摸了一把眼泪，为了不让别人看到，她扭过头去，望向火车站的入口。就在这时候，她看到一个熟悉的身影，那人在她扭头瞬间，快速地转过身去，走出站外。那人穿了一件站里的工作服。离得太远，她看不太清楚那人的脸，但是从那人走路的姿势，她却觉得自己非常熟悉。正在她琢磨会是谁时，火车要开了，曹大伟叫她上车，她就扭头和他们一起上了车。就在火车启动的时候，曲艳红又看到了那人，那人定定地看着火车，貌似在朝她招手。曲艳红试图看得更清楚些，可是，火车开得越来越快，很快将那人甩出视线。她便不再琢磨，把注意力转到即将奔赴的旅途上。曹大伟看了会儿窗外，收回视线，看向坐在身旁的曲艳红，曲艳红正在细心地削着苹果。

光从窗外直射进来，逆光中，曹大伟觉得曲艳红更有一番不同的味道。曲艳红削完苹果，递给曹大伟，才发现曹大伟直勾勾的眼神。她一下不好意思起来，轻声地说着，"你傻了？"曹大伟利用接苹果时轻轻地握住了她的手，曲艳红没有抽回来，而是警惕地扫向四周。

这让曹大伟再次涌起拥抱她的冲动，但周围都是人，而且他注意到自从上车后，总有一些男人的视线有意无意地瞄向曲艳红，这让他不敢造次。曲艳红的手柔软而修长，握在曹大伟的手中，他感觉自己握到了一股清流，而这股清流带着一种炙热的体温，一直流淌入他的心田。车一到沈阳站，三个人就从车上跳了下来，左右看着，正判断着从哪里出站，突然，车厢内开始骚乱起来，有人大声喊着。"抓小偷，抓住他！"随之，一个瘦高男人从车上跳下，扒拉开曲艳红和石头朝月台另一侧开始狂奔。曹大伟几乎来不及犹豫，把身上的画夹迅速交到石头手中，身上的包也没摘，一个箭步朝瘦高男人追去。等曲艳红反应过来想拦曹大伟的时候，曹大伟已经窜了出去。瘦高男人速度很快，渐渐就要跑进对面的车道，消失在另一列火车之后。曹大伟心中一急，见旁边有一个人手中端着汽水瓶，于是，顺手抄了过来，劈头朝瘦高男人砸去。汽水瓶准确地砸在瘦高男人头上，瘦高男人摸了一下头，回头见只有曹大伟一个人时，停住脚步，手上瞬间多了一把刀出来，迎向曹大伟。"你敢管闲事，你看我整死你！"曹大伟追到近前停住脚步，还没等他做出防范状态，对方的刀已经刺了过来。曹大伟赶紧闪躲，这一刀捅在了曹大伟的背包上，曹大伟迅速利用这机会，弯腰捡起一块石头砸向瘦高男人脑袋，这次，瘦高男人的头上见了红。小偷哎哟一声，见头上出了血更加恼羞成怒，挥刀再次朝曹大伟刺来。瘦高男人是个打架高手，曹大伟竟有些落于下风，几次差点被刀捅上。正在他绞尽脑汁考虑怎么解困时，突然，另外一辆火车停靠在附近站台，车门打开，一名身穿军装的男人嘴里喊着曹大伟的名字，冲了过来。瘦高男人愣住，曹大伟也愣住。当他看清来人时，心头一热，差点眼泪没掉下来。是万风。万风穿着军装迅猛地冲了过来，在他身后还有几名军人也一起朝这里涌来，瘦高男人开始慌了，抽身想再逃时已经来不及了。万风扑向瘦高男人，让过刀锋，抓住瘦高男人胳膊，用擒拿术夺过刀，曹大伟也迅速扑上来，俩人一起联手将瘦高男人制服。这时，身后失主和乘警赶到，两人将瘦高男人交给乘警，曹大伟这才惊喜地抱住万风。"你怎么会在这儿？""我们几个战友被派来沈阳报考军校。看到有人打架，仔细一看是你，我就冲过来了。"万风同样兴奋地说着，同时，将身后几名战友介绍给曹大伟。这时，石头和曲艳红也追了过来，见到万风同样兴奋不已，大家抱在一起，相互问候。彼此打探着对方的情况，当得知万风是因为表现好而被推荐考军校时，替他高兴了好久，而万风得知三个人也是来考大学时，更是感到兴奋，从小长大的朋友，在远离家乡的火车站偶然相遇，一时间都感到非常激动。

"看来得感谢那个小偷，要不然，我们也不会遇到。"曹大伟由衷地感叹道。"哎，万风，现在部队不是号召百万大裁军吗，你怎么还有机会上军校，我还等着你光荣退伍呢。""部队食堂着火，我第一个冲进去，立了二等功，正好有个上军校的机会，领导说我合适，就把哥们儿给报上了。""我们是不是得喝酒庆祝一下。"曹大伟一直在跟万风说话，没有注意到刚才与小偷搏斗的时候，自己的衣服被刀划开了一道口子。这时，曲艳红看到了，她马上把手伸了过来。"你先别激动，我看一下伤到没有。"曲艳红探着身，把曹大伟的衣服破口的地方翻开，细心地看着。这个细节，被万风看在眼里。"哎，什么意思，关系有点不对？"曲艳红脸一红，低下了头。"没什么意思啊？""不对，曹大伟同志，我以一个人民解放军的身份告诉你，要向人民讲实话，不能讲假话。""唉，我记得你原来不这样，嘴没有这么油啊。"曲艳红开始反守为攻。"不是学油了，是政治觉悟水平提高了。是吧，曹大伟同志？"他说完，他们一起笑了起来。旁边战友拉了拉万风，示意他看下时间，万风赶紧止住话题，说："我得走了，部队接我们的车到了。"大家赶紧再次拥抱告别，相约着再次相见，依依不舍之后，各奔前程。

第八十章　曹大伟和马文平的战斗

　　曹大伟他们来到考试地点，美术科目先考，曲艳红就一直在考场外面等着他们。他们出来的时候，曲艳红已经买了很多好吃的，一边听着他们说考试的事情，一边帮着他们拿东西。

　　他们考完之后，又开始陪着曲艳红参加舞蹈学院的考试。曲艳红考的时候，他俩焦急地等在外面，曹大伟焦躁地来回走动，仿佛这个考试不是曲艳红在考，而是他在考，当曲艳红从考场里出来时，他第一个冲了上去关心地问："怎么样？"

　　"还行，我觉得我这个考场中，我跳得还行。"当听到这句话，曹大伟一直悬着的心，才算彻底放下。初试结束之后，他们在焦虑中等待着复试的通知，三个人全都通过初试，这让他们更是狂喜不已。当天回到租住的地下室招待所内，买来咸菜、烧鸡、啤酒，三个人喝了一顿。再次彼此鼓励，同时告诫彼此，这只是万里长征的第一步。专业课虽然通过了，但文化课还在前方等待着他们，革命尚未成功，彼此仍需努力。考试结束之后，他们一起到沈阳的故宫转了一圈，然后就踏上开往平安火车站的列车，向家的方向奔来。到家之后，曹大伟要送曲艳红上楼，曲艳红说："大伟，你别上去了，你家里人也着急知道消息，你快回去告诉他们吧。""没事，我送你上去，马上就下来。"曲艳红看着曹大伟执意相送，她也没再勉强，两人进了楼道，并肩向上走着，曲艳红再次用手指轻轻地勾住了曹大伟的手，她此时心中涌起了万种柔情，看着身边这个陪着自己一起复习备考，又在考场外耐心地等待着自己的男人，还有他遇到小偷时奋不顾身扑上去的身影。这一切都让她心动，她有了一种要留住这个男人的冲动，她放慢脚步，转过身来准备就要实施自己的想法时，突然，她看到一个人坐在了自己家门口的台阶上。当看清那个人时，曲艳红瞬间愣住了，接着眼泪流了出来。曹大伟也愣住了，他也看清了那个人？是曲折。曲折此时穿着一件破旧的衣服，抱着一个满是灰尘的编织袋子，透过高度数近视镜的目光，直直地看着他们。曲艳红突然向楼下跑去，曹大伟一把给她拦了下来。"你松开！"曲艳红拼命地挣脱着曹大伟的束缚。在争执中，曲折终于开始说话，他喉咙中发出呼唤女儿的声音。"艳红！"这一声低沉的呼唤，让曲艳红不再挣扎，身体定在了原地。"艳红！"曲折站了起来，迎向曲艳红。曹大伟知道自己此时显得有些多余，于是，他拍了拍曲艳红肩膀，向楼下走去。人还没等走出楼道，就听到了曲艳红压抑已久之后释放出来的哭声。但曹大伟心里是高兴的，他为曲折的回归而替曲艳红高兴。虽然现在曲艳红还有很多怨恨，但重逢之后，他相信，所有的怨恨都会得到化解。

　　曹大伟推开家门，房间内一反常态，异常安静，客厅内只有曹关生一个人专注地下着象棋，见到曹大伟回来，抬起头："考得怎么样？""还行，我妈呢？"曹大伟把画夹和包放下，朝父母房间内扫了一眼。"你妈不要我们了。"曹关生再次把注意力移回到棋盘上。"什么意思？"曹大伟愣住。"我和你妈离婚了，我得给人家腾地方，有人等不及喽！"曹关生边说着边把一个"马"向前上了一步，还没等他落子，曹大伟已经把棋盘一把掀翻，所有的棋子全部摔向了地面。棋子蹦得到处都是，这个消息就像一个炸雷一样，把曹大伟的头炸得嗡嗡直响，已经强忍着怒火的曹大伟终于爆发了。曹关生愣在了那里。

"我告诉你，我妈要有个三长两短的，我跟你没完。"曹大伟从家里出来就直奔医院，来找自己的母亲。孙耀华的医务室，现在已经不在站里了，职工宿舍修建的时候，铁路局就统一做了规划，把医院、学校等与铁路日常运营不相关的，但是和职工生活密切相关的设施都建设到站外，重新选址扩建，改名为第三直属医院，面向社会开放经营。孙耀华现在是医务科的主任，负责护士的管理工作，她的资历老，而且经验丰富，这个主任当的是越来越出色。马新生在铁路职工大会上，也是几次提名表扬。曹大伟来到医院，径直找到孙耀华的办公室，当他走到时，忽然听到了屋里传出了男人的声音。"什么？你是说你们……"只是几个字，曹大伟已经听出了是谁的声音。他再也遏制不住自己的心情，一下子推开了门。

果然是马新生，双手抱着孙耀华很近距离地在说着什么，曹大伟瞬间血往上涌，抄起旁边的手术刀，直接刺向马新生。孙耀华正对着门，率先看到儿子冲了过来，情急之下将马新生拉到身后，曹大伟来不及收手，眼睁睁地看着刀捅进了孙耀华的肚子里。

"妈！"曹大伟大叫着把手术刀扔到了地上。"耀华，耀华！"马新生扶住要倒下的孙耀华不停地喊着。医护人员听到喊声，闯了进来，看到这种情况，赶紧抬着孙耀华出了办公室。马新生护送着孙耀华一起走进了手术室。

马新生是跟马义平一起来的医院，马新生最近总是背疼，马文平见马新生腰弯得厉害，就拉着父亲来做透视。马新生拍完片子，看取片还要些时间，就跟马文平说上楼来看看孙耀华，马文平也没说什么。

当孙耀华看到马新生之后，突然不知道为什么，鼻子一酸，这让马新生感觉到什么，追问后才得知，孙耀华已经跟曹关生办了离婚手续，这让马新生既欣慰又自责，一时间有些不知所措，就在这时，曹大伟闯了进来。

等医生处置完了，伤口不深，没有累及内脏，打了破伤风，又输上液，孙耀华才稳定下来。马文平一直守护在孙耀华的身边。曹大伟倒有些尴尬，他站在床前有些垂头丧气，而又不知所措。

这时，得知消息的马文平走了进来，看到孙耀华没有危险，把曹大伟叫了出去。"走，咱们上外面去。"曹大伟麻木地跟着马文平走了出来。刚走出门，马文平就一把薅住了他的脖领子，将他一直拽到楼顶平台。曹大伟没有反抗，任凭马文平薅着他，一直到平台上。曹大伟喘不过气来，这才掰开马文平的手。"你松开，我喘不过气来。""我要的就是你喘不过气来！"马文平说着，一拳把曹大伟打倒在地，还没等曹大伟站起来，他又是接着几脚，曹大伟被打得没有还手之力。他停了下来，气喘吁吁地看着曹大伟。"来呀，你来打我呀！"马文平觉得曹大伟此时就是自己最大的仇人，他先是抢走了曲艳红，现在又试图刺伤他爸，给自己的妈来了一刀，觉得今天要好好教训一下他。

曹大伟也是一肚子气无处发泄，尤其是俩人之间那种拧巴的关系已经憋了许久，既然来了，那就不如彻底宣泄出来，想到此，他爬了起来，扑向马文平，两个人就在天台上打成一团。

"马文平，我告诉你，今天应该是我打你，是你爸害了我妈，我现在就要狠狠地教训你。"曹大伟一边拳脚相加着，一边嘴上也发着狠。"曹大伟，我也告诉你，我说过谁动我孙姨，我就会和他玩命，你也不例外。"马文平也是越战越勇，两个人骨碌在了一起。"是你爸，是你爸总伤害孙姨。""不是我爸，我爸是爱着她的。"俩人边说边打，马文平再次抓住机会，一拳向他的头上打来，曹大伟鼻子被打中，不再动手，捂着鼻子，血从手掌缝里流了下来。马文平拳头终于停了下来。"曹大伟，你知道我为什么打你吗？"曹大伟捂着鼻子不说话。"你以为曲艳红很爱你是吗？"听曹大伟说到曲艳红，马文平无端地愤怒起来，再次向曹大伟踢去，曹大伟再次倒地。"曹大伟，这就是你的下场，我要让你记住今天。"马文平直到此时，才感到了一种久违的轻松。

第八十一章　马文平想明白了

曲艳红在站台上看的那个人就是马文平。

自从曲艳红离开之后，马文平心里空落落的，也不知道到底是怎么了，曲艳红在他家的时候，他并没有这么强烈的感觉，只是觉得屋子里不再乱七八糟了，和父亲的每日三餐有了着落。

他明显可以感觉到，曲艳红在家的这段时间，马新生明显胖了起来，腰围长了一圈，每天黯淡的脸上也开始有了笑模样。那段时间，马文平从心底里感激曲艳红，所以，一有时间就会帮着曲艳红做家务，搭个下手。而一般这时，曲艳红就会把他撵得远远的，只让他看着，不让他粘手。有一次，马文平就问她，为什么不让自己帮忙。曲艳红就说，这都是女人做的，男人不能下厨房。马文平很奇怪年纪轻轻的曲艳红怎么会有这么传统的想法，但他承认这种感觉让他很温暖，有了一种母亲的感觉。他相信，如果母亲还在世的话，应该也就像曲艳红一样。因为有了这一份感动，所以马文平每次给文化宫员工开工资的时候，都会额外给曲艳红多加些奖金。没想到曲艳红却当着大家的面把工资退了回来。马文平当着大家的面也不好多说什么，只能硬着头皮告诉她，那是对她的嘉奖，因为她管理很到位，这是她应得的，而不是他想额外给她的。好说歹说，曲艳红算是把工资收了回去，但很快，曲艳红就用这笔钱给家里买回各种吃的。马文平能够看出她的心思，是想弥补那多余的工资，此举让马文平更加认定曲艳红是个不可多得的好女孩，心中认定了将来要娶她为妻。

但没想到，当他把曹大伟回来的消息告诉曲艳红之后，他看到了曲艳红眼里那种兴奋和期待的眼神，这个眼神严重伤害了马文平。那种眼神是马文平从来没有见到过的，那是一种恋人相互之间才有的目光。所以他的内心开始有些失衡。

曲艳红在他家两年半之久，每天与自己擦肩而过，对自己也很关心。他觉得那些应该算是爱情的萌芽。他没想到这个种子轻易就被"曹大伟"三个字给摧毁了。尤其当他看到曹大伟与曲艳红在舞厅里窃窃私语，说着悄悄话时，他的心里不禁生出了妒意。

但这还不是最让他绝望的，那一次高朝与曲艳红之间的冲突，让曹大伟和她站到了一条线上，然后，两个人又一起去考大学。这才是让他绝望的，因为曲艳红的心飞了，他想夺也夺不回来了。

那晚父亲与他喝酒，讲了很多，尤其是讲到马新生曾经最要好的朋友恩将仇报，最后变成陌路人的故事。那一刻，他明白了，马新生苦口婆心要告诉他的就是高朝常挂在嘴边的话。没有永远的朋友，只有永远的利益！那一刻，他已经知道曹大伟迟早有一天会跟他形同陌路，甚至反目成仇。但他仍下不了这个决心，所以，他才会远远地躲在车站目送着他俩踏上考试征途，他这样做的目的就是为了亲眼求证一件事儿——曲艳红是爱曹大伟的。当曲艳红和曹大伟下了车，两个人的手自然地牵到一起的时候，他的心忽然间感到一阵冰凉。当他目送着那辆满载他伤心绝望的火车虫子一样驶远后，他走进了站外的一个小饭店。他点了两盘菜，一盘糖拌柿子，这是他爱吃的，在没有人经管他们爷俩的时候，这是爷俩经常吃的菜。

再有一盘是锅包肉，是曲艳红喜欢吃的，只是她父亲从来没有做过。当时曲艳红在他家的时候，马文平为了报答曲艳红的操劳，特意满车站找谁家的锅包肉做得最好吃，然后买了回去给曲艳红吃。曲艳红每次接到买回来的锅包肉都很高兴，不过其实她吃得不多，马文平偶尔会看着她吃，看她张着好看的小口，一点点地吃着那上面的糖嘎巴。

他点了两盘菜之后，又要了一瓶宾州白。他听说这个酒性烈，喝完了浑身会像着了火一样，他现在最需要温暖。他迫不及待地打开酒瓶子，拿了两个杯子，他给自己倒了一杯，然后又倒了一杯放在了自己的对面。然后，他开始吃菜喝酒，一杯酒，他和那个杯碰一下，一口干了下去，那酒还没有到嗓子眼，一股辣劲已经钻到胃里。猛然间他的全身就像被打开了开关，呼啦一下子热了起来，他的头上马上冒出了汗，寒冷不翼而飞。

他擦了一把汗，才发现自己的眼睛里也有汗，他又擦了一把，却流得更多，流了他满手背。他就又和对面杯子干了一下，又一杯酒喝了下去，这回全身都往出冒汗了。他的鼻子也酸了，他眼里的汗掉到了前面盘子里，滴答滴答，把旁边一个刚下班来这里吃饭的铁路工人看得直发愣。

他这时拿起筷子吃自己面前的柿子，他吃了一口，一股苦涩涌入口中，这个糖拌柿子怎么苦了，是坏了吗，他又尝了一口，还是苦涩难咽。他来气了，他把饭店掌柜的叫来。"这怎么是苦的？""不能呀，我刚放的糖，怎么是苦的？！""我问你呢，这怎么是苦的？"他向掌柜的咆哮着，掌柜的用围裙擦了擦手，从盘子里面小心地拎了出来尝了一口。"甜的。""不是，苦的。"他也夹了一筷子，这一口比刚才还要苦，而且还带着咸。"是甜的，不过，我再给你换一盘吧。"掌柜的看着他泪流满面，怒目圆睁，不敢再和他计较，回后面又切了一盘给他拿来。"来，这次，你再尝尝。"

"呸，还是。"

马文平一口吐在了掌柜的身上，掌柜的这时就有些发火了。

"哎，你这人，是不是不讲理，这明明是甜的，你这不是骨头里找刺吗，你要想不给钱，早说我也就不麻烦了。"

掌柜的一句话带着火气，马文平浑身的热终于找到了突破口，他噌地一下站了起来，二话不说直接奔着掌柜就是一拳。

掌柜的没有提防，一拳打得结实，身子一个趔趄险些倒在地上。这回他的气性也上来了，顺手拿起了一个方凳，向马文平抢圆了砸了过来。马文平躲了过去，可一口没动的锅包肉却被砸到了地上，这可真正引起了马文平的火，马文平像恶虎一般冲了过去。两个人就这样在饭店里撕打起来。

如果光是掌柜的，马文平还能打个平手，但他没有想到后窗的伙计也出来了，两个人对付他一个，再加上马文平喝了酒，很快就落了下风，只几下就被人家打趴在地。然后，两个人一使劲把他从饭店扔到了街上。

马文平这时酒才醒了，但他这次却没有像以往一样，打上门去复仇，而是拍拍身上的尘土，走了。

那是因为他忽然明白了，接下来他应该怎么做。

第八十二章　曲折归来

曲折为什么回来？他是伤心而归，是丁宁把他给抛弃了。他在那个偌大的城市里再也找不到温暖了。

当他被气晕倒之后，丁宁把他送到了医院。起初几天，丁宁还会悉心地照顾，每天定时送来饭菜。可是，就是在他的病床边，丁宁也是心不在焉，不停地摆弄着她的大哥大，那是移动电话，是从南以联系业务的名义给她配的。她总在等着电话响起，电话响起来，她会跑到外面去接电话，然后就会找，理由匆匆离开。曲折看到她这样，非常心寒，可是自己在病床上又无能为力。

再过几天，丁宁干脆就不露面了。

曲折就更急了，丁宁不在身边，自己又没人护理，他的身体状况越来越糟糕。到后来连丁宁交的医疗费也不够了，曲折身上只剩一百多元钱，支撑不了多久，索性就出了院，他回到宾馆，在那里等丁宁，结果等了两天，丁宁音信全无。他就想到丁宁的公司去找，他只记得是房地产公司，就开始一家家打听，一连找到了几天，也没找到。

他没有办法了，这才想起了自己原来的家，如此温馨幸福的家庭，让自己亲手给拆散了。

他现在开始恨丁宁，恨她把自己勾引出来，也恨她水性杨花，见异思迁，更恨她狠心地把他抛弃在这个陌生的城市里。现在，丁宁找不到了，他在这个城市没有了任何待下去的理由，他想到了回家。

他只能厚着脸皮地回到那个曾经让他没有了感觉的家。

曹大伟走后，曲艳红起初并没有把父亲让进家门，当曲折张开双臂想去抱一下让他朝思暮想、牵肠挂肚的女儿时，曲艳红并没有像他想象的那样，哭着喊着扑入他的怀中，而是越过他，冲进屋子，重重地将门关上。

正在憧憬着美好未来的曲艳红无法接受这个突如其来的变故，曲折的出现毫无征兆，当他在她的生活中渐渐失去色彩时，当她试着逐渐不去想念时，他突然又出现在了她的面前，就好像刚定了皮的伤口，又被人残忍地撕裂开来。

那种被伤害的痛，在她的内心掘开了一道深得让她窒息的裂口，愤恨汹涌而出。这个男人狠心地抛弃了她们，这个男人让自己的母亲精神受到了刺激，这个男人让自己的生活无依无靠。在见到曲折的一瞬间，她为什么要奔向楼下，是因为在她的内心潜意识里已经不想再见到这个男人，在爱情向自己叩响房门的时候，她没有想到这个丑陋的男人带着满面的沧桑堵在了门外。

父亲曾经在她的记忆中是那样的清晰，是那样的一成不变。他戴着眼镜和蔼地看着她。多少次梦里，她和父亲对过话，父亲总是欣赏地看着她。可是当她从梦里醒来时，她看到的是无尽的黑夜和空落落的身旁。在这段日子里，父亲在她的脑海中走了，又来了，又走了，又来了。她的思念一直没有断掉。尤其是当父亲的信来了之后，她对于父亲的思念又增加了一成。那本以为断了线的想念，当时终于有了那几张薄薄的纸的寄托。

在她最无助的时候，最想念的人是父亲。在下火车时，她第一个想到的也是父亲。那是因为她每一次取得好成绩的时候，都是父亲在身边，也是第一个夸奖他的人。

就在她最急切地想把自己考试的好消息告诉父亲的时候，父亲就毫无预兆地回来了，这本来是她梦寐以求的，可是在那一刻，她理不清自己内心复杂的情感，不知如何去面对这个男人，她死死地抵着门，把她最亲爱的人拒之门外。

曲折心里也是有准备，知道这次回来，会经历很多波折，毕竟自己是背叛这个家庭，现在又要这个家庭再次容纳自己，怎么会那么轻易地就被家庭所接受。但是除了这里，他能去哪里？丁宁已经没了踪影，在自己的生活中消失了。他现在就像一艘遍体鳞伤的小船，在那个汹涌的海面上，被打得失去了浆，也迷失了方向，他只有向自己的最熟悉的地方游去，哪怕那个地方现在也是风雨莫测。

曲折在门外苦苦地哀求，那门却一直被女儿用力地抵着。他知道，这不只是一道家的门，更是一道心灵的闸门，他是一个罪人，他背负着道德的枷锁。他不可能轻易就把这道闸门打开。

他听到女儿的哭喊，女儿不想见到他，在撵他走，他把自己的手无助地放了下来，他看着这扇熟悉的门，彻底失去了信心。他想这一道闸门已经牢牢地把他挡在了外面，他猛烈地咳嗽起来。

背抵着门的曲艳红听着父亲的咳嗽声，她心如刀绞，泪如雨下。她恨不得这个男人马上就走，她又害怕这个男人再消失得无影无踪。

就在曲折绝望地转过身去准备离开的时候，门被拽开了，曲艳红泣不成声地跑了出来，死死地抱住他。

曲折终于踏进了自己的家门。

亲情战胜了道义，父女和好如初，曲艳红心中充满喜悦。她乖乖地依偎在父亲的怀中，这次父亲回来，她不会再让他离开，她死死地抱着父亲，直到父亲的泪滴到了她的身上。

第八十三章　赵冰姿精神康复

"让我们荡起双桨，小船儿推开波浪——唱！"

赵冰姿站在病房的中央，其余的病人在围着她认真地学着这首歌。

当曲折和曲艳红来到安定医院时，看到了这一幕。

曲折惊呆了，赵冰姿与他走的时候判若两人，妻子的头发散乱着，身体消瘦，面色赤白，穿着一件肥大的病号服，病号服上面污渍斑斑。他完全看不出原来干净利落的妻子的身影。妻子的目光流离，动作僵缓，像一个七旬的老人在指挥着一场永不休竭的演出。

赵冰姿的目光掠过病房外的他们，视若无物。曲折使劲地拍打着自己的头，悔恨自己做下的孽事，曲艳红看到父亲如此自责，过去抓住父亲的手，心疼地望着他，他这才稍微镇定下来，跟着女儿走进了病房。

这时，病房里的一个医护人员走了过去，一把把赵冰姿手里拿的歌本抢了下来："吃饭了，别唱了，都散了。"她驱赶着旁边围着的病人，病人们愣愣地站在那里，张着嘴，不知是走还是留。"就你多事，这个破歌唱了多少遍了。"医护人员边说边推着赵冰姿，她没有看到曲折已经走到了身后。"我要教他们学习，你懂什么？人如果不学习，就会落后！"赵冰姿执拗地站在那里，据理力争。医护人员见劝阻不起作用，回手就要抄起旁边托盘上的针头，被曲折一把抓住。"松开，你谁呀？"医护人员看着曲折。"我是他爱人。"曲折说完看向赵冰姿，这时奇迹产生了，赵冰姿听到曲折的声音，眼睛突然闪出奇异的光芒，回头看着曲折："老曲，你来了，你的诗写完了？"曲折愣住了，不知如何回答，他向女儿投出求助的目光。曲艳红也呆住了，她不知道赵冰姿是认出了父亲，还是病情又加重了，就在他俩还在疑惑的时候，赵冰姿忽然开口对曲艳红说："艳红，你爸回来了，还不赶紧回家买菜做饭。"她说完，拉着曲折的手就要向外面走，这时，反应过来的医护人员一下子拦住了去路。"哎，你们干什么？""我们回家。"赵冰姿理直气壮地说。"不行，你病还没好呢！""你才有病呢，我老公创作回来了，我还在这儿待着干什么。难道你想剥夺我和家人团聚的权利吗？"赵冰姿平静地看着医护人员。医护人员被她的眼神惊愕，赵冰姿趁机拉着曲折向病房外面走。曲折像一个听话的学生顺从地跟在她的身后，曲艳红疑惑地跟着他们一起走出去。她以为自己的母亲出了门，就会重新犯病，然后和父亲说上一句不着边的话。在父亲悲伤的眼神中，她会再次被医护人员押送回病房。但是，她想错了，母亲昂首挺胸地拉着父亲向医院外面走去。"哎，你不能，你不能出去。"几个医护人员过来，把他们拦住。"老曲，你看他们，是不是很烦，你不在这段时间，他们都不让我教书。"说着赵冰姿把头埋在了曲折的怀里。曲折突然像触电一样，紧紧地抱住了自己的妻子，看着那些医护人员，眼睛里冒出了凶光。那些人看到他这个样子，反倒不敢再往前进。"冰姿，你不要怕，有我呢，我回来了，谁也伤害不了你。"曲折在用另一种力量向爱人忏悔和赎罪，他抱紧赵冰姿，平静而坚定地向外面走去。曲艳红在他们的后面，眼神也跟着坚定起来，在这坚定中，有湿润的泪水禁不住夺眶而出。

　　回到家中，三个人一起向楼上走去，楼上下来的邻居惊诧地看着这一家回来，纷纷向他们打着招呼。

赵冰姿热情地回复着，说话知书达理且平静如初，仿佛过去的一切从没发生过一样，跟在后面的曲艳红看着母亲的背影，她的心突然间猛烈地跳起来，她发现母亲的神志异常清醒，她能记起邻居家的那些琐事。

　　她紧跟了几步，凑到了母亲的身后，她看到了母亲的脸上洋溢着幸福的微笑。当他们走到家门前时，母亲顺手就要掏钥匙开门，曲艳红马上把钥匙递了过去，母亲熟练地把门拧开，在开门时，又用力地向上提了一下。

　　家里的门有些毛病，开的时候需要向上提一下，这个细小的动作，真正地让曲艳红内心狂跳起来。"我妈的病好了！"她兴奋地趴到曲折的耳边说。沉醉在重获妻子的幸福中的曲折，又开始咳嗽起来，赵冰姿听到他咳嗽，马上把他扶到了沙发上："老曲，你的诗写完了，这回放了一块心病，你要多休养一段时间，特别是烟少抽一些了，你看你咳嗽得多厉害。"赵冰姿用手轻轻地在曲折的胸前平抚着，受到感动的曲折，再一次把她的手紧紧地抓住，赵冰姿用力地往外抽着。"哎，老曲，你没事吧，孩子还在呢。"赵冰姿一面嗔斥着，一面抽出手，拿起围裙。曲折看她要做饭，想站起来帮她，被赵冰姿按住。"你看你又黑又瘦的，不听我劝，不好好休息。""冰姿，都是我不好，是我把你害成这样。"此时的曲折，再也控制不住自己的情感，他紧握着赵冰姿的手，真诚的请求她原谅自己所做的一切。赵冰姿听完把手再次抽了回去。

　　"说什么傻话，你害我什么了，倒是你的身体不如以前了，要不然老曲，咱们那诗能出就出，不能出，你也别太累坏了自己，你看你瘦成这样，都是我做得不好，你真是受苦了。你先歇会儿，我去做饭。小红，你要没事，来帮我择一下菜。"

　　赵冰姿招呼着曲艳红。曲艳红听到母亲的招呼，像一阵风跟在母亲的身后跑进了厨房。"你把茄子洗了吧，我一会儿给你们做个鱼香茄条。"曲艳红痛快地答应着，看着母亲在厨房中忙碌，赵冰姿去点煤气，火柴燃烧起来的一刻，曲艳红的心提到了嗓子眼。母亲拧开煤气的阀门，火柴准确地在煤气涌出的时候，引燃了炉盘，火旺旺地烧起来了，母亲放上了锅，装好了水，把米盆放了进去，再盖上锅盖。弄完这些，母亲一回头，看到曲艳红还在那里看着，嗔怪着她："怎么回事儿，傻站在那儿干什么，不是让你洗茄子吗？"曲艳红却扔掉手中的茄子，嘴里喊着"妈"，使劲扑了过去，抱紧赵冰姿，眼泪再次铺天盖地滚落下来。

第八十四章　曹关生的恨

　　曹大伟从平台上爬了起来，马文平已经没了踪影，他垂头丧气地向家里走去。这次考完试，他觉得自己将要走向一个新的人生起点，家里的一波三折都已经过去了，他们父子二人也相继经历了牢狱之苦。如果说生活是不公平的，他觉得应该到现在就截止了，接下来，他会和曲艳红一起携手步入大学的校门，然后开启他们共同的幸福生活。父母也会为他骄傲，父亲与母亲会携手来为他们送行。

　　但是，现在，这一切在朝他想象的相反方向发展，而且越演越烈。他不知道今后的路会是什么样，当人生带着无穷尽的磨难向他袭来时，他真的有些被击蒙了，他不敢想生活会变成怎样的糟糕局面。

　　在马文平打倒他的时候，他知道，他和父亲一起败在了马新生的父子面前。他觉得这是一种耻辱，这种耻辱缘何而来？来自自己的父亲，如果不是自己父亲一再的猜忌和刁难，母亲不会把心偏向姓马的一侧。

　　他向家里走去，迎面看到了悠荡着手里的棋盘走过来的父亲曹关生。看着这个把自己的母亲从家里赶出去的男人，还如此悠闲，一副破罐子破摔的状态，他再也不遏制不住自己内心的愤恨，冲向自己的父亲，在曹关生毫无防备的情况下，将他重重地打翻在地。棋盘摔到了地上，那些棋子滚落出来。

"大伟，你疯了？！"被打得衣衫不整的父亲从地上爬了起来，一面收拾着棋子，一面骂着儿子。曹大伟看到父亲去捡棋子，再次奔过去，将棋子踢得四面纷飞。这一下可惹恼了忍着火的父亲。父亲红着眼，狠狠地揪住了他的脖领子。两个男人怒目相视。"打呀，有本事，你使劲打，我妈让你气跑了，我活着也没意思，你打死我吧。"曹大伟向父亲叫嚣着。曹关生盯视着他的眼睛，半天，慢慢地放开手，俯下身，开始捡拾棋子。看到这个情景，曹大伟的心都碎了，哭着说道："爸，你知道吗？你在我心里一直是一个顶天立地的汉子，可是现在，你是什么样子，整天和棋盘过日子，浑浑噩噩，心里除了猜忌就是仇恨，觉得所有人都欠你的。本来指望你回来后，咱们一家团团圆圆的过日子，却没有想到，更多的是你的仇恨，如果我要是我妈早就和你离了。"

曹大伟含着对父亲深深的失望，说的这些话，曹关生仿佛没有听到一样，仍在专注地捡着棋子，曹大伟见自己的肺腑之言在父亲那里完全没有起作用，一跺脚走了。直到他走了很远，曹关生还在认真地捡着，他慢慢地把棋子全捡了，直起了腰，目光木然地看着远方，一步一顿地向着火车站的方向走去。

马文平把曹大伟暴打一顿后，觉得心里无比痛快，终于把窝在自己心里多日的这口闷气吐了出来。当他看到父亲和孙姨搂在一起时，虽然心底里，他也希望父亲和孙姨之间能有个结果，但是真正看到了这个情景，他却在心底不经意间泛着恶心。还好，当他进来时，他们快速分开，要不然，马文平说不定也会像曹大伟一样冲上去，把这个矮矬猥琐的男人打倒在地。孙耀华感觉到马文平有话要跟马新生说，打了个招呼，走了出去。马文平开门见山直接问他爸："你为什么不敢娶孙姨？""我怕闲话。"马新生踯躅着。"那我问你一句话，你喜不喜欢她？"马文平有些失望，看着马新生。马新生犹豫了一下，没有回答。"爸，我觉得你很可怜！"马新生瞪了他一眼。"你活得太虚伪，人活着是为了自己，不是给别人看的。如果因为别人的话，就不敢去做，那你也太失败了。我喜欢的东西，是不会轻易放弃的。"马文平说完这句话，郑重地看了一眼马新生，扭头走了出去。马新生琢磨着儿子这句话，非但没有生气，反而向儿子的背影投去了赞赏的目光。

曹关生倒拎着棋盘，缓慢地走进站台，他向自己待过的扳道班组的小房走去，那是一个离站台有着一段距离的小房子。"老曹来了，正准备找你下一盘呢！"刚从办公楼走出来的万世海，看到他热情地打着招呼。曹关生面无表情地看着他，万世海走了过来，抢过棋盘，拉着他向站台里面走去。"你说，在哪儿下好？""上我原来的班组吧。"曹关生机械地回答着。"那是咱们第一次下棋的地方，你还挺念旧。"一列火车鸣着笛开了进来，曹关生突然愣了下，看着那一列由远而近驶来的火车，仿佛想起了什么。"老万，我问你件事儿，那次事故真的那么严重吗？"万世海停住脚步。"老曹，你怎么了？"曹关生抬起眼睛，认真地盯着万世海。"你跟我说，那次事故真的是我造成的吗？"面对着这样一双目光，万世海只能把眼神跳开。"这事儿怎么说呢，可大也可小，但当时正是安全检查月，可能马站长想抓个典型……

"走吧，这事儿都过去了，你不也……"万世海话没说完，突然被曹关生拦住。"好了，你不用说了，我明白了。"曹关生话说完，转身朝相反方向迈开脚步。"唉，老曹，你往哪儿走？这棋……""给你了。"曹关生说着，脚步却越迈越快，这一瞬间，他的脑袋仿佛突然开了窍，把过去的一切都想明白了，没错，是马新生故意害了自己，他故意陷害自己被判了七年，其目的就是想把自己的老婆据为己有。"姓马的，你不仁就别怪我不义了！"曹关生这样想着，步伐更加坚定起来。

第八十五章　曹大伟的誓言

　　就在曹关生步伐坚定走向他的新生的时候，曹大伟也正在走进铁路医院的大门。他回家之后，家里空荡荡的，没有了母亲的笑语，也没有父亲的责骂，这个家仿佛在瞬息之间荡然无存，这让他又悲伤又难过，内心升起了一股从未有过的无力感，他想到了跟随父母长大的那一幕幕往事，忍不住痛哭起来，哭到最后，他觉得自己作为家中的一员，不应该仅仅是难过，而是应该做点什么。

　　曹大伟推开孙耀华办公室门的时候，马新生已经走了一段时间。孙耀华说出了自己的心里话时，她看到了马新生那激动的表情，她知道马新生内心早就渴望着这个时候。可是，就在他们要互诉衷肠的时候，马文平撞了进来，并当着她的面把马新生给带走了，这让她感到一阵心酸。就在她不知自己何去何从的时候，自己的儿子突然出现在面前。"妈，你为什么要伤害我爸？"曹大伟的这句问话，让孙耀华一时间愣在了那里。她以为儿子是来安慰自己的，却没想到儿子是来补刀的。她哪里伤害过曹关生，那都是曹关生的百般猜忌与刁难，让她的心越来越远，让她们之间渐渐有了隔膜。现在儿子不来安慰自己，反而责问自己，这让她原本就千疮百孔的心更加难过起来，她觉得活着实在太没意思。她这样想着，见旁边柜上有一把手术刀，于是抄了起来，并迅速朝自己的手腕割去。曹大伟反应迅速，在孙耀华刀还没落下之前，就把刀用力地打掉在地上。孙耀华的眼泪随之流了下来，越哭越大声，痛不欲生。曹大伟看着这个给他生命的女人，走过去抱住母亲，任凭她的泪水倾泻到自己的肩头，什么也没说，只是抱着她，抱了很久很久。曹大伟回到家的时候，发现曹关生坐在沙发上，曹大伟正想和父亲说两句什么时，曹关生却率先抬头开始说话。"大伟，你说的对，我不喝酒下棋了，从明天起开始上班。"父亲话说得很轻，但却不亚于炸雷响在曹大伟的耳边，曹大伟搞不懂出了什么样的事情，让父亲在短时间内有了天翻地覆的改变。他刚要开口询问，曲艳红却适时出现，叩响了他家房门。曹大伟看着曲艳红急切的样子，以为发生了什么事，立即站了起来。"怎么了？""没怎么，我妈病好了！"曹大伟在头脑中反应半天，才明白她说的意思。有些不敢相信，曲艳红给他兴奋地讲了一遍来龙去脉，他仍有些半信半疑，但心里是喜悦的，他突然觉得今天发生的所有事情都是好的，也许，从今天开始，预示着他的生活开始出现转机，向着光明大道驶去。

第二天，曹关生说到做到，去上班报到。曹大伟也开始把心思用在学习上，他在石头的美术社里找到了用功的石头，石头正在攻克"北美独立战争史"，昨天晚上他只睡了三个小时，天刚亮，他就用凉水洗把脸又接着背起来。

曹大伟一进来，石头就把书扔给了曹大伟。"来，问吧！""真的假的？"曹大伟有些半信半疑，不相信高中都没有上过的石头这么快就把世界史给解决了。"随便问。""北美独立战争六件大事儿。""1775年波士顿倾茶事件。1776年莱克星顿的枪声，银匠保尔·瑞维尔打响了北美独立战争的第一枪……"石头开始滔滔不绝起来，这让曹大伟深感震惊，立即也抓起书本跟着复习起来，复习到吃饭时间，曲艳红找了过来，叫俩人去家里吃饭，说父亲在家做了一桌子菜等着他们。

石头看出曲艳红来找的是曹大伟，所以很知趣地说自己不饿，再背一会儿，曹大伟劝了半天劝不动，只好跟曲艳红一起走出去。路上，曲艳红兴奋地告诉曹大伟，她跟父亲曲折说了俩人恋爱的事儿，曹大伟不无兴奋，得意地问："那你爸说啥了？"曹大伟第一次到曲艳红家做客，本来就心虚，一听说曲折都知道了他俩的事情，他的心里就更没有底了。"我爸说，你敢喜欢她的女儿，他要找你算账。"曲艳红说完，曹大伟一直没有说话，曲艳红疑惑地望向他："怎么？害怕了？""我又没做什么坏事，我怕什么？""你勾引人家的女儿，还说没做什么坏事，小心我爸收拾你。""我那不叫勾引，我那叫喜欢。""这话你敢在我爸面前说吗？""那有什么不敢的？"曹大伟梗着脖子。"好，那咱们现在就去和他说。"曲艳红拉起曹大伟，曹大伟顺势搂住曲艳红，不小心手搭到了曲艳红挺起的胸上，曲艳红一把把他的手打掉。"流氓！"曹大伟紧张起来，赶紧解释。"我没那意思，我不小心碰到的。"曹大伟的尴尬表情反倒引来了曲艳红的哈哈大笑，笑完认真地看着曹大伟。"你真的喜欢我？""当然！""你现在喜欢，以后就不会喜欢了。""不，我永远都会喜欢你。""我有很多毛病，到时你会讨厌的。""无论你有什么毛病我都喜欢你。"曹大伟更真切地看着曲艳红。"你要不相信，我发誓。"这时，一列火车驶了过来，曹大伟冲着迎面来的火车大声地喊了起来："曲艳红，我曹大伟喜欢你，我会一辈子喜欢你，如果我要是变了心。就让火车从我的身上轧过去。"

　　曲艳红吓得立即把他的嘴捂住，曹大伟顺势把她抱在怀里，两人激动地吻了起来。开始时，曲艳红还试图挣扎着推开曹大伟，但很快，她就更深情地投入其中，仿佛整个世界都不存在了。

第八十六章　老孩曾经消失的原因

　　曲艳红是在母亲回来后的第二天，去安定医院办的出院手续，安定医院的大夫听了之后连连称奇，他治了这么多年的精神失常，还从来没有见过哪个患者能这么奇迹般好了的。

　　既然患者家属提出了不再治疗，主治大夫也不强求，他叮嘱曲艳红这几天再领着母亲来检查一下，如果真的没有什么问题了，医院也就不留她了，且叮嘱曲艳红，不能让她母亲再受刺激，因为患者是康复阶段，很容易复发，那样病情会加重的。

　　曲艳红连连答应，她从安定医院出来，就直接来找曹大伟，她想让曹大伟与她共同度过这个让她感到最幸福的时刻。所以，当她推开家门的时候，她感觉到一股幸福的味道扑面而来。"爸，妈，我们回来了。"曲艳红进了门大声地嚷着，曹大伟也被她感染，高兴起来，大声地向曲折和赵冰姿打着招呼。曲折和赵冰姿正在摆弄桌子上的菜，看到他们，招呼他们："正好饭菜好了，准备吃饭。"

　　就在曹大伟准备坐到椅子上的时候，一个人端着一盘新炸的蘑菇走了出来。"大伟，你来了！"他热情地向曹大伟打着招呼，曹大伟回头一看，是马文平。

　　他愣在了那里，马文平此刻扎着围裙，像一个主人一样，热情地招呼他。这让曹大伟有些恍惚，不明白马文平与曲艳红之间是什么关系。

他把探询的目光投向曲艳红。曲艳红的神情则更加惊讶。

马文平是不请自来，曲折和赵冰姿还以为马文平是得到了赵冰姿病好了的消息，赶来看望他们的，却不知马文平此次前来，是怀着一种与曹大伟抢夺心中爱人的心态来的。

马文平自从和马新生说出心中想法后，一半心思就放在了把曲艳红从曹大伟的身边抢回来上。自己喜欢的女人被曹大伟轻易就抢走了，这让他一直耿耿于怀，开始时他是顾及面子没有发作，但这样的结果，反倒让他对曲艳红更加念念不忘。就在他内心最为煎熬的时候，高朝来找他了，说给他安排一个饭局，他在商业发展上又有了新的想法。马文平应邀而至，他已经习惯于自己在高朝的指挥下过生活。

他到了酒店，高朝先不忙着说事，而是把坐在他旁边的一个人介绍给马文平，两个人一照面，都愣在了那里。高朝介绍的人不是别人，就是马文平打了一铁锹、曹大伟代之服罪的老孩。看到老孩，马文平下意识地抓起了酒桌上的瓶子，老孩没有动，只是谄笑着向他递着烟。高朝抓住了马文平的手腕，告诉马文平，老孩现在是他们的生意合伙人。

高朝一出手，马文平压制住内心的冲动，坐下之后，高朝才慢慢地理出两人原来的关系，看两个人还是剑拔弩张的样子，他提议先喝一杯酒。老孩识相，恭敬地向马文平举起了杯，马文平心里还是有些看不上他。但是高朝说话了，他又不得不从，为了压一下老孩，提一下自己的威风，他把抽剩的烟头扔到了酒杯里，然后面带微笑地递到了老孩的面前。

老孩瞅了瞅高朝，高朝此时把头扭向了一侧，明摆着告诉他们，自己的事就自己解决吧，老孩一扬脖子，酒伴着烟灰倒进了嘴里。喝完，又空着杯向马文平展示了一下。这时，高朝才再次分别给两人倒上酒，开始说正事。提出要做地下服装一条街，准备把市政刚改装后的防空洞里面的一溜摊床弄下来。他说完拍着两个人的背，信誓旦旦地告诉他们，这是一个千载难逢的机会，咱哥们儿一定能赚大钱。

马文平知道高朝的路子广，但是服装一条街毕竟是服装生意，他只做过文化宫，对于服装的生意，了解得不多，他有些犯难。高朝则告诉他，文化宫里面不是也有服装摊吗，文化宫就是规模大一些，本质都一样，马文平有管理经验，一定会做好的。

马文平听了他的话，下定了决心和他一起做，但是老孩起什么作用呢？

他疑惑地看向高朝。高朝指着老孩告诉马文平，老孩是负责为他们维持秩序的，他们的目的是赚钱，有钱赚一定会让人眼红，眼红就有人来捣乱，这时候要是刹不住茬子，钱就挣不了，老孩就是起这个作用的，他在，没有人敢来服装一条街闹事。

话一说开，大家就都心照不宣了。饭局结束，一个新的商业规划就这样谈好了。饭后，马文平又把他们领到了舞厅，安排了一个舞女陪着高朝。自己则把老孩拉到了一边，说是有事要和他说。

马文平找老孩并不是为了服装一条街的事，他有自己的打算，他能接纳老孩还有一层更深的原因，就是要利用老孩把曲艳红夺回来。

这是他在酒桌上突然想到的，当他把老孩叫出文化宫的时候，照着老孩的脑袋又连打了三拳，还在高兴中的老孩一时间被打蒙了，酒劲上来了，他的本来面目也露出来了，他在地上摸起个砖头就要砸过去。

马文平只说了一句话，老孩刚扬起的手就停了下来。

老孩当年为什么消失了？为什么曲艳红再也见不到老孩了，那是因为马文平在曲艳红出事之后，狠狠地教训了老孩。

当时，马文平一直跟在老孩身后，寻找着复仇的机会，老孩喜欢偷腥，他沾染了不少女人，那天，老孩喝完酒，就又想起了找女人，他就直奔好哥们儿王三的家去。

第八十七章　马文平的心思

王三被马新生开除之后，没了正当的职业，就东逛西串，今天偷点这个，明天摸点那个，又和社会上不三不四的女人有了来往。

一来二去，王三就和这个女人住在了一起。王三霸道，自从女人跟了自己，他就警告女人再也不要招惹外面的男人，如果让他发现他就要杀掉这个女人。女人被他吓到了，不敢再出去招摇，始终待在家里头。王三就在社会上闲逛，到处去淘弄生活之需。

那女人本来就水性杨花，在家里待时间长了，身上就哪里都痒痒，王三又经常不着家，干那些偷鸡摸狗的事。由于经常夜里出行，既费体力，又费脑力，所以无法满足女人的需要。

女人在家里，唯一能接触到的一个外人就是老孩，老孩与王三勾搭多年，老孩之所以能够起来，也是靠着王三罩着。老孩比王三要小近十岁，又长得比较顺眼，自然就进了女人的法眼。老孩出入王三家中，那是家常便饭，王三也从来不防着他，就是和女人做那事时，王三听到老孩也是直接就叫他进屋，在帘后接着和女人做事，做完之后还光着腚出来和老孩子说话。

有时，他身上的那个污液还没有擦干净，看得老孩有几次自己的身体都有了感觉。女人勾搭老孩，老孩一开始没有那胆，女人故意走到他身边，用身体蹭着他，他也是躲来躲去，他倒不是害羞，他是怕王三抓住。

可是，他也是吃腥的猫，几次之后，老孩胆子大了，偶尔会向女人的身上摸一把，女人自己很享受。最后，就发展到老孩上了她的床。女人是有功夫的，撩得老孩使出浑身的力气，却败下阵来。这时，他才意识到，自己还是太嫩。最后一次，他俩听到了外面的脚步声，女人一下子把还在奋进的老孩踹翻在地，叫嚷着让他从窗户跳出去。

老孩吓蒙了，直接一步就从窗户跨了出去，他重重地摔在了地上。随后，他的衣服被一股脑地扔了出来。他顾不上穿衣服，抱起衣服撒腿就跑，但他也听到了后面窗子里面女人挨打的叫声。

那次，他还没有达到最兴奋的时刻，然后他就想起了曾经跟踪过的曲艳红，他记得曲艳红的家，他爬进了屋子，当他刚跳进去，曲艳红就惊醒了。曲艳红一喊，他听到了门外传过来的脚步声，慌乱之下，他又跳了出去。

之后，他有一段时间不敢登王三家的门，但是，马文平跟着他那天，王三却找到了老孩。

王三找到他，给他吓了一跳，他准备要跑，让王三一把抓住，他吓得差一点就尿了出来，但是令他没有想到的是，王三要请他喝酒，而且是好酒好菜。三言两语之后，老孩才知道，王三并不知道自己和他女人的事。

他放下心来，和王三一起喝酒，王三说自己马上要上火车了，正巧碰到他，算是和他道别。老孩在酒桌上听明白了他的想法，他是到南方准备搞一批假货来，回来能赚到大钱，王三的眼神向往着远方，老孩的内心却开始惦记着王三的女人。

就这样，吃完饭，王三前脚一走，老孩后脚就忙不迭地去找女人。马文平一直跟在他的后面，直到他走进王三的家。很快，王三的家里就传来了女人的呻吟声，马文平知道机会来了，他一脚把门踹开，老孩动作快，听到声音，赶忙从女人身上翻下来，利索地就向窗台奔，可是他怎么推也推不开窗户，马文平已经在外面用砖头封死了。

马文平一脚把他踢翻在地，光着身子的老孩已经慌了神，又被马文平劈头盖脸地打了一顿，他完全没有还手之力。女人在床上不停地尖叫着。

等马文平把老孩拎起来，老孩才看清自己被谁打了。马文平刀逼住他，让他把俩人之间的奸情写下来，按了指纹。马文平把那张纸收了起来，警告老孩，如果再在火车站出现，就把这张纸给王三，老孩连连点头，承诺自己再也不会出现。

"你还记得那张纸吗？"马文平说了这话，老孩立马蔫了，他在心里还是惧怕着那个狠毒的王三。马文平拿着把柄，他现在不怕老孩。但是他要利用他，就装出一副把他当成朋友的样子，帮他拍了拍身上的土，告诉他，他们之前的恩怨就这样一笔勾销了。老孩内心郁闷，但老孩格局很大，一想到现在马文平在火车站的势力，以及未来的合作，也就忍住，听从马文平的安排，看住曲艳红。但马文平洞悉到了老孩目光里露出的淫邪，马上警告他，如果敢对曲艳红有什么想法，王三马上就会知道那件事。老孩一再向他保证，自己不会做出那样的事。从那天起，老孩就帮马文平盯上了曲艳红，包括曲艳红的母亲回来、曲艳红去找曹大伟这些事情，他都一一向马文平做了汇报。马文平听到赵冰姿回到家，又听说曲艳红去找曹大伟了，他觉得自己出手的时间到了。所以，他马上买了水果、鱼肉，拎着满满的两大包东西，来看大病刚好的赵冰姿。当马文平敲开曲家门的时候，曲折愣了一下，他没有认出来，他以为是曲艳红向他提起的曹大伟，热情地把他让进屋，看他身后没有跟着曲艳红，他不禁疑惑起来。

赵冰姿对马文平的印象最深。马文平在她生病的时候，多次去探望她，她就觉得马文平是一个听话的好学生。她热情地招呼着马文平，马文平见到赵冰姿对自己如此的热情，心里有了底。

他在曲折面前，不断地向外面掏着礼物，味美思、金奖白兰地、麦乳精、猪肝罐头，各种东西摆了满满一桌。最后为了赢得曲折的好感，他还特地给曲折拿了一条红梅烟。然后把赵冰姿的围裙抢了过来，进了厨房。他要让后来的曹大伟，看到自己才是这个家里的常客。

第八十八章　曹大伟的失落

　　马文平的这个举措起了作用，当曹大伟看到马文平从厨房里走出来的时候，一下子愣在了那里。桌子已经摆好，马文平像一个男主人似的招呼着曹大伟快坐下来。"艳红，快点取筷子去，马上开饭了。"马文平一面说着，一面去解自己的围裙，但他的手摸了半天也没有解开。"艳红，来，你帮我解一下围裙。"曲艳红也被马文平弄蒙了，她不知道马文平为什么会出现在自己的家中，也不知道，他怎么就来了。特别是马文平扎着围裙从厨房里出来的时候，她看到曹大伟脸上的笑容没有了。她知道这是一个误会，但是她却解释不清楚。这时马文平又让她帮着解围裙，她为难地看向曹大伟，曹大伟没说话，把头转向一边。

　　马文平的胳膊一直架着，曲艳红不情愿地帮马文平去解围裙，马文平带着胜利的笑容看向曹大伟，曹大伟的脸色再次沉了下来。"来吃饭，吃饭，哎，这菜做得真不错！"曲折一面赞叹着，一面招呼着大家上桌。马文平先于曹大伟一步坐在了曲艳红的身边，曲艳红是挨着母亲坐的，曹大伟只好坐到了马文平的身边。大家还没有拿起筷子，曲折先咳嗽了起来。曲折为了掩饰自己先举起了杯。"来，大伟，小平，首先非常感谢你们对于曲艳红的照顾。"他说完一口干了一杯酒，马文平连忙站了起来。"叔叔这说太见外了，都是一家人，别客气。"他也一扬脖子，干掉杯中的酒。

曹大伟也站了起来，他祝贺赵老师痊愈，也希望曲折身体健康。曲折看着这两个聪明的小伙子，打心眼里高兴。"来吃鱼，尝尝，小平当下手的。"曲折做鱼的时候，马文平就在他后面帮他切葱、拿蒜、递油、传醋，曲折感觉这个小伙子很有些机灵劲。"还是叔叔手艺好，我只是个帮手。""小平谦虚，是你脑袋好用。哎，对了，大伟，你在家做饭吗？"曲折这句话一说，曹大伟尴尬地放下筷子。在家里做饭都是母亲的事，他从来没有下过厨房，哪里会做饭。曲艳红忙打着圆场。"大伟会摄影、会画画，他妈不让他做饭。"曹大伟只好顺应着点点头。曲折听后摇了摇头，语重心长地说："年轻人，还是要多尝试，光靠着一两样，是走不了天下的，也不会懂得生活的滋味。"他说完，也许是想到了自己曾经的故事，又剧烈地咳嗽起来。曲艳红马上放下筷子绕到父亲的背后，轻轻地锤着。"老曲，到医院去看看吧，明天我跟你去。""没事，我的身体我自己知道。"他刚说完又猛烈地咳嗽着，他不得不站了起来，一面向后咳嗽，一面深深地弯下了腰。曲艳红借着给父亲捶背的机会，用脚尖踢着挨着曲折坐的曹大伟。曹大伟不明白她是什么意思，倒是马文平机灵，马上站了起来。曲艳红看到马文平过来，回过头狠狠地瞪了曹大伟一眼，曹大伟这才明白，但已然来不及，心里就更是沮丧，只觉得每口菜都像吃到了苍蝇。曲折一连串地咳嗽引来了赵冰姿的不安，她有些担心地看着自己的丈夫。"老曲，别撑着了，还是让医生好好看看吧。""没事。""不行，明天我和你去。""不用，我自己去就行。"刚说完，他又咳嗽了。"爸，我明天没事，我陪你去。"曲艳红赶紧抢过话题，曲折见不能推脱，赶紧应承。"好，姑娘陪我去！"马文平则迅速接过话题。"叔，你要去哪家医院？我市里医院有认识的人，要不然我陪你去？"

"有认识的人好办事，要不然老曲，你让小平也去吧。"

赵冰姿赞成着马文平的意见。

"不用了妈，明天我和爸去就成，有什么事再找人。"

曲艳红极力地阻拦着，她看到曹大伟的脸色越来越阴沉。

这顿饭吃得曹大伟心里很是不爽，心里五味杂陈，一来一去，他已经深深感到自己与马文平有了很大差距，他明显地可以看出马文平是来与自己抢夺曲艳红的。但面对马文平的公然挑战，他根本没有能力回击。

饭后，马文平迟迟不走，直到最后曹大伟说要回家时，他才站起了身。两个人一起走下楼，曹大伟等着马文平跟自己说点儿什么，但没想到马文平却像不认识他一样，招呼都没打一个，转身走远了。

曹大伟更是感到一阵巨大的失控感，看着马文平的身影消失，他有些愣怔，犹豫着何去何从时，曲艳红跑了下来喊住他，追上来拉着他的手。

"怎么了？还不高兴呢？"

"没有呀。"

曹大伟掩饰着自己的失落。

"好啦，脸还是拉得那么长。"

曲艳红在他的脸上亲了一口。

"你放心吧，他再怎么对我家人好也没有用，我是属于你的。"

曹大伟听了这话，感受到莫大的安慰，他猛地把曲艳红紧紧抱住，俩人再次忘我地亲吻在一起，沉浸在爱情的幸福中。完全没有注意到在他们身后不远的地方，一双贼溜溜的眼睛。

第八十九章　曹关生当主任

曹关生回到站里上班的消息，瞬间像新闻一般不胫而走，在车站这个屁大的地方，不用说这个消息，谁家放在楼道里的白菜丢了一颗，都可以成为一个重要新闻。

站里的老职工都知道曹关生与马新生之间的矛盾，也都知道曹关生进去之后，马新生与孙耀华之间的亲密走动。而这些消息，虽然在马新生和孙耀华面前被封了口，但是他们两人知道，他们这几年一直在别人的口舌中生活着。

在站里人的嘴里，马新生已经和孙耀华有了关系，而且不只是一次，在曹关生没有回来的时候，马新生找过孙耀华几次，孙耀华找过马新生几次，都被说成了两个人去偷情，而且说得绘声绘色，仿佛都亲眼看到了一样。就连马新生进了孙耀华的办公室去取个药，也有人说，看到了两个人在亲嘴。

站里面沸沸扬扬，站外也不消停。大庆奶奶就是站里站外的消息传送带，所有的这些信息，经过她添油加醋，就变成了马新生不找媳妇的最终理由。

曹关生可以说是在众目睽睽之下走进马新生的办公室的。曹关生没有拿棋盘，而是穿了标准的中山装，把头梳成干部型。他一走进站里，无数的目光在关注着他。这曹关生来干什么？是要找马新生算账吗？

他们放下了手里的活，静静地看着曹关生走进马新生的办公室。

马新生办公室的门一关，他们迅速如同苍蝇一样凑近办公室的门，捕捉着门那面发生的每一个声音，可是让所有人失望的是，房间内并没有听到吵骂声，也没有听到打砸的声音，什么都没有，曹关生只身而退，马新生也是毫发未伤。

究竟他俩之间谈了些什么，外面的人不得而知。曹关生一走，这新闻却膨胀了起来。有人说是曹关生给马新生送去了他们偷情的证据，马新生不得不承认，只好把办公室主任的职位让了出来。还有人说曹关生进去给马新生磕了三个头认了输，所以马新生可怜曹关生，把办公室的职位让他做。更有甚者，说曹关生拿着上方的任命去到了办公室，把那任命书拍在马新生的桌子上，马新生只好从命，答应了让曹关生来上班。

总而言之，结果就是曹关生在离开火车站六年零三个月十四天后又回到了火车站，走马上任，当上了办公室主任。

站里的人轰动了，万世海特意跑到他的办公室祝贺，在无人的时候，追问着他和马新生之间到底发生了什么。

曹关生只是笑一笑，告诉他，他们在办公室里只是聊了一下家常，别的什么也没有说。万世海问他为什么突然想到了上班。曹关生还是淡淡地一笑，告诉他，自己想明白了，想了大半辈子，终于想通了。说完这些，曹关生夹着笔记本去调研去了，扔下看不懂的万世海。看着中山装的口袋里已经插上两管笔的曹关生，万世海疑惑着摇了摇头。

第九十章　曲艳红借钱

曲艳红第二天陪着父亲来到了市第一医院。市第一医院是一所老牌医院，在市内的一条主要干道上。它的前身是市政医院，现在它的职责转变为为全市人民服务的医院。这里有很多大夫是国家级别的专家教授，原来专为市政的干部看病，他们医术精湛，诊断准确，用药合理，见效快速，深得市民的认可。

曲艳红带着父亲上了二楼的内科诊室。曲折一路上咳嗽不停，越到医院越剧烈。上楼时，他一面喘着气，一面扶着墙，曲艳红看着父亲往下出溜，干着急使不上力气，最后只有大声喊了起来，最后还是走廊内一个打扫卫生的工人，帮她把父亲架到了二楼诊室门口。

曲折不让他进，她拗不过父亲，怕他着急，就只能在外面等着，但曲折进去了很长时间也没有动静，直到诊室里传出剧烈的争吵声，曲艳红才赶紧推门走了进去。

"爸，怎么了！"

曲折正梗着脖子试图站起来。

"走，咱们不在这里看了，他们什么也不懂。"

对面的大夫同样梗着脖子。

"我理解你现在的心情，但你不能这么说话，你要尽快住院接受治疗，也许还有机会，要是像你这种态度……"

曲艳红赶紧给大夫道歉。

"对不起大夫，我爸脾气不好，我跟您道歉，我爸他什么病啊？"

大夫这才舒服了些。

"小姑娘，我看你还算懂事，你爸是四六不懂的人，跟他也说不通。我实话告诉你，经初步诊断，你爸应该是得了肺癌，建议你们去肿瘤医院做专门的诊断化验……"

没等医生把话说完，曲艳红整个人已经摊在了那里。

回到家里，赵冰姿追问着结果，曲折又是连咳带喘的给医院里的医生一顿骂，说他们的机器不准，是为了骗你用进口药，总之医生就没怀好心。赵冰姿听得云山雾罩。她看着曲折那气愤的样子不明就里，曲艳红也不能在曲折的面前说起这个病，就只有等曲折折腾得差不多了，没了精神睡了过去，娘俩才回到曲艳红的屋里说起了今天就医的事。

曲艳红没有明确说父亲得的是癌症，只是告诉赵冰姿父亲得的是支气管炎，因为她想起了安定医院大夫说的话，母亲的病好怕是暂时的，如果再经受如此大的刺激，她的病会复发，会更加严重。她可不想父亲得了重病，母亲再精神失常，那样，整个家就全毁掉了。她在心里打好了主意，不管有多么大的困难，自己一定要撑下来，而且要把父亲的病治好。

今天在医院大夫说出这个病的时候，她也想到了今后要遇到的事情，首先想到的是钱，对于她家，挣的钱都是固定的，父亲的这个病少说也得上万元才会治疗出个效果来，可是这上万对于她家那就是天文数字。这不是一个正常的家庭所能承担的，更何况她父母现在都不上班，父亲去了深圳，早就被单位开除了公职，母亲患病这么长时间虽然单位给保留着职务，但也只是开着可怜的病假工资，再说那些工资也在生病的时候用掉了。她思前想后，觉得要面对的苦难越来越多，突然觉得天有点塌了下来。

但是，曲艳红有一件事是下定了决心的，如果确诊，不管付出什么样的代价，她都要治好父亲的病。

第二天，曲艳红第一时间带着曲折去复诊，CT结果出来，肺癌四期，但因为曲艳红已经做好了心理准备，抹完眼泪之后，详细询问完就医流程，就去找曲折的原来单位。现在文化宫因为已经承包出去，原来文化宫的人都已经回到站里宣传科，她进了站里办公楼准备向楼上走的时候，在楼梯口遇到了马新生正在和一个穿着中山装的人说话。

马新生和那人聊了几句，仿佛很满意的样子，拍了拍那人肩膀，就要下楼，忽然看到曲艳红。

"艳红，你怎么来了？"他热情地打着招呼。

"我来找我爸原来的同事办点事。"曲艳红犹豫了下。

"我听说你爸回来了，怎么样，他身体还行吧？"

"他，他没什么事。"

曲艳红看着热情的马新生，她本想把父亲的事情全盘告诉他，可是转念一想，自己不想欠马家的太多，也就没有说出来。

"好，你快去吧，有时间到我家去玩。"

马新生说着，转身向楼下走去。曲艳红则上了楼，去找那个宣传科。

在宣传科，得知她是曲折的女儿，科里的负责人很是热情，当问到曲折的近况时，曲艳红说出了现在的困境，准备向组织要一些补助时，却得到了否定的回答。

曲折是被开除的，而开除的员工，在医疗救助方面是不会再受到站里的资助的，站里有明文规定，负责人也是一边叹息，一边摇着头。最后，负责人为了表达自己的同情，在兜里掏出了五十元钱递给了曲艳红，告诉曲艳红，如果家里再有什么实际的困难，也可以过来找他。

曲艳红无果而归，她伤心极了，觉得生活走到了终点，眼前没有光亮。

正值盛夏季节，可她心中却像是放着一个冰块，让她站在赤热的阳光下，瑟瑟发抖。

曲艳红从站里出来，就直奔石头的美术社，她知道曹大伟在那里复习功课。自从父亲回来之后，他们的复习地点就转移到这里，但曲艳红因为父亲归来，一直没有过来和他们一起复习功课。

她打开门的时候，石头正在一边刻印章，一边考着曹大伟的地理知识。

"坦桑尼亚盛产什么？""剑麻。"

"南斯拉夫属于什么地形？""喀斯特地形。"曹大伟快速而准确地回答着，门响时，他们看到了曲艳红，两个人都停止了问答。"怎么样，都复习得差不多了吧？"曲艳红看到他俩用功的样子，心中的愁闷忽然一下子减轻了许多。"你们家大伟在拼呢，非得要让我给他刻个章，你看，刚刻好。"说完，石头把刻好的章蘸了印泥，印到一张纸上，递给曲艳红看，那上面是四个字："自强不息"。曹大伟有些不好意思起来，看着曲艳红解释着："刻着玩儿的。"曲艳红有些心酸地看着曹大伟，这一瞬间，她有些犹豫，要不要把眼前遇到的困难告诉曹大伟呢？但此时，她唯一能找的人也只有曹大伟，想到这儿，她狠了狠心说道。"大伟，你出来一下，我有事要和你说。"曹大伟这才注意到曲艳红脸上有些情绪不对，他放下书走出门。

出了门，曹大伟有些心急地问道："怎么了？""你有多少钱？能借我一些吗？""你要多少，干什么用？"曹大伟看着曲艳红吞吞吐吐的样子，急切地问。"你有多少？"曹大伟把兜里仅有的十元钱摸了出来，递给曲艳红。曲艳红心凉了下："还有吗？"曹大伟摇了摇头。"你要钱干什么，做买卖？""我有点急事儿，你能帮我借点儿吗？"曹大伟犹豫了一下："你要多少，我去跟石头借。"曹大伟起身就要进屋，被曲艳红拉住，曲艳红的心凉了下来。"大伟，你先学习吧，我有事先走了。""哎，你不复习了？马上要考试了。"曹大伟看着曲艳红的背影追问着，他此时并不知道曲艳红的泪水已经流到了嘴边。

第九十一章　曲折的病

　　曲艳红走了，曹大伟继续复习功课，他不知道曲艳红要钱做什么，但是从曲艳红焦虑的神情来看，一定是遇到了麻烦，可是曲艳红又不告诉他。接下来的几天，曲艳红再没出现，曹大伟的复习也开始受到影响，眼睛在书上，心却跑到了曲艳红身上，两人互相考问的时候经常出错，石头问了好几遍的题，再问的时候，又答不上来了。

　　石头看出他的状态不好，跟他说先不学了，曹大伟索性放下书，第一时间去找曲艳红。他到了曲艳红家，是曲折打开的门。曲折一边咳嗽，一边看着曹大伟。曹大伟说找曲艳红。曲折告诉他曲艳红一早就出去了，一直没有回来。曹大伟从曲艳红家出来，一时没有了方向，就在火车站附近转了转，试图碰到曲艳红，但却失望而归。傍晚时，他回到了美术社，石头正在干活，他就给石头打下手。石头看他无精打采的样子，催促他去躺着，不用他干。

　　美术社里的小床，是石头专门从家里搬过来的，为了活多的时候在店里熬夜用的。虽说是工作时睡觉的小床，但是石头把这块地方单独隔出了一个房间，房间内对着床是一扇窗，他安了一个窗帘。床上收拾得很干净，被褥整洁，曹大伟睡在上面，像睡在家里一样舒适。

　　曹大伟睡了一觉醒来，外面夜色渐沉，他起了身，刚要准备继续复习的时候，石头匆匆地从外面跑了进来，告诉他在文化宫看到了曲艳红。

曹大伟听到这个消息，一下子从床上蹦了起来，冲到外面推起自行车就骑了上去，结果一个跟头差点摔下来，他这才意识到车子的锁没有开，又下车，把锁打开，再起腿上去，飞快地骑走。

文化宫门前，正是舞厅散场的时候，人们纷纷涌了出来，曹大伟把车子支住，不断地找寻着曲艳红的影子。果不其然，在人群中，他发现了曲艳红。他向曲艳红跑了过去："艳红，你怎么在这儿呢？"曲艳红正埋头走着，听到曹大伟的声音一愣。她抬起头，有些惊慌，支支吾吾地说："大伟，我出来散散心，学习累了。"曹大伟感觉到什么，拉住她："走，我送你回去。"曲艳红犹豫了一下，跟随曹大伟走向自行车。一路上，曹大伟不停地倾诉着对曲艳红的思念之情，而曲艳红则紧紧地抓住曹大伟的衣服，没有说一句话。终于到了楼下，曹大伟停住车，试图转过身跟曲艳红继续说点什么时，曲艳红却头也没回地径直走进楼道。曹大伟愣住："哎，你就走了？""你早点回去吧，我累了。"曲艳红随着话音脚步更快地跑进楼内，只留下曹大伟愣怔地站在黑暗中。

曲艳红进了屋，父母正在激烈地争论着。"我觉得用'出征'比较合适。""我觉得还是'胜利'更好，有着一种昂扬的力量。"曲折手里拿着写满字的一张纸，赵冰姿手指着下面的一段话，反驳着他。"冰姿，你对这诗有感觉？""对呀，这诗写得多好！"赵冰姿由衷地赞叹着，曲折一激动又开始咳嗽起来，这才发现站在门口的曲艳红。"小红，你快看，这是你爸给你写的诗。"赵冰姿把那张纸递了过来。曲艳红接过了那张纸，曲折强劲有力的笔触呈现在她的眼前。"没有枪弹／没有硝烟／神州大地震颤着战士们出征的步伐／庄严／肃穆／疾笔唰唰／人才济济的考场／进行着无声的拼杀／有的幸运地站起／有的绝望地倒下／但……战争远没有结束／不要丧失斗志／不要背负落差／进军的号角随时向我们吹起／我们要勇往直前／将胜利的旗帜／插向罗马……"

"出征，小红，这是我为你考大学写的。你可千万不要辜负我的希望呀。"曲折自豪而又微笑地看着自己的女儿，仿佛生病这件事跟他一点关系没有。如果放在以前，曲艳红会飞奔到父亲的面前，狠狠地亲上一口。可是，现在，她仿佛提不起任何兴致。"写得真好，爸，谢谢你。"她努力装出一副很喜欢的样子，在眼泪流出之前，回到自己的房间。进了屋，她再也抑制不住悲痛，趴在床上痛哭起来。不知哭了多久，她翻身坐了起来，摸向自己的口袋，从中掏出几张皱巴巴的十元钱，把它们捋好，夹在了她书桌里的一个小钱包里。曲艳红装完钱，把脸擦了擦，走出了房间，曲折和赵冰姿正坐在那里看电视。看到曲艳红从屋子里出来，赵冰姿连忙起身，关小电视声音："小红，是不是我们吵到你了？""爸，你来一下。""你们俩有啥事，还不能在这儿说。"赵冰姿警觉地看着女儿。"妈，是议论文的事。"曲艳红连忙解释着。

"好，你说什么题目？"曲折一边问着，一边走进了女儿的房间。等曲折一进门，曲艳红立即把门推上，曲折有些不解地看着她。曲艳红把父亲推到了自己的床上："爸，我问你，你的病还要拖到什么时候？""我的病？我什么病，我没有病。"曲折站了起来。曲艳红赶紧迎上前，低声地说："爸，你要勇于面对现实，大夫都已经确诊了，要尽快治疗。"曲艳红眼泪再次流了出来，曲折这才缓和下来。"你别哭，你的心思我知道，等考完试我就去看，好吧？你学习累了，早点休息吧。""好，爸，这是你说的，我考完试，你一定去？""我一定去。"曲折已经站起来，向外面走去。曲艳红听到父亲的回答，心一时间落了地，毕竟父亲已经开始接受自己有病的事实，而且也向她保证考完试之后就看病，这多少让她悬着的心放下了些。

第九十二章　深陷爱情

曲艳红这一觉睡得很踏实，当她醒来的时候，天已经大亮，赵冰姿做好了饭等着她，吃过饭，曲艳红告诉父母要去复习，就推开门走了出去。父母看她这么用功，谁也没有拦她。他们哪里知道，曲艳红只是把学习当作了一个幌子。

刚迈出家门，她看到门下塞了一张纸条，是曹大伟写的，洋洋洒洒，字里行间倾诉的都是思念之情，她看完之后，眼泪再次涌了出来，她边哭边走，走到一半时，她突然停住脚步，决定了什么，掉头走进旁边的副食商店。

等她的身影出现在美术社时，手上多了很多东西，红肠、烧鸡、酸黄瓜，最夸张的是，口袋中居然还有一瓶当地盛产的白酒，曹大伟和石头正复习得昏天黑地，看到曲艳红进来，吓了一跳。

石头赶紧迎了上来："你这大包小包的，是干什么呢？""来慰问你们，你们学习那么辛苦，我给你们买点好吃的。"说着曲艳红把包里的熟食拿出来，摆在了石头的案子上。"你太了解备考学生的苦衷了。"

石头先奔了过去，一手抓起一根香肠，掰开向嘴里塞去。曹大伟动也没动，打量着曲艳红。他总感觉曲艳红今天的热情有些异样。"你看什么呢？怎么不吃东西呀。"曲艳红歪着头看着曹大伟，递过一根红肠，曹大伟这才凑上来接过，曲艳红撕开烧鸡，找石头要开瓶器，石头睁大眼睛。

"曲艳红你不会吧？""预祝考试成功，不能没有酒呀！""也是，好，咱们开吃开喝。"三个人围在案子周围坐了下来，曲艳红把三个人的酒倒满："来，我先跟你们喝一口，祝你们马到成功，金榜题名。"说着曲艳红没等他们举杯，自己先喝了一大口。石头反应过来："哎，不对呀，应该是咱们三个才对，怎么是我俩。""我刚才说错了，好，咱们重来，再来一口。"曲艳红又喝了一大口，给曹大伟和石头都看呆了，举起的杯子双双放下，但又被曲艳红给端了起来："你们怎么不喝，你看我这一杯都快下去了。"曲艳红一说，他们这才举起杯喝了起来。"好，反正现在学得也差不多了，咱们干杯，今天痛快地喝，过几天好好地考。"石头喝完，再倒上一杯酒。"来，大伟，曲艳红，我也敬你们俩一杯，祝你们考试顺利，爱情丰收。"石头说完，一扬脖子，把整杯酒干了，听了这话，曲艳红也干了自己的杯中酒，她喝完之后，看着曹大伟，曹大伟也把酒干掉了。曲艳红的眼泪突然涌了出来。"你到底怎么了？"曹大伟放下了酒杯，心疼地问道。"没怎么，高兴啊。"曲艳红赶紧抹了一下自己的脸，又笑着端起酒杯。"我爸回来了，我妈病也好了，咱们又要一起考大学，我这是高兴，来，咱们为高兴干杯。"曲艳红再次拿起酒瓶，被曹大伟给拦住了。石头终于看出了门道，假借不胜酒力，说自己不敢再喝了，怕耽误了晚上的学习。他向曲艳红求饶，说自己已经到量了。"好，那我和大伟喝，大伟，我们喝个交杯酒。"曲艳红一说到交杯酒，石头就更加知趣了，借口要回家看看父母，抬屁股走了。曹大伟盯着曲艳红："你这两天不对，你跟我说实话，你到底出什么事儿了？""大伟，你想我吗？"曲艳红却根本无视曹大伟的逼问，一把攥住了曹大伟的手，深情地望着他。曹大伟被看迷糊了："想，当然想了，要不然我也不会给你写纸条。""我就是因为这个才来找你的。大伟，你爱我吗？"曲艳红此时已经把自己的身体靠在了曹大伟的身上。曹大伟很认真地点了一下头。"点头不算，我要你说出来。"曲艳红抬着头看着曹大伟，等着曹大伟的回答，曹大伟热血上涌。

"我爱你！"

话音刚落，曲艳红已经扑了上去，她猛烈地抱住了曹大伟的身体。曹大伟再也控制不住自己的感情，也热烈地回应着，他们由接吻到开始抚摸对方的身体，他们投入忘我地热情着，感受着彼此，点燃着彼此，当那股情欲的闸门在两人的心间彻底打开的时候，他们不可抑制地向着更高峰挺进，直至水乳交融，山崩地裂。

当波涛散去，两个人躺在平静的海面上，感受着爱情暖流的拍打的时候，他们醉了，也晕了，他们再也离不开彼此。

曲艳红的手在曹大伟的身体上滑动着，让曹大伟感到的是更深层的温暖和依恋。他在耳边把这种感觉告诉给曲艳红。

"你真好。"

"你会永远爱我吗？"

"会，我会永远爱你，我不但爱你，还要娶你。等大学毕业，我们就结婚。"

曲艳红的头在曹大伟的怀里轻轻地摇动着。

"怎么？你不信？"

"我信，大伟，你说的我都信。"

曲艳红把头深深地埋在曹大伟的怀里，她把指甲深深地嵌入曹大伟的皮肤里。

第九十三章　高的陷阱

　　曹大伟并不知道，曲艳红这次来，就是要在即将离开他的时候，给他留下一个终生难忘的记忆，父亲的病如同一块巨石把自己的爱情砸得粉碎，为了挽救父亲，她已经做了一个决定，而这个决定一旦让曹大伟知道，就不会再要她了。刚被她抓在手里的爱情，就这样被毁掉了，她心有不甘，她想让如此美好的爱情永留在这个阳光灿烂的夏天。

　　他们在房间里享受着温暖的热浪，而石头则在外面将这一切尽收眼底，其实，他并没有回家，而是就这样一直守在美术社外面，他之所以这样，是因为他已经感觉到曲艳红来找曹大伟一定是有事儿发生，他担心有什么突然发生的变化，在曹大伟和曲艳红需要他的时候，他会第一时间出现，另外也是为他们在外面把门，为了防止顾客冒失进来，他又把美术社的闸门关了一半。

　　当看到房间里排山倒海时，他开始是惊讶，当一切都过去之后，他刚要抽根烟压压惊时，没有料到马文平走了过来。这让他刚刚平静些的心情再次紧张起来。

　　因为石头躲在暗处，开始时马文平并没有看到石头，抬脚就要往里走，被石头从暗处走出来拦了下来。马文平吓了一跳，看清是石头才松了口气。

　　石头问马文平来干什么。马文平说找曹大伟，石头心里犹豫了一下，他觉得马文平的到来有些不怀好意，于是回答说曹大伟不在。马文平说我进去看看，石头拦住不让他进，两人拉拉扯扯争执了起来。最后，石头放出话来说，这是我的地方，没有我的允许就不让你进，因为之前的那件事儿，马文平心里对石头还是有些忌惮和不安，见石头真急了起来，找了个台阶转身骂骂咧咧走了。

马文平走开，石头的心里更烦，他越发觉得马文平这个时候来，肯定是有备而来。

马文平此举，真的让石头猜对了，马文平是得到了老孩的消息才过来的。这还得从那天高朝找他和老孩认识说起。

高朝那次表面是与马文平共同商量地下服装一条街的事，实际上，心里是想让老孩帮助自己把马文平消灭，把火车站俱乐部据为己有。地下服装街只是高朝计划中的一部分，这个环节需要人去做，而这个人必须心狠手辣，最重要还得心里嫉恨马文平，千挑万选，这个任务就落到了老孩身上。

当老孩说起马文平安排给他盯视曲艳红的事，高朝简直就要大笑起来，这真是老天让他成事，如果计划得逞，既帮他除掉了马文平，还会让他抱得美人归。他觉得自己简直是一个天才，一切都做得天衣无缝。那个有个性的曲艳红，在那次存衣事件之后，就深深地印在了他的脑海里。他想象着性格刚烈的曲艳红最后投入自己热情的怀抱后，那种销魂的情景，他就更加急不可耐。

所以，高朝为了专门帮马文平夺回曲艳红，又做了一个饭局，饭局上还是他们三个，当他说出自己关于如何夺回曲艳红的设想后，马文平自然高兴得很。

马文平当时就把老孩看成了自己最好的兄弟。因为第一步就要由老孩出马，马文平当时在酒桌上敬酒三杯，许下诺言，告诉老孩事成之后，你就是我这辈子的朋友。老孩也爽快地答应，两个人虚假地抱在了一起。

就这样，第一件事，就是把曲艳红往火坑里推。通过老孩的跟踪，老孩了解到了曲折的病情，高朝认为这是最好的机会。他让老孩去给曲艳红指一条明路。

就在曲艳红四处求告无果的时候，老孩光天化日之下，把她拦了下来。曲艳红看到老孩时心里自是一惊，但是老孩并没有怎么骚扰她。老孩跟她讲道理，劝说她不要再跟曹大伟，曹大伟只会读书，挣不到大钱，还不如跟了马文平，有吃有喝的多好。这个年代，钱才是最重要的。曲艳红当然不会听他这一套，怼了他几句，掉头就走，但是老孩的最后一句话还是起了作用。学习没用，还不如去当舞女，那样来钱快。

曲艳红听了这句话之后，让正处于困境中的曲艳红突然开了窍，自己辛苦地到处找门路，还不如舞厅里的舞女来钱容易。她曾经听说过，那些舞女好的时候，一个晚上100来块钱应该是没有问题。那不到几个月，就是一个万元户，她有些心动，因为父亲的病需要钱。

她没有回家，而是直接折回到文化宫。见了马文平，马文平很是惊奇地看着她，当她说出她要做舞女时，马文平深感意外。他心里不同意曲艳红做舞女，但是曲艳红如果开口求他一下，他一定会把曲折治病的钱，帮她准备好了，可是，曲艳红犟，偏要自己挣出那份辛苦钱。马文平对她当时也有些来气，曹大伟才回来不长时间，曲艳红就跟着曹大伟走了，他心中的这口气没有出，他就想让曲艳红受点苦，给她点教训，她自己碰了硬自会来找他。

这样想着，就暂时答应了曲艳红做舞女的要求。

曲艳红陪着别人跳舞，不认识的男人的手经常会不怀好意地上下摸索，马文平看到了，心里愤恨，但是自己不能砸自己的场子，也只能先把这口气忍着，只是暗自留意，不让她受到欺负。

马文平本想曲艳红当几天舞女就会向他求饶，却没有想到曲艳红始终不开这个口。他一直等着这个机会，没有等来，却等来了老孩的消息。

老孩告诉曲艳红今天穿得花枝招展的，去买了吃的，进了石头的美术社。

起初马文平没在意，当他听说曲艳红还买了酒，就觉得这个事情有问题。他飞快地跑到了石头的美术社，老远看到石头在门口，他就有些纳闷，曲艳红不是进去了吗，石头为什么在外面。

他过来要往里闯，被石头拦了下来，这就是他能那么巧来的真实原因。马文平并不知道，自己在一步一步地向高朝设下的圈套里走去。

第九十四章　曹关生的调查

　　曹关生到了火车站报到，他突然之间像变了一个人一样，工作积极主动，还给马新生建言献策。上级让马新生抓紧时间写改革方案，正抓耳挠腮不知所措之际，灵机一动问起曹关生曾经写过的那份火车站改革方案，说是上面催得急，要借鉴一下。

　　曹关生就熬夜把方案又重写了一遍。曹大伟晚上起来，看到父亲还在忙着，就问了一下。曹关生说给马新生写方案，还迷糊的曹大伟忽然之间就醒了，瞪大了眼睛质问着："你不是和马新生有仇吗？"

　　曹关生面对曹大伟的质疑理也不理，毕竟为实施自己的计划总是要付出一些代价的，只不过这些都闷在他的心里，他是不会告诉任何人的，即便是自己的儿子。监狱这么多年的磨炼，让他最大的收获就是看穿人性和世事，现在的曹关生跟往日不可同日而语。

　　当他把方案递到了马新生的手中，马新生看着整个方案，觉得就是一封他的表扬信，措辞华丽，对马新生在火车站的表现一顿溜须拍马、歌功颂德，把马新生弄得有些晕晕乎乎不好意思起来。表面说些客气谦虚的话，但心里还是非常受用，在那一刻，他有些后悔，当年为什么把他扔到了监狱里。这样想着，心里态度就对曹关生发生了转变。

　　马新生告诉曹关生，最近局里要查路风站纪，自己先到基层自查一下，让曹关生为后续的检查做好准备。曹关生表面唯唯诺诺，心里实则已经心花怒放起来，表示一定会把工作做好，马新生这才满意地拍着曹关生的肩膀，告诉他，既然回来就要忘掉过去，展望未来，甩开肩膀在车站好好干，以后，碰到任何问题，马新生都会给他做主。

说完这些话后，马新生心满意足地拿着曹关生连夜写的改革方案扬长而去，望着马新生洋洋得意的背影，曹关生暗暗发誓，再过一段时间，他就要以其人之道还治其人之身，他曹关生这么多年怎么付出的，怎么让马新生还回来。

取得马新生的信任后，曹关生立即投身车站群众基础的建设中，他发现大热天的，工人们顶着日头在站内作业，工作服前胸后背湿了一大片，他立即把在监狱时学的制作酸梅汤的手艺施展出来，在家熬好后，用"焖罐"端到现场，一碗碗分给工人们喝，在烈日炎炎的时候，这一碗酸甜的汤汁，不亚于琼浆玉液。工人们甜在口里，美在心里。这场面不仅感染了在场的每一位工人，也让所有的人都知道了，曹关生脱胎换骨的消息迅速在火车站蔓延开来。

消息很快就传到了孙耀华耳中，孙耀华最近也是感觉到曹关生突然像变了一个人，不仅再不跟她耍性子发脾气，而且人也变得勤快起来了。以前在家，家务活都是孙耀华的事，他只是负责喝茶看报。现在家务活他都包了下来，洗洗涮涮，擦擦扫扫，仿佛对这个家有了新的感情。

利用这个机会，曹关生开始利用关心工人的疾苦之名，深入车站的每一个职工家庭，装作和他们闲聊，询问了解一些工作上的困境。工人们看到办公室主任亲自到家解决问题，也就没有什么防备，好的坏的，陈芝麻烂谷子都扔到曹关生的耳朵里，什么工作苦了，什么待遇差了，什么家里孩子没人管了，什么自己的区域又被偷了，各种烂事，都一股脑地倾泻出来，曹关生见火候已到，就开始有意无意地把职工的情绪向职工宿舍上面引。

住宅问题一直就是火车站职工最关注，同时也是意见最多的。之前大家都住在小平房内，听说车站盖职工宿舍，自然翘首以待，憧憬着现代化的生活，以最大的热情期待着这历史性的改变，但当他们满怀喜悦住进去后，却发现这个宿舍跟他们的期待差距太大，不但宿舍的质量差，而且后勤保障一点没有，冬天一到，就感觉屋里四处漏风，虽然暖气摸着是热的，但是温度却一直上不来。

有时候没有暖气，水管子经常就会被冻上。他们只能把过去平房生活时准备的水桶找出来，回到老宿舍区的水井去打水。自从他们搬走之后，那些过去住的平房就租给了从农村来城里的新居民，人一杂，管理就不严，井里边掉进去个老鼠、野猫的事开始司空见惯，一来二去，井水就开始滋生细菌。有些工人喝了这种水，就会闹肚子。而由于缺水，导致家里的厕所卫生不畅，渐渐地，各家各户内就蔓延出一种让人掩鼻的恶臭。

还有电，经常停电跳闸，总闸一跳，全楼一片漆黑，工人们就开始把头伸出窗口开骂，久而久之，宿舍的管理就成了老大难，三番两次就反映到铁路局，铁路局再责成车站解决，车站只能与建筑商沟通，但是开发商却拖拖拉拉从未真正解决。

这回好了，曹关生一来调查，说明上面重视了，马站长对于这种积压的问题很重视，让他下来收集一下资料，等收集好了资料，准备把建筑商告了，给大家一个说法。

他这么一说，工人们就更加踊跃了，他们像开批斗会一样，把建筑商怎么盖的房子，后来建筑商怎么不管事情，又详细地说了一遍。还有的工人口无遮拦，就说了是建筑商给了回扣，所以房子才能盖成这个样子。虽然没有说回扣给谁，但是明里暗里，还是指向了马新生。

曹关生要的就是这样的结果。他听到工人们的讲说，心里震惊不已，他没有想到建筑商能这样糊弄，而一向以工作严谨认真著称的马新生，会这么轻易验收通过。这让他开始有种由私人恩仇向正义使命的过渡升华，甚至有那么几次，他开始有了一种英雄般的感觉。

他听完工人们的讲述，说等资料汇总后，还需要他们密切的配合。工人们听了这话，一再点头表示同意。曹关生回家后，就连夜整理工人反映的资料，把他们说的话添油加醋整理了一份详尽的资料。当然，这些资料最后矛头都指向了马新生，在这份资料中，马新生指挥不当、验收不公、知情不报、欺上瞒下的罪都列在其中。最后，再根据这些情况分析判断出马新生有收回扣之嫌，以及火车站内部存在的管理漏洞，这些也都统统扣在了马新生的头上。

他整理完这些，已经快凌晨了，他没顾上睡觉，而是直接下楼，骑了自行车，赶到站前的邮筒，直接把这份署着他名字的举报材料投了进去。

当他往家里走的时候，他感觉到自己的心情无比轻松。

第九十五章　高考

　　7月7日全国文化课高考的日子，曹大伟跟石头很早就赶到考场，两个人状态都不错，他们彼此放松着对方的心情，在等着曲艳红的到来。但等到快考试了，也没有见到曲艳红的影子，曹大伟不禁担心起来。

　　"大伟，时间不多，我先进去了。"

　　眼看着考生都走了进去，石头有些着急，他实在等不及了，先走了进去。

　　曹大伟没有挪步，虽然他的内心变得焦灼不堪。

　　说好了一起进考场的，可人影都看不到。他不知道曲艳红出了什么事情，他不断地向校门外面张望，一位监考老师看到他还站在外面，提醒他马上就要开始发卷了，曹大伟只能一跺脚，转身走进考场。

　　其实，这一切都落入了躲在校门外大树后面的曲艳红眼中，曲艳红见曹大伟走进考场，把自己手中的准考证拿起来又看了一遍，然后撕碎。在撕碎准考证的这一刻，她知道自己的生活从此与大学生活无缘，离曹大伟的生活也越来越远。

　　这一刻，她的眼泪掉了下来，她在心里祝福曹大伟考出好成绩，希望自己的爱人能够金榜题名。她知道自己与曹大伟不会再有未来了，但是她还是感到曹大伟考上大学，她的心里会是无比幸福。等到考试结束的时间到了，曲艳红才回到家。进屋之后，赵冰姿急切地询问着："小红，怎么样？试题难不难呀？""还行，我都把空填上了，应该没什么问题。"赵冰姿听到了曲艳红胸有成竹的回答，欣慰地说准备做两个好菜，好慰劳一下累了一天的姑娘，转身出了门。她一出门，曲折就迎了上来，还没等曲折说话，曲艳红先开了口："爸，我考完试了，你答应的事该兑现了吧？"曲艳红这一问，给曲折弄得一愣。"我答应你什么了？""你说考完了，去看病啊。"曲艳红急了起来，催促着父亲明天就去治病。"小红，咱家现在没有钱，等再缓一段时间吧。""不，我有钱，我打工挣的。"曲艳红正想进屋，把自己的钱都拿出来给曲折看。这时传来了急促的敲门声。曲艳红感觉到什么，先一步奔过去开门，一开门果然是曹大伟，还没等曹大伟说什么，她一把把曹大伟推出房门，人随后走了出去，她这一系列反常的行为，让曲折皱起了眉头。曲折走到了虚掩的门后，悄悄地听着两个人的交谈。"你怎么来了？""你怎么没去考试？"曹大伟看到曲艳红后松了口气，他的心终于放下来，一路上他一直担心曲艳红不来考试是出了别的意外，现在他担心的是，错过了高考，曲艳红今年就没有机会上大学了。曲艳红看着曹大伟为自己如此焦急而感动，但她不敢表现出来，只能狠着心给他找一个不参加考试的理由。"我跟你说实话吧，我根本就不想考大学，我去复习都是为了给你鼓劲，让你能考上大学。真的，我没有想过要考大学。"曲艳红笑着向曹大伟解释着，但是她的心里在流泪。"什么，你说什么？"果然，曹大伟根本不相信这个理由，看着曲艳红的眼睛。"大伟，这是真的，我不想上大学，上大学也没有用。你看马文平、万东，他们没上学，不也挣了很多钱？上了大学，也不见得挣到钱。我觉得自己还是应该趁着年轻多捞点钱，还是钱最实惠！"

曲艳红摆出一副满不在乎的样子跟曹大伟说着。这次考试，她已经下定了离开曹大伟的决心，所以她说的这些，就是为了让曹大伟对她失望，对她彻底地放弃。她现在就希望曹大伟快些离开这里，如果再多一会儿，家里人知道了，她的事情就会败落了。

她一面说着，一面向楼下推着曹大伟。

这些话对曹大伟来说无异于晴空霹雳，这些天来，那个和他一起头悬梁、锥刺股，通宵达旦一起学习的曲艳红消失了。现在曲艳红变成了一个他们原本最唾弃的庸俗的人，这样的转变，他接受不了。

但这些话却是亲口从曲艳红嘴中说出来的，这让他感到从头到脚的冰冷，他有了一种巨大的挫败感。尤其是曲艳红此刻眼中流露出来的那种厌恶的神情和推搡他的动作，都让他有种被欺骗的感觉。

"没想到你是这样的，我算看错人了！"他愤怒地转身下楼，并没有看到曲艳红倾泻而出的眼泪。

曲艳红哭够之后，抹了抹眼泪，刚要走回房间，却发现曲折站在门口威严地看着他。曲折的神情不亚于刚刚离开的曹大伟。"你太让我失望了！"曲折严厉地看着女儿，摆出一副兴师问罪的态势，曲艳红忙把父亲推进了屋里："既然你都听到了，那我就实话告诉你，我不想考大学，我要上班挣钱。"话音未落，曲折已经一巴掌打在曲艳红脸上："挣钱，挣钱，小小年纪天天想着挣钱，钱那么重要吗？"曲艳红被打得一愣，半是委屈半是难过地说出"重要"二字。曲折更气了起来，想再打时，又开始剧烈咳嗽起来。曲艳红赶紧上前去拍着父亲的后背，被曲折推开："滚，我没有你这样的女儿。我就是死了，也不用你管。"曲折使劲把曲艳红推到一边。"爸，你打我吧，骂我吧，但我只求你一件事，为了我和妈，去医院治病吧！这个家不能没有你。"曲折终于意识到什么。他的眼睛透过镜片，审视着自己的女儿。"你就是因为这个，才没有去参加考试？""对，爸，我不想再失去你。"曲折再也抑制不住，把曲艳红搂入怀里："我的好女儿，是我拖累了你。"

第九十六章　舞厅中曲艳红

　　第二天，伤透了心的曹大伟，来到了石头的美术社，去整理他们的学习资料。考试结束了，这些曾经背了无数遍的学习资料，一时间成了无处安放的废纸，曹大伟把它们全部扔到了门外燃起的一个大火盆里。曲艳红的话让他对未来彻底死了心，他曾经还期待着考完试，和曲艳红一起踏上开往远方的列车，去外面的世界看一看。现在一切都烟消云散了，原来聪明上进的女孩变得世俗无奈。他不再想她了，他只把她当作一场梦，梦醒了，一切都碎了。他有些伤感地注视着面前的火焰，不知何时，石头站在了他身后。"这些也烧了吗？"石头拿着一些写着娟秀文字的书籍。曹大伟漠然地看了一眼，点点头。"这些是曲艳红的。"石头犹疑着，曹大伟一把抢了过来，扔到了火里，盆子里的火又旺了起来，曹大伟听着"噼啪"的响声，他听到了爱情碎裂的声音。他们一直在看着火渐渐地灭掉，谁也没有说话。石头知道，曹大伟现在心里在流着血。"哎，这是干什么呢？不过了？"一个声音从后面传来，两人一回头，马文平满脸堆笑地看着他俩。石头看到马文平，没有理他，而是直接进了屋去。马文平没有当回事，他在曹大伟的身旁蹲了下来，一面帮着他拨弄火，一面问："考得怎么样？""还行。"曹大伟敷衍着。

　　"好呀，咱们哥们儿也要出大学生了，祝贺呀，要不然晚上聚一下？"

曹大伟摇了摇头，拒绝了他的请求。"哎，对了，大伟，你知道曲艳红在我那儿跳舞的事吗？""什么？"曹大伟没有听清，回过头追问着。"就是陪舞，陪别人跳舞。"马文平边说边举起手做出交际舞的动作。"你竟然让她做那种事？"曹大伟猛然间揪住了马文平的衬衣领子，马文平有些喘息，示意曹大伟先松开手："是她自己要去的，我不让她去，她说就去别的舞厅。"马文平这么一说，曹大伟松开了手。"你勒死我了。"他把衣服弄好。"那个事挣钱多，现在这个年头挣到钱就是大爷，不挣钱，光啃书本有什么用。"他说完站了起来，拍了拍曹大伟的肩膀。"行，我先走了，有空一定要一起吃个饭。"他说完走远了，石头从美术社里走出来，对着他的背影吐了一口痰。"他来干什么，我一看他，就觉得没安什么好心。""他说曲艳红去当舞女了。""呸，他那狗嘴里吐不出象牙来，曲艳红不是那样的人。"曹大伟定定地看着石头。"你说，她真的不是那种人？"曹大伟在问他，也在心里问着自己。"我觉得这里应该是马文平在搞鬼，你一定要防着他呀。我觉得，他是故意来说这个事的，这个好办，我和你一起去舞厅看一下不就全知道了。"俩人说到做到，等到天黑以后，石头把美术社的闸板挂上，和曹大伟一起向文化宫走去。舞厅在那个时代，是最时尚的去处，晚上吃完饭，大家无事可干，就拉帮结对地涌到文化宫去过夜生活。这时，正是舞厅进人的时候，曹大伟和石头走进舞厅，在嘈杂音乐声中，寻找着曲艳红的身影。果然，他们在人群中看到曲艳红正附在一名中年男人怀里，陪他跳着四步，但显然，中年男人不满足于此，跳舞过程中总是想有点进展，于是，手就开始不老实起来，试图在曲艳红的后背占点便宜，曲艳红竭力摆脱着，但又不好发作，只是一次次把对方的手给矫正过来，但脸上依然挂着笑容。

曹大伟看到这里，再按捺不住，在和石头来的路上，他们俩都觉得曲艳红不会干出这样的事，但眼下所见，让他彻底受到了伤害，等石头感觉不对，试图拉住曹大伟时，曹大伟已经跑进了舞池。

曹大伟到了曲艳红身边，二话不说，拽着她就往舞厅外面走。那名中年男人见舞伴被别人抢走，不干了，追过来和曹大伟理论："哎，干什么呢？哪儿的？快把手给我撒开。"此时，曲艳红也看清了曹大伟，她不断地试图挣脱他。曹大伟死死地攥住她的手腕，怒视着中年男人："这儿没你事，滚远点。"中年男人听到他这么一说，又看到舞池里已经有人围了过来，脸上挂不住了："你跟谁说话呢，找死呀。"说着一拳就向曹大伟打来，曹大伟猛地甩开曲艳红的手，一肚子的恶气朝那名中年男人扑去。

两个人在舞池里面打作一团，这时，马文平马上从人群中挤了进来，阻止了两个人的打斗。马文平向客人道着歉，这边曲艳红也拉着曹大伟："大伟，你别在这闹事。""你为什么要这样？""不关你的事，你快走。""你给我说清楚！"曹大伟愤怒地质问着曲艳红。曲艳红在众人的围观下，脸越来越红。她猛地甩开曹大伟的手："我愿意干什么就干什么，跟你没有关系，我喜欢这样的生活，满意了吧？"话音未落，曹大伟一个嘴巴打在了曲艳红的脸上。曲艳红愣住，曹大伟也愣住，片刻，他转身冲出舞厅，石头见状也跟了出去。马文平要的就是这个效果，他看着曲艳红蹲到地上痛哭，心里涌上了一个强烈的感觉：从这一刻起，曲艳红属于他马文平了。

第九十七章　马文平的表白

　　舞会散去，人走散了，曲艳红呆呆地坐在舞池边的一个座位上。她没有想到她和曹大伟会是今天这样的结局，虽然在她心中早已经放弃了跟曹大伟一起上大学、一起享受未来的权利。但曹大伟愤然离她而去，却是出乎她的意料之外，她想到的是与他平静地分手，告诉他，她不曾喜欢过他，告诉他，她最喜欢钱，让他死了那条爱她的心。但是，她好像错了，他很受伤，很愤怒，她让他伤得很深。

　　她失落地望着这个空荡荡的舞池，眼前的舞池很像她的写真。那是一切繁华之后的落寞，她曾经是一个中央舞台上最耀眼、最夺目的公主，她曾经吸引过很多艳羡的目光，时过境迁，一切都消失了，这个舞池现在暗淡无光。那曾经的过往，都变成了云烟。那曾经的爱情，也像从来就没有上演过，没有留下一丝光影。

　　一只手静静地搭在了她的肩上，她的内心为之一动，是曹大伟吗？他回来找她了？她热切地转过头来。她愣住了，她看到了马文平的眼睛里流露出的目光，那目光很温暖，让她产生了一种依赖，马文平适时地伸出了手臂，她顺势扑到了他的怀里哭起来。

　　"你想哭就哭吧，别压抑自己。"曲艳红的眼泪喷涌而出，这让马文平有些不知所措，安慰着她，"我知道你受委屈了，有什么难处告诉我，我也许能帮你解决。"曲艳红收住了眼泪，摇了摇头："没用的，你帮不了我，谁都帮不了我。""说说看，也许我能。告诉我，到底出了什么事？""我爸得了肺癌。"说完曲艳红从他的怀中直起身，准备走远。马文平一把把她拉住："我明白了，你来跳舞挣钱就是为了给他治病是不是？""对，你说的一点没错。"曲艳红坚毅地说完，迈动脚步，手却被马文平一把攥住："这事儿曹大伟知道吗？""我是我，他是他，这事和他没有关系，他为什么要知道。"曲艳红再次挣脱着。"告诉我，你爸治病需要多少钱？"马文平见她挣脱着，一把把她抱进了怀里。"你干什么？你撒开，我爸不需要你可怜。"曲艳红捶打着马文平，马文平却把她抱得更紧："我给你钱，你去给你爸治病。"曲艳红看着他："你为什么要这么做？""因为我爱你，我想要你嫁给我。"马文平一下子跪在了曲艳红的面前，动情地抓住了她的手。曲艳红的身体为之一振。"你知道吗，当我接到你的手帕时，我的心情是什么样的吗？我感觉到了母爱，感觉到了温情。当你在我家的时候，我感觉到了幸福；当你从我家离开的时候，我感觉到的是什么？"曲艳红像不认识一样，看着跪在眼前的马文平。"我感觉到的是痛苦、是无助，像没有了魂，我知道，我已经不能离开你了。虽然，我看到你和大伟在一起，但是我不甘心，我知道你是属于我的。我永远都不会离开你。小红，答应我吧，我今天说出的话是真心的。我想娶你，我不是因为你爸的病，跟那没有关系，我就是想要你。"

马文平一番表白说完，曲艳红像是没有听懂，又像是全听明白了，她什么都没说，只是转身朝黑暗中走去。马文平这次没有再拦她，只是看着她的背影，一点一点消失在黑暗里。在黑暗中，他隐隐听到了曲艳红的哽咽声。

第九十八章　一起面对困难

　　曲艳红回到家的时候，已经是午夜时分，赵冰姿做着针线活，在等着她回来："这么晚了，怎么才回来，你上哪儿去了？"曲艳红遮掩着，说跟同学出去玩了，但还是被赵冰姿看出脸上有哭过的痕迹。"你怎么了？哭了？"赵冰姿放下手中的活，向她走来。"妈，没事，外面风大，沙子吹进眼睛里了。"曲艳红背过身，解释着向自己的屋里走去。赵冰姿感觉女儿有些异样，追了上去。"这么晚了，你和谁玩了？""马文平。"曲艳红敷衍着，关上屋门，算是松了口气。就在她刚要脱衣服准备睡觉的时候，门轻轻地被推开，父亲从门缝里挤了进来。"这么晚了，你上哪儿去了？""爸，你不用管我，我你还不放心，倒是你要好好休息，过几天，我就领你去做化疗去。手续都给你办好了。""手续？你啥时办的？你哪来的钱？你是不是干什么不好的事了？"曲折的声音大起来，他有些心急，担心起女儿。"爸，你这么大声干什么，你怕我妈不知道？"曲艳红忙把父亲的嘴捂上，随手就把藏在她枕头下面的诊断书抽了出来，准备再次劝导父亲。就在这个时候，门开了，赵冰姿站在门口："怎么回事？谁要做化疗，你们有什么事瞒着我？"两个人都愣住了，曲艳红的手还拿着诊断书，她想再收起来，已经来不及了，只能慢慢地往枕头下面塞。赵冰姿上前一把抢了过来，当她看清纸上的字的时候，她一阵眩晕。她发着抖地询问着："这么大的事，为什么不告诉我？""妈，医生说爸的病还能治，只要按照医生说的治，就没问题。"曲艳红安慰着母亲。"这么大的事，你们就这么瞒我，小红，你爸要有个……"母亲不敢再往下说，她把目光投向父亲。"这事不怨小红，她是担心你知道后受不了。她为了给我看病，连考试都没有去……"曲折意识到自己说漏了嘴，赶紧止住，但赵冰姿已经听出了问题。"这事是真的？你没有考试？你们合伙来骗我！""妈。"曲艳红再也憋不住心中的委屈，哭着扑到了母亲的怀里。"你不要再责怪她了，她这么做都是为了咱们好。"曲折在一边劝导着。赵冰姿情绪稳定下来，看着伤心的女儿："那你这几天跑哪儿去了？"事到如今，曲艳红知道，再没有什么可隐瞒的了，于是，就把这几天去做陪舞、挣钱给父亲治病的事都说了出来。她说完，赵冰姿和曲折都呆立在那里。"你，你做舞女？"曲折的脸色变得阴沉下来。"爸，我没有做对不起家里的事，我就是跳跳舞，你们要相信我。""那也不行！"母亲严厉地说。"那怎么办？妈，咱家没有钱，爸没法看病，我不能没有爸呀！""我不治了，我不治了！""不，不治也不行，想办法也要治，但是，小红，你不能再去跳舞，你听到了吗？"赵冰姿再次严厉地告诫着曲艳红，曲艳红只好点头答应。虽然母亲话说得严厉，但让她心里感到了一种从未有过的温暖，至少，面对困难，再不是她一个人去面对了，她看到了某种希望。

第九十九章　曲艳红要结婚

　　天快亮时，曲折和赵冰姿做完了早饭，等着曲艳红吃饭。曲艳红很早就醒了过来，把自己这几天挣的钱都找了出来，认真地捋成一摞，准备着一会儿跟父亲去看病。

　　曲艳红很高兴，父亲终于同意去看病了，虽然钱还没有着落，但是，大家现在拧成一股绳，这让她感到很欣慰，就在她要走出来准备吃饭的时候，门铃响了，她去开门。曹大伟布满红血丝的眼睛从门外望向她。

　　曲艳红连忙走出去，随手将门关上。

　　曹大伟这么早来找曲艳红，是他憋闷了一晚上的原因，从舞厅里出来，他就一直向前跑，直到再也跑不动了，他才停下来。石头费了好大劲才追上他。他把曹大伟扶着在马路边上坐了下来，曹大伟一脸迷茫。石头想劝慰他几句，也不知道该说什么，正巧不远处，有一个还没有关门的小饭店，石头扶起了曹大伟走了进去，他准备给曹大伟要些吃的，让他能舒服一些，因为曹大伟自从烧完书之后还粒米未进。他要了一个地三鲜和一碗米饭，饭菜很快上来了，曹大伟却一口不动，石头劝他，他却像没有听到似的。最后，曹大伟看到饭店里摆着的宾州白，指着它要了一瓶。

　　石头本来不想给他，但是看他那痛苦的样子，觉得喝了这酒，心里也许会舒服点，就给他买了一瓶，这一喝，曹大伟心中的愁闷打开，越喝越多，三口两口，一瓶白酒就被他灌进了肚子里，可饭菜却一口没动。喝完之后，曹大伟还想再开一瓶，吓得石头赶紧把酒抢了下来。

饭店服务员也过来收拾桌子，已经快午夜了，他们也要休息了，曹大伟心情郁闷，让服务员一烦，上了脾气，直接顶了他们几句，服务员就和他吵了起来。石头见状马上息事宁人，赶紧跟服务员赔不是，扶着曹大伟走出了饭店。他们一走出饭店，曹大伟见风，身体里的酒就像找到了动力，瞬间从原路又涌了回来，曹大伟一口吐了出来，一个趔趄，差点栽倒在地上。吐过之后，曹大伟的神智有些清醒了，他借着酒劲开始向石头吐苦水。他告诉石头，曲艳红不去考试，是因为她压根就没想考大学，她是一个坏女人，她喜欢舞厅的生活，她喜欢钱。他说到最后都感觉有点恶心。

石头一面拍着他的背，一面说曲艳红不是那样的人，她这么做一定是有原因的，他觉得曹大伟应该问明白到底出了什么事。曹大伟说曲艳红让他滚，像这种女人，还有什么好问的。石头这时说出了自己的疑惑，他说总觉得马文平在这里面做了手脚，如果不是马文平，也许曹大伟和曲艳红不会到这个地步，他劝慰曹大伟最好能找曲艳红问清楚是什么事。石头的话，在酒醒后的曹大伟内心中起了作用。曹大伟冷静下来，他在脑海中不断回放着这几天发生的事情。他渐渐觉得他们两个之间出现的矛盾，或多或少的与马文平有关。最后，曹大伟经过再三思量，打定了主意，要来找曲艳红问个清楚。

"你来干什么？"曲艳红在内心里已经与曹大伟断绝了关系，她不想再让曹大伟掺和到她烦心的生活中来。"我不放心你，来看看你。"曹大伟想好的各种质问，在曲艳红冷冰冰的态度面前全没了。"你走吧，我们之间结束了。"曲艳红再次板起脸，下着逐客令。"对不起，昨晚上我太冲动，不应该冲你发脾气。"曹大伟看到她这样，意识到可能是自己冒犯了她，让她很生气，他向她道歉。"不要再说了，我不想再见到你。"说完曲艳红转身就要进屋，被曹大伟一把拽住："你是不是忘了前几天你跟我说的话。"曹大伟盯视着她的眼睛，曲艳红把眼光躲了过去。"那些话都是骗你玩的。""不对，你是不是又有人了？""对呀，我有人了，怎么啦？"曲艳红的声音冰冷，冰锥一样狠狠地捅着曹大伟的心。"那个人是不是马文平？"曹大伟内心冰凉，咬着牙关问着。"对，就是他，这回你满意了吧？"曲艳红说完，再不面对，用力甩开他的手，进了屋，强忍住情绪坐回到饭桌旁。赵冰姿和曲折直勾勾地看着她："怎么了，吵架了？"

夫妻俩对了下眼神，赵冰姿尝试着进入女儿的内心，她看到了刚才门外的曹大伟，她以为他们闹了什么别扭。"妈，我要结婚。"曲艳红说出的话，让曲折和赵冰姿都是一惊。"什么？你要结婚？你刚多大？不要胡闹！"曲折有些不解地质问着曲艳红。"我已经到了国家规定的结婚年龄，我就想结，你们管不着。"曲艳红没好气地回应着。"你是越大，越不知道出息了。"曲折气得大声地咳嗽起来。赵冰姿见状拉住了曲折的手："小红，我知道你喜欢大伟，可是结婚不是儿戏，你们还没有工作，他才刚考大学，怎么结婚？""我不是和他结婚。""啊，那你和谁？"曲艳红的回答，让两个人再一次惊呆了。"马文平。"这个名字一出，让夫妻二人更惊愕地呆立住，赵冰姿瞬间涌现出马文平流着鼻涕的样子，这个形象第一时间占据她的脑海："胡闹，这不行，你怎么会嫁给他呢？"曲折也第一时间发表自己的意见："这孩子从小我就不喜欢，你们俩不是一路人。再说了，马文平什么秉性，你了解吗？"曲折的话被曲艳红打断。"你们不要看不起马文平。我现在想明白了，人还得现实一些，到头来，钱才是最重要的，没有经济基础，哪有什么爱情？我现在喜欢马文平，因为他有事业，虽然他文化低，但是没有耽误他挣钱呀。"

曲艳红的回答再次出乎两人的意料，曲折与赵冰姿面面相觑，他们谁也没有想到曲艳红能说出这样一番话。曲折恨得牙根发麻，他不知道自己的女儿突然之间怎么就变得如此糊涂、如此市侩。

　　"不行，我就是死，也不会让你和他结婚的。"他向女儿咆哮着，曲艳红也是倔强劲上来了，饭碗一推，拧着脖子说："你们同不同意我都要结，国家规定婚姻自由。"曲折终于一口气没有上来，剧烈咳嗽着，一屁股坐在椅子上，赵冰姿马上过来拍他的背，眼神狠狠地看着曲艳红。

第一百章　马文平的心计

　　曹大伟从曲艳红家出来，他感觉自己没有去处，于是，悠悠地走进了火车站，他坐在铁轨旁的一处空地，看着一列又一列的火车从眼前经过。人生是迷茫的，他找不到方向，他不知道这些列车将开向何方，他与这些列车又有着什么样的关系。

　　整整一个上午，他就那么呆呆地坐着，石头找到他时，已经快中午了。石头看到他，松了口气，跑过来一屁股坐在他旁边："我还以为你想不开卧轨了呢？怎么样，知道原因了？"

　　曹大伟摇了摇头。"你没去问？""问了。""那她说什么，是不是因为马文平，你快说呀。"石头的话如醍醐灌顶，曹大伟突然一下子站了起来，向站台跑去。"哎，你上哪儿去？"石头匆忙站起身，想追上他。"去找马文平，这件事情我一定要弄个明白。"石头是第一个冲进马文平办公室的。因为，他要替自己的哥们儿曹大伟出头，讨个公道。"哎呀，你们俩怎么来了。"马文平看到他们两个闯进办公室，先是一愣，继而满脸堆笑地迎了上去。"你别猫哭耗子，我问你，你是不是撬了曹大伟的女朋友？"石头气急败坏地指着马文平的鼻子质问着。"石头，你说什么呢？从来没有人敢指着我的鼻子这么跟我说话！我告诉你，我让着你是因为念着小时候的旧情，你要是三番五次跑我这里折腾，别怪我不念旧情。"马文平嘴里说着，手已经扳过石头的手指，把石头推了出去。随后而至的曹大伟解了围，马文平才放下了手："以后，谁也不欠你的，死瘸子，快滚。"石头也不示弱，继续指着他的鼻子说："我告诉你姓马的，以前我看不起你，现在更看不起你，大伟对你多好，你竟然在他的背后捅刀子，你还是人吗？"曹大伟赶忙把还要冲上去的石头拦了下来："石头，这儿没有你的事，你走吧。"他往外推着石头，石头扒拉着他的手："一定要把今天的事说明白了。大伟，我知道你把他当朋友，可是他把你当朋友吗？你怎么看不明白，他是什么样的人，跟这种人在一起有什么意思？"他这一句话，又把马文平的火挑起来了，马文平再次向他冲过来，曹大伟在中间费力地把两个人拉开。"石头，你今天给我说清楚，我马文平怎么在后面捅刀子了，我怎么就不是朋友了？""你明知道曲艳红是曹大伟的女朋友，还要去抢，你是人吗？"石头再次向马文平咆哮着，马文平住了手，看着曹大伟。"曲艳红和你处对象？""你别装了，马文平，你心里明镜似的。"石头还想再说什么，让马文平一把拨到一边。"大伟，我问你呢，你和她处对象？你怎么没有跟我说过？"曹大伟让他一问，反而不知如何回答。"大伟，你还当我是哥们儿吗？这么大的事儿你为什么不告诉我？"马文平这么先声夺人，让曹大伟心里浮上了些许愧疚，曹大伟想张嘴解释，马文平却向他一挥手："算了，大伟，既然今天话说到这儿了，咱们就不说以前了。既然你和曲艳红处对象，我退出，我现在就退出，行了吧。"说着马文平向曹大伟拱了拱手，准备向办公室外面走。还没等曹大伟再说什么，曲艳红不知何时从外面走了进来："你们什么意思？把我当什么人了？"

曹大伟和马文平你看我我看你，愣在那里。

"我告诉你们，我不是商品，没必要让你们推来让去，我想跟谁就跟谁，还有你，太让我失望了。"

说完之后，曲艳红把手里的一摞钱，扔到马文平身上，一扭身跑了出去。

"看到了吧大伟，我真不知道你们的关系，从现在起曲艳红还给你，以前的事儿过去了，我们是兄弟，我是不会跟兄弟去抢一个女人的。"

　　说完这些话，马文平从地上把钱捡起，追了出去，只剩下曹大伟和石头愣在那里。

第一百〇一章　马文平的求婚

这样的变故，谁也没有想到，就连马文平也没想明白，曲艳红为什么又杀了个回马枪，只有曲艳红自己心里明白。

她是刚从马文平这里离开的，上午曲折一生气，气往上涌，咳嗽加剧，被送进了医院，医院要押金，否则就不给治疗。父亲的病很急，每耽搁一分钟就有一分钟的生命危险，曲艳红无奈之下，只能第一时间跑来找马文平借钱。

在和父母提出与马文平结婚后，她就已经下定决心，要用自己来换父亲治病的钱。马文平听明白曲艳红的来意后，简直心花怒放，曲艳红毫不避讳，直截了当地说要嫁给他，但是有一个条件，就是帮着治好父亲的病。

钱的问题，对马文平来讲不是问题，他当然满口答应。但是他为了掩饰心急，拒绝了曲艳红用婚姻换金钱的想法，这让他有种乘人之危的感觉，这种感觉让他很不舒服。所以，他义正词严地告诉曲艳红，如果想用钱，直接和他说，但是要是用钱来挟持爱情，他马文平做不了那缺德事。

他说完之后，曲艳红一下子愣住了，她不知道是不是自己看错了马文平，她感觉自己的内心受到了谴责。

马文平当即打开保险柜，拿出了一万块，告诉她，钱先用着，不着急还，救命要紧。曲艳红手里拿着沉甸甸的钱，思来想去，还是冒出了一句让马文平一直在等着的话，那就是她与马文平结婚不是为了钱，而是自愿的。

马文平当时激动不已，但是他控制住自己的情绪，又给曲艳红出了一个难题，问曹大伟怎么办？

曲艳红在心里已经告别了曹大伟，马文平一问，她就说与曹大伟没有什么关系。

这话，又让马文平再一次吃了定心丸。

马文平听完激动不已，表示自己不会辜负她，会让她幸福一辈子，让她做全世界最幸福的女人。

曲艳红听了也很感动，看着这个在危难之际慷慨伸出援手的男人，忽然间觉得自己的选择是正确的。她向他表示感谢，马文平连连摆手，告诉她都是一家人了，从今天起她的事，就是他马家的事，他一定会帮到底。

曲艳红布满阴霾的天空，就这样忽然变得晴空万里。

她走出去不远的时候，忽然间想起忘了问马文平明天是否有时间，帮她找辆车，收拾下住院的东西，就折返回来，结果没想到遇到了他们三个人。

事情出了拐点，这让马文平感到有些前功尽弃，所以，他以最快的速度冲出办公室，快速地奔下楼，在楼下跳上了自己的摩托，加大油门，飞快地拐向了大道。

"曲艳红！曲艳红！"他很快看到了前面曲艳红的影子，他大声地喊着，引来了周围路人的观瞧。曲艳红正快步走着，听到身后的喊声，回过头来一看，是马文平，更加快了脚下的步伐。"你停一下。"马文平开了过来，一下子横在了她的面前。"你太让我失望了。"曲艳红试图绕过他的摩托，却被马文平一把拉住。"你别碰我，我没想到你这么无耻！"周围的人围了过来，马文平见拦不住曲艳红，于是扔掉摩托再次追上曲艳红。

"艳红，我知道你生我的气，但那是没办法，是我故意的。""故意的？"曲艳红停下了脚步，诧异地看着马文平。"当我喜欢上你的那天，我就知道早晚要面对大伟，这么多年我没有表示出来，就是因为大伟。大伟是我的朋友，我只有跟你结婚才能对大伟有个交代。""你对他有交代，那你对我呢？我真是瞎了眼了，以为你说的都是真的。"曲艳红不屑地反驳着。

"你是我最爱的人，大伟是我最好的哥们儿，我失去你们两个谁都不行，你让我怎么办？"马文平再次抓住曲艳红的手。曲艳红让她这么一说，也有些犹豫。"我这么做也是为了考验曹大伟对你的真心，现在我看明白了，曹大伟可以没有你，我却不能没有你。"马文平置之死地而后生的表白让曲艳红瞬间心动。"而且，我这么做也是为了封住大伟的嘴，你想我们毕竟是哥们儿，以后真要有闲话传出去，到时，对你对我都不好，我也是为了让我们能在以后的生活中解除后顾之忧。"

马文平一番表白，字字句句都扎进了曲艳红的心里，周围围拢的人看到热闹，远远地围了上来，有人认出是马新生儿子，在那里指指点点不停地议论着。马文平决定利用这个机会，彻底拿下曲艳红，想到这儿，他再次发起了攻击。

"艳红，我做的这些都是为了你。现在，我可以在所有人的面前发誓，我不仅要好好照顾你，还要尽全力把你爸的病治好。"他的这些话，就像清泉渐渐冲开曲艳红闭塞的心灵，她用手捂着嘴，她不想当着众人的面哭出来。"答应我，嫁给我吧。"马文平顺势跪了下来，开始跟曲艳红求婚。曲艳红赶紧把马文平给拉了起来。"你干什么啊？""你不答应我我就不起来。"周围人开始起哄，曲艳红只好点着头把马文平拉了起来，马文平趁势把她紧紧地抱住，引来周围人更大的喝彩声。

第一百〇二章　曲艳红的决定

马文平把曲艳红送回了家，又回到了办公室。他兴冲冲地推开门，坐到了自己椅子上，高兴极了。他没有想到曹大伟和石头今天这么一闹，反而让曲艳红彻底地倒向了他的怀里。他按捺不住喜悦的心情，不断地在屋子里面走动着，直到外面的天色有些暗下来，他停下了脚步，在办公室墙上的镜子前面停住了。

"你别用这种眼神看我，我知道我这么做对不起你，你是看我不舒服吗？来呀，你打我一顿，就是捅我一刀也行，但有一点，曲艳红，我娶定了！"他向镜子挥动着自己的拳头。"马文平，你说这话，就不怕遭雷劈？大伟是你的好哥们儿，他还救过你的命，你这么做就是为了一个女人，你不怕哥们儿会瞧不起你？"他换了一个角度看着镜子说："不，她不是一个普通的女人，我不能失去她，我一定要得到她，这也是她做出的选择。"

"你想过哥们儿的感受吗？你是忘恩负义的混蛋，你卑鄙无耻，你下流，你背后捅刀子。"他再次变换着角度。说完，他把身子正对着镜子站住。"这一下，是大伟的。"他扬起手向自己的左脸打了一个嘴巴。"这一下，是曲艳红的。"他又给自己的右脸一个嘴巴。"这一下，是大伟的。"他再次打向自己，他不停地抽打着，他的脸上出现了血印，他的嘴角流出了鲜血。他看着镜子里那张恐怖的脸，忽然间他大笑起来。"马文平，现在你可以向曲艳红正式求婚了。"马文平拎着一兜子钱去了医院。他去的时候，赵冰姿正在那里发愁，虽然说住院押金暂时交上了，但未来还需要很多钱做手术，以及做化疗。她去了一趟学校，想问一下学校有没有为曲折治病的办法，校长看着她完全恢复了，喜出望外，关切地问她什么时候能来上班。赵冰姿说只要学校要求，她会尽快来上班。校长关心地说不忙，只要她能来上班就行，现在像她这样能拿得出手的骨干教师越来越少了。随后，赵冰姿向校长说起了曲折的事，校长听后非常震惊，但是他也很为难，学校从站里剥离出来的，本来资金就缺乏，现在又是教育改革时期，用钱的地方更多。如果单拿出一笔钱为曲折治病，别的校职员工也不会同意，因为曲折毕竟不是他们系统里的人。他左右为难，看着眼前的赵冰姿，一再劝慰着。最后，他想出了一个办法，就是让全校的员工为这个事捐款，然后告诉赵冰姿先回家照顾曲折，只要款项收齐了，他马上带着班子去看望曲折。

赵冰姿听到这个消息，虽然说解决不了实质性的问题，但是却可以解决暂时的问题，她激动地要给校长跪下，校长扶住她，告诉她安心回家，有了消息就告诉她。

赵冰姿回到医院，把这个消息告诉了曲折。曲折听到这个消息，心里不知道是高兴还是酸楚。他自己一个大男人，不能给家里做贡献，最后还拖累得妻子去单位里伸手要钱。他觉得自己脸红，赵冰姿看到他这个样子，马上安慰他。高兴过后，他俩冷静下来一想，学校这点捐款能有多少，上千可能都不到，对于曲折的这个病，是杯水车薪，阴云又爬到了两个人的心上。

就在这个时候，马文平走进了病房，先把那兜钱递了过去："赵老师，这里是五万元，是给曲叔看病的钱，您收好了。"赵冰姿反应过来："你这是干什么？""曲叔的事，艳红和我说了，曲叔的病耽误不得，所以我马上就到银行把钱取了出来，这些钱您先用着，同时我也在找人联系这家医院最好的大夫，到时让他亲自做手术。"曲折躺在床上，听着马文平的话，百感交集，这一瞬间，他有些后悔回来连累家人。早知道这样，当初还不如死在深圳。

"小平，这个事你别太操心了，你挣钱也不容易，快拿回去。"赵冰姿看着那一兜子钱，感觉那不是钱，而是一大袋子炸药，让她心慌。"赵老师，你这样就见外了，我已经和艳红说好了，曲叔的病，我一定要治好它。而且，我们马上就要结婚了，咱们都是一家人了，还分什么彼此。"他这句话让曲折和赵冰姿都愣在了那里。"你和小红结婚？"赵冰姿急急地问着。"对呀，艳红已经答应了，我今天来就是向二老求婚的。"说着，他对着赵冰姿和曲折深深鞠了一躬。"文平给你们拜礼了。"曲折脸色涨红，挣扎着坐了起来。"马文平，我不用你的钱，你走吧，谢谢你的好意。"赵冰姿担心曲折再激动起来，赶紧接过话题。

"小平，我知道你这么做是为了艳红，说白了，更多的是为了你曲叔，可是你太鲁莽了，婚姻可不是闹着玩的。你是个好孩子，我们全家也都喜欢你，可是，你突然提出了这个，我们一时真接受不了。"

马文平听着赵冰姿和曲折的话，脸上不动声色，来之前他已经预料到会有这样的场面，听他们说完后，他不急不慢地开始表述来之前准备好的台词。

"赵老师，曲叔，你们别着急，怪我不该这时跟你们说这些话，但是见到你我就不由自主了。你们也知道，我从小没妈，是我爸把我拉扯大的，所以，我从小就渴望着家庭的温暖。自从艳红来到文化宫，与我相接触后，让我有了那种相依为命的感觉。也许，结婚对你们来说还早，但对我而言，我不想错过艳红。"

"不行，这件事儿还是太草率，你要真喜欢她，就等等再说吧。"曲折的眉头皱了起来，他把马文平的兜子拎了起来，递还到他的怀里。马文平脸色有些变化，不过马上又堆上了笑。

"曲叔，我知道你还有许多顾虑。我也明白，结婚之后会有许多事情，可能是我想象不到的。但有一点，我是爱艳红的，如果我没找到解决的办法，我会选择包容她。不管遇到什么样的困难，我都会在她的身边关心她、呵护她，我已经做好了面对所有的准备。即使有再大的困难，我也不会放弃。这次来，我也知道你们不会马上同意，但是，我下定了决心，我绝不会放弃。"

他又把兜子放到沙发桌上，就在这时，曲艳红走了进来："爸，妈，我同意和马文平结婚。"曲折和赵冰姿愣在那里。曲艳红说完，他们谁也没有反应过来，只有马文平兴奋地看着曲艳红。曲艳红从容地走过去，拉住马文平，眼里全是笑意。

马文平进病房时，曲艳红正好去给曲折办手续，等她回来时，正好在门外听到了马文平在跟父母求婚，但她没有马上进去，而是在门外听着他们之间说的每一句话。在此之前，她并没有做好接受马文平的准备，内心还在曹大伟与马文平之间挣扎。

当她听完马文平说的那些话后，她的内心被触动了。她回想着这几天发生的一切，在她最柔弱无助、最需要帮助的时候，追上来的永远是马文平而不是曹大伟。没错，曹大伟是给了她温暖和对美好的向往，但她现在最需要的不是这些，她需要的是治好父亲的病，帮助家庭渡过难关。既然马文平对自己怀有真爱，又能救自己于水火，她选择马文平有什么不可以呢？！

所以，当所有人都不说话时，她勇敢地走出来，牵起了马文平的手。

第一百〇三章　曹关生暗下决心

　　马新生正在办公室里忙着定稿最后的改革方案，马文平一推门走了进来。"小平，你来干什么？有事吗？"马新生把他的老花镜摘了，询问着。"我要结婚了。"马文平一屁股坐到了马新生对面，脸上带着得意的表情。"你结婚？跟谁？""你心目中的儿媳妇啊。""曲艳红？""正是。"马文平看着父亲的表情，很享受地拿起了桌上的烟，正要点上，却被马新生一下子夺了过来。"小平，你说说，到底怎么回事？"

　　"没怎么回事儿啊，就是我向曲艳红求婚，她答应了。"

　　马新生良久地看着儿子，看他一本正经的样子，心里更是充满了疑问。曲艳红当初离开这个家的时候是含着泪走的，怎么一下子就回心转意，还答应结婚了呢？他有太多疑问，但看着马文平得意的样子，知道问了也得不到答案，索性不再着急，坐下来继续闷头摆弄他的东西。

　　"爸，我结婚了，你也该考虑一下你自己了。"

　　马文平点起了烟，撂下这一句话，抽着烟向外面走去。马新生看着儿子的背影走出很远，仍在判断着马文平说话的真伪，怎么琢磨都觉得不靠谱。他想把心思再放回到改革方案的修改上，可根本回不去了。他放下笔，第一时间就去找孙耀华。

　　孙耀华已经很长时间没有跟马新生单独相处了，这样做倒不完全是因为怕什么，而是她也想静一静、想一想，想想她和曹关生的关系，想想自己、想想未来，包括和马新生之间的关系。她以为只要给她点儿时间，就会把很多事情想明白，但最后她发现她把生活想得过于简单和容易，四十多年的生活，不是三两天就能真正总结和弄明白的，所以，想到最后，她开始什么都不想，只是随意地生活，反倒心里开始轻松起来，似乎也没有那么多烦恼了。就在她享受这片刻宁静的时光时，马新生的登门，再次打破了她的宁静。

当她从马新生嘴里得知马文平跟曲艳红要结婚时，她说不上来是一种什么样的心情，所以，没有第一时间对马新生表示祝福，而是内心隐隐担心起儿子来。马新生能够觉察出来她心理的变化，从某种角度来说，是自己的儿子抢了应该是孙耀华的儿媳妇，这种感觉肯定不会太好。他心里感到自责，想向她解释曲艳红是自愿的，并不是因为他家的钱或什么，可是他越解释，越觉得无力，总觉得自己理亏，所以赶紧找了个工作的借口，离开了。

他走了之后，孙耀华心里平静不下来，和同事打了招呼，直接穿着白大褂就回了家。

她进了屋，曹关生正在埋头写材料，孙耀华急切地问着曹大伟在哪里。曹关生诧异地告诉她儿子出去了，应该是找石头玩去了。

孙耀华一屁股坐了下来，长叹了口气，像是对曹关生，又像是对自己说了句："玩儿，玩儿，整天就知道玩儿。人家都要结婚了，他怎么还没长大呢！"

曹关生听后一愣，转过头面对孙耀华。"你说谁要结婚了？"

"你说谁，小平和曲艳红呗。"

孙耀华没好气地瞪了一眼曹关生，曹关生像是没有感觉到孙耀华的不爽，只是慢慢把头转了过来，继续低下头再次写了起来。

种种迹象表明，他必须快马加鞭，更快地把姓马的一家拉下来，否则，他曹家在火车站永远没有出头之日。

第一百〇四章　父子的对话

马文平和曲艳红订婚的消息迅速传到火车站每一个人的耳朵，曹大伟几乎是最后一个知道这个消息的人，自从上次跟马文平当面对质之后，他病了一场，浑身虚弱无力，再也没有出门，最后还是他在父母厨房的对话中听到的。

当时曹关生说完这句话之后，咬着后槽牙说："兔子尾巴长不了啦。"

虽说曹大伟内心里已经做好了跟曲艳红的诀别，但这个消息还是给本就虚弱无力的曹大伟再次致命一击。那天，当曲艳红把钱甩给马文平的时候，他的心中似乎又燃起了某种希望，他觉得曲艳红也许会做出另一种选择。

但这个消息让他的心彻底凉了，让他更加相信原来曲艳红之前的一切都是假的，他们也许早就在一起了，只是自己一直被蒙在鼓里。自己还一门心思鼓励她考大学，还在憧憬着他们的未来，他觉得受到了巨大的欺骗。在这场爱情的博弈中，他曹大伟败得一塌糊涂，在自己好哥们儿的攻势下，他无力回天。

他痛恨马文平，痛恨曲艳红。在这样的状态中，他蒙着被子在自己的房间里睡了三天。三天后，他醒了过来，走进厨房找吃的。

他的突然出现，把在厨房中忙碌的曹关生吓了一跳。

"儿子，你终于醒过来了。你要再睡下去，爸就得把你送医院去了。"

曹关生赶紧打着火，准备给儿子做饭，曹大伟突然想到了什么。

"我来。"

"你不会做饭。你去歇会儿吧，做好我叫你。"

父亲善意地推开曹大伟，曹大伟愣住，心里受到了某种触动，他脑海中迅速回到在曲折家吃饭时的情景。

"你会做饭？"曲折当时是用怀疑的神情说的这句话，这让他现在倍感受伤。他忽然意识到自己之所以在跟马文平的角逐中败下阵来，跟不会做饭多少有些关系，现在虽然已经跟曲艳红分了，但是，他不想让曲折看不起自己，今后，他也不允许任何人看不起自己，他要做一个让每个人都另眼相看的人。

想到这儿，他非但没有后退，反倒撸起了袖子。

"爸，我帮你做。"

曹大伟说完这话，曹关生停下了手中的刀，定定地看着他，仿佛在看一个陌生人。

"好，那你帮我洗菜吧。"

"好的。"

曹大伟拿出白菜，放到盆里，拧开水龙头，专心洗起菜来，他洗得非常认真，把每一个菜帮子都仔细清洗了一遍，厨房内出现了从未有过的和睦，父子俩一起把饭菜做好。准备吃饭时，曹大伟兴致很高，特意给父亲倒了一杯酒。

"你也来点？"

"我不喝了。"

曹大伟摇着头，那天喝完之后他就开始头晕，暗暗发誓再不喝酒了。

"好。"

曹关生很高兴，端起酒杯，跟儿子享受这难得的温馨时刻。吃了几口菜，曹大伟忍不住，突然张口。

"爸，你真的喜欢过我妈吗？"

曹关生筷子差点没掉在地上，他愣了一下，看了一眼儿子，发现儿子在认真等待他的回答，他琢磨着该怎么回答儿子这个问题。

"何止是喜欢，那是爱。从见到你妈的第一面，我就被她打动了，就决定娶她，跟她白头到老。可是自从到了这个平安火车站后，你妈就变了，变得连我自己都不知道到底是喜欢还是不喜欢了。"

他知道曹大伟遇到了人生困境，作为父亲，他有责任帮助他走出低谷。

"大伟，爸知道你和曲艳红之间出现了问题，这是人生路上正常的经历，你可不能一蹶不振，耽误了自己的前程。""爸，我明白了，没事，都过去了。我觉得我懂了很多，你放心，我知道该怎么做。"说到这里，曹大伟端起碗，连汤带面全倒进了肚子里，立即觉得体内热血沸腾起来。这几天，肚子里什么都没有，饿坏了，直到这碗面下肚才觉得有了些力气。"好，儿子，这说明你长大了，我很高兴你能成长起来。"曹关生也高兴，他喝了一大口酒，父子之间的对话渐渐深层次起来。"爸知道你心情不好，但是有些时候，你要了解真相。如果你不了解真相，就怪罪对方，你就是个傻子。""爸，那什么是真相呢？"这一问倒是把曹关生给问住了，是呀，什么是真相？他看到的一切就都是真相吗？孙耀华与他一起走到了今天的地步，他看到的每一个都是真相吗？他无法回答儿子的问题。曹大伟埋着头吃饭，没有注意到父亲的内心变化。当曹关生想和他再说点什么时，曹大伟却猛地抬起了头："问题是，我连了解真相的机会都没有！"说完，他放下筷子，回到自己房间。他很奇怪，刚刚涌上来的好心情，怎么顷刻间随着这个问题就荡然无存了呢。此刻，他对自己很不满意。曹关生看着他紧闭的房门，摇了摇头，接着喝起来。

第一百〇五章　婚宴请帖

又是经过一夜痛苦的抉择，曹大伟在内心做出了最后的决定，既然自己和曲艳红不会再有什么可能了，就不在这件事情上打转转了，他不能向生活低头，他准备全身心地投入即将到来的大学生活中去。

曹大伟想明白之后的第一件事情就是去找石头，拉着他一起打听高考的分数，石头看到曹大伟吓了一跳，因为面前的曹大伟比之前整整瘦了一圈。之前，车站传出曲艳红跟马文平结婚的消息后，石头第一时间就冲去找曹大伟，但曹大伟那时正把自己蒙在床上，谁都不见，石头只好悄然折回。今天看到他，自然上来就关心他的身体，并试图安慰曹大伟，但曹大伟却一副云淡风轻的样子，告诉他就算没有曲艳红也还是要继续生活，还要上大学。

两个人从教委大楼出来的时候，都是兴冲冲的样子，曹大伟考了全区的最高分，石头分数比曹大伟略低一些，两人都很高兴，半年多的努力没有白费，终于换来了优异的成绩。在公交车上，石头开始构想上大学之后的情景，大学结束之后，他和曹大伟可以一起留校当老师，也可以一起出去开个文化公司。文化公司当时还是新鲜事物，但是石头听说文化公司在沿海地区很是吃得开，他觉得凭他和曹大伟的能力，去经营一个公司，也不是什么难事。曹大伟也被他说得热血沸腾，虽说失去了曲艳红对自己是个巨大打击，但是能够上大学，就是另一条人生道路，他随着石头的思路，一起憧憬着自己的未来。他们两个有说有笑地下了车，却没想到，在车站遇到了到处找寻他们的马文平。马文平看到他们马上迎了上去："大伟，你们上哪儿去了，让我一通好找。""怎么了？"曹大伟警觉地看着马文平，近期发生的太多事情，让他有些越来越不认识他了，心里下意识加了一道防线。"大伟，想必你已经听说了我跟曲艳红要结婚的事儿。我觉得咱俩是兄弟，所以，有些事情想跟你再说明一下。""这件事情我不想说了。"曹大伟打断马文平。"大伟，我是来给你送结婚请柬的。因为之前你曾说过，我结婚时你要给我当伴郎，这句话我到现在都记得，所以，我必须要通知你。"马文平说着，拿出准备好的请柬递给曹大伟，也给了石头一张。"我知道你一直恨我，但我们曾经是兄弟，对我而言，一天的兄弟就是一辈子的兄弟。"曹大伟翻看着请柬，上面曲艳红的名字针一样刺痛着他的眼睛，但他表面很平静。"放心，这话是我说的，我一定会去的。""好哥们儿，我等着你。"马文平听他一说，高兴地用拳头打了他一下肩膀，然后跨上摩托，加大油门轰鸣驶远。石头把视线转到曹大伟脸上。"你疯了，你去不是自取其辱吗？""我答应过给他当伴郎的。君子一言，驷马难追。"曹大伟看着马文平离去的背影，不知道心里想些什么。"小时候说的话也算数呀？""当然算数。"曹大伟说完，转过身，奔家的方向走去。

第一百〇六章　孙耀华的担心

不管有多么不情愿，曲折仍被推进了手术室。曲艳红和赵冰姿一直看着手术室的门，曲折做手术的两个多小时里，两人的心一直揪着，还好，手术顺利成功，曲折被推了出来，虽说大夫说还要继续做化疗看结果，但至少，两人悬着的心算是暂时放了下来。

曲艳红看着父亲平安出来，心存喜悦，觉得自己所做的一切都是值得的，只是，接下来她必须要面对跟马文平的婚礼了，她答应马文平，父亲手术一结束就跟他举办婚礼，这让她刚刚放下的心再次提起来。虽说，这一切都是她自己的主观意愿，但真到了这一步，她却又不知为什么开始不安起来。就在这个时候，夏天跟夏文学来看望曲折，夏天一见到曲艳红，就主动问起了跟马文平结婚的事情，问跟曹大伟之间发生了什么。曲艳红不知道该怎么回答，就把话题岔开，邀请夏天做自己的伴娘，夏天欣然接受。夏天已经猜到曲艳红跟马文平结婚是情非得已，心里有难言之隐，虽然她不能改变曲艳红的决定，但作为从小到大的好朋友，她应该为曲艳红的婚礼做些什么。

果然，马文平得知曲折手术顺利的消息后，跟曲艳红提出了结婚的请求，并拿出早已经买好的戒指正式跟曲艳红求婚，曲艳红再次被感动，答应了马文平请人算好的结婚日子。

第二天，曲艳红和马文平去拍婚纱照，这个婚纱照是最近才流行起来的风潮，原来两个人结婚到照相馆里照一个大头照也就完了，两个人脑袋挨着脑袋，幸福地露出笑容，然后摄像师把两个人的上半身都放在一个框子里，交了钱之后，过几天来取。想扩多大，告诉摄像师一下，当天取的时候，就能拿到多大的照片。

现在不同了，摄像师还要负责帮新人摆姿势，讲动作，还要不断地诱导新人做出各种不同的表情姿态。马文平对于拍婚纱照充满了激情，他不断地配合着摄像师摆着各种姿势，也认真地拿着递过来的各种道具。

曲艳红有些不在状态，摄像师不断地变换着要求，这让她有些心烦意乱。好不容易挨到快结束的时候，马文平把请曹大伟做伴郎的事告诉给了曲艳红，曲艳红的眉毛颤了一下，这个反应落入马文平的眼中。

结婚这天，文化宫内张灯结彩，人头攒动，马新生特意穿得干干净净、利利索索。他平时不打扮，这么一打扮也非常有派头，他一面热情地招呼着到来的客人，一面着急地看着外面即将到来的车队。

一条很长的鞭炮，文化宫的大门外甩出很远。

很快车队来了，高朝亲自为马文平安排好的车队，从市内的方向驰来。高朝说了马文平的婚礼是火车站的一件大事，不能给火车站的人丢脸，所以，高朝特意把市内能找到的高档车差不多都拢了来，他说花多少钱都认，哥们儿结婚就要敞亮些。

头车是一辆虎头奔驰，停在了文化宫门前时，吸引了所有人的注意，因为之前火车站附近的人结婚最多也就是一辆皇冠作为头车，很多人光听说过奔驰却从来没有见过，尤其是虎头奔驰那更是前所未见。有人试着从车身走到车尾，总共走了将近三十步。车里的司机，也是傲气十足，戴着一个蛤蟆墨镜，穿了一身白色的立领洋服，连车都不下，傲慢地关上黑色的车窗，躲开那些参观者的目光，自己闭目养神。

高朝从车里下来，穿过围观的人群快步地走向文化宫的大门，马新生迎了出来。"马文平呢，快点，接亲的车来了。"高朝一面向马新生说着，一面越过他，进去找马文平。在文化宫的礼堂深处，他找到了已经穿好西服、被很多人簇拥着的马文平。曹大伟是悄悄出现在人群中的。因为他没有西装，所以只是穿了一件白衬衫，临出门时，曹关生要把皮鞋借给他穿，却被曹大伟拒绝了。曹大伟把那双柏希奴的运动鞋提早刷得干干净净，朴朴素素，反倒让他在西装革履的人群中很显眼。他的手里拿着个红纸做成的包，马文平看到曹大伟，招呼着他，因为满脑子都沉浸在喜悦兴奋的状态里，所以也没太在意曹大伟手里拿着什么。"快点，小平，车来了，走吧。"高朝招呼着，马文平立即跟着他穿过人群，出了文化宫的门，上了车。曹大伟也紧跟其后，他们都坐到了头车里。大庆没有跟着去，他在忙着接待文化宫这边的宾客。大庆自从和曹大伟打过那一架后，就再也没有联系过，但是今天，大庆没有提那碴儿。从曲艳红能够嫁给马文平来看，好像应该是自己当年错怪了曹大伟，曹大伟既没有把曲艳红从马文平身边夺走，也没有把夏天搂到自己的怀中。这么一想，大庆倒觉得自己有些小气，真正见了曹大伟，就只有干笑，不知说什么好。曹大伟自然早没有把那件事放在心上。他看到好久不见的大庆也非常高兴，热情地和他拥抱了一下，问着他的近况。

　　大庆告诉曹大伟，自己还是老样子，开火车，天南海北地跑，没有什么大出息。曹大伟告诉他任何一个岗位都能出英雄，行行出状元，让他不要放弃。两个好哥们儿重归于好，自然也都很开心。

　　曹大伟当伴郎，大庆就主动承担起接待宾朋的任务。他正在张罗的时候，万风匆匆地赶了进来。大庆眼尖，一眼就认出了万风，先跑了过来，又看到万风的军服已经改成了四个兜的，知道这小子在军队混得不错。

　　"今天还是赶的早车，就怕赶不上，马文平呢？""他们去接亲了。""大伟呢，他也去了？""他是伴郎。""哎，我问你，这是怎么回事，怎么马文平和曲艳红结婚了，那大伟怎么办？"在万风的印象中，曹大伟和曲艳红应该是很般配的一对，所以，当他接到马文平的电话时，有些不相信自己的耳朵。"这个我也不知道，也许曲艳红没喜欢过曹大伟。"万风听后，有些不解地看着大庆。这时，万东穿着最新款的西装，带着王小丽出现在两人面前。万东看到了弟弟非常高兴，哥俩也是很久没见到，很快他们一起攀谈起来。

万世海也来参加婚礼，他在门口与马新生聊起来。马新生感叹，他的这两个孩子都是那么有出息，老大做买卖，老二当军官。万世海说，当年还觉得孩子胡闹，现在想明白了，是自己老了跟不上形势了，也是这个时代好，孩子们有了发展的空间。

他俩正说得热闹的时候，孙耀华从门口走了进来，孙耀华今天也特意把自己打扮了一番，自己的干儿子结婚，她一定要美一些。马新生看到她，连忙过来招呼，两个人一见面眼睛里都有内容，但是在今天这样的场合，还是以婚事为重，所以马新生说过几句话，就又去招呼别人了。孙耀华看到大庆和万风他们这些曹大伟的小伙伴，就走了过去。"大庆，你看到了大伟了吗？"孙耀华知道自己儿子的脾气秉性，马文平结婚，他一定会来，但是他来了会不会惹事，她心里没底，她怕出事，所以着急地找着曹大伟，要先把他看住了。"大伟当伴郎去了。"大庆一说，孙耀华的心里就更加着急了。曹大伟在马文平的旁边，接新娘子的时候，他将怎么面对曲艳红？她越想越不禁担心起来。

第一百〇七章　婚礼上的小插曲

　　曹大伟随着车队来到了曲艳红家的楼下。马文平兴冲冲地拿着手捧花冲了出去，曹大伟也跟着下了车，紧跟在马文平的身后，在鞭炮的震响中上了楼。走到了二楼缓台的地方，曹大伟终于有些抑制不住，胸腔开始有了起伏。其实，从接到马文平邀请的那一刻起，曹大伟心里就没有真正平静过。这段时间他想起了很多，想到伤心处时，他有一刹那想撕了那份请柬，因为那上面有曲艳红的名字，这名字只要跳进他眼中，就会让他神伤。为了从这种境地挣扎出来，他开始拼命看书，什么书都看，自传、小说、美术世界，渐渐地，他由被动读书到开始主动把自己置身在书中的世界，尤其当他看到那些他仰慕的大师坎坷的生活经历后，他开始渐渐清楚起来，人生都是要经过反反复复的波折才能前行，包括婚姻的挫败，甚至生命的付出，人生就是不断地失去和牺牲，这样才会换来新的人生前行。这样，看着看着，他的视野开始投向更远的远方。他以为他把一切都想明白了，却没想到，在这个最初亲吻曲艳红的地方，瞬间又把他拉入悲伤中。

　　面对如此熟悉的地方，他强行让自己冷静下来，就在这时，那些跟过来的年轻人开始帮着马文平敲门。敲了几声，紧闭的房门开了，露出了夏天圆圆的脸蛋："新郎光有鲜花还不行，要看到你的诚意。"马文平连忙把准备好的红包塞到了夏天的手里。夏天接过红包之后，把门又紧紧地关上了。一会儿工夫，她再次打开了门："不够，有钱不一定能买到我们美丽姑娘的心，得让她看到你的真心，快！"说着夏天向马文平比画出三个手指，然后又把门关上了。马文平看明白了，他挠了挠脑袋，憋足了力气，大声地喊着："曲艳红我爱你，我爱你，我真的爱你！"喊过之后，开门了，大部队还没等门全部开开，已经挤进了屋子。"快，找鞋。"这些跟上来的小青年，马上行动起来，在房间的各个角落找着新娘的鞋子。曹大伟站在马文平的身后，看着坐在床上的曲艳红，曲艳红蒙着婚纱盖头，不知道她在想些什么，那双裸露在婚纱外面的双脚，让他呼吸有些急促。"找到了，这里有一只。"一个小伙子从曲艳红的床下，提出了一只红色的高跟鞋。马文平也在不断地搜寻着，只有曹大伟一直愣愣地站着。曲艳红的肩膀动了一下，曹大伟觉得曲艳红应该能够感觉到自己就站在她的身后。她这是在向自己暗示，想到这里，他有了一种想过去抱她的冲动。就在他的脚步刚要向前挪动的时候，马文平拎着夏天暗中递给他的鞋子，高喊着："这儿呢，这儿呢！"说完，他把两只鞋穿在了曲艳红的脚上，这一幕再次刺痛了曹大伟。马文平给曲艳红穿完鞋之后，一使劲把她抱了起来，就在那一瞬间，曹大伟看到了曲艳红的眼睛，曲艳红在看到他时，眼神中掠过了一种说不出来的感觉。

"等一下。"就在马文平要抱着曲艳红下楼时，曹大伟突然开口说话。马文平诧异地看着曹大伟。"曲艳红，这是我给你买的礼物，是一双舞蹈鞋，希望你不要放弃你的理想，跳出人生最美好的舞步。"曹大伟说着把那个手里拿着的红纸包递了过来。曲艳红迟疑了一下，接了过来，打开，一双漂亮的舞蹈鞋呈现在眼前。在舞鞋的鞋面上，各有一只美丽的红蝴蝶，她看到这里，像被电击了一样。

她感激地向曹大伟点了点头，马文平眼里有了些异样，抱着曲艳红朝楼下走去，高朝在人群中看到这一幕，眼神中滑过一丝不易被察觉的信息。

曲艳红在马文平的怀抱中抱着舞鞋一言不发，马文平心里翻了江，他有些后悔让曹大伟当这个伴郎。曹大伟办事总是那么出人意料，这次他又成功地勾起了曲艳红的心事。他边使着吃奶劲儿抱着曲艳红，边在心里咒骂着曹大伟。

第一百〇八章　马文平的道歉

　　婚礼举办得热热闹闹，宾客们也是尽兴而归。到了晚上入洞房的环节，小伙伴们也一起跟着到了马新生的家。曲艳红原来住的那个屋子，现在被装饰一新，成为她和马文平的新房。

　　这个闹洞房环节，曹大伟实在有些看不下去，特别是小伙伴们怂恿着马文平跟曲艳红做一些亲昵的动作时，让曹大伟更承受不了，这不仅仅是因为他对曲艳红有私心所致，还有对这种庸俗的行为发自心底的厌恶。于是，转身走了出去。

　　夏天看到曹大伟有些落寞，知道曹大伟心里苦，本想安慰他，可是屋子里乱哄哄的，曲艳红一个人都有些招架不住，她只能在曲艳红的身边打着圆场，保护着曲艳红不让其陷入尴尬。

　　曹大伟一出来，万风也跟了出来，万风递给曹大伟一支烟，两个人聊了起来。"别难过了，天涯何处无芳草。"万风劝慰着他。曹大伟听这话，先愣了一下，继而大笑了起来，他这个反应，让万风有些不知所以。"你笑什么？""你知道我现在最想做什么吗？"曹大伟抽了口烟问道。万风心里一激灵，唯恐曹大伟做出什么傻事，但他看他的眼睛里没有恨，只是一种笃定，放下心来，摇了摇头。"我想过一种集体的生活。""你不是要上大学吗？这不就是集体生活吗？"曹大伟点了点头。"但愿吧，还不知道能不能考上呢。"曹大伟深吸了口烟，再次说道。房间内喧嚣的声音渐渐弱了下来，两个人回到屋里时，夏天已经帮着曲艳红往出撵人了，马文平和曲艳红现在已经都累得说不出来话了，他们把小伙伴们送出了房间，向他们招了招手，就关上了房门，准备休息了。曹大伟和小伙伴们一起往楼下走去。"哎，今天人全，走，咱找个地方喝点？"大庆意犹未尽张罗着。"好呀，我跟你们一起去，好长时间不见了，我也想和你们在一起热闹热闹。"正在往下走的夏天，突然转过头来，也想和他们一起去。"走，今天高兴，咱们接着喝。"曹大伟此时忽然来了精神头，他一搂大庆和万风的脖子，和他们一起向楼下走去。屋子里，人走屋空，只剩下马文平与曲艳红，突然开始有些尴尬。马文平也有些紧张，憋了半天说出一句话："咱们睡吧。"曲艳红涨红着脸点了点头。两个人关了灯，各自躺了下来，一会儿，马文平借着酒劲向曲艳红摸了过来，曲艳红有些紧张，她不知道自己应该怎么去面对不是曹大伟的男人趴在自己的身上。

马文平的手伸了过来，她本来想躲闪，但是他们现在已经是夫妻了，夫妻就应该有这样的事情。现在马文平有要求，她应该满足。想到这里，她把自己的身体放开，任由马文平紧张地抚摸着，渐渐地她也有了感觉，于是，开始热烈地回应着马文平，马文平彻底被撩拨起来，翻身压住了曲艳红的身体。

他听到了曲艳红同样加速的心跳，马文平的进入，让曲艳红找到了一种女人应有的快感，但伴有隐隐的羞耻，因为，那里曾经是为曹大伟保留的，现在却归了另一个男人所拥有，她暂时还不能适应这种变化，只好紧闭双眼，掩饰着自己的羞愧，在黑暗中，这多少让她感到了某种安全。虽然，马文平没有曹大伟那种伟岸的身姿，但是有一颗爱她的心，她觉得这样的生活，也是一种幸福。这样想着，曲艳红的眼皮渐渐沉了下来，就在她快要适应这种变化的时候。她突然听到了一个惊呼，她吓得睁开眼睛，映入眼帘的是马文平那张因为生气而变形的脸。

"怎么了？"曲艳红诧异地看着马文平，马文平不知什么时候翻身坐起，她下意识把腿收了回来。"怎么回事，你为什么不见红？""见什么红？"曲艳红坐了起来，把被子罩在了自己的前胸，紧张地看着他。这一瞬间，她似乎知道马文平问的是什么。"你说是什么？这床上怎么这么干净？"曲艳红不知如何回答他，她不知所措地看着这个几乎癫狂的男人，她不知道该怎么回答他。"你说呀，你之前跟谁发生过关系？到底是怎么回事？"气急败坏的马文平猛地把曲艳红身上的被子扯掉，这让曲艳红突然没有了安全感，只好用双手护着身体，蜷缩在那里。"都跟了别人上床了，你还有什么要挡的。"说着马文平就过来扯她的手，曲艳红情急之下，一脚把他踹下了床。马文平恼羞成怒，伸手一个嘴巴打来，曲艳红瞬间感到眩晕。"说，你到底跟谁发生了关系？今天你要不告诉我，我跟你没完！"就在这个时候，门被敲响，门外传来马新生的声音。"小平，小平，你们没事吧？"马文平置之不理，继续给曲艳红施加压力。此时，他已经被一种伤害感灌满全身，失去了理智。"你说，是不是老孩的？"因为在马文平的印象中，只有老孩有机会。如果真是老孩，马文平会立即冲出去拿刀杀了他。曲艳红被马文平的咆哮吓住了，不知道该怎么回答他，身体哆嗦着站起来开始穿衣服。马文平再次扯下她手里的外套。"你快说！"曲艳红不再哆嗦，而是愤愤地看着眼前这个男人，她突然从内心后悔起自己的选择。门外，马新生的声音越来越大，他现在不是敲门，而是在用尽力气试图打开房门。曲艳红的这种决绝突然让马文平感觉到什么，他脑海中闪现出今天婚礼上曹大伟递给曲艳红舞鞋的情景，瞬间他仿佛明白了一切。"是曹大伟，对不对？"他说完，看到曲艳红身体为之一颤，这个动作虽然很细微但却瞬间被马文平捕捉到了。他转身打开房门向外冲去，这个动作把正在试图开门的马新生差点晃个跟头。"小平，你上哪儿去？你不要惹事。"

马新生见马文平赤裸着身体奔向厨房操起菜刀就要出门，吓得扑上去死死抱住马文平。父子俩争执着，刀刃不小心碰到了马新生的手，血从马新生的虎口流了下来，马新生下意识叫了一声，马文平愣住，趁这个空当，刀被马新生夺了下来。"你要去砍人，就先把我砍了，要不然，你就别出这个家门。""爸，你不知道，这口气我咽不下去。""到底发生了什么事，你要去杀人？"马新生严厉地看着儿子。"曹大伟把曲艳红……这口气我能咽下去吗？"马文平说完，再次跳了起来，想夺那把菜刀。马新生把菜刀抹到自己脖子上，看着马文平。"我告诉你小平，你要再敢胡来，我就抹脖子，我死了你爱干什么干什么。只要我还有一口气，我就还是你爹，就得管你。"马文平被这个气势吓住，看着马新生。马新生也松了口气，坐了下来，抓过一卷手纸擦血，马文平想要帮他，被马新生制止。"我问你，你拿刀找曹大伟要干什么？""我要让他知道，他把我最宝贵的东西夺走应该有的代价。""那应该不是你找他，而是他找你才对。""他为什么找我，我有什么对不起他的？""你想想，人家本来谈恋爱谈得好好的，你偏抢了来，人家不但没来找你，还来给你当伴郎，那要忍受什么样的痛苦，你考虑过他的感受吗？""这又不是我拆开的他们俩，是她自己选择的。"马文平理直气壮地手指向屋内。曲艳红此时已经擦干眼泪，穿上了衣服，收拾起了自己的东西，准备马上离开时，听到了外面父子俩的对话。

"就算是这样，他也是忍了旁人所不能忍，换了你你能做到吗？你看到曹大伟今天的状态了吗？那是强忍着装出了笑脸，是为哥们儿才这么做的。换成是你，想一想，心情会是怎样的感受？"

马新生声音也大了起来。马文平听了这话，神态有些缓和下来，他仔细回忆着今天婚礼上曹大伟的种种表现，他知道曹大伟还是爱曲艳红的，所以才会送出那双舞鞋，但他能控制住自己的情绪，整个婚礼过程中，默默跟在他身边，把自己从心里当作一个伴郎，替马文平挡酒，甚至连司仪逗着夏天和曹大伟，曹大伟也没有生气，这和前几天他看到的在曲艳红家气急而走的曹大伟很不一样。

这样想着，他突然感到了一种从头到脚的凉意。

马新生说得对，现在他已经成家了，成为这个女人的丈夫，时代已经翻篇了，他不能再像小时候一样拿着刀砍砍杀杀了。从今天开始，他要用另一种方式对待生活。想到这儿，他站起身，以一种连他自己都不能相信的声音对房间里喊了一声："对不起，我错怪了你，不该对你这样。"